1

Was Eltern so einfällt. Deine Zähne wachsen auseinander, sagt Mutter während des Mittagessens, Josefine soll dich bei Doktor Kaiser anmelden, sie müssen gerichtet werden. Josefine ist unser Hausmädchen.

Wozu? sage ich. Man fragt aber niemanden, der gerade ißt, weil man mit vollem Mund nicht antworten kann. Ich sehe zu, wie Mutter Suppe löffelt, wie sie auf Vaters ausdrücklichen Wunsch hin den Teller leicht von innen nach außen anhebt. Umgekehrt sei vulgär, hatte er uns belehrt, obwohl Mutter doch aus viel feinerer Familie kommt als er.

Aber was Vater bestimmt, wird getan. Vater wünscht einen ordentlichen Haushalt mit geregelten Speisefolgen. Woche um Woche das gleiche: montags Bratenreste vom Sonntag, Blumenkohl, dienstags Suppenfleisch mit Wirsing, mittwochs, weil er da abends zum Kegeln geht und, wie er sagt, eine gute Kugel schieben muß, so was Zusammengekochtes mit Hammel, das stinkt und das Vater Eirischstju nennt, donnerstags Bratleber und Spinat, den ich nicht mag, weil er so grün und matschig ist, freitags Fisch, denn das gehört sich so in einer katholischen Stadt, und niemand braucht zu wissen, sagt Vater, daß er evangelisch und Mutter noch was anderes ist, über das sie nicht sprechen will. *Köstlich munden tut ein Fisch, setzt voraus man, daß er frisch.* Vater liebt Wilhelm Busch.

Nach dem falschen Hasen am Sonnabend dann endlich, am Sonntag, das »Rossbief«, außen knusprig und innen noch so richtig glasig dunkelrot. Dann wetzt Vater lange und umständlich das Messer am Schleifspieß, bevor er den Braten anschneidet. Löwenblut nennt er das, was dabei herausläuft: Löwenblut macht stark! Aber woher kriegen wir das Löwenfleisch? Bei Metzger Reins, wo Anna, unsere Köchin, einkauft, hängen nur Rinder. Ich habe ihn gefragt, ob er auch Löwen schlachtet. Da hat er gelacht und gemeint, Vater habe Spaß gemacht. Er kennt Vater eben nicht so gut; Vater macht nie Spaß. Wie hätte er so riesengroß und stark werden können ohne Löwenblut? Alle Frauen in der Stadt nennen ihn einen stattlichen Mann, weil er so mächtig aussieht.
Wozu? wiederhole ich meine Frage, weil Mutter nun den Mund zum Antworten leer hat.
Eine Richtspange, Dicki, sagt sie. Du bist jetzt acht, da geht das noch leicht mit dem Zurechtrücken. Ich mag nicht, wenn sie mich Dicki nennt. Ich bin schon lange kein Pummel mehr wie früher mal. Die wüchsen gar nicht von selbst wieder zusammen, im Gegenteil. Die Lücken dazwischen würden sich vergrößern. Und eines Tages sähe ich dann aus wie Detlev Breuers mit seinen Raffzähnen.

Ich will nicht aussehen wie Detlev Breuers, natürlich nicht. Wenn der grinst, gehen ihm die Vorderzähne bis zum Kinn. Ich will später aussehen wie Mutter. Mutter ist wunderschön, die schönste Frau der Welt. Aber weil ich von uns beiden den stärkeren Willen habe, sage ich: Ich will keinen Zaun im Mund! Die blöde Uschi in meiner Klasse hat einen Goldstreifen um die Zähne. Sie lacht über einen Wust von Metall, von allen wird sie gehänselt: He, Morgenstund, was machst du abends? Weil doch Morgenstund Gold im Mund hat.

Vater hat auch Gold im Mund, anders aber. Er hat ganze Zähne aus Gold. Wenn er gereizt wird und schreit, blitzen sie und machen mir Angst. Ich will aber keine Angst haben. Ich darf keine Angst haben. Vater verachtet ängstliche Kinder und Mädchen überhaupt, weil die für Vater nicht so wichtig sind wie Jungen. Er hatte sich einen Sohn gewünscht und mich schon Otto getauft, bevor ich geboren war. Wenn ich ihm gefallen will, muß ich Otto sein. Ich möchte ihm gefallen, ich bin ja sein einziges Kind. Wäre ich ein Junge geworden, hätte ich mich bestimmt nicht Otto genannt. Viktor vielleicht oder Siegfried, irgend etwas Starkes, Männliches. Wie ein Mädchen fühle ich mich sowieso nicht, so gern ich Mutter den Gefallen tun würde.

Vater blickt von seinem Teller hoch, seine Augen werden eng. Ein Warnzeichen. Du tust, was man dir sagt, basta!

Ich beschließe, ab sofort nie mehr zu lachen, wenigstens nicht mehr bei Tisch, damit sie das mit meinen Zähnen wieder vergessen. Mein Mund ist nun einmal zu groß geraten. Weil ich so breit lache, müssen die meisten anderen mitlachen, auch wenn sie eigentlich gar nicht wollen. Hättest du nicht so große Ohren, sagt Mutter, dein Lachen ginge rund um den Kopf.

Vater nennt meine Ohren Löffel. Willst du eine hinter die Löffel? Blöde Frage, natürlich will ich nicht. Bevor ich aber antworten kann, hat er mir meist schon eine geklebt. Als ich klein war, habe ich NEIN gebrüllt und losgeheult. Aber das hat es nur noch schlimmer gemacht. Wenn Vater einen seiner Wutanfälle kriegt, hält ihn nichts mehr. Dann schlägt er auf mein Gesicht ein, links und rechts und wieder zurück. Die Hand ist hart wie ein Brett, aber am meisten stört mich der Ring, der mir die Haut aufkratzt. Es ist schwer, mit Löwen umzugehen oder mit Menschen, die jede Woche Löwenblut schlürfen. Weil sie so stark sind, wollen sie es auch beweisen. Man darf sie unter keinen Umständen reizen.

Ich schiele zu ihm hinüber. Ganz gerade aufgerichtet sitzt er vor seinem Teller, läßt bei jedem Bissen den Kopf vorschießen wie eine Schildkröte, wenn man ihr ein Salatblatt vorhält. Wieder so eine Regel: Man senkt nicht den Kopf zum Teller, man führt die Gabel zum Mund. Ist aber gar nicht so leicht, wenn beispielsweise Erbsen drauf sind, geht das garantiert schief. Erbsen mag ich auch nicht.

Vater drückt die Schelle, die über dem Tisch hängt, damit Josefine abräumen kommt. Ich beobachte, wie sie mit fahrigen Händen Schüsseln und Teller auf das Tablett tut, weil Vaters kritische Blicke sie nervös machen. Mutter schaut gar wie stets in solchen Fällen absichtlich zur Seite. Am besten gar nicht hingucken, sonst wird man selbst auch unsicher, so was steckt an. Beim Auftragen und Abräumen der Speisen darf nicht geredet werden, damit das Dienstmädchen nicht erfährt, worüber sich Herrschaften unterhalten, und dabei merkt, wie wenig sich die zu sagen haben. Vater erlaubt ja sowieso kein Tischgeschwätz: Jetzt wird gegessen, nicht geredet, der Mund ist zur Nahrungsaufnahme da, nicht zu überflüssigem Gequassel, voran, voran! Unter tiefem Schweigen trägt Josefine die Essensreste hinaus. Ich bin auch immer ganz froh, wenn sie wieder draußen ist, ich finde es irgendwie gemein, wie man sie so von oben herab behandelt, als wären wir was ganz Besonderes und nicht, ebenso wie sie, Menschen mit zwei Armen und zwei Beinen.

Draußen vor den Fenstern ist wieder irgendwas los. Das Eßzimmer liegt direkt an der Straße. Hätten wir nicht die Gardinen mit den weißen Wollblumen vor den Scheiben, könnten uns die Vorübergehenden beim Essen zuschauen. An unserem Eckhaus mit der Nummer 1 beginnt die Hauptstraße. Da ist immer Lärm, auch in der Mittagszeit, weil die Leute in den Autos zum Essen nach Hause fahren wollen, oder weil hungrige Kinder losbrüllen und die Mutter sie auszankt. Wenn es schlimm wird, legt Vater die Serwiette beiseite, erhebt sich, schaut hinaus, ohne die Gardine zu heben, und sagt: Wieviel Tote? Wieviel Schwerverletzte? Er sagt immer das gleiche. Dann sehen Mutter und ich uns an, lächeln und verstehen uns ohne Worte. Das macht mich innerlich ganz warm.

Aber dieses Mal weicht sie meinen Augen aus, obwohl doch Vater gerade wieder seinen Spruch aufgesagt hat. Vergeblich versuche ich, ihre Aufmerksamkeit auf mich zu lenken; sie hält die Augen auf ihren Teller gesenkt, als sähe sie das Obstbild in seiner Mitte zum erstenmal und fände es unheimlich interessant.

Was da vor unseren Fenstern vorbeizieht, ist eine Horde von Männern in häßlichen braunen Uniformen, pferdeäpfelbraun, mit Schirmmützen auf dem Kopf und einer Art Spinne in weißem Kreis auf der roten Armbinde. Sie grölen etwas von Judenblut, das von Messern spritzen soll. Die gehen jetzt öfter um in unserer Stadt und haben was gegen Juden. Hermann, der Sohn von Röhren-Hönges, der so einen Braunen zum Bruder hat, sagt, Juden fingen Tiere und kleine Christenkinder, denen sie nachts in ihrem Tempel die Hälse aufschlitzten, bis sie ganz ausgeblutet seien. Danach tränken sie das dampfende Blut aus Meßbechern. Als er mir das erzählte, wurde mir ganz schlecht. Das fand Hermann albern. Stell dich nicht so an. Noch nie Blut gesehen? – Schon, aber... Ich wollte sagen: noch nicht getrunken, als mir das Löwenblut einfiel. Das ist gar nicht eklig, das macht sogar stark und gesund. Vielleicht schlachten Juden kleine Kinder, um besonders kräftig zu werden und sich verteidigen zu können. Aber das komische Gefühl in meinem Magen blieb, und ich sagte: Ich find's widerlich. Da hatte Hermann verächtlich einen Mundwinkel gesenkt, wie Jungen es tun, wenn sie mit Mädchen reden, weil die doch nur Stroh im Kopf haben, und »alberne Gans« gesagt. Und der Otto in mir hatte sich in einen Winkel verzogen.

Vater ist zum Tisch zurückgekehrt. Ein paar Ess-A, sagt er, der Sohn von Camphausens ist auch dabei.

Isses wahr? will ich wissen, obwohl ich noch nicht ganz heruntergeschluckt habe, daß Juden Christenfleisch essen.

Mit Zwiebeln und viel Knoblauch, sagt Vater.

Ich bitte dich, Viktor! Mutter ist auf einmal ganz blaß um die Nase. Es fällt mir ein, daß Anita mir erzählte, Ediths Mutter hätte ihrer Mutter gesagt, wenn sie an ihrer Stelle wäre, würde sie Anita nicht so oft mit mir spielen lassen, sie wüßte schon, warum.

Auf eine blöde Frage gibt's eine blöde Antwort, sagt Vater.

Josefine bringt das Nachtischobst. Immer gibt es Obst zum Nachtisch, ganz mickriges, obwohl man doch in der Markthalle viel schöneres kaufen kann, reiferes vor allem. Bunteres. Aber auch da hat Vater seine eigenen Ansichten: Obst muß fruchtig sein. Sauer macht lustig! Mich macht es gar nicht lustig. Es macht mir Tränen in die Augen schießen. Aber gerade beim Nachtisch, den er selber täglich einkauft, behält mich Vater scharf im Auge. Bewährungsprobe nennt er das. Otto würde essigsaures Obst schlucken, ohne mit der Wimper zu zucken, nur Mädchen stellten sich an. Also versuche ich, es Otto gleichzutun, halte die Tränen zurück, bringe sogar etwas wie ein schiefes Lächeln zustande trotz der Gänsehaut auf meinen Armen beim Biß in den holzigen Apfel. Vater ist zufrieden. Gut gemacht, nickt er. Darfst mit ins Kontor, wenn du aufgegessen hast.

Seltene, herbeigesehnte Auszeichnung für untadeliges

Verhalten: eine Tafel Schokolade aus Vaters Schrank im Kontor. Durch die mittägliche leere Apotheke – Engelapotheke heißt sie, weil auf allen Tüten und Pillendosen zwei kleine Engel auf einer Wolke sind – folge ich Vater in sein Allerheiligstes. Hier riecht es nicht wie im übrigen Haus nach getrockneter Kamille, sondern nach Sesselleder und Zigarre. Manchmal auch nach Schnaps, dann nämlich, wenn auf dem Rauchtisch neben der Kautsch, auf der Vater seinen kurzen Mittagsschlaf hält, so eine Flasche mit Goldetikett und zwei Gläser stehen. Von denen geht der scharfe Geruch aus, weil sie manchmal nicht ganz leer sind. Ein Gläschen gehöre zur Kundenbetreuung, hatte Vater erklärt, nachdem ich Mutter, die nie das Privatkontor betritt, gefragt hatte, weshalb denn Vater immer aus zwei Gläsern trinke. Danach bekam ich lange keine Schokolade mehr, obwohl ich mich irrsinnig anstrengte, ihm alles recht zu machen.

Vater rückt sich zum Mittagsschlaf das Kissen zurecht, plustert das braungestreifte mit dem Samtrücken auf – das kommt unter seinen Kopf –, legt die anderen auf den Stuhl vor dem Schreibtisch. Die sind zu lappig zum Draufschlagen und nur zur Zierde da. Jetzt, wo es um meine Belohnung geht, tut er, als habe er vergessen, weshalb er mich hierher mitgenommen hat. Ich kenne das schon, es ist immer das gleiche. Erst wenn ich innerlich ganz langsam bis fünfundzwanzig gezählt habe, geht es weiter. Dann wendet er sich plötzlich zu mir um, tut ganz überrascht, mich hier zu sehen und sagt: Ach ja, richtig. *So lob' ich mir den braven Mann, der in Geduld sich fassen kann.* Als nächstes sucht er umständlich und mit viel Metallklingel im Schlüsselbund nach dem vom Schrank, kann ihn nicht finden, obwohl es doch der auffälligste ist, weil er am Kopf so ein Goldgekröse hat. Vater sieht ihn nicht, probiert unter erstauntem Kopfschütteln einen falschen Schlüssel nach dem anderen am Schrankschloß aus.

Heute weiß ich, daß mir all diese Umständlichkeiten klarmachen sollen, was für eine besondere Auszeichnung mich erwartet. Als ich kleiner war, habe ich das nicht richtig kapiert, habe auf den schmalen Schlüssel mit der Goldhaube gezeigt und gesagt: Das isser doch! Aber das war falsch. Kinder sollen nicht vorwitzig sein. Vater hatte hochgeschaut und mich betrachtet, als sei ich eine zudringliche Fliege. Ungeduld, hatte er mich belehrt, sei eine ganz schlechte Charaktereigenschaft. Und ob ich wüßte, wieviel eins minus eins sei. Das kleine Einmaleins hatte ich damals schon beigebracht bekommen. Nichts! hatte ich gesagt, und er: Null. Nullkommanichts. Was verdiene Ungeduld? Nun? Ungeduld verdiene Bestrafung, das sei sonnenklar. Wozu jedoch sei ich mitgekommen? Um eine verdiente Belohnung zu empfangen. Belohnung minus Bestrafung, das sei eins minus eins. Und eins minus eins sei nullkommanichts. Schreib es dir hinter die Löffel und verschwinde!

Und ob ich es mir gemerkt habe. Während er jetzt endlich den Schrank aufschließt, mache ich mein unbeteiligtes Gesicht. Ich habe sogar schon mal dabei gepfiffen, um ihm zu zeigen, wie kalt mich seine Umständlickeit läßt. Aber das mochte er auch nicht und verbat es sich.

Das Innere des Schranks duftet aufregend. Holz, Papier und Süße, miteinander vermuffelt, machen mich immer ein bißchen schwindelig, wenn mir der Geruch die Nase füllt. Manchmal träume ich ihn sogar mit so einem komischen, angenehmen Ziehen im Unterbauch, als sei da unten ein zweiter Magen, der Hunger hat. Furchtbar ordentlich liegt das alles in den Regalen, Papiere in Umschlägen, Fotoalben, Bücher mit Goldschrift oben drauf, die sehr wichtig sein müssen, sonst hätte Vater sie sicher nicht hier unter Verschluß, sondern oben im großen Bücherschrank, wo alle rankönnen.

Die Schokolade liegt im Mittelfach, sauber gestapelt und sortiert: links bitter, rechts Vollmilch und in der Mitte meine geliebte Vollmilch-Nuß im lila Papier. Die habe ich aber bisher nur zweimal bekommen: Nuß ist schlecht für die Zähne! Vater sucht mit ausgestrecktem Zeigefinger herum, als könne er sich nicht entscheiden. Dabei weiß er genau, welche von den Tafeln ich am liebsten mag. Der Finger schlägt nach rechts aus; ich kriege die Milch mit den Kühen drauf. So mancher muß in den sauren Apfel beißen, ohne daß das Leben ihn dafür belohnt, sagt Vater jetzt, mach, daß du nach oben kommst!

Schon auf der Treppe, auf dem Weg in mein Zimmer breche ich die Tafel an. Die Schokolade schmeckt nach Schrank, es stört mich nicht. Für mich hat sie den köstlichsten Geschmack der Welt.

Seit kurzem mag ich mein Zimmer nicht mehr. Vielleicht habe ich es nie gemocht, aber klar wurde es mir erst, als ich vom Fenster aus zuschaute, wie Arbeiter, die eine Rohrleitung legen wollten, im Hinterhof den Flip ausgruben, den Josefine und die Köchin dort vor einem halben Jahr begraben hatten, weil er – Cockerspaniel haben schlechte Augen – vor dem Haus von einem Lastwagen überfahren wurde. Es sah scheußlich matschig aus, was von ihm übriggeblieben war, und der eine der Arbeiter übergab sich, bis Vater ihm einen Konjak brachte.

Ich erinnere mich auch, daß ich mich schon ganz früh vor dem Lagerhaus fürchtete, weil es blinde Fenster hat und einen schiefen Schornstein. Mutter sagt zwar, das bilde ich mir nur ein, der Schornstein wäre in Ordnung und ich solle aufhören, in alles etwas Gefährliches hineinzusehen. Aber wenn ich so an meinem Schulpult sitze wie jetzt, das eine

Bein gegen den Körper angezogen, und dabei auf den dunklen Hinterhof blicke, der einzigen Möglichkeit für mich zum Draußenspielen, klemmt mir etwas den Hals zu.

Früher einmal hatte mich die Neugier ins Lagerhaus und durch die finsteren Keller mit den Fässern und Kisten streunen gemacht. Die riechen modrig und sehen aus, als gehörten sie zu einem vor Jahrhunderten versunkenen Schiff. Ich wollte mir beweisen, daß ich kein Feigling bin, denn Josefine hatte mir am Abend vorher erzählt, daß sich Gespenster am liebsten in dunklen Kellergewölben aufhalten. Erst war es da unten furchtbar still gewesen und kalt. Die Deckenbeleuchtung war so schwach, daß ich glaubte, aus dem Schatten hinter den Behältern kämen unheimliche Gestalten auf mich zu. Und auf einmal hatte es laut geraschelt. Da war ich die glitschige Kellertreppe hinauf ins Freie gerannt, so schnell ich konnte.

Aber Dicki, hatte Mutter gesagt, das hast du dir doch nur eingebildet! Und zu Vater: Sag Jörg Bescheid, er soll im Lagerkeller wieder mal Gift streuen. – Jörg ist unser Laufjunge.

Gespenster fressen kein Gift, hatte ich gesagt.

Ratten aber, Dicki. Die hast du rascheln hören.

Außerdem, sagte Vater, im Hinterhaus hast du nichts verloren. Zum Spielen hast du den Hof.

Leicht gesagt. Im Hof kann nichts wachsen, weil er keine Sonne abkriegt. Die Reben mit dem wilden Wein um das Klo für das Apothekerpersonal sind schrumpelig, die Blätter welk wie das kümmerliche Gras in der Hofmitte. Die Steine drumherum sind holprig. Im Sandkasten in der Ecke des Hinterhauses machte Flip sein Geschäft. Und außerdem stinkt das Klo. Als ich noch klein war, versuchte ich ein Spiel zu erfinden, das nicht viel Platz brauchte. Aber Seilspringen auf dem unebenen Pflaster machte keinen Spaß, weil ich dabei öfter mit dem Fuß umknickte, der dann dick wurde und weh tat, und die einzige Wand, gegen die man einen Ball werfen konnte, war die Tür des Außenklos. Die ging dabei öfter auf, weil sie eigentlich nur ein grün gestrichenes Brett ist, und dann stank es fürchterlich.

Es war sehr langweilig, im Hof zu spielen. Bis ich eines Tages das Ameisennest entdeckte. Da wurde es interessant. Es ist richtig spannend, ein paar Ameisen zu zertreten und dann zu beobachten, wie die anderen herbeigestürzt kommen und sich daranmachen, ihre Toten abzutransportieren. Zertrat ich auch die Sanitäter, kamen immer neue angerückt. Erst wenn das Pflaster rundum von zertretenen Ameisen bedeckt war, gaben die übrigen auf, und ich hatte gesiegt. Der Rest verkroch sich bis zum nächstenmal, um Reserven zu sammeln. Josefine hat mein Kriegsspiel mißbilligt. Ameisen seien auch Lebewesen, sagt sie, nicht gerade Menschen, doch ebenfalls von Gott erschaffen. Und Töten sei eine schwere Sünde, sogar die größte von allen, man dürfe nichts Lebendiges mutwillig zerstören, nicht einmal etwas so Winziges wie Ameisen. Eigentlich bin ich ja jetzt auch schon zu groß zum Kriegspielen. Aber wenn Josefine im Haus beschäftigt ist, tute ich es doch noch manchmal, nur jetzt mit schlechtem Gewissen. Ich gebe den Ameisen nun auch keine Namen mehr, bevor ich sie zertrete.

Ich kaue an meiner Hausarbeit herum, zu der mir einfach nichts einfällt: MEIN ELTERNHAUS. Soll ich behaupten, es sei ein wunderschönes, luftiges Haus mit fröhlichen Räumen und einem Garten, in dem man eine halbe Stunde unter Bäumen spazierengehen kann und kommt doch zu keinem Ende? Vetter Walter hat solch ein Haus. Es ist eigentlich kein Haus, sondern ein Schloß mit einem Wassergraben rundum, weil auch Vaters Bruder eine sehr reiche

Frau geheiratet hat. Die hat das Schloß mit in die Ehe gebracht. Und dabei ist der Walter ein richtiger Blödmann, der stottert und einen roten Kopf kriegt, wenn er Mädchen sieht.

Komisch, was mir immer alles gerade dann durch den Kopf geht, wenn ich mich auf die Schularbeiten konzentrieren soll. Ob es wohl stimmt, daß ich nicht normal bin? Nicht normal ist zum Beispiel, wenn ein Kind, das ein Mädchen ist, von Puppen nichts wissen will. Und dabei haben sich alle um mich herum wirklich Mühe gegeben, aus mir ein richtiges Mädchen zu machen, so eines, das nicht nur an seinen Kleidern, sondern auch an seinem Spielzeug gleich als Mädchen zu erkennen ist. Otto weiß aber mit Puppen nichts anzufangen. Daran hatten sie wohl nicht gedacht, als Mutter mir zu meinem sechsten Geburtstag das Puppenhaus ohne Vorderwand schenkte. Es war gut, daß sie meine Augen nicht sehen konnte, die hielt ich starr auf den dreistöckigen Aufbau gerichtet. Bestimmt wäre sie über mich furchtbar enttäuscht gewesen, und weh tun will ich ihr nicht, sie meint es doch so gut. Später, als alle schlafen gegangen waren, bin ich aus dem Bett geklettert und habe mich im Nachthemd vor den Hausaufbau gehockt. Die ganze Enge war da, nur in winzig: Herrenzimmer und Salon, Doppelschlafzimmer für die Eltern, zwei einzelne für die Kinder, und unter dem Schrägdach Löcher, Schlafkammern für das Hauspersonal. Alles vom Boden bis zum Dach steht mit Möbelkram vollgestopft, wie er auch bei uns herumsteht. Und dazu noch Buntteppiche und Bilder an den Tapeten und winzige Kochgeschirre auf dem Küchenherd. Wer soll denn mit so etwas spielen können, das zerbricht doch schon beim Anschauen! Und weil ein Haus doch auch bewohnt sein muß, hatten sie Porzellanpuppen hineingesetzt, steife Ungeheuer, die mit durchgedrücktem Kreuz, die Arme abgestreckt, über den Stühlen lagen. Scheußlich hatte das ausgesehen, ihr fischiges Glotzen über Kleidern, die ganz genau den unsrigen nachgeschneidert waren.

Ich hatte den Vater herausgehoben und an seinem Kopf gedreht, nur mal so zum Versuch. Es knackte, und ich hatte den Kopf in der Hand. Das sah richtig lustig aus, so ein Maßanzug mit Weste, Krawatte und sogar Bügelfalten in der Hose, und dann nur ein Stiel als Kopf. Deshalb machte ich auch den anderen den Kopf ab, es ging ganz leicht. Nur der vom Säugling in der Wiege leistete Widerstand, der saß direkt auf dem Rumpf. Aber schließlich kriegte ich auch den ab.

Jetzt mußte ich mir nur noch eine dazu passende Geschichte einfallen lassen. Josefine, die sehr fromm ist und jeden Sonntag zur Kirche geht, hatte mir von den Christenverfolgungen erzählt. Da war es sehr blutig zugegangen. Also machte ich das geräumigste Zimmer, in das sie einen Eßtisch, sechs kleine Stühle und eine gemalte Standuhr hineingetan hatten, zur Arena, indem ich alle Möbel hinauswarf. Dann zog ich die Puppen aus, malte die Bruchstelle über ihren Hälsen mit Farbe aus meinem Tuschkasten schön rot an, vergaß auch nicht, ihnen noch etwas davon auf Brust und Hände zu tupfen, damit es richtig nach Wunden aussah, und legte sie in verschiedene Richtungen auf den gelben Teppich, der jetzt staubiger Sand war. Gut, daß der schwarzweiße Haushund kläffte und die Zähne zeigte. Er war der hungrige Löwe, obwohl er Hängeohren und einen Stummelschwanz hatte. Um alles so wirklich wie möglich zu machen, riß ich dem Mädchen mit den gemalten Zöpfen, das ich besonders albern fand, noch ein Bein aus. Es leistete mächtig Widerstand, zerschnitt mir die Hand. Als es endlich abging, war da ein langer, verbogener Drahthaken dran, und ich geriet einen Augenblick lang in Versuchung, damit

Blinddarmherausholen zu spielen, wie sie es in der Klinik im vorigen Jahr mit mir gemacht hatten. Aber dann ließ ich es doch bei der Christenermordung, weil der Puppenvater ein zu dummes Gesicht hatte für einen Chirurgen, denn der mußte ja mindestens so gefährlich aussehen wie der Löwe.

Ich war richtig zufrieden mit meinem Werk, als ich ins Bett zurückkroch. Nie im Leben wäre mir der Gedanke gekommen, mein Spiel könnte Mutter mißfallen, bis ich tags darauf hörte, wie sie Vater fragte: Viktor, ist das normal? Kann das normal sein, diese Zerstörungswut?

Bei deiner Tochter ist alles möglich, antwortete Vater. Es machte mich stolz, ich hielt es für ein großes Lob und einen Beweis, daß er mich bewunderte, auch wenn er es nach außen hin nicht zugeben wollte. Vielleicht hatte er es aber doch nicht so gemeint, jedenfalls erklärte er die Tracht Prügel, die ich kurz nach dem belauschten Gespräch bezog, mit verdienter Strafe für mutwilliges Kaputtmachen teurer Spielsachen und Aufmüpferei.

Entschuldige dich bei Mutter, na los, wird's bald oder willst du noch eine hinter die Löffel?

Entschuldige, Mutter.

Schon gut, aber mach so etwas nie wieder!

Was für ein Wirbel um ein bißchen Mord im Puppenhaus. Warum schenken sie mir überhaupt Sachen, wenn ich nicht damit spielen darf? Jetzt habe ich mir ein anderes Spiel erfunden, eines, das niemand kontrollieren kann: Ich schneide Männer, Frauen und Kinder aus alten Illustrierten, schiebe sie auf meinem Pult zusammen, lasse sie sich begegnen und alle möglichen Dinge tun, auch ganz verbotene, wenn sie so gemeine Gesichter haben wie die Frauen mit den spitzen schwarzen Mündern und den halbzu'nen Augen auf den Seiten, wo GESELLSCHAFT drübersteht, oder die Männer mit dem Specknacken und den dicken Zigarren. Die sind meistens aus Zeichnungen. Von ihnen gibt es viele in Vaters Lieblingszeitung, dem SIMPLIZISSIMUS. Es ist ein sehr heimliches Spiel, aber aufregend. Wenn mir nichts mehr dazu einfällt, zerreiße ich alles und werfe es in den Papierkorb, damit niemand sieht, was ich mir ausgedacht habe, und mich dafür bestrafen kann. Früher hätte ich bestimmt andere Figuren ausgeschnitten und sie hübschere Dinge tun lassen wie zum Beispiel zusammen Blumen pflücken oder Boot fahren. Aber seitdem ich in Vaters Bücherschrank ganz hinten links das verbotene Buch entdeckt und mir die vielen unanständigen Bilder betrachtet habe, müssen all meine Papierpuppen zur Strafe, daß sie erwachsen sind, auch solche Dinge tun, wie sie in dem Buch abgebildet sind. Josefine sagt, Küssen ohne Heiraten sei Sünde, das Fegefeuer erwarte die Schamlosen, die sich voreinander auszögen ohne kirchlichen Segen. Ich spiele oft Fegefeuer. Aber dabei erwischt werden will ich nicht. Da würde ich mich schämen. Irgendwie.

MEIN ELTERNHAUS. Die alte Weyermann ist eine Schnüfflerin. Die hat uns das doch bloß zum Schreiben aufgegeben, damit sie erfährt, wie es bei uns zu Hause aussieht. Ich will nicht, daß sie weiß, wo bei uns die Schlafzimmer sind und wo das Klo. Das geht sie nichts an. Und die anderen erst recht nicht. Reiche Eltern zu haben ist nicht gut. Erika, deren Vater trinkt, weil er fünf Kinder, aber keine Arbeit hat, mag mich nicht. Weil wir Geld haben und uns Dienstmädchen leisten können, wären wir Sklavenhalter, sagt sie. Deutschnationale Ausbeuter. Ich wollte von ihr wissen, was das ist. Sie wußte es selbst nicht, sie hatte es von ihrem Vater. Aber etwas Schlimmes sei es schon, sagt sie, und man müsse sich deswegen schämen. Leute wie wir wären schuld daran, daß es so viele Arbeitslose gäbe.
Sind wir deutschnationale Ausbeuter, Vater?

Eigentlich darf ich Vater beim Zeitunglesen nicht stören, schon gar nicht sonntags beim Frühstück. Mutter wirft mir denn auch gleich einen besorgten Blick zu, sie respektiert Vaters Wünsche. Es gibt Tage, an denen es mich richtig ärgert, wenn er grob zu ihr ist und sie schweigt, anstatt ihm ihre Meinung zu sagen, wie ich es tun würde, egal, ob er dann wieder loshaut oder nicht. Aber sie liebt ihn eben sehr. Es muß schwer sein, zu lieben. Ich glaube, ich eigne mich nicht zum Lieben, ich möchte lieber sagen, was ich denke. Auch, wenn es den anderen böse macht.
Sind wir deutschnationale Ausbeuter, Vater?

Es dauert einen Augenblick, bevor Vater die Zeitung senkt und mich über ihren Rand hinweg prüfend anschaut: Von wem hast du den Unsinn? – Die Erika in der Schule sagt es.
Mutter beeilt sich nachzuhelfen: Die Tochter von Kottmann, dem Drucker, du weißt. Sie geht mit Dicki in eine Klasse.

Das hätte sie wohl besser nicht sagen sollen. In Vaters Gesicht zieht schon wieder ein Gewitter auf. Er schwankt einen Augenblick, für was er sich entscheiden soll, weiterlesen oder mich aufklären. Dann faltet er die Zeitung und legt sie neben das leergegessene Frühstücksei. Ich solle, erklärt er mit Nachdruck, in Zukunft Erika aus dem Weg gehen und Gespräche mit ihr meiden. Sie sei kein Umgang für mich. Bedauerlich genug, daß wir die gleiche Schulbank drückten. Ich sitz' weiter hinten, sage ich.
Das sei simbolisch gemeint, erklärt Vater. Erika sei eine Rote, und ob ich wisse, was das sei? Ich sag lieber nichts, denn wenn ich antworte, ein Indianer, wird er vielleicht wieder böse werden, weil es doch nicht stimmen kann. Erika sieht genau so aus wie wir alle, höchstens noch ein bißchen blasser. Das sei politisch, belehrt mich Vater. So wie es die

Braunen gäbe, die ich ja jetzt öfter durch die Stadt marschieren sähe, gäbe es auch Rote und Schwarze. Das seien Parteien, aber wir gehörten zu keiner von ihnen. Wir wären was anderes. Wenn du größer bist, werde ich es dir genauer erklären.
Die Braunen kenne ich, sage ich, den Mund voller Marmelade, die sich wegen ihrer Klebrigkeit nicht so schnell herunterschlucken läßt. Der Bruder von Hermann Hönges ist so einer. Die heißen so wegen ihrer Uniform, nicht wahr? Aber Rote habe ich noch keine gesehen. Und Schwarze eigentlich auch nicht.
Vater meint Kirchenleute, erklärt Mutter, die nennt man Schwarze wegen ihrer schwarzen Sutanen. – Neger sind auch Schwarze, sage ich. – Pfaffen, sagt Vater, sind im Gegensatz zu Negern innerlich schwarz. Er legt die Hände gegeneinander, senkt die Augen und macht ein komisch frommes Gesicht, daß ich lachen muß. Auch seine Stimme ändert er, sie wird ganz hoch und leierig: Lieber Gott, segne die, welche auf dem engen Pfad der Tugend wandeln und strafe mit ewiger Verdammnis jene, die sündigen Geistes der Fleischeslust frönen, auf daß ihre Güter konfisziert und der Kirche zugeführt werden mögen, amen.
Tragen die Roten rote Uniformen, richtig knallige? Sind auch ihre Stiefel rot? will ich wissen.
Ist doch klar wie Kloßbrühe, sagt Vater.

Darauf muß ich mal achten. Bestimmt habe ich noch keinen richtigen Roten gesehen, sonst würde ich mich daran erinnern. Rot ist eine auffällige Farbe. Politik, von der die Erwachsenen so gern reden, hat also etwas mit Farben zu tun. Ich stelle mir Politik vor wie mein Mensch-ärgere-dich-nicht-Spiel. Da haben die Spieler auch verschiedene Farben, damit man sie auseinanderhalten kann, und wenn es losgeht, versuchen sie einander hinauszuwerfen, bis eine der Farben schließlich gewinnt. Da ist es dann für die anderen aus. Es fehlt nur noch eine vierte Farbe. Was haben wir für eine Farbe, Vater? sage ich. Ich meine, unsere Partei? – Gib jetzt Ruhe, Dicki, und laß Vater frühstücken, sagt Mutter, weil sie sieht, daß sich auf seiner Stirn schon wieder Wolken zusammenziehen. Eine Frage läßt er schon mal zu, auch zwei, wenn er gute Laune hat. Doch Kinder haben zu schweigen, wenn Erwachsene reden. Und wenn sie nicht reden, auch: Bei Tisch ist der Mund zum Essen da, ich bitte mir Ruhe aus, arbeite gerade schwer genug, und wofür? Für euch. Damit ihr euch ein gutes Leben machen könnt.

Mutter ist jedesmal von neuem beeindruckt von Vaters Aufopferung für uns. Überhaupt glaubt sie ihm jedes Wort und achtet sorgfältig auf jedes Zeichen, das ein Umschlagen seiner Laune ankündigt, damit sie sich ihm anpassen kann. Manchmal ärgert mich das, aber dann denke ich, daß sie ja so viel zarter und wehrloser ist als ich. Sie zittert immer gleich, wenn Vater zu brüllen beginnt. Dann möchte ich sie beschützen und fühle mich als ihr Ritter im Kampf mit dem Drachen.

Vor dem Fenster bellt ein Hund, weil er einen anderen sieht. Grün, sage ich in das Gekläff hinein. Mutter erschrickt ein bißchen wegen der Unterbrechung der Sonntagsruhe, die Vater doch heilig ist. Was ist grün? sagt sie zerstreut. – Die vierte Farbe! Wenn es die Roten gibt, die Braunen in den gelben Hemden und die Schwarzen, dann sind wir die Grünen. – Wie kommt das Kind nur auf solch ausgefallene Ideen? sagt Mutter zu Vater. Ich verteidige mich: Beim Mensch ärgere dich nicht habe ich mit Grün gegen Edith gesiegt, die war rot. Da hat sie sogar geheult. Grün ist prima. Ich möchte ihnen zeigen, daß ich gar nicht so dumm bin, wie sie meinen, und daß ich verstehe, wie das mit der Politik vor sich geht.

Vater verschwindet wieder hinter seiner Zeitung. Ab und zu tastet seine Hand blind nach der Kaffeetasse. Die verschwindet auch und kommt leer wieder zurück. Mutter und ich finden es spannend zu beobachten, wie die Hand auf der Suche nach der Tasse alles abtastet, einmal hat sie in die Butter gegriffen, da haben wir gelacht, aber Vater ist ärgerlich geworden. Albernes Volk, hat er gesagt und sich die Finger gründlich an der Serwiette abgewischt.

MEIN ELTERNHAUS. Eigentlich gibt es nur ein Zimmer in den drei Stockwerken, das ich wirklich mag, Mutters Schlafzimmer. Es ist fast so groß wie das Herrenzimmer und duftet wundervoll nach Mutters spanischem Parfüm. Wenn ich dürfte, würde ich dort stundenlang vor dem Toilettentisch mit dem Klappspiegel sitzen, in dem man sich von allen Seiten sehen kann, und die Fläschchen und Porzellantöpfe bewundern, mit denen Mutter sich schön macht. Wenn ich größer bin, werde ich mich auch anmalen, nicht nur so leicht wie Mutter, sondern richtig bunt, bis man mein Gesicht gar nicht mehr erkennt. Es muß schön sein, sich dahinter verstecken zu können wie hinter den Idiotenmasken zum Karneval. Dann ist man jemand anders und unsichtbar für die übrigen Menschen. Ich würde furchtbar gern für andere unsichtbar sein. Dann können sie mir nicht mehr weh tun. Josefine sagt, die lustigen Klauns im Zirkus wären ganz traurige Menschen, die sich fröhlich bemalten, damit niemand sieht, wie melankolisch sie in Wahrheit sind. Ich lache öfter, auch wenn mir gar nicht zum Lachen zumute ist, weil Mutter und überhaupt alle mich lieber fröhlich mögen. Darum verstehe ich Klauns.

Das Herrenzimmer voll dicker Sessel, Bücher, Lampentischen und gemalten Bildern an den Wänden ist vor allem Vaters Zimmer. Mutter und ich sind da immer ein bißchen

wie zu Gast, wenn er uns nach dem Abendessen aus Wilhelm Busch vorliest, wobei er sehr lustig wird, obwohl es immer das gleiche ist, was er vorliest, und ich es schon auswendig kann. Mutter natürlich auch, das sehe ich daran, daß sie schon zum Lachen ansetzt, wenn die komische Stelle erst kommt. *Ist fatal, bemerkte Schlich, he he, aber nicht für mich!* Eine von Vaters Lieblingsfiguren, dieser häßliche, schadenfrohe Kerl mit der großen Nase, den Plattfüßen und der geduckten Haltung. Schlitzohr, sagt Vater, immer so hintenrum statt ehrlich und geradeaus. Dafür kriegt er ja dann auch sein Fett. Aber so sind sie.
Wer? sage ich.
Nicht, Viktor. Bitte nicht! sagt Mutter.
Soll ich weiterlesen oder nicht?
Nein, sage ich.
Aber ja, sagt Mutter, du liest doch so schön, nicht wahr, Dicki? Es gibt Momente, da zwingen einen die Erwachsenen zum Lügen. Ich will mir schließlich keine neuen Ohrfeigen einhandeln. Nicken ist nicht ganz so schlimm wie ja sagen und nein meinen, besonders, wenn ich Mutter damit eine Freude machen kann. Sie hat doch so wenig zum Sichfreuen. Höchstens ihren Britschnachmittag einmal die Woche. Da kommen ihre drei Freundinnen zum Tee, und auf einmal wird es laut und lebhaft im Haus, das Lachen dringt in mein Kinderzimmer, wo es mich froh macht, bis sie sich an den kleinen, grünen Spieltisch im Salon setzen und die Tür zudrücken. Solange die Britschfrauen im Haus sind, fühle ich mich weniger allein. Die Wände kommen mir nicht mehr ganz so dick und kalt vor, und die Angst geht weg, die Angst vor dem schiefen Schornstein und überhaupt.

Mutter und ich haben auch unsere Heimlichkeiten vor Vater. Nach dem Mittagessen gehen wir zu ihr ins Schlafzimmer, wo Vater nie hinkommt, genausowenig wie sie in

sein Kontor. Da futtern wir dann den Kuchen, den sie für uns aus der Stadt mitgebracht hat, weil auch sie kein saures Obst zum Abschluß mag. Es macht mich unheimlich glücklich, wie sie sich da mit mir gegen Vater verbündet, und ich würde ihr zu gern um den Hals fallen und sie abküssen. Man berührt sich aber nicht, wenn man aus gutem Hause ist, das ist vulgär, sagt Vater. Das Nichtberühren gehört zu unserer Hausordnung, wobei Ohrfeigen ausgenommen sind. Die gelten als Erziehung und sind darum nicht vulgär. Erziehung muß sein: Damit aus dir was Ordentliches wird!
Was ist das, was Ordentliches?
Dumme Frage. Iß deinen Salat.
Ist Mutter was Ordentliches geworden? Ist Ehefrau etwas Ordentliches? – Kommt drauf an, sagt Vater und lacht, nur so ein bißchen. Kommt ganz drauf an. Gibt schon ganz ordentliche Frauenzimmer.
Viktor! Mutter kriegt einen roten Kopf. Besser nicht weiterfragen.

Daran, daß man einander in feinen Familien nicht berühren darf, habe ich mich lange nicht gewöhnen können. Ich wäre so gern von Vater mal richtig in die Arme genommen worden, wenn er fand, ich sei brav gewesen. Aber so was gehöre sich nun mal nicht, sagt er, außerdem sei so 'ne Rumknutscherei ungesund, weil dann Bazillen ausgetauscht würden. Und ich sei schon gerade oft genug krank. Als ich kleiner war, habe ich das zuerst nicht einsehen können, weil doch in meinen Kinderbüchern Eltern ihren Kindern oft lächelnd über das Haar streichen, ohne daß sie krank werden, jedenfalls stand nichts darüber drin, daß Streicheln schädlich ist. *Das Berühren der Figüren mit den Pfoten ist verboten!* Nur den Hund durfte ich streicheln, den alten Flip. Der ließ sich das gefallen wie ein müdes Sofakissen, ihm war es egal, ob er ein feiner Hund war oder nicht.

Ich war fünf, als ich aus Wut darüber, daß mir niemand zärtlich über den Kopf streicheln wollte, wo ich doch so dichte Locken hatte, mit der großen Schreibtischschere so lange darin herumsäbelte, bis ich rechts so gut wie kahl und links ganz schnibbelig war. Die Locken waren alle ab. Jetzt war ich endlich ganz Otto. Das gab mir wieder Kraft, denn als Junge will ich nicht gestreichelt werden, Jungen stehen darüber. Sie wollen mich aber nicht als Otto. Mutter weinte und schloß sich in ihr Zimmer ein, und Vater verpaßte mir die einzig erlaubte Berührung so nachdrücklich, daß ich am ganzen Körper blaue und grüne Flecke und tagelang Nasenbluten hatte. Mit fünf ist man eben noch ziemlich jung und begreift nicht, daß Erziehung etwas Wichtiges ist, das man zu respektieren hat, damit man später einen guten Eindruck bei den anderen macht, die auch zu ordentlichen Erwachsenen gehauen worden sind.

Ich schaue auf mein Schreibheft hinunter. Da steht nur die Überschrift. Komisch, wieviel einfacher es ist zu denken als zu schreiben, was einem so durch den Kopf geht. Vaters Schlafzimmer grenzt an das von Mutter, ist aber ganz anders, streng und kahl und langweilig. Da war das mit der Hantel. Ich glaube, Vater hat ihr Fehlen nie bemerkt. Ich hatte sie mir aus seinem Zimmer geholt, weil ich gerade wieder beschlossen hatte, so schnell wie möglich groß und kräftig zu werden, um einmal, nur ein einziges Mal zurückschlagen zu können, aber dann mit solcher Wucht, daß er rückwärts stolpern, hinstürzen und mich, den Giganten an Kraft, bewundernd vom Boden her betrachten sollte. Siehst du, würde ich sagen, das hättest du mir nicht zugetraut, daß ich mich wehre, nicht wahr? Mädchen schlagen nicht zurück. Aber Otto, den hattest du wohl nicht erwartet. Zwei Jahre ist das her, da war ich heimlich in sein Schlafzimmer gegangen nach dem Mittagessen. Kein gemütliches

Zimmer das, viel enger als das von Mutter. Ich fürchte mich ein bißchen vor ihm; von der Bettwäsche und den Anzügen im Schrank geht Muffgeruch aus wie saure Milch mit Zigarre. Eigentlich ulkig, daß er das Fehlen der einen von den beiden Hanteln auf dem Fensterbrett nie bemerkt hat. Ich hatte geglaubt, er turnt täglich mit ihnen, wozu hat er sie sonst? Ich jedenfalls übte mit den zwei schweren Eisenkugeln am gebogenen Griff gewissenhaft, erst im Sitzen, später im Stehen. Meine Muskeln und Schultern sind viel stärker geworden, aber noch nicht kräftig genug, um Vater damit zu besiegen. Er ist so sehr viel größer als ich, und außerdem macht mir auch seine Stimme angst, wenn sie plötzlich ins Hohe umschlägt. Eine Stimme kann man nicht besiegen. Vor ihr begann sogar Flip mit ausgestreckten Beinen wie ein Frosch über den Teppich zu robben, so sehr ängstigte ihn Vaters Geschrei. Es ist wohl besser, Flip ist tot. Der Lastwagen, der ihn überfuhr, hat ihm nicht weh getan, sagt Josefine. Als er es merkte, meinte sie, war er schon im Himmel. Da machte es ihm nichts mehr aus.

Von zwei Jahren Übung mit der Hantel – ich kann sie nun schon eigenhändig über den Kopf heben – habe ich auch einen stärkeren Gang bekommen. Es macht Spaß, die breit gewordenen Schultern unter den albernen Stickereiblusen, die Mutter mir immer noch aufdrängt, nach vorn und rückwärts zu bewegen.

Könnte ich ihr doch nur diesen unmöglichen Seemannsgang abgewöhnen, sagt Mutter entschuldigend zu den Britschfreundinnen, denen ich guten Tag sagen muß, wenn ich zufällig in der Nähe bin, das Geschaukle hat sie sich erst angewöhnt, seit sie in die Schule geht.

Da imitiert sie wohl meinen Günter mit seinen weiten Schritten, sagt die Frau Printzen. Er ist so beliebt in der Klasse. Nicht wahr, du magst den Günter auch sehr?

Nein, sage ich.

Mutter beeilt sich, ihr eine Nettigkeit zu sagen, weil ihr Mann irgend etwas Wichtiges mit einem langen Titel ist, was Politisches und »stark im Kommen«, wie Vater sagt. Solche Leute wie die Printzens muß man sich warm halten in Zeiten wie heute. – Zu dem Aufsatzthema fällt mir noch immer nichts Vernünftiges ein. Jedenfalls nichts Besonderes, so was, wo die anderen aufmerksam werden und sagen: Sieh mal, so geht's bei denen zu, wenn ich vorlesen muß. Die Eltern anderer Kinder streiten sich manchmal und brüllen sich an wie die Geschwister von Marlene, als sie mich eingeladen hatte, damit ich ihr mit der Rechenaufgabe helfe. Die haben geschrien, daß man es bis auf die Straße hören konnte. Sie dürfen, weil sie nicht so fein sind wie wir. In gutbürgerlichen Häusern, hat mir Mutter erklärt, dürfe nur einer schreien, nämlich der Herr des Hauses. Darum hieße er ja auch so, Herr, das habe etwas mit herrschen zu tun, und einer müsse schließlich in der Familie für Ordnung sorgen, nicht wahr, sonst ginge alles wie Kraut und Rüben durcheinander, und das sei kein Zustand. –
Warum haben wir Zustände, Mutter, und andere nicht?
Weil wir in geordneten Verhältnissen leben, Dicki. Wenn du groß bist, wirst du das verstehen und dankbar dafür sein.
Wollen andere nicht in geordneten Verhältnissen leben?
Manche hätten nun mal dafür wenig übrig, sagt Mutter, und das sei beklagenswert. Sie hätten nie gelernt, zu gehorchen.

Darüber habe ich nachdenken müssen. Wenn man Kind ist, muß man gehorchen, weil man sonst verdroschen wird. Warum aber tut Mutter immer, was Vater will? Sie ist doch erwachsen, es zwingt sie doch niemand? Mit Mutter habe ich darüber nicht sprechen wollen, sie hätte mir bestimmt geantwortet, daß das einfach so sein muß mit einem Mann im Haus, der stärker ist als wir. Darum habe ich während der Pause auf dem Schulhof die Ilse gefragt, ob man als Schwächere immer den Stärkeren gehorchen müsse, auch wenn man schon erwachsen sei.

Ilse wollte ein Beispiel. Das mit dem Klavier, sage ich. Mutter spielt wunderschön. Aber wenn Vater aus dem Herrenzimmer herüberschreit, sie solle mit dem Geklimper aufhören, weil er seine Ruhe haben will, lächelt sie und macht sofort den Deckel zu.

Ob Vater Mutter schon mal geschlagen habe?

Nein, nie.

Dann liebt sie ihn, sagt Ilse überzeugt. Wenn man liebt, dann wird man dumm. Ilse ist in den Freund ihres Bruders verliebt, den Heiko. Der ist schon zwölfeinhalb und beachtet sie gar nicht, obwohl sie das Foto, auf dem er mit ihrem Bruder auf einer Wanderung abgebildet ist, immer mit sich herumträgt und allen sagt, das sei ihr Freund. Sie ist ja auch schon zehn geworden. Ich mache mir nichts aus Jungen und auch nichts aus Fräulein Schalla, der Erdkundelehrerin, die alle anhimmeln. Ich will so schnell wie möglich erwachsen werden, um niemandem mehr gehorchen zu müssen oder wenn, nur freiwillig, wie ich es bei Mutter tue, weil sie so hilflos ist und nie ihren eigenen Kopf durchsetzen kann.

Es war in einer der Schulpausen gewesen, als die Anneliese Büngers auf einmal auf mich zukam. Ich stand mit der Waltraud an der Treppe, als ich sie kommen sah. Die Anneliese ist Anführerin einer Klicke von acht Mädchen aus meiner Klasse, die unheimlich viel bei uns zu sagen haben, weil sie ganz fest zusammenhalten gegen die, die nicht zur Klicke gehören. Auch die Jungen haben Angst vor ihnen. Mutter sagt, es seien die Töchter der wichtigsten Familien unserer Stadt, und ist traurig, daß ich von denen nie eine Einladung zu Geburtstagen oder so erhalte. Ich bin aber eher froh darüber. Ich mag sie alle nicht, aber die Anneliese am wenigsten.

Waltraud, der Feigling, verdrückte sich, als die Anneliese vor mir stehenblieb, mich schief ansah, so von unten nach oben, und fragte, ob ich nicht zufällig wüßte, wo der Inge ihre Zeichenmappe hingekommen sei. Sie wäre noch ganz neu gewesen, aber auf einmal weg.

Was geht mich das an, sagte ich, aber innen im Magen spürte ich es kribbeln. Das war die Wut, die in mir aufstieg, weil ich merkte, daß die Anneliese es gern gehabt hätte, wenn ich die Mappe genommen hätte. Sie hätte mich am liebsten als Diebin gesehen.

Warum ich? sagte ich.

Weil du hinter Inge sitzt. Ach, lassen wir das. Komm mit mir rüber zu den anderen. Wir haben ein neues Spiel. Du darfst mitspielen.

Das war eine unerwartete Ehre und hat mich das mit der Zeichenmappe schnell vergessen lassen.

Die Klicke hatte unter der alten Kastanie einen Kreis gebildet und schaute uns entgegen, als ich mit Anneliese dazukam. Ich hatte mich in den Kreis zu stellen, die Schultern hochzuziehen und die Handflächen nach außen zu drehen.

Karla ist Amtsvorsteher im Rathaus, und du bist eine Jüdin, erklärte Anneliese. Du bist aus Krakau und bittest den Herrn Amtsvorsteher um die Erlaubnis, in der Stadt bleiben zu dürfen. Los, fang an!

Die lange Karla trat einen Schritt auf mich zu und blickte so richtig hochmütig auf mich herab. Ich wußte aber gar nicht so recht, was Juden überhaupt sind. In unserer Familie spricht man nicht von ihnen. Nur einmal hatte Vater von seinem Morgengang durch die Stadt ein Papier mitgebracht, darauf war ein schmutzig grinsender alter Mann gezeichnet, der in einer Truhe mit Talern wühlt und sich dabei tief über seine Hände beugt. Neben ihm stand ein kleiner Mann mit Zipfelmütze, der ihm mit der Faust drohte. Das sei ein Jude, der mit der großen Nase, hatte Vater mir erklärt. Und der neben ihm mit der Zipfelhaube sei der dumme Michel. Und der sei Deutschland. Propaganda nenne man das, und man könnte es drehen und wenden, wie man wolle, die Braunen seien doch mächtig im Kommen: *Ist fatal, bemerkte Schlich, he he, aber nicht für mich* ... Das war das einzige Mal, wo ich Mutter richtig wütend gesehen habe. Takt sei ja wohl nie seine Sache gewesen, hatte sie ganz atemlos gesagt, aber das ginge nun doch zu weit. Du vergißt dich, Viktor! Worauf Vater etwas von Keinen-Spaß-Verstehen gemurmelt hatte und aus dem Zimmer gegangen war. –

Ich möchte die Erlaubnis, in der Stadt bleiben zu dürfen, sage ich zu der langen Karla.

Weshalb willst du in der Stadt bleiben?

Weil es mir hier gefällt! – Das ist doch eine ganz vernünftige Antwort, aber die Anneliese schreit: Nein, so geht das nicht. Bitten mußt du, betteln und dazu ein ganz verzweifeltes Gesicht machen!

Warum?

Du bist 'n Jude. Meine Mutter sagt, Juden sind aufdringlich. Jagt man sie aus neunundneunzig Türen raus, kommen sie zur hundertsten wieder rein. Knie dich hin.

Ich mag nicht.

Mach schon. Hinknien sollst du dich! Die Anneliese ist ganz rot vor Aufregung im Gesicht und hat was komisch Glitzerndes in den Augen. Die anderen blicken schweigend auf mich und warten. Die lange Karla streckt ihren knochigen Zeigefinger aus und deutet auf den Platz vor ihren Füßen. Das Spiel gefällt mir nicht. Ich finde es blöd. Wenn die

Klicke nicht einen Ring um mich geschlossen hätte, würde ich einfach davongehen.
Knie du dich doch hin, sage ich zu Karla.
Ich bin der Amtsvorsteher, und du willst doch was von mir, oder?
Jetzt nicht mehr, sage ich. Und überhaupt ist das ein blödes Spiel. Nicht ein bißchen lustig. Mir macht's keinen Spaß.
Aber uns, aber uns! schreit da die Anneliese ganz wild, springt auf mich zu, wirft mich zu Boden, bevor ich bis drei zählen kann, und preßt mein Gesicht auf die Schuhe von der Karla. Das ist dein Platz, Jud. Deine Mutter ist Jüdin. Meine Eltern sagen, Fremde haben in unserer Stadt nichts verloren. Jude, Jude, höhnen die übrigen und beginnen um mich herumzutanzen. Ich spucke Staub. Mein Gesicht ist naß von Wuttränen. Nach ein paar Augenblicken, in denen ich erst wieder zu mir kommen muß, rappleich mich auf und verpasse der Anneliese ein paar Kinnhaken, richtige Knaller. Das sind die zwei Jahre Übung mit Vaters Hantel. Es tut mir gut, mal ordentlich als Otto zuhauen zu können. Da liegt die Anneliese mit angezogenen Beinen auf der schmutzigen Schulhoferde, heult und hält sich das Kinn, und die anderen stehen stumm und verlegen im Kreis und starren auf ihre Führerin. Die sollen wissen, daß sie nicht einfach alles mit mir machen können, nur weil sie zu mehreren und von den anderen gefürchtet sind. –

Ausgerechnet Fräulein Schalla hat die Hofaufsicht, das ist der Klicke besonders peinlich, weil sie doch alle für sie schwärmen: Was ist hier los? Wollt ihr wohl aufhören zu raufen? Dabei sieht sie mich an, wie ich über der Anneliese stehe. Ich gebe mir Mühe, auszusehen, als sei so etwas wie das Anneliese-Niederschlagen was ganz Alltägliches für mich. Ich bin sicher, sie hat mich bewundert, auch wenn sie es nicht zugeben darf, denn Lehrerinnen sind ja dazu da, Ordnung zu halten. Darum habe ich auch verstanden, daß ich einen Tadel ins Klassenbuch bekam, obgleich es doch die Klicke war, die angefangen hatte. Blöde Affen.

Mutter hat es gefreut, als ich ihr erzählte, daß Thea und Irmchen, beide aus der Klicke, auf einmal ganz freundlich zu mir sind. Aber den Grund dazu habe ich ihr verschwiegen, den kann ich ihr ja nicht sagen. Die Mutter von der Thea hat mir sogar eine Einladung zu Theas Geburtstag in vierzehn Tagen geschickt. Da können die lange warten, ich geh' da nicht hin. Wenn die finden, ich bin anders als sie, na gut, dann will ich es auch sein und mit ihnen gar nichts mehr zu tun haben. Wenn ich mich von ihnen fernhalte, brauche ich auch keine Angst mehr vor den anderen zu haben, weil sie viele sind und ich allein bin. Seit der Sache im Schulhof träume ich öfter davon, wie ich irgendwo spazierengehe, und da kommt plötzlich die Klicke aus dem Hinterhalt und fällt über mich her, alle Mädchen auf einmal, und Jungen sind auch dabei. Da habe ich gar keine Möglichkeit mehr, mich zu wehren und will eigentlich auch gar nicht, weil es an dieser Stelle des Traums immer ganz schön aufregend wird mit so einem Schwebegefühl im Bauch, wie ich es habe, wenn ich wieder mal an Vaters Bücherschrank gehe und mir die verbotenen Bilder ansehe, wo Männer und Frauen mit weißen Perücken mit ihren Händen in den Kleidern wühlen. Träume sind eben Unsinn. Wenn mir das in Wirklichkeit passierte, würde ich mich natürlich wehren, solange ich kann.

Die Hausaufgabe verschiebe ich. Mein Kopf ist heiß, ich glaube, ich werde wieder krank. Das ist gut, dann muß ich im Bett liegen bleiben, muß Vaters selbstgemachte Pillen gegen Fieber schlucken, damit ich rausschwitze, was mich krank gemacht hat, und brauche nicht zur Schule.

Josefine sagt, ich werde nur deshalb so oft krank, weil dann Mutter öfter nach mir sehen kommt und sogar Vater ab und zu, und weil ich das so gern mag, wenn Mutter sich an mein Bett setzt, immer ein bißchen weit weg von mir, weil Nahekommen doch vulgär ist. Dann erzählen wir uns Geschichten. Am liebsten höre ich, wie sie selbst in meinem Alter war und was sie da alles angestellt hat. Für sie war es leichter, sie hat ja Großvater zum Vater. Schade, daß er nicht auch meiner geworden ist, ich mag ihn so sehr. Nach Mutter mag ich ihn am liebsten von allen Menschen auf der Welt.

Die Kleine ist nicht wohlauf, gnädige Frau, sagt Josefine am Abend. Sofort ist Mutter beunruhigt. Dabei ist das bei mir doch gar nichts Besonderes. Haben Sie schon gemessen?

Siebenunddreißig drei, sagt Josefine. Drei Grad Fieber. Und Halsschmerzen.

Es würden wohl wieder die Mandeln sein, meint Mutter. Machen Sie ihr schon mal einen Prießnitzumschlag, das Übliche, Sie wissen schon. Ich komme dann nach ihr sehen. Das kann ich hören, weil ich mich ins Nebenzimmer geschlichen habe, um zu wissen, ob es klappt. Es klappt aber eigentlich immer. Nur ganz früher, im ersten Schuljahr, das mir gar nicht gefiel, hat sie mich manchmal mit so einem ulkigen Blick angeguckt und gesagt: Na Dicki, spielst du mir auch nichts vor? Aber seit wir den Doktor Krumm als Hausarzt haben, den mit der Spiegelpomade auf dem Kopf und dem kaputten Gesicht, weil doch vom Ohr bis zu der Nase eine Narbe geht, glaubt sie alles. Der findet sowieso immer was an mir, auch wenn ich gar nichts habe, weil er sich vor Mutter nicht blamieren und zugeben will, daß er nichts vom Arztsein versteht. Er sei ein guter Arzt, sagt Mutter, und ich ein kränkliches Kind, Gott sei's geklagt. Ich hab sie mal ge-

fragt, warum ihr der Doktor Krumm immer Blumen mitbringt, so schöne rote dazu an langen Stielen, ganz anders als die mickrigen Sträuße von den Britschfrauen. Da hat sie ein bißchen verlegen gelacht und gesagt, der Doktor sei doch ein Chorbruder von Vater. Was ein Chor ist, wußte ich von Josefine, die mich sonntags ein paarmal in die Kirche mitgenommen hat. Da hatte auch mal ein Jungenchor gesungen. Ist er mein Onkel?
Wie kommst du denn darauf?
Wenn er Vaters Bruder ist? Chor versteh ich nicht, dafür ist er doch viel zu alt. Kann er denn singen?
Was du immer so zusammenfragst, sagt Mutter. Das sei eine andere Art von Chor, und das Wort würde auch anders geschrieben. Singen täte man da auch, aber weniger kirchlich. Und Vaters Chor sei eine schlagende Verbindung. Ich fand es natürlich, daß Vater in einer schlagenden Verbindung ist. Wo er die stärksten Hände in der ganzen Stadt hat.
Haut er da die anderen? will ich wissen. Wie viele Brüder hat er denn?
Das seien keine richtigen Brüder, die nennten sich nur so, weil sie eine wichtige Vereinigung seien und zusammenhalten müßten, eben wie eine Familie, na ja, dazu sei ich doch noch zu klein, um zu verstehen, welche Ehre es für einen Mann ist, bei so was dazuzugehören.
Und dann hauen sie sich? Hat Vater dem Doktor Krumm das Gesicht kaputtgemacht, weil er dem sein Chorbruder ist? Könnte ich da auch reinkommen, wenn ich groß bin? –

Mitglied einer schlagenden Klicke zu werden, muß was Tolles sein. Ich stelle mir vor, wie sie dann alle vor mir zittern, die Kinder aus meiner Klasse, die dann auch groß sind und vielleicht schon vergessen haben, wie ich die Anneliese besiegt habe.
Gewöhn dir mal ab, immer gleich hundert Fragen auf ein-

mal zu stellen, sagt Mutter kopfschüttelnd. Wenn dir dann jemand antwortet, weißt du gar nicht mehr, was du gefragt hast, und bist so klug wie zuvor. Altkluge Kinder werden später Erwachsene, die niemand leiden kann, weil sie immer alles besserwissen wollen. Doktor Krumm meint, du denkst zu viel für dein Alter.

Hat Vater ihm das Gesicht zerhauen? wiederhole ich.

Das ist nicht zerhauen, verteidigt Mutter den blöden Affen, das ist ein Schmiß.

Das macht mich an die Blumenvase denken, die Vater einmal Josefine entgegenschmiß. Sie hat sie aber nicht getroffen, sondern zerknallte an der Wand; später hat Vater sich bei Josefine entschuldigt.

Oder zerschmissen, sage ich, hat er? Das interessiert mich. Ich glaube, Vater kann den Doktor auch nicht leiden.

Du läßt mir aber auch keine Ruhe. Also paß mal auf: So ein Chor – sieh mal, so wird das geschrieben, mit einem ps – ist eine private Gesellschaft, da kommen nur ganz Vornehme rein. Und da machen sie auch Fechtabende, wo immer zwei und zwei gegeneinander kämpfen mit Degen.

Wozu? sage ich. In meinem Seeräuberbuch von Salgari kämpft der schwarze Korsar mit einem Degen gegen eine Menge Feinde und ersticht einen nach dem anderen, um für die Königin den Schatz zu retten. Aber in dieser Brüdergesellschaft scheint einer den anderen abzumurksen. Das ist doch blöd, da bleibt ja niemand mehr übrig.

Wie viele hat Vater schon erstochen? Bestimmt mehr als alle anderen zusammen, nicht wahr? – Ich möchte stolz auf meinen Vater sein.

Die töten einander nicht, die verwunden sich nur, sagt Mutter. So eine lange Narbe quer durch das Gesicht vom Degen des Gegners sei ehrenvoll, darauf könne jeder Chorbruder stolz sein. Dein Großvater war auch in einer solchen Verbindung, obwohl er Jude ist.

Ich glaube, das hatte sie eigentlich gar nicht sagen wollen, es ist ihr nur so rausgerutscht. Jetzt weiß ich es endlich: Großvater ist Jude, mein lieber Opa mit dem hellen Plusterhaar um die Ohren, dem weißen Spitzbart und seinem heimlichen Schmunzeln, wenn ich dort zu Besuch bin und Mutter sich bei ihm über meinen Dickkopf beklagt. Auch er ist also in so einer schlagenden Gesellschaft drin, und das ist doch etwas besonders Feines.

Bist du auch Jude, Mutter?

Mutter blickt von ihrer Handarbeit hoch. Wenn sie nicht Britsch spielt oder Klavier, macht sie Tischdecken aus golden glänzendem Seidengarn.

Warum? sagt sie.

Die Anneliese Büngers hat gesagt, wir wären Juden, und Juden wären schlecht und Fremde, mit denen kein anständiger Deutscher zu tun haben möchte. Vor allen Kindern hat sie das gesagt.

Wann hat sie das gesagt, Dicki? Das Goldgarn kommt durcheinander, weil Mutters Hände zu zittern beginnen.

Vor ein paar Tagen.

Das hättest du mir gleich erzählen sollen.

Ach, wozu? Ich habe sie vertrimmt. Die Anneliese ist doch doof.

Jetzt legt Mutter ihre Handarbeit zur Seite und dreht sich zu mir hin. Einen Augenblick lang glaube ich, sie will mich in die Arme nehmen, weil sie mich so anschaut. Ich werde schon ganz aufgeregt, da sagt sie: Übermorgen wirst du neun Jahre alt. Eigentlich bist du noch zu klein für solche Fragen, wenn auch neugierig für drei. Aber ich muß dir das wohl mal alles erklären. Ja, sie sei Jüdin, sagt sie, weil ja auch Großvater Jude ist und sie seine Tochter, und ich wäre auch

ein bißchen jüdisch wegen ihr. Das sei aber nichts, weshalb man sich schämen müsse. Nur gäbe es in Deutschland Leute, die schon immer etwas gegen Juden gehabt hätten und ihre Feinde seien. Und die würden nun immer mehr werden, es sei beängstigend, sagt sie. Weil die glaubten, Juden seien eine Rasse. Und dabei sei das doch nur was Religiöses. – Darunter kann ich mir nichts vorstellen. Sind wir religiös, Mutter? will ich wissen.
Sie zögert. Wie soll ich dir das nur erklären? Erinnerst du dich, wie Großvater, als wir ihn vor drei Jahren besuchten, die Tischkerzen anzündete und ein Gebet sprach? Es war ein jüdisches Gebet.
Tust du aber nicht bei uns, Mutter. Bist du nicht religiös? Richtig stolz bin ich auf meine Frage, weil ich sie sehr klug finde.
Nicht so, meint Mutter verlegen, natürlich glaube sie an den lieben Gott und auch an seine Macht, alle Dinge zu lenken. Nur, was die religiösen Bräuche beträfe, also das mit den Samstagsgebeten, das habe sie aufgegeben.
Wegen Vater?

Sie nickt. Ja, er sei evangelisch. Und so wichtig seien schließlich diese Äußerlichkeiten nicht, weder für ihn noch für sie. Verstehst du das schon, Dicki?

Ich lache, weil ich mir vorstelle, was passieren würde, wenn Mutter samstags zum Mittagessen die Kerzen aufstellte und zu beten begänne. Vater würde wild in die Flammen pusten, mit der Faust auf den Tisch hauen und befehlen: Schluß mit dem Unsinn! Jetzt wird gegessen. Voran, voran! – Klar verstehe ich, sage ich wichtig, du mußt immer tun, was Vater sagt!
Als ich deinen Vater heiratete, sagt sie, bin ich evangelisch getauft worden. Weil er doch evangelisch ist, weißt du.

Mein Kopf tut weh. Jetzt begreife ich nichts mehr, wo ich

doch eben noch alles verstanden hatte. Wenn Mutter evangelisch ist, kann sie doch nicht Jude sein. Juden, hat sie gesagt, sind keine Rasse, sie sind eine Religion. Mutters Religion ist evangelisch wie die von Vater.

Ich verstumme, weil das alles noch zu schwer ist für mich. Erwachsenenprobleme. Außerdem ist es langweilig. Der Anneliese werde ich es aber stecken, daß ich eine evangelische Mutter habe, bestimmt viel evangelischer als die ihre. Sobald ich wieder gesund bin.

2

Geburtstag im Bett. Josefine bringt mir die Frühstücksbulljong auf einem Tablett, mißt meine Temperatur – na, Fräulein Drückeberger, immer noch Halsschmerzen? –, erneuert den lästigen Halskragen, den Doktor Krumm für nötig hält, legt mir eine Schachtel Pralinen auf die Bettdecke, so eine mit bunten Blumen darauf und Goldschrift. Herzlichen Glückwunsch, jetzt bist du neun! sagt sie.
Du könntest mir einen Geburtstagskuß geben, sage ich. Langsam komme ich mir schon vor, als wäre ich aus zerbrechlichem Glas.
Das Berühren der Figüren ...
... mit den Pfoten ist verboten. Ich weiß! – Josefine ist schon lange bei uns im Haus. Sie kennt Vaters Sprüche auswendig und denkt sich nichts dabei, sie bei passender Gelegenheit runterzubeten. – Aber heute hab' ich Geburtstag!
Halsentzündung steckt an, sagt sie und geht lachend aus dem Zimmer.

Das Tageslicht kriecht nur in Streifen durch das Fenster herein, weil es nicht richtig über das Dach vom Lagerhaus und um den Schornstein herum bis zu mir gelangen kann. Das Ding, die alte Wickelkommode, auf der sie mir die ersten Windeln umbanden, hat viele dünne Risse im weißen Lack. Abgesehen davon gehen von der mittleren Schublade immer die Stöpsel ab, wenn man an ihnen zieht. Ich sehe mich nicht gern im Zimmer um. Es sieht öde aus wie der Raum im Krankenhaus, wo sie mir den Blinddarm herausgenommen haben, nur nicht so groß. Aber auch alles weiß, Tisch und Stühle und Schrank. Das hellbraune Stehpult, das mir Vater heute vor zwei Jahren schenkte, macht es nicht besser. Das ist da zum Lernen, hatte Vater nachdrücklich gesagt, nicht zum Zeitvertrödeln und Fensterrausschauen. Außerdem ist es unbequem. Man kann daran nur gut sitzen, wenn man ein Bein an sich zieht. Das tue ich aber gern. Wenn ich den Arm um mein Bein lege, ist es fast wie ein Mensch, und ich kann mit ihm sprechen und mich von ihm wärmen lassen. Die Fensterbank hat Sprünge, und das Weiße, womit sie angestrichen ist, blättert ab. Darunter ist Holz, das wärmer aussieht. Ich habe schon ganze Nachmittage damit verbracht, den Lack weiter abzukratzen, aber es ist mühsam, ihn da abzurupfen, wo er hochsteht, und geht sehr langsam.

Sie kommen nacheinander, mir zu gratulieren. Erst kommt Vater. *Wohl dem Kinde, das sich beizeiten krümmt*, sagt er und stellt ein in buntes Streifenpapier eingeschlagenes Päckchen auf meinen Nachttisch. Ich weiß nun schon, daß das wieder mal zwei Sprüche in einem sind, auch wenn ich unterdessen vergessen habe, wie es richtig heißt. Es hat etwas mit einem Haken zu tun, der man werden soll oder so ähnlich. Heute lächelt Vater. Das ist selten und eine Auszeichnung für mich. Es gehört mit zum Geburtstagsgeschenk.
Nächstes Jahr kommst du schon aufs Lizeum, sagt er. Langsam wird ein Mensch aus dir!

Er mag es nicht, wenn ich sein Paket vor ihm auspacke. Also lasse ich es da stehen, obwohl ich mächtig neugierig bin, was drin ist. Komisch, wenn Vater nur fünf Minuten im Kinderzimmer ist, riecht gleich alles nach Zigarre. Ich liebe

das, es ist auch ein bißchen wie Berührung, nur durch die Nase.
Tut mir leid, daß ich schon wieder krank bin, sage ich. – Ich möchte mich entschuldigen, Otto würde bestimmt nicht andauernd auf der Nase liegen, – Doktor Krumm sagte…
Dieser Lackaffe. Was der schon sagt. Iß deine Pillen und hör nicht auf ihn, dann bist du morgen gesund und kannst wieder zur Schule. Wenn du versprichst, dich in Zukunft zu bessern und Erwachsenen nicht zu widersprechen, dann – er macht ein geheimnisvolles Gesicht – habe ich auch noch eine Geburtstagsüberraschung für dich!
Ich halte vor Spannung den Atem an: Was ist es? Sag, was es ist, bitte!
Geduld, Geduld! Ich hätte noch immer nicht abwarten gelernt, sagt Vater, und das sei bedauerlich. Wirklich höchst bedauerlich. Wo er und Mutter sich doch alle Mühe gäben, mich zu einem ordentlichen Menschen zu erziehen.
Den Gipselefanten für meinen Zoo, rate ich, den angreifenden mit den großen Ohren?
Falsch geraten, sagt Vater.
Einen neuen Bogen Klebebilder? – Eigentlich finde ich diese Sammelbilder, all das Engel- und Blumenzeug, blöd. Aber das Einkleben mag ich. Das Pelikanol riecht so schön nach Marzipan.
Wieder daneben, sagt Vater. Jetzt lacht er sogar.
Ich überlege. Das muß doch herauszufinden sein. Indianerfedern? schlage ich vor.

Vater genießt meine Ungeduld. Gerade wie ich denke, er macht sich nur einen Scherz, und schon nicht mehr neugierig bin, weil es ja in jedem Fall nichts Besonderes mehr sein kann, wenn ich weder den Elefanten noch meine Kopffedern bekomme, sagt er ganz feierlich: Du bekommst ein Kindermädchen! Ein Kinderfräulein, verbessert er sich.

Ich weiß nicht recht, was ich dazu sagen soll. Wozu? frage ich vorsichtig. Damit du nicht in den Tag hinein faulenzt und dich jemand bei den Schularbeiten überwacht, sagt Vater und scheint sehr zufrieden mit dem, was er seine Geburtstagsüberraschung nennt.

Hab ich mir doch gleich gedacht, daß es nichts Gutes ist. Brauche ich nicht, sage ich. Ich möchte lieber den Elefanten!

Vater zieht die Stirn in Falten. Undankbar seien sie, die Kinder von heute, verwöhnt und faul. Haben, haben, immer nur haben. Was die Eltern es für Mühe koste, ihnen die beste Erziehung angedeihen zu lassen, daran dächten sie nicht. Das hielten sie für selbstverständlich. Ob ich glaubte, daß viele Eltern sich ein Kinderfräulein für die einzige Tochter leisten könnten? Dafür, daß das Fräulein Tochter eine Begleiterin bekäme, müsse er Tag und Nacht schuften. Dazu macht er ein ganz angestrengtes Gesicht.

Ich sage ihm, daß er nicht zu schuften brauche, ich käme ganz gut allein zurecht. Wenn ich einen Aufpasser kriege, kann ich nicht mehr träumen und den ollen Hinterhof in einen Zaubergarten verwandeln, wo es herrliche große Blumen gibt und Rehe, die sich streicheln lassen. Und das mit dem Papierpuppenspiel ist dann auch aus. Dabei kann ich es täglich kaum erwarten, nach dem Mittagessen zur Küche zu laufen, wo auf dem Schemel in der Ecke die ausgelesenen Bilderzeitschriften liegen, die Josefine da drauflegt, bevor sie sie verbrennt. Es ist aufregend, zu suchen, ob etwas zum Ausschneiden dabei ist; richtige Puppen haben dumme Gesichter, bei denen mußte ich mir, wenn ich überhaupt mal mit einer spielte, die dazu passende Geschichte erst ausdenken. Die aus den Zeitungen, bei denen steht schon alles im Gesicht, da weiß ich gleich, was ich mit ihnen tun muß. Manchmal sind es auch nur die Köpfe, die passen, da lasse ich eben nur die mitspielen. Das machte aber weniger Spaß, bis ich entdeckte, daß ich sie auf andere Körper kleben kann, und dann werden sie richtig. Vorgestern war ein Mann dabeigewesen, der hatte einen ganz tollen Abendanzug an, aber ein gemeines Gesicht, eines, das mir ein komisches Gefühl gibt, nur so ein halbes Lächeln und gestorbene Augen. Auf dem Bild sprach er mit einer Frau, die war aber doof und paßte nicht zu ihm. Da habe ich ihn herausgeschnitten und ihn auf die Spitzmundfrau mit den Ixbeinen geschoben, die gerade Scharlsten tanzt. Jetzt hat sie Grund, erschrockene Augen zu machen. Die passen schön zusammen.

Also merk dir, sagt Vater: *Gescheites Kind begreift beizeit, erst kommt die Arbeit, dann die Freid.* Ich weiß, woher er das hat, das steht oft hinten auf den Modezeitungen drauf, aus denen ich die halbnackten Frauen schneide: *Die kluge Frau denkt sich beizeit, erst das Korsett und dann das Kleid.*

Du solltest dich wirklich freuen. Schluß nun mit der Herumlungerei und dem Kleben am Wohnzimmerfenster zum Leutebetrachten. Wenn ich erst ein Fräulein hätte, ginge ich auch täglich mit ihm spazieren: Frische Luft ist gesund und stärkt den Charakter.

Gehen wir dann sonntags vormittags nicht mehr zum Stadtwald? sage ich. Seit Jahren marschieren Vater und ich sonntags morgens bei Wind und Wetter zum Stadtwald. Vater macht solche Riesenschritte – Herumtrödeln kannst du mit deiner Mutter –, daß ich immer ganz außer Puste bin, wenn ich etwas fragen will. Mund zu, durch die Nase atmen: *Und so pirscht der Jägersmann sich an seine Beute ran!* Das sagt Vater immer gerade dann, wenn wir am meisten rasen.

Laufen dann nicht alle Tiere weg? – Da war ich fünf gewesen, als ich das fragte.

Alle nicht.

Welche nicht?
Vögel laufen nicht, die fliegen.

Erwachsene, fand ich damals, drücken sich oft dämlich aus. Heute bin ich längst daran gewöhnt. Wird sich zeigen, wie sich das mit dem Fräulein anläßt, wenn es erst da ist.
Nun genieß deinen Geburtstag und nimm das, sagt Vater und schüttet eine Tablette aus einem Röhrchen in das Glas Wasser auf meinem Nachttisch.
Was ist das?
Ein Aspirin, schluck's runter, dann bist du morgen mopsfidel. Ich will zwar nicht mopsfidel werden, aber weil doch mein Geburtstag ist, wo alle sich bemühen, nett zu mir zu sein, tue ich ihm den Gefallen und schlucke die saure Brühe herunter. Vater beugt sich zu mir, um mir das leere Glas abzunehmen, ganz freundlich. Da sieht er etwas, das ihn stört. Mit gerunzelter Stirn zieht er Fridolin von unter meiner Bettdecke hervor. Fridolin ist mein altes Kuschelkaninchen. Es hat ein Ohr ab und die rechte Hinterpfote ist kaputt, weil die Naht aufgeplatzt und das Innere raus ist, aber ohne Fridolin kann ich nicht einschlafen, auch wenn ich nun schon neun bin. Sein Fell ist ein bißchen geklustert, aber immer noch weich, besonders, wenn ich es gegen mein Gesicht lege. Mit zwei Fingerspitzen hält Vater Fridolin gegen das Licht, als sei der eine lebendige Maus, und sagt: Was ist denn *das*? Ich schweige, weil ich ihm das so mit einem Satz nicht erklären kann. Erschrocken sehe ich zu, wie Vater das Fenster öffnet und Fridolin herausfallen läßt. Das müsse fort, erklärt er, und zwar schleunigst. Ich sei kein Kleinkind mehr, ob ich mich nicht schämte? Solch ein Stoffetzen sei im übrigen, dreckig, wie das Ding sei, ein gefährlicher Bazillenträger. So viel Mittel gäbe es gar nicht in der Apotheke, wie nötig wären, um mich danach wieder gesund zu kriegen, wenn Fridolin mich erst mal krank gemacht hätte:

Höchste Zeit, daß ein Fräulein ins Haus kommt! Deine Mutter hat dich völlig verweichlicht. Und nun müsse er schleunigst wieder arbeiten gehen, damit seine Familie ihr Luxusleben weiterführen könne.

Ich warte, bis ich ihn die Treppe hinuntergehen höre, bevor ich ungeduldig das Papier von der Schachtel fetze, die mein Geburtstagsgeschenk enthält. Ein großes Malbuch kommt zum Vorschein, zusammen mit einem Tuschkasten, doppelreihig. Es ist aber kein Malbuch, wie es mir Spaß macht, so eines, wo man einfach wild Farben aufmalt und dann kommen auf einmal Umrisse heraus, sondern eines mit Vorlagen, die man abmalen muß, möglichst genau: DEUTSCHE LANDSCHAFTEN heißt es. Und vor jeder Landschaft sitzt eine Gruppe in Kostümen, wo die genaue Beschreibung druntersteht, und tut was, das man eben dort tut und nirgendwo anders, so was Handwerkliches. Aber dann ist noch etwas in dem Paket in einer Schachtel. Als ich es herausnehmen will, rappelt es. Es ist eine Uhr, ein Kinderwecker. Er tickt ganz hart und gefällt mir gut, weil er wie ein Fliegenpilz aussieht mit weißen Tupfen auf dem roten Deckel. Auch wenn ich mit ihm nicht viel anfangen kann.

Kurz danach kommt Mutter und reicht mir verlegen die Hand, weil das ja eine Berührung und nur erlaubt ist an besonderen Festtagen. Herzlichen Glückwunsch, Dicki, zum neunten Geburtstag.
Mutter, Vater hat Fridolin aus dem Fenster geschmissen. Schau mal raus, wo er liegt und hol ihn mir wieder!

Ich beobachte sie, wie sie zum Fenster geht und lange hinunterschaut. Wunderschön ist sie wieder, jeden Tag hat sie ein anderes Kleid an und immer Schuhe in der gleichen Farbe dazu wie die in den Modezeitschriften. Aber das Schönste sind ihre Augen, wenn sie mich so ganz sanft und zärtlich ansieht und dabei so traurig. Weil sie so viel schöner

und anders ist als die Leute auf der Straße mit ihrem blauschwarzen Haar und den sanften braunen Augen, nennen sie sie DIE FREMDE. Ich bin stolz darauf, eine Fremde zur Mutter zu haben, wenn das heißt, anders zu sein als die übrigen. Ihr spanisches Parfüm riecht nach Mandeln und verdrängt Vaters Zigarrengeruch.
Er liegt nicht unten, sagt Mutter.
Er muß da liegen. Vater hat ihn richtig rausgeschleudert. Da muß er beim Fliegen einen weiten Bogen gemacht haben.
Mutter wendet sich vom Fenster ab. Vermutlich hat Josefine ihn schon fortgeworfen.
Das würde sie nie tun, sie hat mir Fridolin immer gelassen.
Dann wird es wohl Vater selbst gewesen sein. Du weißt, er mag alte Spielsachen nicht. Außerdem, Dicki, bist du ja auch wirklich schon zu alt für solche Kindereien, vergiß es. Willst du nicht sehen, was ich dir mitgebracht habe?

Auch sie versteht mich nicht. Es macht mich so traurig, daß ich im Augenblick auf Neues gar nicht neugierig bin. Ich will meinen Fridolin wiederhaben. Erwachsene sind gemein.

Mutter hat mir ein Dirndl gekauft, grünweiß kariert mit so'ner Schürze davor, wie es jetzt viele Mädchen tragen. Die hängen sich dann eine Laute um den Hals, ziehen Kniestrümpfe an und machen Wanderungen mit Jungen, die fast schon Männer sind. Ich fand das schon immer albern, das mit den Gruppen, die sich Wandervögel nennen und singend umherziehen, was soll das? Daß Mutter mir jetzt so ein gräßliches Dirndl aufzwingen will. Wie kommt sie nur darauf, daß ich so was mag? Ich bekomme die Wut. Will sie mich lächerlich machen mit dem Ding? Zu Otto paßt kein Dirndl. Mag ich nicht, sage ich.
Sei nicht bockig, Dicki. Bei Kindern deines Alters ist es jetzt große Mode. Ich dachte, du freust dich darüber.

Nein, sage ich. Mir fällt ein, das ist doch bestimmt eine Idee von dem affigen Doktor, dem ich zu ottohaft bin. Als ich ihm sagte, das mit meinen Muskeln käme vom Üben mit der Hantel, hat er ganz vorwurfsvoll gemeint, ich sei aber doch ein Mädchen. Wenn ich kariert wie die Anita mit ihren Zöpfen um den Kopf in die Schule komme, werden die von der Klicke sich biegen vor Lachen, das weiß ich jetzt schon.
Ich mag keine Mode, sage ich, jedenfalls nicht so eine.

Ich hoffe, ich habe Mutter nicht weh getan. Sie meint es doch so gut. Aber manchmal ist mir die Anzieherei zu viel, und dann sage ich es ihr auch. Es macht ihr unheimlich Spaß, mich zum Modehaus Dannenbaum mitzuschleifen, wo ich vor dem Spiegel ein Kleid nach dem anderen anprobieren muß, lauter so Zeug mit Knöpfen hinten und vorne und Krägelchen. Und jetzt das Dirndl wie so'ne Wandervogelfrau.
Ich dachte, sagt Mutter, es ist hübsch für sonntags, wenn du mit Vater in den Stadtwald gehst. Immer kannst du nicht in deiner ausgewachsenen Trägerhose herumlaufen, die ist schon ganz speckig.

Über Kleider kann ich mit Mutter nicht reden, da ziehe ich doch den kürzeren. Weiteres Widersprechen ist zwecklos. Weil sie da was Eingewickeltes neben sich auf dem Bettrand liegen hat, sage ich: Hast du mir noch was anderes mitgebracht?
Was zum Lesen, sagt sie. Ganz vorsichtig mache ich das Papier um das Buch ab, es ist dick und hellblau und hat Rosensträuße drauf. Nachher werde ich es schön zusammenfalten und zu den anderen Geschenkpapieren von Mutter unter meine Schlafanzüge im untersten Fach der Wäschetruhe tun. Ich will nicht, daß jemand meine Sammlung findet, ich würde mich schämen, auch wenn ich nicht weiß, warum. Nur Mutters Einschlagpapiere hebe ich auf, die von

Vater zerreiße ich und werfe sie weg, weil die auch nie so schön sind und nur von dem Geschäft, wo er das gekauft hat, was drin ist.

Das Buch ist der neue Auerbachs Kinderkalender. Den mag ich unheimlich gern, weil da der Onkel Hahnemann vorkommt, der alles falsch versteht und immer falsche Antworten gibt, wenn er was gefragt wird. Ich hab das auch mal bei Vater probiert, weil ich dachte, das ist witzig und er wird lachen. Aber da hat er bloß vorwurfsvoll zu Mutter hingeguckt und gesagt: Jetzt hat sie völlig den Verstand verloren. Da hab ich's wieder gelassen. Fein, sage ich jetzt, danke! Da ist noch so ein ganz kleines Bißchen von Wunsch in mir, sie zu umarmen und zu küssen, aber ich stelle mir vor, wie sie dann abrücken und mich von sich schieben wird, nicht richtig böse, aber bestimmt: Laß das, Dicki, du bist doch jetzt schon ein großes Mädchen. Dabei vergißt sie, daß ich es auch nicht durfte, als ich noch klein war.

Dafür kriege ich jetzt noch eine Tüte mit bunten Gummihütchen. Die grünen esse ich besonders gern. Schling sie aber nicht gleich alle auf einmal herunter, du verklebst dir den Magen mit dem süßen Zeug, sagt Mutter. Du bist immer so gierig, als könntest du nie genug bekommen. Wenn Fräulein Leonore kommt, muß ich ihr sagen, daß sie dir das hastige Essen abgewöhnt.
Ist das mein Kinderfräulein? sage ich. Leonore. Was für ein alberner Name. Ich mag die Frau schon jetzt nicht.
Hat es dir Vater erzählt? Das ist gut. Er hat sie zum ersten Oktober eingestellt. Hast du dich bei ihm bedankt?

Irgendwie bin ich froh, daß es Vater war und nicht Mutter, der auf die blöde Idee mit dem Kindermädchen gekommen ist. Sie will mich also nicht abschieben. Ich stopf' mir den Mund voller Gummihütchen, bevor ich frage: Wie sieht sie aus?

Vater sagt, sie sei sehr tüchtig.
Ich meine, ist sie alt und krumm? Hat sie eine große Nase und eine Brille darauf? Und Warzen am Kinn? Kinderfräulein können nicht hübsch sein, weil sie doch streng sein und aufpassen müssen, daß das Kind keine Dummheiten macht. Häßlich ist dieses Fräulein Leonore bestimmt. Ich will ja nur wissen, wie häßlich.
Da habe sie keine Ahnung, sagt Mutter, weil Vater sie ausgesucht habe. Sie selber habe das Fräulein noch nicht gesehen. Aber es habe gute Papiere und sei aus Worms. Vater hielte es für sehr geeignet, mir Manieren beizubringen. Und nun, Dicki, lasse ich dich mit deinen neuen Sachen allein. Ich muß mit Vater in die Stadt. Josefine tut gerade die wunderschönen Margeriten in eine Vase und bringt sie dir gleich herauf. Frau Kossel hat sie geschickt, die Mutter von Irmchen, ist das nicht nett von ihr?

Ich nicke. Kann mir schon denken, warum. Der hat Irmchen bestimmt gesagt, sie möchte mit mir verkehren, weil sie nicht auch von mir verdroschen werden möchte, so mickrig, wie die ist. Ihr hat es mächtig imponiert, wie ich im Hof mit der Anneliese fertig geworden bin.

Als Mutter aus dem Zimmer fort ist, wird es ganz dunkelgrau, weil der Himmel schon wieder trüb ist. Gleich wird es anfangen zu regnen wie in den vergangenen Tagen. Da ist es ganz hübsch, im Bett zu liegen und die Karos von der Tapete zu zählen. Von rechts nach links kommt immer etwas anderes heraus als von links nach rechts, weil das, was dazwischen ist, aussieht, als gehöre es mit dazu. Den Hahnemann hebe ich mir für später auf. Das Aspirin hat mich dösig im Kopf gemacht. Sauer macht lustig – so ein Quatsch!

Am Nachmittag kommen Lotte Thielmann, Margot Schmitz und Hannelore Heinckes zum Gratulieren. Margot bringt ein Hütchenspiel mit, die anderen Schokolade. Weißt du schon? sagt Lotte, der Ursel ihre Mutter hat einen Freund! Das sagt sie mit wichtigem Gesicht, als wäre das etwas ganz Verbotenes, und die Margot lacht albern dazu. Wie sie sehen, daß mich das nicht aufregt, tauschen sie untereinander Blicke aus, die heißen, daß ich für ihre Nachricht noch zu blöd bin. Das ärgert mich. Na und? sage ich. Die Jutta hat auch einen Freund. Sie ist zwar schon zehn und geht in die Sexta des Lizeums, aber keiner findet was dabei, daß der Ludwig aus der Quinta vom Gimnasium am Moltkeplatz sie vom Turnunterricht abholt und ihr auch bei den Schularbeiten hilft.

Du bist dumm, sagt Lotte verärgert. Wenn man einen Mann hat, darf man keinen Freund haben. Das ist, das ist – Unanständig, sagt Hannelore. Ihr Vater ist im Kirchenrat. Komisch, wie viele Verbote es auch bei Erwachsenen gibt. Warum ist das unanständig? will ich wissen und bekomme schon wieder so ein merkwürdiges Ziehen im Unterbauch, mir fallen meine Papierpuppen ein, die tun ja auch Verbotenes, gerade deswegen, weil sie Erwachsene sind. Und dazu noch in ganz modernen Kleidern.

Der Vater von Ursel verläßt seine Frau, sagt Hannelore. Stell dir vor. Dann ist Ursel mit ihrer Mutter allein.

Ich zupfe an meiner Bettdecke. Wenn der Überzug nicht mehr ganz frisch ist, läßt er sich so schön streicheln, daß ich gar nicht mehr aufhören kann. Was tut denn Ursels Mutter mit dem Freund? sage ich so unbefangen wie möglich, obwohl mir das Herz klopft. Da wollen aber die drei nicht so recht ran, sie grinsen nur, wahrscheinlich wissen sie auch nichts Genaues. Wenn ich morgen wieder aufstehen darf, lasse ich die mit dem Fransenröckchen und dem schwarzen

Bubikopf, die ich aus dem PUNSCH geschnitten habe, Ursels Mutter sein und den Gemeinen ihren Freund. Dann werde ich mir für die Scharlstenfrau mit den Ixbeinen einen anderen Partner suchen. Ursel allein mit ihrer Mutter? Das geht nicht, sage ich fest.
Was meinst du, es geht nicht?
Weil Eltern eins sind. Jedes Kind hat Eltern, die gehören doch zusammen, da kann keiner dem anderen davonlaufen.
Ist doch Quatsch. Das sage ich so und lache. Aber gleichzeitig geht mir der Hals zu, die Vorstellung, daß es vielleicht doch so sein könnte, macht mir furchtbare Angst. Wenn Vater eines Tages plötzlich weggehen würde von uns, ich glaube, dann möchte ich nicht mehr weiterleben, auch wenn er mich oft anherrscht und vertrimmt. Aber das ist ja nicht böse, sondern Erziehung.
Wo doch der Ursel ihr Vater Stadtverordneter ist, sagt Margot.

Auch das noch. Das muß was Wichtiges sein, da ist doch das Wort Ordnung drin.

Josefine bringt heiße Schokolade und Mohrenköpfe, die sie vom Konditor Schroers nebenan gekauft hat, stellt das Tablett auf die Wickelkommode: Am besten, ihr nehmt euch selbst. Mensch, prima, die mit Sahne! sagt Margot. Zu ihren Geburtstagen gäbe es ewig Kranzstollen. Den bäckt meine Mutter selbst, sagt sie, immer das gleiche, weil sie den mal in der Schule für Hausfrauen gelernt hat wegen Ehe und so.
Meine macht sogar Grillaschtorte, sagt Lotte. Und die sei doch unheimlich schwer zu machen wegen all der Sahne, so wabbelig.
Wir essen auch immer nur Kranz, wenn man Besuch kommt, sagt Hannelore mit Sahneklecksen um die Mundwinkel. Süßes ist schädlich für die Zähne, meint Vater, und

Weiches auch, weil sie dann nichts zu beißen kriegen. Aber sonst ist er in Ordnung, mein Vater. Zu meinem Geburtstag voriges Jahr habe ich von ihm einen Rodelschlitten bekommen.

Wozu? sage ich, ist doch nirgendwo richtig Platz zum Rodeln. Ich ärgere mich, ich hätte auch gern einen Rodelschlitten. Aber als ich es Vater sagte, hat er davon nichts hören wollen: Bei deiner Schußligkeit knallst du damit gegen den nächsten Baum und liegst wieder wochenlang auf der Nase. – Das ist ungerecht; ich hätte schon wo gerodelt, wo Bäume nicht so blöd stehen, daß man gegen sie fährt.

Klar ist Platz. Am Hang bei der Rennbahn.

Auf dem Schlitterhügel? Versuch's mal: Da fliegst du in hohem Bogen durch die Luft, so! Mein Arm macht eine große Kurve. Ich grinste, stellte mir vor, wie sie auf dem glattgeschlitterten Weg mit dem Rodel ins Rutschen kommt und gräßliche Angst kriegt. Warum muß sie auch einen Schlitten haben und ich keinen?

Margot will wissen, ob ich nächstes Jahr ins Lizeum oder in die Marienschule käme? Lizeum natürlich, sage ich. Alle feinen Leute schicken ihre Töchter aufs Lizeum.

Dann machen wir sicher die Aufnahmeprüfung zusammen, sagt sie. Wir alle vier.

Ich nicht, sagt Hannelore und sieht uns dabei nicht an. Ich komm' auf die Bürgerschule. So, wie sie es sagt, tut sie mir leid. Daß sie nicht aufs Lizeum kommt, hat sicher was mit Religion zu tun. Weil doch ihr Vater fromm und die Bürgerschule sehr katholisch ist, da müssen die Mädchen beten vor dem Unterricht. Macht doch nichts, versuche ich sie zu trösten, da soll's auch ganz nett sein.

Ich weiß aber natürlich, warum sie traurig ist: Es ist wegen der Schülermützen. Die sind das Wichtigste an einer höheren Schule, wo man auch Lateinisch lernen muß. Die vom Lizeum sind ganz schick. Jede Klasse hat ihre Farbe und ein schwarz-weiß-schwarzes Band über dem Mützenschirm. Das wäre eine Kulör, sagt Vater, die Kulör der Lehranstalt, und das sei etwas, das man mit Stolz zu tragen und danach zu streben habe, ihm Ehre zu machen. Die von dem Lizeum haben sich das gut ausgedacht, die fangen mit den häßlichen Farben an: Dunkelgrün, Himbeer und Marineblau für Sexta, Quinta und Quarta, damit jede Schülerin sich anstrengen soll, um so schnell wie möglich zu den schönen Mützen der Oberklasse zu kommen. Wenn ich erst mal die hellgrüne Unterterzia oder das knallige Rot der Oberterzia trage, dann werde ich die Mütze ebenso frech aufsetzen wie Ediths älteste Schwester, schief, und den Stoff ganz bis über das Ohr auf der einen Seite herabgezogen, das sieht richtig tollkühn aus. Mit dreizehn oder vierzehn Jahren, da bin ich dann schon groß und so gut wie erwachsen. Ganz erwachsen allerdings erst in der Untersekunda. Hellblaue Mütze. Die ist dann schon nicht mehr ganz so schön bunt wie die von der Terzia. Und danach ist die schönste Zeit vorbei: Die alten Damen der Obersekunda und Prima, die das Abitur machen wollen, haben graue und weiße Mützen wie die Haare von alten Leuten. Schon deswegen will ich kein Abitur machen, obwohl Vater es doch wünscht. Abitur wäre der Zauberschlüssel zum Leben, sagt er. Wenn nämlich nur der Mann das Abitur hätte und seine Frau nicht, dann tauge solch eine Nichtabiturfrau höchstens noch für ein bißchen Klaviergeklimper, die Küche und das Bett. – Viktor, doch nicht vor dem Kind! –

Küche nehme ich zurück, hatte Vater gesagt und ich: Küche mag ich auch nicht.

Du taugst zu gar nichts, wenn du dich nicht endlich auf die Hinterbeine setzt!

Doch, hatte ich gesagt, weil es mich schmerzt, daß Vater

mich immer so verkennt, fürs Bett tauge ich. Ganz toll sogar! –

Schließlich hat Doktor Krumm es Mutter sogar schriftlich gegeben, daß ich ein außergewöhnliches Schlafbedürfnis habe.

Die grüne Sextamütze kann auch prima aussehen, sagt Lotte, die für Hannelore sowieso wenig übrig hat, man muß sie nur richtig aufs Ohr setzen. Die rote von der Quinta ist schöner, findet Margot und ißt den dritten Mohrenkopf, der eigentlich Hannelore gehört. Aber die war nicht schnell genug.

Himbeersoße auf dem Kopf, sage ich und denke an die Vormittage vom Ostersonntag, wenn Mutter und ich hinter der Gardine am Wohnzimmerfenster beobachten, wie die vom Lizeum auf dem Osterspaziergang mit den Eltern oder auch schon mit einem Freund die neuen Mützen zeigen. Da sieht man gleich, wer versetzt worden und wer sitzengeblieben ist, weil doch Mützen dazu da sind, auf der Straße getragen zu werden und die Eltern es auch so wollen – die jedenfalls, deren Kinder in die nächste Klasse gekommen sind, damit es jeder in der Stadt gleich weiß und es den anderen weitersagen kann. Die Sitzengebliebenen haben es schwerer; wenn da eine an Ostern mit so'ner zerknautschten Schülerkappe über die Straße geht, wissen sofort alle, die hat es nicht geschafft, und das ist eine große Schande, da nützt auch keine Pudelmütze oder sonst so was Ziviles. Die Lore Wolff aus der Quinta, die Tochter vom reichen Seidenfabrikanten Wolff, die alle hier kennen als ganz verrückt nach Jungen, hat versucht, mit viel Geld eine neue Mütze zu kaufen, weil sie noch mal die Quinta machen muß, obwohl sie schon ganz alt ist und eigentlich in die Unterterzia gehört. Da hat es eine Riesenaufregung gegeben, und der alte Dörtler vom Hutgeschäft, der die Schülermützen verkauft, hat sich furchtbar aufgeregt und die Wolff aus dem Laden gewiesen.

Sogar nachgerannt ist er ihr noch ein Stück und hat mit der Faust gedroht, sie solle machen, daß sie weiterkäme und sich lieber auf den Hosenboden setzen und lernen, anstatt seinem Sohn Hannes schöne Augen zu machen. Die Mützen gäbe es nur unter Vorzeigen des Zeugnisses. Sitzengebliebene müßten ihre alten Kappen weitertragen. Er hat solch ein Geschrei erhoben, daß die ganze Stadt es gehört und sich über Lore Wolff lustig gemacht hat. Da ist sie eine Woche lang im Bett geblieben, und die Eltern sagten, Lore hätte die Grippe. Aber von der Familie ist keiner bei Vater in der Apotheke erschienen, um Aspirin oder sonst was zu holen. Obwohl wir doch die wichtigste Apotheke in der Stadt sind und auch die beste Lage haben, mitten an der Hauptstraße.

Es fällt mir ein, daß ich mal wieder mit den anderen reden muß, obwohl ich eigentlich gar keine Lust dazu habe. Bis auf den Teil, wo man die Geschenke bekommt, ist Geburtstag blöd.

Zickig ist sie, sagt Lotte gerade, na ja, wenn man schon Gunhilde heißt... Margot und Hannelore lachen.

Was haltet ihr von Leonore? sage ich.

Auch blöd, sagt Lotte, und Margot nickt. Hannelore weiß nicht recht. Irgendwo in einem Märchen, sagt sie, kommt eine Leonore vor, die war eine Prinzessin und sehr schön.

Meine ist nicht schön, sage ich, sie hat eine lange Nase, Warzen am Kinn und einen engen Mund.

Die drei sind beeindruckt. Woher kennst du sie?

Ich bekomme sie als Kindermädchen, sage ich. Verblüfftes Schweigen, sie gaffen mich an, als hätte ich das Mondkalb an der Leine. Na, ich weiß nicht, sagt Lotte und grinst, mit

neun ist man doch für ein Kindermädchen zu groß, oder? Sie blickt sich im Kreis um. Die anderen nicken.
Mein Kopf wird heiß. Ich glaube, ich bekomme wieder Fieber. Kindermädchen ist sie auch nicht, sage ich. Kinderfräulein!
Margot kratzt sich den ausrasierten Bubikopfnacken. Was ist der Unterschied? sagt sie. Ist doch Jacke wie Hose.
Ist es nicht. Kinderfräulein ist feiner, verteidige ich mich. Es war dumm von mir, von Vaters Neuanschaffung zu sprechen. Wenn erst die Klicke davon erfährt, bin ich dran. Ich höre schon, wie sie hinter mir herhöhnen werden: Mamas Liebling braucht ein Kindermädchen! Und dazu werden sie bestimmt auch wieder etwas Häßliches über Mutter sagen. Daß sie zu fein wäre, die Fremde, um ihr eigenes Kind zu erziehen, oder so was Ähnliches. Ich beschließe hier und jetzt, derart eklig zu dieser Leonore zu sein, daß sie gleich wieder kündigt, noch bevor die ganze Stadt weiß, daß ich ein Kindermädchen habe.
Waren das alle Mohrenköpfe, fragt Lotte, oder gibt es noch welche? Nein, sagt Josefine, die ich herbeirufe, mehr gibt's nicht, sonst verkorkst ihr euch den Magen.
Dann muß ich jetzt gehen, sagt Lotte und springt auf. Margot schließt sich an. Hannelore hat es nicht ganz so eilig, zu Hause muß sie auf den kleinen Bruder aufpassen, der ist noch zu jung zum Begreifen und macht alles kaputt, was er in die Hände kriegt, und dafür wird sie dann bestraft. Mir ist es recht, daß sie gehen, die reden doch immer nur so blödes Zeug und nichts, über das man nachdenken kann.

Ich denke gern nach. Zum Beispiel über Farben. Mutter hat nur gelacht und den Kopf geschüttelt, als ich von ihr wissen wollte, ob Wochentage für sie die gleiche Farbe haben wie für mich: Sonntag rosa, Montag dunkelrot, so ein Rot wie das Löwenblut, Dienstag hellgrau, Mittwoch grün

wie die Flaschen in der Apotheke mit dem gebogenen Hals, Donnerstag braun, Freitag eidottergelb und Samstag weiß. Vielleicht hatte ich gedacht, sind das meine eigenen Farben, und Erwachsene haben andere.
Aber Dicki, Tage haben doch keine Farben. Sie können nur hell oder dunkel sein, nicht wahr? Wenn die Sonne scheint, sind sie … Nein, das hatte ich nicht gemeint, ich konnte ihr nicht klarmachen, was ich sagen wollte. – Du hast nun mal eine lebhafte Fantasie, Kind.
Was ist das, Fantasie?
Das ist, wenn du dir etwas vorstellst, was gar nicht da ist, verstehst du?
Nein. Die Farben sind doch da. Kannst du sie deshalb nicht sehen, weil du keine Fantasie hast?
Vater hatte von seinem Buch hochgeblickt: *Denn gerade, wenn man nichts versteht, der Schnabel um so leichter geht.* Eine solch blühende Fantasie wie du hat deine Mutter gottseidank nicht.

Ich mag Farben gern. Aber am wichtigsten sind Gerüche. Wenn ich eine Straße rieche, erkenne ich sie gleich wieder, und wenn ich an irgendwas denke, fällt mir immer zuerst der Geruch ein. Der von meiner Schwimmente zum Beispiel, als ich noch klein war. Sie war eigentlich ganz billig und sehr gelb, aber ich mochte nicht in die Wanne, wenn sie nicht drin war. Sie war gar nicht schön, einfach zwei Hälften zusammengeklebt mit einer Naht über dem Kopf, aber sie roch aufregend. Nach Zelluloid, nach Leichtigkeit, nach Geheimnis. Der Geruch machte mich immer ganz froh, er war fast wie Streicheln.

Ich war auch schon am Meer. In einem belgischen Seebad. Vater geht gern im Meer schwimmen, Mutter bleibt währenddessen lieber in einem Café auf der Promenade, die Diek heißt und voller Leute ist. In den Ferien hab' ich ge-

waltig eins über den Kopf bekommen, aber nicht von Vater, und das war auch wegen des Geruchs. Weil alles, was aus dem Meer kommt, aufregend riecht und ich doch zuschauen wollte, wie die Angler auf der Mole ihre Netze hochkurbeln mit all dem glatten Zeug, das übrigbleibt, wenn das Wasser abgelaufen ist. Damals, als ich fünf war, war ich ganz verrückt nach Fischgeruch, jetzt mag ich ihn nicht mehr so, finde ihn eher stinkig. Ich konnte ja nicht ahnen, daß der Mann auf der Mole vor Schreck die Kurbel losließ, als ich sein Knickerbockerbein faßte, um besser sehen zu können. Ich war wohl etwas zu plötzlich aufgetaucht. Es hat ganz schön gedröhnt, als mir das Eisending an den Kopf krachte. Gehirnerschütterung. Tagelang mußte ich ganz ruhig auf dem Rücken liegenbleiben, und mir war sehr schlecht. Es hat ziemlich lange gedauert, bis der Kopf wieder zugewachsen war. Wenn sie mich im belgischen Krankenhaus besuchen kamen, die Eltern, schlichen sie auf Zehen an mein Bett und flüsterten. Hätte ich nicht solches Kopfweh gehabt, hätte ich gelacht, es wirkte irgendwie komisch. Daran kann ich mich noch gut erinnern, an den scheußlichen Medizingeruch im Zimmer und an den von Weißbrot mit Butter, ich bekam schon einen Blähbauch vor lauter Weißbrot. Bis die Schwester mir einen Vollmilchhasen im Nest mit Zuckereiern brachte, weil gerade Ostern war. Der roch so wundervoll, daß ich nur seine Ohren aß und den Rest erst, als sie mich aus dem Krankenhaus entließen.
Da hätte ganz schön was zurückbleiben können, sagt Josefine, Glück hast du gehabt, Kind, mehr Glück als Verstand.

Josefine riecht wie sehr viele Veilchen auf warmem Heu, weil Vater auch Seife in der Apotheke verkauft. Zu jedem Weihnachten kriegt sie von ihm einen Karton mit Veilchenseife, den mit der lila Schleife drumherum, und zu Ostern bekommt sie die Veilchenseife, einzeln verpackt, im Papp-Ei und Strümpfe dazu. Vater hat auch eine Ordnung, was man Dienstmädchen schenkt, daran hält er sich strikt.

Nun, wo die drei weg sind, gehört mein Bett wieder mir allein. Josefine kommt abräumen. Dann ist es ganz still im Zimmer, der Geburtstag ist zu Ende.

Eine Stunde später kommt Vater nach mir sehen. Das tut er immer, wenn ich krank bin, denn er ist auch ein ganz fabelhafter Arzt, einer, der richtig heilen kann und nicht nur wichtigtut wie der Doktor Krumm. Dann gerate ich meist in eine sonderbar freudige Erregung, wenn er mein Fieber mißt, ganz ernst auf das Thermometer schaut und mir nachdenklich die Hand auf die Stirn legt. Wenn ich dürfte, würde ich gern mein Gesicht zwischen seine Hände schmiegen, aber das könnte er als Albernheit betrachten und ärgerlich werden. So bleibe ich reglos im Bett liegen und höre Vater sagen, ich hätte stark erhöhte Temperatur und atmete wieder durch den Mund statt durch die Nase. Die im Krankenhaus hätten mit der Sinusitis nicht richtig aufgepaßt, wie sie die Knochen durchgebrochen haben. Ich bekomme noch zwei Aspirin, die ich zusammen mit dem Tee trinken muß, den mir Josefine auf Vaters Geheiß bringt.
Die Hauptsache ist, du bleibst ordentlich eingepackt, damit du die Erkältung rausschwitzt und wieder Luft kriegst! Alles, was Vater sagt, klingt bedeutungsvoll. Es ist schön zu sehen, wie Vater sich Sorgen um mich macht. Ich will nicht, daß er mein Zimmer wieder verläßt. Ich brauche ihn, ich bin doch krank. Bleib noch ein bißchen, sage ich. Es kommt so selten vor, daß er sanft ist. Du sollst jetzt schlafen, damit du bald wieder zur Schule gehen kannst. Das sagt er nun schon wieder ziemlich ungeduldig. Mutter kommt gleich noch zum Gutenachtsagen. Morgen sehen wir weiter.

Wie denn der Nachmittag mit meinen Freundinnen gewesen sei? erkundigt sich Mutter in einem gelben Seidenkleid, das sie sorgfältig hinten glattstreicht, bevor sie sich auf den Stuhl neben mein Bett setzt. Wir wären ja so still gewesen, man habe gar nichts gehört. Wo doch Kinder oft so viel Lärm machen.

Wir sind keine richtigen Kinder mehr, sage ich. Wir sind schon neun. Worüber hätten wir uns denn unterhalten? fragt sie und lacht, weil sie findet, daß man mit neun noch nicht zu den Großen zählt.

Ach, so irgendwas. Ich bin froh, daß sie wieder weg sind.

Mutter wird ernst: Siehst du, das ist es, warum wir Fräulein Leonore für dich einstellen. Dein Hang zum Alleinsein. Du verkriechst dich in dich selbst, das ist nicht gut. Gar nicht gut. Du brauchst jemanden, der sich richtig um dich kümmert, sich mit dir beschäftigt.

Und warum tust du das nicht? Das Fieber macht mich mutig. Einen kleinen Augenblick lang schweigt Mutter, bevor sie erklärt, daß sie sich doch kümmere – nähme sie mich etwa nicht mit in die Stadt, um mich Kleider anprobieren zu lassen und anschließend zur Konditorei Bongertz? – Und unsere vielen Gespräche, Dicki, immer so vertraut, das weißt du doch. Aber Erwachsene haben nun mal noch etwas anderes zu tun, als nur den ganzen Tag mit ihren Kindern zusammenzusein. Dafür gebe es dann eben solche Leute wie Fräulein Leonore, die machten so was beruflich, das Kümmern.

Jetzt würde ich sie gern fragen, ob sie mich eigentlich liebhat und wie sehr, ich glaube, dann ginge das Fieber weg. Aber ich scheniere mich, weil ich weiß, daß Mutter sich ebenfalls schämen würde. So was fragt man bei uns nicht, und vielleicht ist es auch gar nicht so wichtig. Ich bin schließlich kein Bebi mehr.

Ich möchte auch einen Haarschnitt wie Lotte, sage ich, hinten kürzer als vorne, Bubikopf mit Ringeln vor den Ohren. Da sähest du aber komisch aus, sagt Mutter, Lockenpösel, der du bist, und mit deinen Riesenlauschern. Aber eine neue Spange kannst du haben, um die Locke aus der Stirn wegzuhalten. Es gibt jetzt welche mit einem schillernden Schmetterling drauf. Wenn du willst, bringe ich dir morgen so eine aus der Stadt mit.

Ich nicke. Der Tee macht mich heftig schwitzen, und ich bin müde im Kopf. Ist aber hübsch, daß ich noch etwas zum Michdrauffreuen habe jetzt, wo mein Geburtstag vorbei ist. Sicher wird mir Mutter die schönste Spange aussuchen. Ich sage ihr nicht, daß ich Spangen eigentlich nicht mag. Schon gar nicht, wenn Schmetterlinge drauf sind. Geschenkekriegen ist immer prima, besonders, wenn sie von Vater oder Mutter kommen. Ich brauche das Ding ja nicht zu tragen.

In der Nacht habe ich einen ganz wilden Traum. Ich sitze in einer Bretterkiste mitten in Kamillenpulver, das schrecklich nach Apotheke riecht, und um mich herum steht die Klicke. Sie deuten mit dem Finger auf mich und schreien, daß ich stinke, und niemand will mit mir zu tun haben, weil Mutter eine Chinesin und ganz gelb sei. Da sind auch wieder Jungen mit dabei. Siegfried sagt, ich könnte machen, was ich wollte, aus der Kiste käme ich nicht mehr heraus, und Anneliese wäre ein Streichholz holen gegangen, womit sie die Bretter anzünden würde. Gerade wie ich glaube, ich bin verloren, stehe ich auf einmal am Strand, und die Wellen vom Meer sind ganz hoch und dunkel. Dann ist da plötzlich ein unheimlicher Mann mit einem zerbeulten Zilinderhut auf dem Kopf. Er macht mir Angst, er will mich erschlagen. Jetzt erkenne ich ihn auch: Es ist der schiefe Schornstein vom Lagerhaus. Ich will weglaufen. Es geht nicht. Er hat sich über mich geneigt, sein Backsteingesicht grinst breit. Da schreie ich, so laut ich kann. Und nun ist es aufeinmal mein Zimmer, und Mutter sitzt auf meinem Bettrand, ganz nah diesmal, streichelt mein Haar und mein Gesicht und sagt: Ruhig, Dicki, ruhig, du träumst. Es ist alles gut! Das ist so wunderbar, daß ich vor Glück den Atem anhalte, um sie nicht zu verscheuchen. Und wie gut sie wieder duftet. Ganz zaghaft strecke ich meine Hand nach ihr aus, um ihren Arm zu berühren, aber da ist nichts, ich greife ins Leere. Dann gibt es einen Ruck, ich bin ganz wach, und im Zimmer ist niemand. Ist sie zurückgegangen in ihr Schlafzimmer? War sie überhaupt hier? Es riecht nicht nach ihr, keine Spur ihres Parfüms. War also wohl nur Traum gewesen, auch das. Ich hätte es mir denken können. Den Rest der Nacht träume ich nicht mehr.

Wenn Fräulein Leonore morgen kommt, mußt du dich anständig benehmen, sagt Mutter auf unserem Weg durch die Stadt. Sie soll nicht glauben, wir hätten dich schlecht erzogen. Wenn du einen Muffkopf machst, bist du unausstehlich.
Ich kann nicht lachen, wenn ich es nicht meine, sage ich.
Warte doch erst einmal ab. Vielleicht gefällt sie dir.
Hast du auch ein Kinderfräulein gehabt, als du so alt warst wie ich? So was Ähnliches, sagt Mutter, während wir uns die Auslagen vom Stoffhaus Scheidtweiler betrachten, Guwernanten.
Ist das dasselbe wie Kindermädchen? will ich wissen.
Nicht ganz, meint sie, weil Kindermädchen mehr zur Aufsicht, Guwernanten aber vor allem zur Erziehung da seien. Das Beste wäre, wenn die Guwernante eine Ausländerin sei, Engländerin oder Französin. Das sei wichtig wegen der Sprache, da lerne man als Kind auch gleich noch eine Fremdsprache dazu.

Wozu muß man Ausländisch sprechen lernen? sage ich.
Das sei angebracht, besonders bei einem Mädchen. Mädchen, die etwas Englisch oder Französisch sprächen, fänden später leichter den richtigen Mann, so einen, der zu den Kreisen paßte, aus denen sie kämen.
Ich will später aber keinen Mann finden, sage ich, ich mag nicht heiraten. Kann die Leonore Französisch?
Fräulein Leonore, Dicki, bitte. Fang nicht schon jetzt an, bockig zu werden. Fräulein Leonore, sagt Vater, macht einen sehr netten Eindruck und wird sich alle Mühe geben, aus dir ein geselliges junges Mädchen zu machen.

Es hat wenig Zweck, ihr zu widersprechen, weil sie doch nun mal so ihre Vorstellungen hat, wie ich sein soll, wenn ich erwachsen bin. Ist gut, sage ich, weil ich an das lästige Anprobieren denke, das mir gleich wieder bevorsteht. Wenn das so weitergeht mit Mutters Kleidertick, werde ich noch ein Modeaffe werden, gesellig oder nicht. Da ist der Otto mit Vater einig, wenn der sich so eine neue Albernheit an mir betrachtet und mit Nachdruck FIRLEFANZ sagt. – Als wir uns dem Konfektionshaus Dannenbaum nähern, laufen die Leute mehr durcheinander als auf dem Ostwall; so viele Menschen auf der engen Hochstraße, daß ich gar nicht mehr in die Schaufenster sehen kann, wo doch gleich die Bäckerei Stinnes kommt mit den Muzen und Mandeln zum Sankt-Martins-Fest. Ich kann nur riechen, was es bei ihr in der Backstube gibt, versuche stehenzubleiben und mich durch die Leute hindurch zum Bordstein zu drängeln, aber nun scheinen plötzlich alle zu Dannenbaum zu wollen, die reißen uns mit.

Dann stehen wir vor dem Kaufhauseingang, der sieht irgendwie anders aus. Zuerst kann ich nicht erkennen, was anders ist, bis ich entdecke, daß die Glasfüllung zwischen den Ornamenten aus Eisen kaputt ist, da liegen Glasscher-

ben auf dem Bürgersteig, und alle machen einen Bogen drumherum. Über das Schaufenster, wo die meisten Puppen stehen, hat einer mit weißer Farbe ganz klotzig JUDE gemalt und dahinter einen Stern. Komm weiter, Dicki, sagt Mutter mit gepreßter Stimme. Das geht aber nicht, weil die Leute uns im Weg stehen und reden.
Diese Braunen, sagt die Frau direkt neben uns. Sie geben aber auch keine Ruhe.
Immer noch besser als die Roten, sagt eine andere. Die Sozis haben abgewirtschaftet, und auf die vom Hugenberg ist doch kein Verlaß. Wenn's drauf ankommt, machen die gemeinsame Sache mit der Hitlerpartei.

Das regt einen alten Mann mit Schnurrbart mächtig auf. Weibergerede! Ein Unsinn sei das, eine schamlose Lüge, Verleumdung. Immer mehr mischen sich ein. Ich mag die Juden ja auch nicht besonders, sagt ein Mann mit Knickerbocker und Wickelgamaschen, aber muß man ihnen deswegen die Scheiben einschlagen? Alles was recht ist ...
Wir sollten uns endlich wehren, sagt eine Dicke mit Einkaufstasche.
Wehren wogegen?
Die Dicke weiß es: gegen die Überfremdung, nicht wahr? Gegen Ausbeutung und Korruption. Eben gegen die Juden, die haben doch das ganze Geschäftsleben bei uns in der Hand. Propaganda, sagt ein Mann mit einem Cocker an der Leine. Schlimm, wenn die Menschen auf so was hereinfallen.
Ich hatte mir einen Mantel bestellt, den wollte ich anprobieren, sagt eine Frau mit Faltenrock zu Mutter, meinen Sie, daß man da trotzdem rein kann?
Na klar, sage ich an Mutters Stelle, weil sie sich schon wieder mal schämt, die hauen längst an einer anderen Stelle kaputt.

Dazu lache ich, weil ja eigentlich Kaputthauen was Lustiges ist, und um der Frau Mut zu machen.
Also du hast es nötig, ausgerechnet du! Ich schaue auf, weil ich gerade ein bißchen mit dem Cocker spielen wollte, der erwartungsvoll wedelt und sehe in das Gesicht von Ediths Mutter, wie sie da aufgereckt über mir steht. Ich hasse sie, weil sie überall herumläuft und Schlechtes über Mutter erzählt, obwohl die ihr überhaupt nichts getan hat. Sie kennt sie nicht einmal, nur so ganz flüchtig vom Sehen. Die ist ja nur neidisch, weil Mutter so schön ist und immer elegante Sachen trägt, die alte Hexe mit ihrer schiefen Schnute zwischen den Hängebacken.
Wieso? sage ich und sehe ihr fest in die Augen, die rumzurutschen beginnen. Ein paar Leute drehen sich nach uns um. Mutter ist schrecklich nervös: Komm jetzt, Dicki, wir müssen weiter!
Ich will's aber wissen, sage ich, leiste ihren Bemühungen mich fortzuziehen Widerstand, was meint sie mit *ausgerechnet ich*?
Die steht jetzt ganz hochgereckt da und verzieht die Mundwinkel: Frag doch deine Mutter! sagt sie laut.
Was? will ich wissen und versuche, meinen Arm aus Mutters Griff zu befreien. Das ist nicht schwer, weil es eigentlich gar kein Griff ist, sondern nur ein Ziehen am Stoff meines Ärmels, wir sind eine feine Familie, wir berühren einander nicht, auch nicht bei so was wie jetzt. Ediths Mutter wendet sich an die Umstehenden, das sind jetzt aber nur noch ein paar, die anderen sind alle weitergegangen, weil doch nichts mehr passiert: Na, das sieht man doch wohl, nicht wahr? Die Leute gucken nur blöd, sie verstehen nicht, was die alte Hexe meint. Ich überlege mir gerade, ob ich weiterfragen oder einfach auf sie losgehen und ihr einen Tritt gegen das Schienbein versetzen soll, da gibt es dann doch noch etwas

zu sehen: Der Geschäftsführer von Dannenbaum kommt heraus, ganz feierlich in Schwarz mit Streifenhose und hängt ein Schild über das Loch in der Tür: HEUTE GESCHLOSSEN. Interessiert sehe ich zu, wie er vergeblich eine Stelle sucht, wo er einen Nagel einschlagen kann, aber da ist nur Metall. Schließlich hängt er das Schild über eine Glaszacke im Türrahmen und geht mit ganz steifen, kurzen Schritten zurück in sein Geschäft. Er tut mir leid, er sieht so traurig aus, so, als ob er weinen möchte. Er weiß sicher gar nicht, wer das getan hat, sage ich zu Mutter. Weitergehen, weitergehen, hier gibt's nichts zu sehen, sagt der Polizist mit dem Helm tief über den Augen. Die Leute gehen auseinander. Ich fürchte, sagt Mutter, als wir schon wieder in die Hauptstraße einbiegen, das ist erst der Anfang.

Auf den Zeitungen am Kiosk von der Frau Haupt, die Rheuma hat und immer ihren kleinen Ofen an, steht in großen roten Buchstaben: HEFTIGE STRASSENKÄMPFE IN BERLIN. Ich buchstabiere laut, bevor ich von Mutter wissen will, ob das wieder die Braunen sind, die sich da prügeln, und, als Mutter es bejaht, ob sie das denn nicht gut fände, daß die Juden auch die Braunen verhauten? Muß doch sein, sage ich und denke wieder an mein Mensch ärgere dich nicht. Sonst gewinnen die Braunen doch, wenn die anderen sie nicht rausschmeißen.

Manchmal sagt Mutter Lustiges gerade dann, wenn etwas gar nicht lustig ist: *Kindermund zur Morgenstund schlägt dem Faß den Boden aus*, würde dein Vater sagen. Recht hast du. Aber Rote sind es, gegen die die Braunen angehen. Juden kämpfen nicht.

Das ist mir unbegreiflich. Warum nicht? sage ich.

Sie sind keine Partei, verstehst du? Nur Parteien kämpfen gegeneinander, weil sie an die Macht kommen wollen.

Gerade will ich fragen, ob denn Juden nicht an die Macht

kommen wollen, da fällt mir der Zettel ein, den Vater vorige Woche mit nach Hause brachte und uns vorlas. Auf dem hieß es, daß Juden die Macht haben über alle Banken in Deutschland. Wenn sie schon an der Macht sind, brauchen sie nicht mehr drum zu kämpfen, das ist ja klar.
Hast du daher so viel Geld, weil den Juden alle Banken gehören?

Mutter bleibt so plötzlich stehen, daß ich noch ein paar Schritte weiterlaufe, bevor ich merke, daß ich allein bin. Als ich mich zu ihr umwende, starrt sie mich an, als sei ich jemand ganz Fremdes, und ist rot im Gesicht. Es dauert ein bißchen, bevor sie wieder aussieht wie sonst: Sag so etwas Schreckliches nie wieder, hörst du, Dicki. Nie mehr! Das ist – das ist Faschistenpropaganda. Wer hat dir nur solche Dinge beigebracht?

Ich weiß überhaupt nicht, worüber sie sich so aufregt. Mächtig sein ist schön. Und mächtiger als andere noch schöner. Eigentlich hatte ich ihr mit dem Satz etwas Gutes sagen wollen. Ich verteidige mich: Hat Vater uns doch vorgelesen. Bei Tisch. Der Wisch, den er aus der Stadt mitgebracht hat. Da stand das drauf.
Ich muß einmal ernsthaft mit Vater sprechen, sagt sie, aber mit einem Gesicht, als wüßte sie schon, daß das gar nicht möglich ist. Vater sagt im besten Fall: Soso, und hört gar nicht hin. Oder aber er verbittet sich, bevormundet zu werden wie damals, als Mutter sich ein Herz faßte und ihm vorschlug, nicht mehr so viel zu rauchen. –

Nach dem Abendessen, langweilige kalte Platte wie immer – es muß gespart werden, sagt Vater, so kann es nicht weitergehen –, als wir im Wohnzimmer sitzen und Vater gerade das Ende seiner Zigarre mit so einer Lochschere abknipst, damit sie besser brennt, und ich, weil mir nichts anderes zu tun einfällt, die komische Frisur von dem Hindenburg im Holzrahmen mit dem vollen weißen Haar von Großvater auf dem Gemälde vergleiche, sagt Mutter: Dicki, laß mich mit Vater mal kurze Zeit allein, ja?

Ich weiß sofort, jetzt will sie sich bei Vater darüber beschweren, daß ich das mit dem Geld und den Juden gesagt habe. Das bleibt natürlich wieder an mir hängen, sie traut sich doch nicht, ihm Vorwürfe zu machen. Er würde es sich sofort verbitten und alles so umdrehen, daß er nichts dafür kann. Er kann nie etwas dafür. Andere Kinder haben wenigstens Geschwister, die auch ab und zu ihr Fett abkriegen. Einzelkind zu sein ist nicht lustig. Ich mache extra langsam, als ich zum Nebenzimmer gehe, damit sie vielleicht schon den Mut verliert, über die blöde Sache zu sprechen, bevor ich draußen bin. Vom Musiksalon schleiche ich, so leise ich kann, auf den Korridor, weil man an der Außentüre vom Wohnzimmer am besten hören kann, was drinnen geredet wird.

Sie wolle einen Vorfall mit ihm besprechen, sagt Mutter ganz bittend und kriegt keine Antwort. Einen richtigen Schock habe es ihr gegeben, fährt sie fort und berichtet, wie ich sie gefragt hätte, ob sie eine Wucherin sei wegen ihrer Abstammung. Natürlich in aller Unschuld, sagt sie. Aber, Viktor, ich bitte dich: Woher hat das Kind solche Ideen? Wer kann es auf diese Weise verhetzen?

Das ärgert mich. Erstens habe ich nicht Wucherin gesagt, was ist das überhaupt? Sie soll doch bei der Wahrheit bleiben. Und zweitens soll sie nicht so tun, als wüßte sie nicht, daß es auf dem Zettel stand und Vater ihn uns vorgelesen hatte. Ob sie das auch so gesagt hätte, wenn ich dabeigeblieben wäre? Man kann niemandem trauen. Nicht mal den eigenen Eltern.

Vater gibt nur eine Art Grunzen von sich.

Glaubst du, sie versteht schon, von was sie da redet? fragt Mutter.

Höchste Zeit, daß sie eine Aufsicht kriegt, sagt Vater. Natürlich versteht sie es nicht. Schnapsidee.
In manchem ist sie schon recht weit.
Was Faulheit und dumme Gedanken angeht, allerdings. Deine Tochter!
Er macht eine Pause. Im übrigen siehst du zu schwarz. Ein paar Rabauken, was will das schon heißen? Ich glaube noch immer nicht daran, daß dieser Hitler es schafft. Und wenn er sich noch so sicher gibt, er und seine Ess-A.
Wie er nur immer noch so gelassen sein könnte, sagt Mutter. Das verstünde sie nicht, wo doch alle Zeichen auf Sturm ständen. Ob er denn nicht sehe, wo das hinführt, wenn jetzt auch die Vertreter der Großindustrie bei Hindenburg für die Nationalsozialisten plädierten?
Vater räuspert sich. Das wird auch nichts ändern, sagt er, als Reichspräsident und alter General läßt er sich von einem ehemaligen Gefreiten schon nicht einwickeln.
Alt stimme, sagt Mutter, und leider auch Militär. Das sei ja gerade das Bedenkliche, daß man einen Militär an der Spitze habe, die könnten vielleicht Krieg führen, aber denken könnten sie nicht. Ein schon leicht verkalkter Greis, sagt sie, und dieser draufgängerische politische Ehrgeizler, da könne sich doch der Dümmste ausrechnen, wie die Sache ausginge. Ihre Stimme, sonst immer samtig, wird fast schrill.
Sie vergäße, sagt Vater, das Kabinett der Barone. Männer wie von Neurath, von Papen, von Blomberg und andere hätten Standesbewußtsein. Die würden sich doch nicht von so einem ehemaligen Kunstmaler regieren lassen, das sei ja lächerlich. Und nun wolle er weiterlesen in seinem Buch.
Nein, sagt Mutter, jetzt wartest du bitte noch einen Augenblick, wir müssen einmal über das alles sprechen! Deine Vogel-Strauß-Methode, vor allem Kommenden die Augen zu schließen, bringt uns nicht weiter.

Jetzt wird auch Vater erregt, weil ihn Mutter nicht weiterlesen läßt: Aber deine ewige Schwarzmalerei, glaubst du, bringt uns weiter, wie? Dein Geunke über die Zukunft, deine Judenangst. Die steckt euch doch im Blut. Verfolgungshysterie. Du und deine Schwester, wenn ich schon höre, wie ihr euch am Telefon gegenseitig etwas vorjammert, das ist nicht zum Anhören!

Manchmal, sagt Mutter ganz traurig, wünschte ich, du würdest dich etwas mehr um Politik kümmern und nicht nur um deine Geschäfte.

Sollen die da oben das machen, dafür sind sie da, sagt Vater, ich hab genug anderes, um das ich mich kümmern muß.

Einen Augenblick lang ist Stille und ich glaube schon, das Gespräch ist zu Ende, da beginnt Mutter wieder: Viktor, sagt sie, was würdest du machen, wenn die Nationalsozialisten an die Macht kämen?

Vater scheint nicht zu verstehen, was sie wissen will. Was ich machen würde? sagt er. Weitermachen natürlich wie bisher, was soll das?

Die Nazis seien aber nun mal gegen die Juden und würden sicher ein Pogrom starten. Was das hieße, wüßte er doch. Er habe das ja in seiner Heimat Oberschlesien selbst mit angesehen.

Schwarzmalerei, sagt Vater wieder, nichts als Schwarzmalerei. Und außerdem: Was hätte das mit uns zu tun? Sie sei schließlich christlich getauft. Preußischer als die Preußen genügte deinem alten Herrn ja nicht, sagt er, ihr mußtet auch noch christlich werden.

Mit dir kann man über solche Sachen einfach nicht reden, sagt Mutter. Es klingt ganz mutlos.

Dafür hast du ja deine Schwester, da könnt ihr gegenseitig Klagemauer spielen wie die mauschelnden Hebräer in

Jerusalem, verdammt noch mal, fang jetzt nicht an zu weinen! Kann ein schwer arbeitender Mann denn nicht einmal abends seine Ruhe kriegen?

Ohne nachzudenken stürme ich ins Zimmer zurück. Vater darf Mutter nicht weinen machen, das lasse ich nicht zu.
Was ist das, mauscheln? frage ich und vergesse, daß ich mein Horchen damit verrate.
Na sieh mal an, sagt Vater über seine Zigarre und pufft den Rauch in die Luft, unsere Tochter lauscht an der Tür. Lange Ohren machen, ja, das kannst du. Aber in der Schule –
Was ist mauscheln? beharre ich, weil ich, ohne daß ich verstehe, was das ist, Mutter nicht verteidigen kann.

Vater ist nicht nur ein großer Arzt, er ist auch Schauspieler. Er verzieht die geschlossenen Lippen, bis sie ganz dicht unter der Nase sind, streckt den Kopf vor, hebt die Hände mit den Innenflächen nach außen, ähnlich, wie die Anneliese es mir damals im Schulhof vormachte und spricht nun ganz komisch, so lispelnd, mit der Zunge zwischen den Zähnen: Nu, wenn es mecht werden a guter Tag, wo mer zählen den Reibach –
Hör auf, Viktor, hör sofort auf! Jetzt hat Mutter keine Tränen mehr in den Augen, nur noch Wut. Wenn sie ihn doch öfter so ansehen wollte, denke ich, dann würden sie sich auch besser verstehen. Vielleicht wünscht sich Vater, daß Mutter öfter mal energisch wird. Warum sie allerdings jetzt zornig ist, verstehe ich nicht. Das Mauscheln ist doch lustig, und ich muß sehr lachen.
Vater wird schnell wieder ernst. So, jetzt weißt du's, sagt er. Und nun ab mit dir ins Bett.
Ich möchte aber noch aufbleiben!
Suche nie, was wo geschehen, widersprechend anzugehen, deklamiert Vater seinen geliebten Wilhelm Busch. Kinder haben zu gehorchen. Und nun marsch, verschwinde.

3

Guten Tag, sagt das Fräulein und streckt mir die Hand hin, ohne fortzufahren: Also du bist die Kleine von ..., wie es die Mütter von meinen Klassenkameradinnen immer machen, wenn ich ihnen guten Tag sagen muß. Tag, sage ich und gebe ihr zögernd die Hand. Falls sie etwa erwartet, daß ich einen Knicks mache, wie Mutter es gern hätte, hat sie sich gewaltig geirrt. Da ist mit mir schon seit meinem sechsten Geburtstag nichts mehr zu machen, höchstens so was wie eine leichte Verbeugung. Das ist der Otto in mir.

Aber der verbeugt sich auch nur bei ganz wichtigen Anlässen. Handgeben genügt. Das ist, finde ich, eigentlich schon eine viel zu große Vertraulichkeit. Darum ziehe ich auch jetzt meine Hand gleich wieder zurück. Wir mustern uns ohne Verlegenheit. Eigentlich hatte ich sie mir schlimmer vorgestellt. Und älter. Sie hat große graue Augen, schöne Zähne und eine prima Frisur, einen Bubikopf mit hinten kürzer als vorn, Spitzen vor den Ohren und Ponifransen bis an die Augen.

Wir stehen uns im Salon gegenüber auf dem chinesischen Teppich, mitten auf dem blauen Drachen. Mutter sitzt im blauen Samtsessel neben der Vase mit den Mimosen und sieht aus, als wäre es ihr peinlich, mich, ihre Tochter, einer anderen zu übergeben.

Sag schön guten Tag, Dicki. Wissen Sie, Fräulein Leonore,

das Kind ist ein bißchen gehemmt vor Menschen, die es nicht kennt. Das gibt sich. Josefine wird Ihnen Ihr Zimmer zeigen. Wir essen um sieben. Wenn Sie bitte pünktlich sein wollen. Mein Mann legt großen Wert darauf.
Ist gar nicht wahr, sage ich zum Fräulein. Ich bin nicht scheu. Sie sieht mich aufmerksam an. Vielleicht ja, vielleicht nein, sagt sie. Man kann da nie sicher sein. Wollen wir gemeinsam versuchen, es herauszubekommen?
Was? sage ich und denke: Das ist eine komische Art zu sprechen.
Wie du bist, sagt sie schon unter der Türe, vor der Josefine auf sie wartet. Zusammen machen sie sich auf den Weg zu den Dachkammern. Die Treppe knarrt laut. Das tut sie, seitdem Ada, die fette Köchin, zu uns ins Haus kam, weil sie so viel wog und damit die Holzstiegen kaputtmachte. Aber das ist gewesen, als ich noch klein war. Seit drei Jahren kocht Josefine für uns und macht auch sauber. Weil wir uns eine Köchin, die nichts tut außer kochen, nicht mehr leisten können, sagt Vater. Es seien schlimme Zeiten angebrochen. Sie ist doch richtig simpathisch, nicht wahr, Dicki? sagt Mutter und läßt die Schultern wieder fallen, die sie die ganze Zeit hochgezogen hatte.
Wie alt ist sie? will ich wissen. So alt wie du?
Etwas jünger sei sie schon noch, sagt Mutter. So um die fünfundzwanzig. Dabei schaut sie zur Türe, als beneide sie diese Frau aus Worms.
Und wie alt bist du?
Alt genug, deine Mutter zu sein, Naseweis. Zu meinem dreißigsten Geburtstag voriges Jahr hast du mir doch deine Zeichnung mit der Dreißig im Kranz geschenkt, schon vergessen?
Ach so, ja, sage ich. Das mit der Zeichnung war ein Einfall von Josefine gewesen. Weil ich mit Bleistift gut umge-

hen kann. Fünfundzwanzig oder dreißig Jahre, das ist doch gleich; ab achtzehn sehen alle Erwachsenen für mich einfach alt aus und später sehr alt, wenn sie weiße Haare kriegen und bald sterben müssen. Nur Kinder sind jung.
Ich glaube, in Fräulein Leonore bekommst du eine gute Erzieherin, sagt Mutter.
Aber du erziehst mich doch auch weiter, oder?
Natürlich, Dicki.
Und Vater erzieht mich auch weiter? frage ich. Auch wenn ich oft seine Erziehung nicht mag, er ist doch mein Vater. Väter müssen erziehen, dazu sind sie da. Eltern, das ist was Zusammengehöriges.
Woran denkst du? Machst du dir Sorgen? Das sollst du nicht, Kleines. Mit der Leonore seid ihr drei. Eine ganz schöne Erzieherei, das, gebe ich zu bedenken.

Zum Abendessen sitzt Fräulein Leonore mir gegenüber, hält die Ellenbögen an sich gepreßt und nur die Hände auf dem Tisch. Ja danke, sagt sie und ja bitte, und dazu lächelt sie, aber nur so ein bißchen. Vater dagegen ist viel weniger brummig als sonst. Wenn er etwas zu dem Fräulein sagt, lacht er und legt zuerst uns auf und dann sich selbst. Das tut er sonst nie. Außerdem erzählt er uns Geschichten von was er alles getan hat, wie er jung war. Wo man doch beim Essen nicht reden soll, weil der Mund zum Nahrungaufnehmen da ist und nicht zum Quasseln. Mutter blickt ihn wie immer bewundernd an und spielt dabei mit dem Messerbänkchen.

Nach dem Essen gehe ich mit dem Fräulein auf mein Zimmer. Da sieht es sich gründlich um.
Das also ist dein Reich.
Komisch, auf einmal fällt mir auf, daß die eisernen Bettpfosten da, wo der weiße Anstrich abgeblättert ist, breite schwarze Stellen haben. Die Wickelkommode ist sowieso

nicht mehr zum Vorzeigen, und da, wo das Rohr von dem Ofen in die Wand hineingeht, ist die Tapete ganz rußig. Überhaupt kommt mir das Zimmer kleiner vor als sonst. Ich schäme mich, aber nur ganz kurz. Egal wie hübsch oder schäbig, es ist mein Raum, wo ich machen kann, was ich will, jedenfalls so ziemlich. Ich habe diese Frau aus Worms nicht eingeladen. Sie ist ein Eindringling. Gerade zur rechten Zeit fällt mir ein, daß ich mir vorgenommen hatte, sie möglichst schnell wieder wegzuekeln. – Ich bin gern hier, sage ich und stelle mich mit dem Rücken gegen das Fenster, damit sie das Lagerhaus und den gräßlichen Schornstein nicht sehen kann. Obwohl es draußen schon dunkel ist. Aber sie soll denken, daß es mir gutgeht und wir eine glückliche Familie sind, ich und meine Eltern, in der sie nichts verloren hat. Wir sind eine glückliche Familie, sage ich laut und starre ihr in die Augen, um ihr klarzumachen, daß sie stört.

Sie starrt zurück, ganz fest. Das tun sonst Erwachsene nur selten. Du wolltest nicht, daß ich komme, stimmt's? sagt sie.

Ja, sage ich.

Und weshalb nicht? Immer noch lächelt sie. Eigentlich ist es ein freundliches Lächeln. Es macht mir das Biestigsein nicht leicht.

Ich bin schon neun.

Das haben mir deine Eltern gesagt. Wenn sie redet, rutschen ihr die Ponifransen über die Augenbrauen.

Mit neun ist man zu alt für ein Kinderfräulein, sage ich überzeugt.

Wollen wir uns nicht setzen? Im Stehen kann man eine Sache schlecht klären. Und wir wollen die Frage doch klären, nicht wahr, ob du für eine Betreuerin zu alt bist oder nicht.

Dann sitzen wir beide nebeneinander auf meinem Bett.

Sie riecht gut, so gut, daß ich mich richtig zusammennehmen muß, um nicht aus der biestigen Rolle zu fallen. Weil ich die richtigen Antworten geben will, muß ich genau aufpassen, was sie sagt. Was ist eine Betreuerin? will ich wissen. Dabei halte ich die Augen starr auf mein Schulpult geheftet. Das ist, sagt sie, was ich für dich in Zukunft sein soll. Jemand, der sich mit dir unterhält, dem du deine Sorgen erzählen kannst, mit dem du die Zeit teilst, die du sonst allein verbringst, kurz, ein Kamerad. Natürlich bist du zu alt für ein Kindermädchen, versteht sich.

Kamerad, das Wort gefällt Otto. Otto gefällt auch die Frau, die von nun an seine Betreuerin sein soll. Sie soll ihm aber doch gar nicht gefallen. Ich mühe mich ab, mir nichts davon anmerken zu lassen.

Ich bin gern allein, sage ich. Ich bin immer allein gewesen. Ich will es auch weiter sein. Das sage ich ganz fest, weil mir einfällt, wie störend es sein muß, andauernd jemanden neben sich zu haben, der aufpaßt. Aus mit meinem Papierpuppenspiel. Und das brauche ich doch, weil die ganze Wut, die ich manchmal so im Bauch habe, damit weggeht. Und nachdenken kann ich auch nicht, wenn ein anderer bei mir im Zimmer ist. Selbst wenn er, wie diese Leonore, mir gefallen könnte. Verstehe ich gut, sagt sie. Ich bin auch gern allein.

Das verblüfft mich. Warum tun Sie dann so was? sage ich.

Was?

Na das, Betreuen. Kindermädchen.

Ja, siehst du, das ist so, erklärt sie. Sie habe, als sie aus der Schule kam, gleich einen Beruf ergreifen müssen, weil ihr Vater, ein Schlosser, arbeitslos gewesen sei wie so viele Männer heute. Aber jemand müsse sich doch um die kranke Mutter und die zwei kleinen Brüder kümmern. Und da habe sie sich eben als Kinderfräulein gemeldet, weil sie nichts

Richtiges gekonnt hätte, womit man einen Beruf ausübt. Nur mit Kindern kenne sie sich aus, wegen der Brüder. Da sei sie zu einer Familie gekommen, wo auch nur wie hier ein Kind war, ein krankes aber.

Was hat es gehabt? sage ich und finde es spannend.

Einen großen, einen zu großen Kopf habe es gehabt, sagt sie. Und es habe auch nicht richtig sprechen können, obwohl es schon zehn Jahre alt war, noch ein ganzes Jahr älter als ich. Die Eltern seien verzweifelt gewesen, weil die Leute gelacht hätten über den kleinen Andreas und gesagt, er sei ein Idiot.

War er doch auch, sage ich.

Da ist plötzlich ihre Hand auf der meinen, ganz ruhig und warm. Mir wird so ulkig. Ich müßte meine wegziehen, weil so eine Berührung etwas ist, was man nicht tut. Aber ich kann nicht, weil ich nicht will. Nicht wirklich.

So etwas mußt du nicht sagen, sagt die Leonore. Man muß nicht immer nur nach dem Äußeren gehen. Solch ein Mensch, auch wenn er einen zu großen Kopf hat und herumhampelt, hat genau solche Gefühle wie alle anderen, er kann sie nur nicht zeigen. Und deshalb tut es ihm sehr weh, wenn die Leute ihn auslachen und über ihn spotten. Das fühlt er ganz genau, sagt sie, auch wenn er nicht alles versteht, was gesprochen wird.

Aber du hast ihn nicht ausgelacht? sage ich und finde das Du passender als das blöde Sie.

Sie sieht mich aufmerksam an. Hättest du das getan? will sie wissen.

Ich überlege. Es muß komisch aussehen, so ein Kopf, groß wie ein Kürbis und dazu das Gehampel mit Armen und Beinen. Ich glaube, lachen würde ich schon. Wenigstens zuerst. Aber so jemand ist ja krank, und über Kranke lacht man nicht, die muß man heilen. Zuerst ja, dann nein! sage ich.

Die Hand bleibt weiter auf meiner liegen. Jetzt spüre ich schon gar nicht mehr, welche ihre ist und welche meine. Nur Wärme.

Siehst du, sagt sie, wir verstehen uns.

Ich möchte, daß sie weitererzählt. Es ist spannender als das Lesen in meinen Abenteuerromanen. Wie lange bist du bei dem Idioten geblieben? sage ich. Ich meine, dem kranken Kind?

Es ist gestorben. Vielleicht war es so am besten. Die Eltern, sagt sie, hätten sich vor dem kleinen Andreas geekelt, weil er sabberte und ins Bett machte. Dafür konnte er aber nichts, weil er doch nicht wußte, daß er schon zehn war und wie man sich in seinem Alter zu benehmen hat. Darum hätten ihn seine Eltern in ein Heim geben wollen, so eines für Schwachsinnige, aber da hatten die nicht gleich Platz für ihn, und so mußte sich Leonore um ihn kümmern. Andreas brauchte Liebe, sagt sie, viel Liebe. Liebe ist oft wichtiger als die feinste Erziehung.

Ich fühle, daß ich rot werde. Hoffentlich sieht sie es nicht.

Und was hast du gemacht, nachdem er tot war? sage ich.

Da hätte sie in einem Kindergarten gearbeitet, wo Mütter, die sich kein Kindermädchen leisten können, ihre Kleinen hinbrachten, um sie am Spätnachmittag wieder abzuholen. Ganz schön freche Gören wären dabeigewesen, und einen Riesenkrach hätten sie gemacht. Kaum hätte man ihnen den Rücken gedreht, hätten sie schon irgendeinen Unfug ausgeheckt. Mehr als anderthalb Jahre habe sie es dort nicht ausgehalten.

Und wo warst du, bevor du zu uns gekommen bist, Leo?

Komisch, die Abkürzung habe ich mir gar nicht überlegt, die kommt einfach so mit raus. Jetzt, wo sie ausgesprochen ist, finde ich sie prima. Ob sie das auch findet? Ich blicke sie möglichst unauffällig von der Seite an. Doch, ich

glaube, sie mag das ›Leo‹ auch. Ist ja auch viel weniger umständlich.
Du, sagt sie und lacht, wir haben noch viel Zeit, einander alles zu erzählen, es muß ja nicht gleich am ersten Abend sein. Morgen ist auch noch ein Tag.
Und übermorgen, sage ich. Auf einmal finde ich es gar nicht mehr schlimm, eine Betreuerin zu haben. Auch wenn mein Alleinsein dabei kaputtgeht. Es ist mir auch egal, ob die alberne Klicke zu hetzen anfangen wird, wenn sie von Leo erfährt. Wenn die zu frech werden, vertrimme ich sie wieder, dann werden die schon ihren blöden Mund halten.

Ich spüre einen kühlen Luftzug an meiner Hand. Leo hat ihre Hand wieder an sich genommen. Schade. Wir verabreden uns auf morgen zum Frühstück. Damit du pünktlich zur Schule kommst. Wieder Freunde?
Ich nicke. Morgen erzählst du weiter, ja?
Gleich nachdem ich ins Bett gegangen bin, schlafe ich ein. Ganz leicht. Ohne Fridolin. –
Schön, daß ihr euch gut versteht, sagt Mutter. Aber weshalb nennst du das Fräulein Leo? Leonore ist doch so ein hübscher Name.

Sie ist eben Leo. Leo, Leo, Leo. Ich schaue Mutter zu, wie sie vor dem Klappspiegel im Schlafzimmer die Lippen nachzieht. Nachher tupft sie die halbe Farbe mit einem Papiertuch wieder ab, schade. Knallig finde ich schöner.
Leo ist ein Männername, sagt sie.

Vater mag die Bemalerei nicht, wie er das nennt. Einmal hat er während des Mittagessens gesagt, Mutter solle sich an Alice Hengler ein Beispiel nehmen, die malte sich nicht an und sähe doch so nett aus. Vater hat einen seltsamen Geschmack. Die Frau Hengler hat ein Gesicht wie der Alte Fritz in Vaters Geschichtsbuch. Große Nase und dann gar kein Kinn, weil das in den Hals reinwächst. Und giftige

Augen. Leo bemalt sich nicht, vielleicht hat Vater sie deshalb ausgesucht. Aber sie braucht das auch nicht; das halbe Gesicht ist von den Ponifransen verdeckt. Und der Rest ist auch so ganz nett.
Warum tut sich Leo keine Farbe ins Gesicht, Mutter?
Das sei, sagt Mutter, für Angestellte nicht praktisch. Und Ess-Teetisch sei es auch nicht. Nachher hätten wir womöglich überall im Haus fremde Lippenstiftspuren, wär' doch scheußlich, nicht?
Gehst du aus? sage ich, weil Mutter das Gelbseidene anhat und die Schuhe dazu, die ganz dünne, hohe Absätze haben und in denen sie gar nicht richtig laufen kann.
Wir gehen heute abend ins Theater.
Vater und du?
Aber Dicki. Dein Vater hat für Theater nichts übrig, das weißt du doch. Ich gehe mit Frau Printzen. Fräulein Leonore und du, ihr könnt im Salon essen, Josefine deckt euch den kleinen Tisch am Fenster.
Und Vater? Gleich darauf fällt mir ein, heute ist Mittwoch, da geht er zum Kegeln in den Verein mit den Männern von Mutters Freundinnen und noch ein paar anderen. Na, dann viel Spaß, sage ich und verziehe mich zu Leo. –

Ohne wenigstens einen von den Eltern im Haus ist es so still, daß man im Salon, wo wir Josefines Eierkuchen essen, alle Geräusche von der Straße hört, als wären sie ganz nah, die Schritte auf dem Pflaster, das Quietschen, wenn die Straßenbahn unter dem Fenster um die Ecke biegt. Ich fühle mich allein gelassen. Trotz Leo. Als ich noch klein war, sind sie auch ein paarmal weg gewesen. Vater und Mutter.

Das ist ein Gefühl, als würde innen irgend etwas plötzlich ganz leer, die Wände strecken sich hoch hinauf, fallen auseinander, und dann ist auf einmal das Haus gar kein Haus mehr, ich stehe im Freien und weiß nicht, wohin. Ein bißchen davon spüre ich auch jetzt, obwohl jemand bei mir ist. Das ist dumm; ich bin doch nun kein Kind mehr, jedenfalls kein kleines. Kleine Kinder wissen es nicht besser, weil sie noch nicht zur Schule gehen.

Du kaust an deinem Eierkuchen herum, als sei er eine Schuhsohle, sagt Leo und gibt mir wieder einen ihrer prüfenden Blicke, so ein bißchen von unten herauf, damit sie direkt meine Augen erwischt. Hab keinen Hunger, sage ich und schiebe den Teller zur Seite.

Andere Kinder wären froh, wenn ..., sagt Leo.

Ich lasse sie sagen, was sie sagen will, höre nicht hin. Andere Kinder sind nicht ich. Andere Kinder, das sind Edith und Margot und Gisela. Und Anneliese. Es ärgert mich unheimlich, daß ich nicht ohne Bauchschmerzen an Anneliese denken kann. Obwohl ich sie auf dem Schulhof doch besiegt habe. Aber vielleicht war das doch nicht nur meine Kraft, sondern auch etwas Zufall gewesen. Weiß nicht, ob ich es ein zweites Mal schaffen würde. Wenn sie aber wieder auf mich losginge und diesmal Sieger würde, dann läge ich da und die ganze Klicke würde triumphieren. Mir wird ganz schlecht bei dem Gedanken. Am besten, ich spiele erst einmal wieder krank, dann darf ich im Bett liegenbleiben, und keiner kann mir was tun. Und wenn ich dann wieder zur Schule muß, bin ich schon wieder ein Stück gewachsen und stärker.

In das Kreischen der Straßenbahn hinein sagt Leo: Weißt du, was ich glaube? Du hast Angst.

Das macht mich böse. Keine Spur! erkläre ich, überhaupt nicht. Ich habe nie Angst!

Dann iß weiter!

Ich versuche es, aber es hat keinen Zweck, die Bissen bleiben irgendwo im Hals stecken und wollen nicht runterrutschen. Wovor soll ich denn Angst haben? sage ich.

Das versuche ich herauszubekommen. Fürchtest du dich,

weil wir im Haus allein sind? – Ich schüttle den Kopf. – Hast du Angst, mit mir zu sprechen? – Ich schweige, ich kann nicht auf etwas antworten, das ich selbst nicht weiß. Soll sie mich in Ruhe lassen. In unserem Haus wird über Gefühle nicht gesprochen, so was tut man nicht, solche Sachen muß man mit sich selbst ausmachen, sagt Mutter, und Vater: Damit du vor den anderen wie eine Eins dastehst, eine Eins und nicht etwa als katzbuckelnde Drei oder kopfhängende Neun. Haltung bewahren, das unterscheidet den klassebewußten Bürger vom Kleinbürger, der sich oft schamlos gehenläßt. Heimlich habe ich gedacht, es muß irgendwie guttun, ein Kleinbürger zu sein und sich richtig gehenzulassen, heulen, wenn man heulen möchte und alles herausschreien dürfen, was einem gerade so einfällt, anstatt immer fein sein zu müssen. Außerdem hat mich das Wort ›schamlos‹ neugierig gemacht. Ob Vater damit das gemeint hat, was die Leute in dem verbotenen Buch miteinander machen? Seit der Zeit finde ich Kleinbürger aufregend, auch wenn ich bisher noch keinen gesehen habe.

Woran erkennt man Kleinbürger? frage ich Leo.

Leo schaut verwundert drein. Bei Erwachsenen muß man immer genau auf Fragen antworten und das sagen, was sie gerade hören wollen, sonst verwirrt man sie. Ist das, wovor du Angst hast? sagt sie.

Nein, warum?

Wovor denn dann? Sie ist noch immer beim ersten Thema.

Die Anneliese fällt mir wieder ein. Vor morgen, sage ich. Vor der Schule.

Morgen? sagt sie und macht ein ganz überraschtes Gesicht, morgen, sagst du? Was ist das?

Na, eben morgen.

Leo steht auf, lacht und wirft sich auf das blaue Sofa, daß es ein bißchen quietscht. Ich erschrecke richtig: Mutter würde das nie tun. So ein wildes Daraufwerfen macht den Samt kaputt, sagt sie. Aber Leo macht das nichts aus. Sie streckt mir einen Arm entgegen und sagt: Komm mal her! Und als ich mich nicht rühre: Was ist? – Es geht nicht, sage ich fest.

Und weshalb nicht? Eben hat sie noch gelacht, nun wird sie ernst. Es ist mir recht; sie kann doch nicht einfach tun, was mir verboten ist. Das ist bestimmt nicht, was Vater HALTUNG BEWAHREN nennt. Und das will eine Erzieherin sein? Ich mag Leo nicht mehr, jedenfalls im Augenblick nicht.

So was tut man nicht, erkläre ich.

Was tut man nicht?

Na, eben so was, sage ich und blicke auf ihren Arm, den sie mir noch immer entgegenstreckt.

Ach du liebe Zeit, hat man dich verklemmt, sagt Leo. Nun komm schon her! Damit beugt sie sich vor, packt mich bei der Hand und zieht mich zu sich herüber. Ich stolpere und falle gegen sie. Sie richtet sich auf, legt den Arm um meine Schulter. Das Wort MORGEN, sagt sie, das will ich dir erklären. Das ist nämlich leer wie ein mit Gas gefüllter Ballon. Wenn du da hineinstichst, fällt er in sich zusammen. Ich ginge doch jetzt gleich schlafen, nicht wahr, Mutter habe ihr eingeschärft, um neun Uhr abends gehörte ich ins Bett. Und dann schliefe ich ein: Ist das nun etwas, was du tust, richtig so mit Willen? fragt sie.

Ich überlege. Tun tue ich es eigentlich nicht.

Du willst sagen, es geschieht dir? Siehst du, da zieht dir ein Engel den Vorhang zu.

Und wenn ich wieder erwache, ist morgen!

Woher willst du wissen, ob du wieder aufwachst?

Na, sage ich, ist doch klar! Am liebsten hätte ich Vaters Kloßbrühe drangehängt, um ihr meine Überlegenheit noch

deutlicher zu beweisen. Abends schläft man ein, und morgens wacht man wieder auf. Das weiß doch schon jeder Säugling. Nur Tote wachen nicht wieder auf, sage ich.
Du könntest während der Nacht sterben.
Quatsch, sage ich überzeugend. Alte sterben, Junge nicht.

Ich merke erst jetzt, daß ich meinen Kopf gegen ihre Schulter gelehnt habe, es ist so warm und behaglich. Einen Augenblick lang möchte ich von ihr abrücken und mich schämen. Aber vielleicht merkt Leo das gar nicht, weil sie damit beschäftigt ist, mir etwas zu erklären. Ich beschließe, nicht an das Ungewöhnliche der Lage zu denken und mich nicht zu rühren. Der Beschluß macht mich fröhlich, und ich muß lächeln. Leo riecht nach Frische und Geborgenheit. So könnte ich einschlafen. Auch junge Menschen und Kinder sterben, sagt Leo, und zwar meistens im Schlaf. Das klingt ganz anders, als wenn Josefine vom Sterben spricht, die das entsetzlich findet und sich bei dem Wort Tod immer bekreuzigt.
Aber *wenn* ich aufwache, murmele ich, dann ist doch morgen! Der Gedanke an die Schule mit ihrer Kästchenrechnerei und dem täglichen Kampf mit meinen Feinden macht meinen Magen unruhig.
Nein, sagt Leo und lacht, eben nicht. Dann ist *heute!*

Darüber muß ich noch nachdenken. Draußen schlägt leichter Regen an die Scheiben, das klingt, als tippten Elfen aus den Märchen mit hundert Fingerspitzen gegen das Glas. Es ist überhaupt besonders schön, sich vorzustellen, daß es im Dunkel vor den Fenstern naß und windig und hier drinnen warm und gemütlich ist. Und über meinen Kopf hinweg höre ich Leo sagen: Darum sollst du dir keine Sorgen machen, was geschieht, nachdem du einschläfst. Ein nächster Tag – vielleicht kommt er, vielleicht nicht. Und wenn er kommt, bleibt Zeit genug, sich über ihn klarzuwerden. Verstehst du?

Ihre Stimme klingt schon ganz fern. Die Wärme hat zugenommen, umhüllt mich wie ein Mantel. Ich murmele Zustimmung, wäre jetzt mit allem einverstanden, was sie sagt. Bis sich Leo aufrichtet, mich betrachtet, lacht. Du schläfst ja schon, sagt sie. Nun aber nichts wie ins Bett!

An Sonntagen hat Leo ihren freien Tag. Weil das der Tag sei, an dem Eltern Zeit für ihre Kinder hätten, sagt sie, und das müsse man berücksichtigen. Sie hätte sich auch einen anderen Tag wählen können, Dienstag zum Beispiel oder Donnerstag. Aber wo ich doch schon die ganze Woche so wenig von meinen Eltern hätte, sollte wenigstens der Sonntag ganz der Familie gehören.

Ich hab' nicht wenig von meinen Eltern, sage ich. Von Vater sogar manchmal zu viel. Das kann Leo aber nicht wissen. Denn seitdem sie mit uns am Tisch sitzt, kriege ich keine mehr hinter die Löffel. Vater bleibt sogar ganz ruhig sitzen, wenn ich wieder mal die Suppe falsch herum esse oder wenn Mutter und ich während des Essens reden. Nur seine breiten Hände schließen sich dann zu Fäusten zusammen. Ich habe aber bisher vergeblich darauf gewartet, daß er sie mal wieder so richtig auf den Tisch knallt und zu schreien anfängt.

So meine sie das nicht, sagt Leo. Sie meine das im Sinne von echtem Kontakt zwischen Eltern und Kind, ganz ungezwungen. Ich bin sicher, sagt sie, deine Mutter möchte das auch. Nur, weißt du, man hat sie falsch erzogen, und außerdem hat sie ein schwaches Nervensüstem.

Ich erlaube Leo viel, aber nicht, daß sie Mutter kritisiert: Mutter und ich mögen uns sehr. Sie hat mich sehr lieb. Und ich sie!

Daran zweifle sie nicht, natürlich nicht, sagt Leo. Na ja, und Vater müsse eben hart arbeiten, das Geld läge nicht auf der

Straße, heute schon gar nicht. – Schuften mußt du sagen, verbessere ich, er schuftet Tag und Nacht für seine Familie, die immer nur haben will und nie darüber nachdenkt, woher er es nehmen soll! Ich lache, weil mir das Nachmachen von Vaters Tonfall überraschend gut gelungen ist.
Ich solle nicht ungerecht sein, meint Leo nur. Wenn ich erst einmal wüßte, was arbeiten heißt, würde ich ihn und seine Sorgen besser begreifen.
Woran erkennt man, ob jemand arbeitet? will ich wissen.
Das sei eine törichte Frage. Ich sähe es doch täglich überall. Die Bauern ernteten, was sie gepflanzt hätten, und verkauften es in der großen Markthalle, der Metzger schlachte und verkaufe das Fleisch und Vater verkaufe Heilmittel an kranke Menschen, damit sie wieder gesund werden.
Tut er nicht, sage ich.
Wenn du nur widersprechen kannst, dann bist du glücklich, sagt Leo.
Tut er aber doch nicht, sage ich. Die Mittel verkauft unser Apothekenherr, der mit dem weißen Kittel. Vater sitzt nur in seinem Privatkontor. Da besuchen ihn die feinen Kundinnen, mit denen trinkt er das Zeug aus den Flaschen mit dem Goldetikett. Und dann schläft er auch dort auf dem Sofa, so zwischendurch.

Mit diesem Satz habe ich einfach kein Glück. Schon Mutter hatte sich darüber aufgeregt und Vater um eine Aussprache gebeten.
Wie kommst du darauf? sagt Leo und blickt zur Gardine hinüber, anstatt mich anzuschauen.
Weil ich's gesehen habe, sage ich. Erwachsene stellen sich oft an, wenn sie davon reden, was sie alles zu tun haben. Man darf das nicht zu ernst nehmen.

4

Als ich an diesem Sonntag aufwache, muß ich erst nachdenken, wo ich bin. War ein komischer Traum gewesen, die Sache mit dem Schwein. Es hatte zu irgend jemand gehört, der es verließ, und nun stand es ganz allein auf der Wiese, die aber eigentlich gar keine Wiese war, sondern nur ein enges Stückchen Rasen, das Ähnlichkeit hatte mit dem von unsrem Hof. Wir wurden gleich gute Freunde, und ich umarmte es viel, weil es ein sehr sauberes Schwein war, und es gefiel ihm sehr, wenn ich es streichelte. Trau den Menschen nicht, sagte es. Die Menschen wollen nur, daß wir sterben. Dann schneiden sie uns den Kopf ab und stellen uns in die Auslage mit Zitrone in der Schnauze und Petersilie hinter den Ohren wie bei Metzger Reins. Ich will nicht, daß du stirbst, sagte ich, du bist so sanft und kannst dich nicht wehren, weil du keine Hörner auf dem Kopf hast. Ich werde dich beschützen! Da war das Schwein ganz glücklich, bis dann auf einmal dieser Mann und seine Frau kamen und der Mann mich anschrie und sagte, das sei kein Umgang für mich, und die Frau holte ein großes Messer herbei. Hilf mir, sagte das Schwein, ich habe keine Hörner, um mich zu wehren. Ich wollte mich der Frau entgegenstellen, aber der Mann zerrte mich zur Seite, und dann kam die Frau wieder heraus mit meinem Freund auf dem Arm, der nun ganz blaß war, den Kopf baumeln ließ, daß die Ohren schlaff gegen die

Augen schlugen und gar nicht rot, sondern nur ganz zart rosa blutete. Ich weiß nicht mehr, wie es weiterging, aber wenn ich jetzt vorsichtig mit der Hand über meine Wangen fahre, ist noch ein Rest von Tränen auf ihnen.

Josefine kommt mit dem Sonntagskakao und dem Rosinenbrot, denn sonntags darf ich im Bett frühstücken, das habe ich mir zum vorigen Geburtstag gewünscht, und seither ist es erlaubt. Vater weiß das aber nicht, das ist eine ganz geheime Abmachung zwischen mir und Mutter. Wenn er es wüßte, würde er bestimmt sehr böse werden und was von VERHÄTSCHELTEM KLEINEN FRAUENZIMMER murmeln, das Mutter bis zur völligen Untauglichkeit verzöge. Ich schaue Josefine zu, wie sie die Vorhänge aufratscht. Sie ist schon in ihrem Sonntagsstaat, dem hochgeschlossenen Winterkostüm mit der komisch gerüschten Bluse drunter, weil sie gleich zur Kirche muß, die Glocken läuten schon ganz heftig von der Dionisiuskirche am Ende unserer Straße. Das ist die, wo Josefine immer reingeht, weil, wie sie sagt, der Christus am Kreuz einen friedlicheren Gesichtsausdruck hat als der von der Marienkirche. Ich finde zwar, daß man gar nicht schmerzlich genug aussehen kann mit Nägeln durch Hände und Füße und aufgespannt auf solch ein Holz, aber da schüttelt sie nur den Kopf und sagt, ich habe eine morbide Fantasie, was wohl so etwas Ähnliches ist wie eine blühende. Wenn aber Fantasie ist, daß man etwas sieht, was gar nicht da ist, der Christus in der Dionisiuskirche aber nun mal ein Schafsgesicht hat, obwohl er am Kreuz hängt und blutet, dann fantasiere ich doch nicht. Das begreife, wer kann.

Als Josefine aus dem Zimmer ist, drehe ich mich auf den Bauch und blicke durch die Eisenstäbe meines Bettes zum Fenster. Draußen sieht es grau, frostig und öde aus. Die Regenrinne vom Lagerhaus glitzert, weil sich da über Nacht

Eis gebildet hat. Der Himmel ist ganz tot, nicht eine einzige ziehende Wolke drin. Auf dem schiefen Schornstein sitzt ein einzelner, dicker Vogel, ganz bewegungslos, schwarz gegen den faden Himmel, das sieht besonders scheußlich aus. Schnell drehe ich mich wieder auf den Rücken. Da ist es warm und sehr behaglich. Zum nächsten Geburtstag werde ich mir von Mutter wünschen, daß sie mich sonntags ganz im Bett bleiben läßt; das Sonntagsprogramm, wie Vater es nennt, ist ja doch immer das gleiche. Es muß schön sein, gesund den ganzen Tag unter dem Plümo liegenbleiben und träumen zu können. Ich denke mir so gern Geschichten aus, aber meistens stört mich irgend jemand dabei. Und der gelackte Doktor Krumm mit seinen Tabletten und Umschlägen bliebe auch weg, weil er sonntags keine Besuche macht; da muß er bei seiner Frau bleiben, sagt Mutter.

Das Anziehen nach dem Frühstück geht schnell, Leo hat mir alles zurechtgelegt, weil sie mit dem Frühzug nach Worms gefahren ist. Eigentlich zöge ich lieber mein altes Uniformhemd mit den Schulterklappen an statt des gelbgeringelten Pullovers, die blöde Wolle kratzt, aber ich weiß nicht, wo sie es hin hat, ich kann es im Schrank nicht finden. Im Uniformhemd fühlt Otto sich am wohlsten.

Ich muß mich eilen, der Sonntagspaziergang mit Vater ist fällig: Treffpunkt Diele, Abmarsch Punkt zehn, keine Trödelei! Als ich herunterkomme und mir noch den Mantel zuknöpfe, erwartet er mich schon *gestiefelt und gespornt*, wie er es nennt: Knickerbocker mit lauter kleinen Würfeln – das K spricht man nicht aus, Dicki, das ist englisch –, Sportjacke, Kamera über die Schulter gehängt. Er fotografiert gerne. Den Gürtel zieht Vater immer sehr eng, damit niemand den Bauchansatz sieht.

Na, denn woll'n wir mal! Prüfender Blick auf meine Haferlschuhe – ich hasse die Klumpfen, sie sind schwer an den

Füßen und knirschen bei jedem Schritt –, dann tritt Vater auf die Straße hinaus, und ich schließe hinter uns die Tür. Sein erster Blick draußen ist immer nach oben in den Himmel, um nachzusehen, was für Wetter ist. Dabei kann man das doch auch an den Häusern sehen, ob die dunkel oder hell sind und das Pflaster naß. Aber die Grimasse, mit der er das Wetter prüft, gehört zu jedem Sonntagsspaziergang. Dazu sagt er: *Regen ist für alte Knaben eine von den ärgsten Gaben*, ich kenn' das längst auswendig. Neu ist aber, daß er meinen Aufzug kritisch mustert, die Enden meines roten Wollschals greift und sie festzurrt, bevor er sie mir vorn in den Mantel stopft. Du mit deinen ewigen Halsentzündungen, sagt er. Nun aber vorwärts, marsch, hinein in die Natur!

Wir gehen immer den gleichen Weg, erst ein Stück die Hauptstraße entlang, vorbei an Hillermanns Lampengeschäft und dem Haus, in dem Marianne Schroers wohnt, die ziemlich frech und eine Klasse unter mir ist, dann beim Straßenbahndepot links um die Ecke, da kommt der Platz mit dem Reiterdenkmal, auf dem haben sie mal einen totgeschlagen, das war politisch, das heißt, er war nicht gleich tot, aber später ist er im Krankenhaus gestorben, und da haben sie ihm eine tolle Beerdigung gemacht mit vielen Kränzen und einer Blaskapelle, ich hab den Zug gesehen, wie er durch unsere Straße gekommen ist. Ich glaube, es war ein Brauner, weil von denen viele hinter dem Sarg hergegangen sind.

Hinter dem Platz kommt die Allee mit dem Haus von Fräulein von der Au, meiner Klavierlehrerin. Im Frühling und im Sommer mag ich die Allee sehr, da ist der Gehweg in der Mitte ganz von Kastanienblättern überdacht, die fünffingrige Schatten auf die Erde werfen, wenn die Sonne durchscheint. Das sieht hübsch aus, besonders wenn sie ein

bißchen schaukeln. Aber im Klavierzimmer von Fräulein von der Au ist es düster und riecht nach Staub, davon geht mir die Nase zu. Die blöden Moskowskytänze vierhändig. Da bin ich immer zu schnell für sie: ein hochbegabtes Kind, aber faul, Frau Apothekenbesitzer, das muß ich wohl sagen, leider, leider.
Dies ist das Haus, wo ich Klavierunterricht habe, sage ich, weil mir einfällt, daß Vater das vielleicht nicht weiß.
Ja, sagt er. Schöner Blödsinn. Als wenn es nicht genügt, daß deine Mutter klimpert.
Mutter klimpert nicht. Sie spielt wunderschön.
Lern du erst mal anständig Rechtschreibung, addieren und subtrahieren. Damit läßt sich im Leben was anfangen, sagt Vater und stößt dabei runde weiße Atemwolken aus. Gut, daß nun jemand da ist, der sich mal etwas deiner Leistungen in der Schule annimmt.

Das ist ein langweiliges Gesprächsthema. Ich stapfe schweigend neben ihm her, schon, weil er ein mächtiges Tempo drauf und dabei nicht viel Atem zum Reden hat: Jetzt wird gewandert, nicht geschwatzt, Mund zu, Augen auf, durch die Nase atmen! Vater liebt geordnete Verhältnisse. Zwei Dinge auf einmal tun wollen, sagt er, das gäbe nichts. Nichts Halbes und nichts Ganzes. Immer alles schön der Reihe nach, dann könnte nichts durcheinandergeraten wie bei manchen Wirrköpfen heutzutage, die zwar noch grün hinter den Ohren wären, doch schon glaubten, alles besser zu wissen. Voran, voran, um spätestens Viertel vor eins müssen wir wieder zu Hause sein.

Die Bäume in der Mitte der Klavierstundenallee sehen furchtbar dürr aus ohne ihr Laub. Eigentlich sind es nun gar keine Bäume mehr, sondern ähnlich dem, was auf unseren Tellern übrigbleibt, wenn wir an Ostern Seezunge essen und vorsichtig mit dem Fischmesser das Fleisch abheben. Gerippe. Gerippe, sagt Josefine, bedeuten Tod. Wenn Vater nicht so rasen würde, könnte ich besser nachdenken.

Sind Bäume Natur, Vater? sage ich.

Selbstverständlich, was sonst?

Und Menschen? Sind die auch Natur?

Das sei wohl wieder die vielzitierte Kloßbrühe, sagt er. Und wenn ich noch mehr von solchen Fragen auf Lager hätte, kämen wir vor abends nicht wieder nach Hause.

Und wenn sie sterben, die Menschen, dann werden sie Gerippe?

Wird ihnen wohl nichts anderes übrigbleiben, sagt Vater.

Die Bäume da drüben, sage ich, sind auch Gerippe, nicht wahr? Aber wenn der Winter vorbei ist und der Frühling kommt, kriegen sie viele grüne Blätter und Blüten so wie die Blumen. Dann sind sie wieder lebendig. Ich glaube, ich hab's!

Was hast du?

Den Fehler, ich meine, den Grund, warum die Leute immer so traurig sind, wenn jemand stirbt: Weil sie nicht lange genug warten.

Warten? Worauf? sagt Vater.

Daß die Toten wieder ausschlagen, ich meine, lebendig werden, sage ich. Die sind doch auch Natur, irgendwann kommt das Leben wieder in sie zurück wie in die Bäume, man muß nur abwarten. Aber weil man sie in den Sarg legt und den Deckel zumacht, sieht niemand, wie sie wieder lebendig werden. Warum tut man sie tief unter die Erde, wo sie sich gar nicht mehr erholen können?

Hör auf zu quasseln, da kommt Herr Oberbaurat Wachsmuth, mach einen Knicks, guten Morgen, lieber Wachsmuth, schönes Wetter heute, bißchen frostig, na ja, was will man, es geht auf November zu, Empfehlungen an die Gemahlin – nicht mal einen anständigen Knicks kannst du machen, wo wir uns pausenlos, jawohl, pausenlos – guck nicht so dumm – Mühe geben, dir Manieren beizubringen!

Verärgert schnieft Vater durch die Nase. Er darf das. Wenn ich das tue, heißt es gleich: Hast du kein Taschentuch?

Am alten Forsthaus vorbei, das nur noch an einem Fenster Gardinen hat, biegen wir in den Stadtwald ein. Eigentlich ist der Stadtwald gar kein richtiger Wald, sondern mehrere Wiesen aneinander mit einem Kaffee in der Mitte. Im Winter, wie jetzt, sind nicht einmal die Wiesen mehr Wiesen, sondern kahle, braungefrorene Erde, auf der die Krähen hüpfen. Und das Kaffeehaus hat die Fenster mit Brettern zugenagelt. Ich werde furchtbar traurig. Manchmal ist es schön, traurig zu sein. Wenn man schon niemand anderem leid tut, der einen bedauert und streichelt, kann man sich wenigstens richtig selbst leid tun, weil der Himmel trüb ist, die Nase friert und weil die blöden Haferlschuhe Gummisohlen haben, mit denen ich nicht auf den gefrorenen Pfützen schlittern kann. Dabei gibt es ganz lange Stellen, fast schon eine Bahn.

Herrlich, die frische Luft! sagt Vater. Wenn er bestimmt, daß die Luft herrlich ist, dann habe ich das auch zu finden. So gesund, sagt er, jetzt kriegst du mal endlich etwas Farbe in dein blasses Stubenhockergesicht. Geh gerade, Kopf hoch, Schultern zurück, oder willst du später mit schiefem Kopf und rundem Rücken umherschleichen wie Tante Miesnik?

Er lacht, aber ich kann nicht richtig mitlachen. Ich mag Mutters einzige Schwester, weil sie immer freundlich zu mir ist und mir jedesmal etwas mitbringt, wenn sie kommt. So häßlich, wie Vater sie macht, finde ich sie gar nicht, auch wenn sie wenig Haar hat und sehr klein ist. Dafür hat sie die gleichen sanften Augen wie Mutter und ist unheimlich klug.

Wenn du später im Lizeum Schwierigkeiten mit Mathematik hast, sagt Mutter, kann dir Tante Esther Nachhilfeunterricht geben, sie hat den Doktor in Mathematik. Ich finde das toll. Aber Vater mag sie nicht, sie sei nicht geradeaus, sagt er, immer mal so, mal so, wie es gerade käme. Ein Frauenzimmer ohne Kurasche mit unnütz theoretischem Kram im Kopf, kein Wunder, daß sie keinen Mann abbekommen hat, deine Tante Miesnik.
Vielleicht will sie keinen Mann?
Unsinn, jede Frau will einen Mann, ohne Mann kann keine Frau leben, die Frau ist für den Mann gemacht, damit er sich zwischen seiner Arbeit auch erholen kann bei ein paar vergnüglichen Stunden. Na ja, außerdem hat sie natürlich den Haushalt zu führen, versteht sich.

Ich denke daran, wie Vater und Mutter abends nach dem Essen im Wohnzimmer zusammensitzen und kaum miteinander sprechen. Heiratet man wirklich wegen solcher paar Stunden? So vergnüglich, wie Vater sagt, finde ich die gar nicht. Ich bin jetzt ganz sicher, daß ich später keinen Mann will, und heiraten schon gar nicht.
Ist das schlimm, wenn man nicht heiratet? will ich wissen.
Vater pustet ein bißchen vom schnellen Marschieren. Du weißt doch, wie Sitzenbleiben in der Schule ist, sagt er, na ja, so ist das auch im Leben. Ein Mädchen, das nicht heiratet, gilt als sitzengeblieben, und alle Leute spotten es aus. Dann wird es eine alte Jungfer so wie die Fromme Helene, die vom Wilhelm Busch, betet den ganzen Tag und trinkt heimlich.
Ist Tante Esther eine alte Jungfer? frage ich.
Wie sie im Buche steht, sagt Vater. Wenn es sie nicht schon gäbe, müßte sie erfunden werden.
Sie kann aber prima Mathematik, sage ich zu ihrer Verteidigung. Ob Tante Esther heimlich trinkt? Ich muß Mutter fra-

gen. Fromm ist sie aber bestimmt nicht. Überhaupt hat sie keine Ähnlichkeit mit der Frommen Helene aus dem dicken Buch, aus dem Vater so gern vorliest.
Leo, sage ich, ist auch nicht verheiratet.
Das ist etwas anderes. Fräulein Leonore ist Kindermädchen.
Sind Kindermädchen alte Jungfern?
Gottseidank nicht, sagt Vater vor sich hin, und dann lauter: Kindermädchen dürfen nicht verheiratet sein. Das versteht sich doch, denn wo sollten sie die Zeit hernehmen, sich um fremde Kinder zu kümmern, wenn sie selbst einen Hausstand hätten, einen Mann und Kinder? – Manchmal fragst du wie eine Vierjährige, sagt er. Ich wollte ihn aber nur dazu bringen, zuzugeben, daß nicht alle Frauen ohne Mann so sein müssen wie die Fromme Helene.

Plötzlich bleibt Vater stehen, hängt sich den Fotoapparat um den Hals, hebt ihn ans Auge und geht ein bißchen in die Knie: Stell dich mal da hinüber – etwas weiter zurück, noch weiter, halt! Jetzt lach mal!

Ich stehe mit abgewinkeltem Fuß auf irgendeinem Erdknubbel vor einem grauen Gebüsch, das mir mit seinen Ästen in den Rücken piekt. Gehorsam verziehe ich den Mund. Aber ein Lachen wird das nicht, ich kann die Mundwinkel nicht oben halten, die wollen wieder runter.
Muffköpfbilder von dir haben wir genügend, sagt Vater ärgerlich, ganze Alben voll. Kannst du nicht mal vergnügt aussehen, wie andere Kinder? Er nimmt die Kamera hoch, setzt sie wieder ab, steht auf, geht im Halbkreis um mich herum – nicht rühren, bleib, wo du bist! –, geht wieder in die Hocke: Fröhlich, bitte ich mir aus, na los jetzt, lach!

Ich beginne zu frieren. Wenn man in der Kälte stillsteht, kriecht sie die Beine hinauf durch die Kleider und macht alles darunter zittern. Ich kann nicht, sage ich, mir ist kalt.

Vater knipst ein paarmal, bevor er sich wieder aufrichtet und sagt: Deine Mutter hat dich verzärtelt, das muß aufhören. Ich werde Fräulein Leonore anweisen, täglich nach der Schule mit dir spazierenzugehen. Wohlverstanden, nicht in die Stadt zur Konditorei, sondern hinaus in die freie Natur. Das wird euch guttun. Natur stärkt den Geist.
Hast du auch viel spazierengehen müssen, als du so alt warst wie ich? sage ich.
Von müssen könne da keine Rede sein, sagt er. Gern sei er gewandert, sehr gern sogar mit seinem Vater, der die Natur auch sehr gemocht und ihm die heimische Tierwelt erklärt hätte, wie sie miteinander leben, die Füchse, Dachse und Waldkäuze. Hochinteressant sei das gewesen, es hätte ihn gebildet, und ich solle froh und dankbar sein, daß er die schöne Sitte, mit dem Vater durch Wald und Flur zu streifen, nun mir zukommen ließe. Auf diese Weise bliebe man auch später naturverbunden.
Bist du naturverbunden geblieben? sage ich, weil ich mir darunter eigentlich etwas anderes vorstelle, etwas, das mit Scheuheit und Sanftmut zu tun hat wie die Waldwesen, die ganz schnell in ihre Höhlen flüchten, wenn ein Mensch sich ihnen nähert. Vater ist kein Waldwesen.
Ich triebe mich doch oft genug auf dem Dachboden herum, hätte ich da nicht die Ölbilder gesehen, die unter dem Mansardenfenster gestapelt lägen? Früher, in der ersten Zeit der Ehe, bevor ich geboren wurde, habe er viel gemalt. Immer Landschaften.
Die hast du gemalt? sage ich bewundernd und bekomme ein ganz schlechtes Gewissen, daß ich geboren wurde. Wenn nicht, hätte Vater sicher weitergemalt und mehr von diesen großen grünen Bildern gemalt, blaugrüne Bäume, die mit ihren Kronen zu einem Wisch verschmiert sind, grüngraue Teiche und sogar eine grüne Sonne oder auch ein blauer

Mond, wenn es Nacht sein soll. Malst du jetzt gar nicht mehr?
Keine Zeit, sagt Vater kurz angebunden. Ich verstehe: Darüber will er nicht sprechen, also halte ich den Mund. Wenn ich nach Hause komme, muß ich Leo erzählen, daß Vater auch malen kann. Ich bin stolz, einen Künstler zum Vater zu haben, der außerdem noch ein fabelhafter Arzt und ein Apothekenbesitzer ist. Wer in meiner Klasse hat schon einen so bedeutenden Vater? Ich würde mich jetzt am liebsten bei ihm einhängen, um allen Leuten auf der Straße meine Zugehörigkeit zu ihm zu beweisen. Aber das hat er nicht gern, schon, weil ich nicht die gleichen Schritte mache wie er und immer zwischendurch den Fuß wechseln muß, um mitzuhalten. Wir sind schon wieder bei der Klavierstundenallee, als mir einfällt, daß Leo ja nicht vor heute abend zurückkommt, so lange muß ich meine Neuigkeit für mich behalten. Oder ich erzähle es Josefine, die wird Augen machen: der Mann von der gnädigen Frau ein richtiger Künstler! Das hat sie sicher nicht erwartet.
Na, wohl mächtig Appetit bekommen von der Luft? sagt Vater, als wir schon fast zu Hause sind.
Mächtig, sage ich stolz.
Gut so, *Dem Braven winkt des Schicksals Lohn.* Rossbief mit Knusperkruste. Und stärkendem Löwenblut. Hinein in die Bude, Mutter wartet schon!

Bei Tisch ist Vater bester Laune. Vielleicht war er das auch schon vorher, auf unseren Spaziermärschen kann ich nie genau ausmachen, was für Laune er hat, weil man sich beim Nebeneinanderherlaufen nicht ins Gesicht sieht und weil Worte, wenn sie weg vom Ohr in die Luft hinein gesprochen werden, so klingen, als sei man eigentlich damit gar nicht gemeint. Jedenfalls bekomme ich eine zweite Scheibe Rossbief, was ungewöhnlich ist: Gib deinen Teller her. Bist heute ja wacker marschiert. Ich finde zwar, daß ich doch jeden Sonntag wacker marschiere, sage aber danke wie ein gut erzogenes Kind, weil Mutter und ich gewöhnlich nur eine Scheibe essen dürfen, nur er selbst legt sich zwei auf seinen Teller. Weshalb er sich immer doppelt soviel Braten nehme wie er uns gäbe? hatte ich einmal wissen wollen, als ich sechs war und in der ersten Schulklasse gerade das Einmaleins lernte. – Das leuchte doch wohl den größten Dösköppen ein, hatte Vater geantwortet, das sei wegen der vielen, schweren Arbeit. Er müsse uns schließlich ernähren.

Über diesen Satz habe ich lange gegrübelt, irgend etwas an ihm schien nicht zu stimmen. Mutter aber, als ich sie fragte, fand ihn ganz richtig. Arbeit macht hungrig, Dicki, sagte sie, und: Vater braucht Kraft.

Vater braucht keine Kraft, sagte ich laut, um sie zu überzeugen, daß er, so wie er ist, schon stark genug ist. Wie soll ich ihn je später besiegen, wenn er sich noch mehr Kraft anißt? So furchtbar anstrengend kann das doch nicht sein, was er tagsüber in seinem Privatkontor macht, wo die wichtigsten Kundinnen ihn besuchen kommen.

Mutter murmelte etwas, von daß sie das besser beurteilen könne als ich. Und das Büroleben in der Apotheke den ganzen Tag fordere ihm viel ab.

Ich glaube, Mutter bildet sich das nur ein. Vater ist nicht schwach. Vielleicht schluckt er während der fürchterlich schweren Arbeit mit den wichtigen Kundinnen ein paar von seinen Kraftpillen, die aus der Extraschublade, wo draufsteht: FÜR DIE POTENZ. Als ich Josefine fragte, wo die Potenz sitzt, hat sie ganz blöd gekichert und gesagt: Aber Kind! – Muß also wohl was Unanständiges sein irgendwo im Unterkörper, über den man nicht spricht. Weil heute die Leo Ausgang hat, kann ich nach Tisch wieder mit meinen Papierpuppen spielen. Die lasse ich alle an Potenz leiden.

Wenn Schefflers heute abend kommen, sagt Mutter und sortiert aus dem Blumenkohl auf ihrem Teller eine fette weiße Made aus, die Josefine aus Versehen mitgekocht hat, sollten wir den Abend nicht zu sehr ausdehnen. Sie bleiben immer so lange, das gehört sich nicht.
Nur weil du Ina Scheffler nicht leiden kannst, sagt Vater. Ist doch eine reizende Person. Außerdem genießt er als Kulturdezernent der Stadt Ansehen.
Ich mag sie trotzdem nicht, sagt Mutter. Jeden Sonntagabend bei uns, und das nun schon seit Jahren. Aber daß sie uns einmal zu sich einladen würden...
Es habe sich nun eben mal so eingebürgert, daß sie zu uns kämen, und Mutter solle doch froh sein, den Umgang mit solch einem wohlanständigen Ehepaar zu pflegen. Etwas anderes als deine lockeren Britschfreundinnen mit ihrer zweifelhaften Moral, sagt Vater. Schade, seine gute Laune ist schon wieder weg.
Wieso das? Was sei an ihnen locker? Wenn Mutter sich ärgert und sie versucht, es nicht zu zeigen, zuckt es um ihre Mundwinkel.
Sie seien, gesellschaftlich gesehen, kein Umgang für uns, sagt Vater. Man wüßte ja auch nicht, wie lange das alles überhaupt noch ginge, wenn sich die Politik so weiterentwickle, wie es den Anschein hat. Dann müßten wir damit rechnen, sagt er, daß sich einige unserer Bekannten von uns zurückzögen. Auf die Schefflers dagegen sei Verlaß, die hätten eine aufrechte Gesinnung und würden ihre Freunde nicht im Stich lassen. Wertvoll sei so etwas, wertvoll, jawohl, solche Menschen als Umgang zu haben. Und sie, Mutter, würde herummeckern, nur weil Frau Scheffler keine geborene Soundso ist und sich nicht für Theater und Mode interessiert.

Mutter senkt die Augen auf den Teller und schweigt. Ich

kann sie verstehen. Mutter und Vater haben ganz verschiedene Freunde. Die von Mutter sind bunt und fröhlich und lebendig, die von Vater geben sich wichtig und lachen fast nie, oder wenn, dann immer nur kurz und ein bißchen schief. Die Schefflers sind Vaters Freunde, ich mag sie auch nicht. Ich verstehe, daß Mutter nichts mit ihnen anfangen kann. Herr Scheffler ist sehr groß und breit und nimmt die ganze Sicht weg, wenn er wo steht. Er hat ein zerhauenes Gesicht, weil er auch zu dem Schlägerverein von Vater gehört, wie Mutter sagt. Ein Chorbruder. Außerdem hat er eine Unmenge Zähne, die er zeigt, wenn er spricht, bestimmt viel mehr als andere Menschen, ich habe schon mal versucht, sie zu zählen, es geht aber nicht, weil er zwischendurch die Lippen schließt. Wenn ich ihn sehe, fällt mir immer Heinzelmännchens Wachtparade ein. Das ist ein Charakterstück auf einer meiner Kindergrammofonplatten, dann stelle ich mir vor, wie der Herr Scheffler mit dem Schmissegesicht und dem Mittelscheitel danach marschiert mit ganz durchgestreckten Beinen und dazu all seine vielen Zähne zeigt.

Die Frau Scheffler ist gräßlich albern und betont jedes Wort, als spräche sie von einem Kasperltheater aus zu kleinen Kindern. Dabei hat sie ein Gesicht wie eine zermantschte Birne, fettes Kinn und eine spitze Stirn unter gelben Kräuselhaaren. Die bekommt man, sagt Mutter, wenn man mit der heißen Brennschere das Haar wickelt, es sei aber ordinär, wirkliche Damen gingen zum Friseur und ließen sich Wellen legen. Vater mag die Frau Scheffler und wird immer ganz neckisch, wenn er zu ihr spricht, und die macht mit. Ich guck dann weg, weil ich mich für Vater schäme und es peinlich finde, daß er Ordinäres mag, wo er doch ständig betont, wie fein unsere Familie ist. Dann sagt Mutter meistens: Dicki, sag gute Nacht, du mußt jetzt ins Bett.

Den Nachmittag über spiele ich mit meiner Tiersammlung. Früher hatte ich flache Tiere aus Holz und davor die für Bebis aus Karton zum Untenumknicken. Die, die ich jetzt habe, sind aus bemaltem Gips, richtig rund zum Anfassen. Wenn man sie lang genug in der Hand hält, werden sie warm, fast wie lebendig. Weil sonst kein Platz ist, baue ich sie auf der Wickelkommode auf. Am schönsten ist der wilde Elefant mit dem erhobenen Rüssel und den riesigen Ohren. Den habe ich inzwischen von Mutter bekommen. Komm, sagt das Zebra zu ihm, laß uns aus dem Zoo fliehen. Hast du keine Sehnsucht nach Hause, da, wo alles ganz weit und offen ist und niemand uns mehr befehlen kann?
Klar habe ich Sehnsucht, sagt der Elefant, aber wie kommen wir hier heraus? Ist doch überall Zaun. – Du bist stark, sagt das Zebra, wenn du deinen Rüssel in das Gitter hakst und ordentlich ziehst, kriegst du es auf. Nur niesen darfst du dabei nicht, sonst rammst du es noch tiefer in den Boden ein. – Mach ich, sagt der Elefant, wann fliehen wir? – Heute nacht, wenn die Wärter schlafen. Nebenan das Gnu will auch mitkommen. Vielleicht auch der Löwe. – Geht nicht, sagt der Elefant und schlackert mit den Ohren, beide zusammen, das geht nicht. – Warum nicht? will das Zebra wissen, und der Elefant sagt: Du bist dumm. Der Löwe wird das Gnu fressen. Gnus ißt er gern. – Daran habe ich nicht gedacht. Fressen Löwen auch Panther? Der schwarze Panther möchte auch gern zurück. Er läuft die ganze Zeit im Kreis herum, rund und rund, davon wird er bestimmt noch verrückt, wenn er nicht bald herauskommt. – Löwe und Panther, das geht schon, sagt der Elefant. Aber ich kann doch nicht mit, schade. – Wieso kannst du nicht mit? sagt das Zebra. Ohne dich macht es keinen Spaß. Und außerdem mußt du mich beschützen, weil mich sonst der Löwe frißt, auch wenn er mir versprochen hat, mich zu schonen, wenn

ich ihm zur Flucht verhelfe. Aber vielleicht vergißt er sein Versprechen, wenn er sich erst mal wieder richtig bewegen und austoben kann? – Ich muß an die Kuh denken, sagt der Elefant, die kann ich nicht allein zurücklassen. – Das paßt dem Zebra gar nicht: Ich wußte nicht, daß du mit der Kuh befreundet bist, sagt es, wie kannst du nur, die ist blöd und außerdem ordinär, wo du doch was Besseres bist.

Die Kuh wird sich in Afrika nicht wohlfühlen. Da ist es ihr zu heiß. Die müssen wir zurücklassen. Bist du richtig befreundet mit ihr? – Sie ist meine Frau, sagt der Elefant. – Das regt das Zebra richtig auf: Die paßt gar nicht zu dir, hast du dir mal überlegt, wie eure Kinder aussehen werden? Schwarzweiß gefleckt mit Rüssel und Riesenohren, und dazu dünne, kurze Beine … Wie dumm du bist, sagt der Elefant, meine Frau ist ein Elefant wie ich. Sie heißt nur Kuh. – Dann streitet ihr euch wohl oft, daß du sie so nennst? – Die Menschen nennen sie so, nicht ich, sagt der Elefant, die nennen all unsere Frauen Kühe. – Ich lasse das Zebra nicken: Die Menschen sind unheimlich blöd, aber sie glauben, daß sie klüger sind als wir Tiere und reden den ganzen Tag. Das mit deiner Frau ist schwierig. Zu zweit werdet ihr auf dem Weg zum Augang zu viel Krach machen und die Wärter wecken. Und dann ist alles umsonst. – Fürchte ich auch, sagt der Elefant, wenn meine Frau aufgeregt ist, trompetet sie immer gleich los, ich kann ihr das nicht abgewöhnen. Außerdem ist sie in den letzten Jahren sehr faul geworden. Ich glaube, das freie Leben würde ihr gar nicht mehr gefallen. Man gewöhnt sich mit der Zeit. – Das Zebra schüttelt die gestreifte Mähne: Ich nicht, sagt es, ich werde mich nie daran gewöhnen, daß ich eingesperrt bin, daß die Luft nach Benzin riecht und der Himmel so oft grau ist. Aber ich bin ja auch erst ein paar Jahre hier und du sicher schon ein paar hundert. Lebwohl. – Wo gehst du hin? fragt der Elefant. – Ich gehe die Wölfe fragen, sagt das Zebra, ob sie das Maschennetz nicht durchbeißen können, sie haben die schärfsten Zähne und sind geduldiger als Löwen und Tiger. Vielleicht kann auch das Nashorn helfen, es muß nur ein paarmal richtig Anlauf nehmen. Jedenfalls geht es heute nacht los. – Na, dann viel Glück, sagt der Elefant ein bißchen traurig, weil er wegen seiner Kuh nicht mit kann, laßt euch nicht erwischen! –

Als nächstes lasse ich meine vier Gorillas mit den fünf Schimpansen sprechen. Das Gorillakind tobt mit einem Schimpansenjungen herum. Da schiebt sich die eine Gorillafrau zu der anderen hin: Wenn ich Sie wäre, würde ich mein Kind nicht mit einem Schimpansenjungen spielen lassen, sagt sie. Schimpansen sind nicht fein. – Aber die Kinder mögen sich, sagt die andere, die haben so viel Spaß zusammen. – Wir sind nun mal Gorillas, sagt die andere. Gorillas sind bessere Affen als Schimpansen, wir sollten unter uns bleiben. – Schimpansen sind aber intelligenter als wir, sagt die Mutter von dem Gorillabebi, und auch schneller. Von denen können unsere Kinder noch lernen! – Da wird die andere ganz zornig: Wir brauchen nichts mehr dazuzulernen, wir sind Gorillas, merken Sie sich das. Außerdem sollen Schimpansen in Zukunft verboten werden. – Was Sie nicht sagen. Wie kann man Schimpansen verbieten, wo sie doch da sind? – Das weiß die andere auch nicht. Wir werden es ja sehen, sagt sie nur, und wenn es dann soweit ist und es nur noch die großen Orangs und Gorillas gibt, dann wird es Ihnen leid tun, daß Sie Ihre Tochter mit dem Schimpansenbengel spielen ließen. Dabei macht sie ein ganz hochmütiges Gesicht.

Ich spiele weiter bis zum Abendessen.

Die Schefflers kommen immer ganz pünktlich um acht. Danach kann man die Uhr stellen, sagt Vater lobend, weil Mutter es manchmal nicht so genau nimmt mit der Pünktlichkeit. Sie kriegt ja auch nicht gleich eine gelangt wie ich, wenn ich mich mal um ein paar Minuten verspäte.
Ach, wie kalt das geworden ist, schreit die Frau Scheffler beim Händeschütteln und er: Ein Wetterchen zum Kinderkriegen. Vom Wetter kann man keine Kinder kriegen, sage ich, weil ich nicht mag, daß die immer so dumm daherreden.
Du bist nicht gefragt, halt den Mund, sagt Vater zu mir und gleich darauf zu der Scheffler, die vor dem Garderobespiegel das Gekräusel auf ihrem Kopf zurechtzupft: Jung und reizend wie immer, sie habe den Spiegel gar nicht nötig! Hereinkommen solle sie in die gute Stube und es sich gemütlich machen, er hole inzwischen etwas zur inneren Erwärmung. Die sehen sich doch jeden Sonntag, denke ich, aber begrüßen tun sie sich immer, als sähen sie sich nach vielen Jahren zum erstenmal wieder, so überlaut und erfreut. Und wenn sie dann zusammen um den großen Rauchtisch mit der Glasplatte sitzen, haben sie sich nichts mehr zu sagen, und jeder denkt angestrengt nach, was er noch sagen könnte, damit die Schweigepausen nicht zu lang werden. Besonders Mutter tut sich schwer, sie ist so anders als die Scheffler mit ihrer Grölstimme und ihrem Haushaltsgewäsch. Bei der ist nur wichtig, wie man Gardinen sauber kriegt und was die Nachbarn sagen und tun. Wetten, die kann nicht mal französisch? Mutter spricht ein fabelhaftes Französisch, weil sie in einem Pensionat in Losann erzogen wurde, und in der Schweiz spricht man ein besseres Französisch als in Frankreich, sagt sie, an der Aussprache merkt man gleich, wer gebildet ist und wer nicht. Bis neun Uhr darf ich dabeisitzen, das ist zwar eine Auszeichnung, aber lustig ist

das nicht, sondern mörderisch langweilig. Sie trinken den sauren Wein, lachen ein bißchen immer dann, wenn sie was sagen sollten und nicht wissen, was. Gehen tun die Schefflers erst, wenn ihnen die Augen zufallen, hat Mutter sich mal bei Vater beklagt, weil sie das furchtbar anstrengt, stundenlang mit Leuten zusammenzusitzen, die sie nicht mag.

Inzwischen unterhält sich Vater mit Herrn Scheffler über den Verein, daß da irgend etwas überprüft und ein neuer Vorstand gewählt werden müßte. Der, den sie jetzt hätten, sei nicht mehr tragbar. Ein Individualist, genaugenommen, ein Gesinnungsfeind. Sperenzchen erlaube der sich, damit hätte er sich vor zehn Jahren vielleicht Freunde schaffen können, aber doch heute nicht. Da wissen es die meisten besser. Und er selber sollte es auch tun. Tut er aber nicht, also hat er die Folgen zu tragen. Der Doktor Müller-Reutter wäre richtig, ein Mann von echtem Schrot und Korn. Gute Idee. Beim nächsten Treffen vorschlagen, prost.

Wenn der Wein erst mal in den Gläsern ist, macht er die ganze Luft sauer. Zusammen mit dem Rauch von den Zigarren, die Vater und Herr Scheffler rauchen, ist das so ein richtiger Erwachsenenmief, der hängt noch den ganzen nächsten Tag im Herrenzimmer. Wenn ich dann aufschaue zu Mutters Gesicht auf dem großen Gemälde – ein ganz berühmter Maler, der Professor Liebermann, Dicki, heute ist er ein sehr alter Herr –, wo sie als junges Mädchen unter dem Baum im Korbsessel sitzt, sieht sie noch trauriger aus als sonst. Ich nenne es ihr Montagsgesicht, weil sie damals sicher noch nicht gewußt hat, wie langweilig ihr Leben wird, und nun jeden Sonntag zusehen muß, wie die Schefflers mit Vater schöntun und mit ihr gar nicht richtig reden, sondern nur so aus Höflichkeit. Da sitzt sie nun neben Frau Scheffler und weiß nichts zu sagen, und die auch nicht. Dafür reden ihre Männer immer lauter.

Gedroht soll er haben, der Hitler, daß er den Skandal an die Öffentlichkeit bringen wollte. Zuzutrauen wär's ihm.
Aber daran stimmt doch kein Wort, mein Bester. Hindenburg und sich an staatlichen Hilfsgeldern vergreifen zusammen mit seinem Sohn – ich bitte Sie. Das ist doch schiere Verleumdung.
Wenn der Skandal erst mal da ist, ist er da, wahr oder nicht.
Aber ein so integrer Mann wie unser greiser Reichspräsident...
Das ist es ja. Darauf spekuliert die Hitlerpartei. Er wird sich nicht verteidigen, weil er es nicht für nötig hält. Standesbewußtsein und so. Verständlich, aber gefährlich. Sehr gefährlich.
Glaube ich nicht, sagt Herr Scheffler und klopft die Asche von seiner stinkenden Zigarre auf einen von Mutters Weinglasuntersätzen ab, kann ich einfach nicht glauben, mein Lieber. Dieser Parwenü aus dem Kleinbürgermiliö und unsere Adelskreise. Gestandene Männer und Deutschlandkämpfer wie Hindenburg lassen sich doch von so einem nicht Sand in die Augen streuen, da nützt ihm auch eine Münchner Elfzimmervilla und der längste Horch nichts. Diese humorlose Chaplinparodie, eher zum Lachen, wenn sie nicht so traurig wäre. Dazu zeigt Herr Scheffler wieder seine fünfundvierzig Zähne. Die hinteren sind aus Gold wie die von Vater.
Weiß nicht, sagt der, ohne mitzulachen, Parwenü oder nicht, mir scheint, Karl, der Mann ist ernsthaft im Kommen.

Weil sie jetzt darüber nachdenken, werden sie leiser. Da können auch die Frauen sprechen, ohne gleich schreien zu müssen.
Zimmerpflanzen, sagt Frau Scheffler, brauchen eine behutsame Hand. Am Zustand der Blätter sieht man gleich, wie derjenige ist, der sie pflegt. Finden Sie nicht?

Ja, doch, sagt Mutter.
Hätten die Blätter ein trockenes Aussehen oder hingen gar, von den oberen abgesehen, hinab, na da wisse man doch gleich, daß hier keine liebevolle Hausfrau am Werk sei.
Nein. Ja, sagt Mutter.
Pflanzen brauchen Liebe, sage ich immer. Es ist wie mit den Menschen. Mit den Männern, nicht wahr? Nicht wahr? sagt sie noch einmal lautstark, weil Mutter ganz woanders ist mit ihren Gedanken.
Ja, ja, sagt Mutter, um zu zeigen, daß sie doch zugehört hat, wenn keine liebevolle Hand sie betreut, hängen sie herab.

Da kreischt die Scheffler los, lacht, bis sie sich verschluckt und feuchte rote Augen kriegt: Also manchmal sagen Sie Sachen … Und Mutter wird bis in den Hals hinein rot, so als schäme sie sich furchtbar und wünschte sich ganz weit weg, aber ich weiß nicht, weshalb. Erwachsene haben ihre eigene Sprache und finden oft etwas komisch, was gar nicht komisch ist. Darum sind sie auch so langweilig.

Von meinem Platz aus kann ich das gerahmte Bild von Hindenburg sehen, der unser Reichspräsident und einer ist, der von irgend jemandem angegriffen wird und sich nicht verteidigen will. Das ist blöd, finde ich, man darf sich von seinen Feinden nichts gefallen lassen, sonst sind die die stärkeren, und dann ist es vorbei mit dem Frieden. Aber vielleicht ist der Mann einfach viel zu alt und kann sich gar nicht mehr wehren? Ich betrachte mir seine Hängebacken und die Augen unter der Bürstenfrisur, die sehen ganz müde aus und so, als wollten sie nur noch ihre Ruhe haben. In dem Alter muß man sterben, da kann man nicht mehr kämpfen. Er tut mir leid. Bestimmt ist er noch älter als Großvater in Darmstadt, und der hat schon weißes Haar.
Zugegeben, sagt Scheffler, geschickt ist er ja, dieser Gefreite

aus Österreich. Nutzt die Republikfeindlichkeit der Reichswehr für seine eigenen Ziele. Wie viele nun schon in der braunen Uniform herumrennen zusammen mit den Ess-A-Rabauken, junges deutsches Blut mit respektablem Hintergrund, allein die Verbrüderung mit dem Stahlhelm! Dennoch: man müsse das Ganze im Auge behalten, woraus seien die Braunen denn hervorgegangen? Aus einer Außenseiter-Kleinbürgerpartei, nicht wahr? Und so was habe doch wohl kaum Aussichten, die Regierung zu übernehmen.

Man dürfe aber, sagt Vater und wirft die Lippen zu einer Schnute auf wie immer, wenn jemand nicht ganz seiner Meinung ist, die Macht der Großindustriellen nicht unterschätzen. Die nähmen immer eindeutiger Partei für den Emporkömmling aus Braunau am Inn, die erwarten sich allerhand von ihm, wie die vertraulichen Gespräche im Düsseldorfer Industrieklub bewiesen. Da sei auch dieser ehemalige Jagdflieger Göring dabeigewesen...

Wie das Kind wieder gewachsen ist, sagt die Scheffler und mustert mich mit einem Blick wie die Zuschneiderin bei Dannenbaum, wenn sie an mir Maß nimmt. Wie alt ist es denn jetzt?

Dicki ist neun geworden, sagt Mutter und sieht nicht mehr ganz so zerstreut aus wie eben noch.

Ach wirklich? sagt die Scheffler. Macht dir die Schule Spaß? So was Blödes kann auch nur die fragen. Die hat ja auch keine Kinder. Und wie, sage ich und erhalte einen besorgten Blick von Mutter, die fürchtet, daß noch etwas hinterherkommt, zum Beispiel: blöde Frage, blöde Antwort, wie Vater immer sagt, wenn er meine Frage besonders dumm findet.

Wie doch die Zeit vergeht, sagt die Scheffler, ach Gott, ach Gott, wo ist sie nur hin? Wie gestern käme es ihr vor, daß ich ihr vor vier Jahren das Weihnachtsferschen aufgesagt

hätte. So klein bist du da gewesen, sagt sie und hält die ausgestreckte Hand neben ihr knubbeliges Knie, und ganz viele Locken hast du gehabt.
Aber nicht so wie Ihre, sage ich, und Mutter schüttelt warnend den Kopf.

Die Scheffler ist nicht empfindlich. Ich glaube, ich bin ihr einfach zu gleichgültig, als daß ich sie ärgern könnte. Damals sagte ich noch zu Karl... Was sie damals sagte, kann niemand verstehen, weil die Straßenbahn wieder um die Ecke quietscht, ganz lang und schrill diesmal. Es ist immer anders. Manchmal gibt es einen anhaltenden hohen Pfiff, bei dem sich Josefine die Ohren zuhält, wenn sie gerade im Eßzimmer oder im Herrenzimmer zu tun hat, oder es rumpelt nur und kreischt zweimal kurz auf, dann schlafen die Schienen und protestieren nur müde. Die Frau Scheffler hat bestimmt noch einiges gesagt, was die Schienen geschluckt haben. Als draußen alles wieder ruhig ist, hören wir nur noch: ... Kopfweh, vormittags am schlimmsten. Karl meint, das käme davon, daß ich mir immer alles gleich so zu Herzen nehme, Migräne, nicht wahr, ist ja eine Frauenkrankheit, Frauen sind nun einmal sensibler als Männer. – Ich kann nicht feststellen, wem sie das erzählt, es muß wohl Mutter gelten, aber sie starrt dabei Vater an, ganz fest, damit der zu ihr herschaut, was er aber nicht tut, der ist noch mit ihrem Mann, seinem Chorbruder, beschäftigt.
Haben Sie mal einen Arzt gefragt? sagt Mutter.
Ärzte seien Vertrauenssache, findet die Scheffler. Seit ihr Hausarzt, der Doktor Spengler, nach Dortmund umgezogen sei, wäre sie ohne Arzt, weil ihr der Mut fehle, sich einem neuen Arzt anzuvertrauen. Er könnte, sagt sie, womöglich feststellen, daß die Kopfschmerzen eine ernste Ursache hätten, man kann nie sicher sein, nicht wahr? Fremde Ärzte nehmen da wenig Rücksicht.

Für alles, was mit Kopf zusammenhängt, sei der Doktor Hirschfelder gut, sagt Mutter überzeugt. Er ist ein sehr verantwortungsvoller, gründlicher Arzt, der Dicki mit ihren vielen Erkältungen schon seit ihrer Geburt betreut. – Soso. Ja, der Hirschfelder. Doch, das habe sie auch schon gehört, guter Arzt, der die Frau Kommerzienrat Stinnes mit ihrer Stirnhöhlenentzündung erfolgreich behandelt hätte.
An ihrer Stelle würde ich mich an ihn wenden, er ist sehr feinfühlig, zu ihm können Sie Vertrauen haben.

Die Scheffler kriegt ein Gesicht, als beiße sie in eine Zitrone und müsse so tun, als wäre es Marzipan. Meinen Sie? Ja, sagt Mutter, das meine sie. Mutter meint sowieso immer alles, was sie sagt, das hat die Scheffler bis heute nicht verstanden.
Nun ja, er sei wohl ein recht tüchtiger Mediziner, obwohl er nicht dem städtischen Akademikerverband angehöre, was so manchen wundere, das sei doch eigentlich so etwas wie ein gesellschaftliches Muß.
Nicht unbedingt, meint Mutter.
Aber wie nähme Doktor Hirschfelder es mit den Rechnungen? will die Scheffler wissen. Nicht, daß sie da etwas Benachteiligendes gehört habe, das nicht. Aber wären nicht Doktor Hirschfelders – sie sagt ein komisches Wort, was mit Lickwi... – ungewöhnlich hoch? Bei Juden müsse man damit rechnen.

Ich glaube nicht, daß sie es böse gemeint hat, sie ist bloß dumm. Mutter aber kriegt ganz schmale Lippen und zieht die Augenbrauen zusammen, daß sie wie zwei gerade Bleistiftstriche aussehen, weil drumherum alles ausrasiert ist. Wenn das alles ist, was Ihnen Kopfschmerzen macht, dann können Sie sich den Arzt ersparen, sagt sie, dann ist wohl die Ursache klar. Es klingt sehr ärgerlich.
Eben, sagt die Scheffler, sehen Sie, das sage ich auch. Der

einzige, zu dem ich Vertrauen habe, ist Viktor, ihr Mann. Auf ihn können Sie stolz sein, meine Liebe. Egal, mit welchem Leiden man zu ihm kommt, in wenigen Minuten weiß er, was mit einem los ist und hat auch schon das entsprechende Mittel zur Hand. Er braucht eine Frau nur anzuschauen und sieht, was sie hat, nicht wahr, Viktor? Das jetzt so laut, daß Vater zu uns herüberschaut. – Ich sage gerade, daß sie Rönchenaugen haben, richtige Rönchenaugen, sagt die Scheffler und lacht geziert, als beichte sie ihm etwas, was sie eigentlich gar nicht beichten will. Die Frauen, die Sie beraten, brauchen keinen Arzt.

Vater öffnet gerade die zweite Flasche Wein. *Und man darf getrost inzwischen etwas Rheinwein druntermischen,* sagt er und gießt ihr Glas wieder voll. Das Zitat kenne ich, das ist aus der Knopp-Geschichte von Busch. *Heißa, rufet Sauerbrot, heißa, meine Frau ist tot,* sage ich mit lauter Stimme, stolz, die Geschichte behalten zu haben.

Alle schauen sie auf mich.

Ab mit dir ins Bett, höchste Zeit, sagt Vater. *Verschwinde, Rosalinde, wie die Wurst im Spinde!*

Sag schön gute Nacht, Dicki!

Ich bin froh, hier wegzukommen. An der Tür sage ich viermal: gutenacht gutenacht gutenacht gutenacht, schaue dabei unbestimmt zwischen ihre Köpfe hindurch, weil ich weiß, sie mißbilligen diese Art der Verabschiedung. Ich soll den Schefflers die Hand geben, einen Knicks machen und sie anlächeln. Will ich aber nicht, ich bin doch nicht der Stoffaffe, den Vater über seine Hand stülpte und Faxen machen ließ, als ich kleiner war, damit ich meinen Lebertran nahm. Als ich damit anfing, nicht zu gehorchen, wurden mir Hals und Brust so komisch eng und ich war furchtbar aufgeregt, weil ich auf einmal spürte, daß es noch einen anderen Weg gibt als den, immer nur zu tun, was die Erwachsenen gerade von einem erwarten. Und daß es ganz furchtbar wichtig ist, zu versuchen, den eigenen Willen durchzusetzen, so früh wie möglich. Sonst gewöhnen sie sich daran, daß ich wie die ängstliche Thea in meiner Klasse, die den Mund nicht aufkriegt, mir alles gefallen lasse. Und dann muß ich warten, bis ich groß bin, bevor sie mir eine eigene Meinung erlauben. Dann werde ich ein Duckmäuser. Ich will aber kein Duckmäuser werden, Duckmäuser lassen sich alles gefallen und senken den Kopf, wenn man sie anschnauzt. Lieber ein paar Ohrfeigen, an die kann man sich gewöhnen, darin habe ich mittlerweile Übung: Tränen zurückhalten und die Wut zur Nase herauslassen, das geht. Heute macht es mir schon richtig Spaß, das Gegenteil von dem zu tun, was sie von mir wollen, Vater, unsere Schulleiterin oder das Fräulein von der Au, die schwache Nerven hat und gleich losschimpft, wenn ich mal cis statt c spiele, was doch vorkommen kann. Dann mache ich es gerade, bis sie fast heult.

Da kann man nichts machen, sagt Mutter entschuldigend, sie hat ihren Dickkopf. Das Trotzalter, wissen Sie. – Damit will sie wieder einmal betonen, daß es nicht an meiner Erziehung liegt, gewiß nicht. – Viktor ist ein guter Erzieher. Er läßt ihr keine Unarten duchgehen. Du kommst her, gibst die Hand und machst einen Knicks, wie es sich gehört, sagt Vater streng, weil er den guten Erzieher vormachen will.

Nein, sage ich und warte ab. Bisher hat er mich vor den Schefflers noch nie verhauen. Das hat aber wahrscheinlich damit zu tun, daß die an mir und wohl an Kindern überhaupt gar nicht interessiert sind und nur jeden Sonntag ungeduldig warten, daß ich verschwinde, damit sie weiteralbern können. Lassen Sie nur, Viktor, das Kind ist müde, sagt die Scheffler. Für sie heiße ich immer nur Kind. Was macht die Schule, Kind? Freust du dich schon auf Weihnachten, Kind? Da fühlt sie sich mir so richtig überlegen. Ich habe sie nie leiden können, aber von Sonntag auf Sonntag kann ich sie immer noch weniger leiden. Ich glaube, Mutter geht es genauso, nur traut sie sich nicht, es offen zu zeigen, weil Vater von den beiden doch so viel hält.

Mein Zimmer riecht ein bißchen nach Holzpult und ganz stark nach Leder. Das ist der Schulranzen. Auf den kannst du stolz sein, hat Mutter gesagt, als sie mich mit der langen Zuckertüte zum ersten Lerntag in die Schule brachte, das Beste vom Besten, genarbtes Rindsleder, so strapazierfähig, das hält zwanzig Jahre und mehr.
Ich will nicht zwanzig Jahre zur Schule gehn!
Aber nein, so sei es auch nicht gemeint. Wenn ich fleißig lernte, würde sie versuchen, Vater dahin zu bringen, daß er mir für die höhere Schule später eine schicke Tragmappe aus Schweinsleder kauft, so eine, wie Männer sie haben, die morgens ins Büro müssen. Und ich hätte großes Glück, vermögende Eltern zu haben. Wo doch viele meiner Klassenkameradinnen Ranzen aus Kunstleder trügen. Damals hatte ich gedacht, daß es mir völlig gleich ist, aus was so ein Schulranzen gemacht ist, heute weiß ich es besser: Kunstleder riecht nach nichts, Ledergeruch ist aufregend. Der von echtem Leder, meine ich, aus dem die Sättel von Pferden gemacht sind. Wenn Kirmes ist, darf ich zum Reiten ins Hippodrom, es gibt nichts Schöneres. Der Mann in der Mitte knallt mit der Peitsche, und dann beginnen die Pferde zu traben, schwitzen und riechen warm und nah nach Stall. Manchmal träume ich von dem Geruch, das sind ganz glückliche Träume, da würde ich am liebsten gar nicht aufstehen, nur immer weiterträumen.

Gerade wie ich ins Bett steigen will, entdecke ich das

Päckchen auf dem Nachttisch. Es ist in ein lustiges Papier eingewickelt mit lauter kleinen Bären darauf, die Purzelbaum schlagen. Ich weiß gleich, daß es etwas ist, das Leo mir aus Worms mitgebracht hat und freue mich so, daß ich am liebsten gleich in ihr Zimmer laufen und ihr danken würde. Aber das tut man nicht. Und vielleicht schläft sie ja auch schon, aufwecken will ich sie nicht. Natürlich bekomme ich öfter was geschenkt, Sachen zum Anziehen von Mutter, lehrreiches Spielzeug von Vater oder auch mal einen Kuchen von Mutters Familie in Darmstadt. Aber all das gehört zu festlichen Anlässen wie Ostern, Weihnachten und Geburtstag. Außerdem weiß ich dann immer schon vorher, was ich bekommen werde, entweder sie sagen es mir, damit ich begreife, wieviel Geld sie für mich auszugeben bereit sind, oder ich errate es so. Ein Geschenk ganz ohne Anlaß, einfach so, das ist doch etwas ganz Tolles. Behutsam, um nichts kaputtzumachen, öffne ich das Päckchen. Es ist ein Buch in blauem Umschlag. Eine Sammlung Märchen. Das Papier mit den Bären falte ich schön genau Kante auf Kante zusammen und lege es zu denen von Mutters Geschenken in die unterste Kommodenschublade. Dabei stelle ich mir vor, wie Leo in ihrer Heimatstadt durch die Straßen geht, vor einem Laden mit Kinderbüchern stehenbleibt und sagt: Das will ich ihr mitbringen, das wird ihr Freude machen! Wo sie doch in der gleichen Zeit an ganz etwas anderes denken könnte, weil ich weit weg bin. Ich entdecke, daß ich Leo sehr lieb habe, und das macht ganz warm und zufrieden von innen her, so was habe ich vorher noch nie gefühlt. In den nächsten Tagen werde ich überlegen, womit ich ihr eine besondere Freude machen kann; wenn nicht vorher, dann wenigstens zu Weihnachten, bis dahin ist es ja nicht mehr lang. Gefällt dir das Buch? sagt Leo am nächsten Tag, als wir mit den Schulaufgaben durch sind.

Ich habe sogar das Papier aufgehoben.
Aber hineingeschaut hast du noch nicht, oder?
Es sind Märchen, sage ich ein bißchen verlegen, weil Leo beim Einkauf wohl vergessen hat, daß ich schon neun bin.
Hast du etwas gegen Märchen?
Märchen sind was für kleine Kinder, die glauben daran, sage ich und würde gern hinzufügen, daß meine Eltern mich modern erzogen haben und mir für mein Heimkino immer neue Rollen mit Felix, dem Kater, und Pop, dem spinatessenden Matrosen zum Geburtstag schenken. Von denen kenne ich schon sämtliche Abenteuer. Aber vielleicht ist Leo dann enttäuscht.
Nicht nur Kinder glauben an Märchen, sagt Leo, auch Erwachsene glauben daran. Ohne den Glauben an Märchen wäre es zu traurig in der Welt. Dabei lacht sie so ein bißchen, als glaube auch sie noch daran, schäme sich aber, weil sie doch schon lange erwachsen ist.

Ich überlege. Wie ich noch nicht zur Schule ging, hat mir Vater mal ein Buch mit Märchen aus der Stadt mitgebracht, da konnte man die Bilder herausklappen und aufstellen, das war hübsch.
Hat er dir auch die Geschichten dazu erzählt?
War nicht nötig. Ich hab mir die Bilder angesehen, sage ich, weil Vater doch wegen Geldverdienen keine Zeit zum Erzählen hat.
So was hätte sie sich fast gedacht, sagt Leo, niemand habe mir früher Märchen vorgelesen, und so hätte sich meine Fantasie nur von Erwachsenenkram genährt, was Gift sei für die Kinderseele.
Jetzt muß ich Vater doch verteidigen: Er hat mir oft vorgelesen, als ich noch klein war, sage ich, kleiner als jetzt jedenfalls. Im Wilhelm-Busch-Buch sind auch Märchen drin, Max und Moritz zum Beispiel oder Maler Klecksel.

Nein, sagt Leo und sieht mich an, als täte ich ihr leid, das seien keine von der Sorte, die sie meine, solche, wo sich Dinge in andere verwandeln könnten durch die Zauberkraft der Liebe. Kennst du nicht z. B. die Geschichte vom Froschkönig?

Gerade von dem Märchen hatte uns Fräulein Weyermann im ersten Schuljahr erzählt. Zauberkraft finde ich schon gut, aber Liebe ist blöd, sage ich. Ich sitze neben Leo. Sie streichelt meinen Nacken, so von unten bis unter das Haar. Das habe ich gern, es macht so schön entspannt. Liebe ist nicht blöd, sagt sie und schaut über meinen Kopf hinweg durchs Fenster auf das Hinterhaus, das kannst du jetzt noch nicht begreifen. – Liebe ist doch blöd. Als die Prinzessin den Frosch küßt, wird er ein Mensch.
Ein schöner Prinz, sagt Leo. Hast du nie davon geträumt, eine kleine Prinzessin zu sein und deinem Prinzen zu begegnen? Der Frosch war lustig. Ich mag Tiere lieber, sage ich. Morgen werde ich ihr mal meine Kater-Felix-Filme vorführen, wenn Mutter erlaubt, daß ich mir das Grammofon dazu aus dem Wohnzimmer hole, weil das mit Musik noch viel schöner ist. Besonders da, wo er ins Wasser fällt und im Walzertakt schwimmt. Dann hört man auch das Surren von der Filmkurbel nicht so stark.
In dem Buch, das ich dir mitgebracht habe, sind andere Märchen als die, die du vielleicht kennst. Sie stammen aus fernen Ländern, da lernst du auch etwas über das Denken und die Gebräuche der Menschen außerhalb Deutschlands. Das sei wichtig, sagt sie. Wenn man immer nur den Blick auf das gerichtet hielte, was man im eigenen Land täte oder ließe, würde man nie ein richtiger Mensch mit Liebe und Verständnis für andere werden.

Schon wieder Liebe. Ich hab drin geblättert, sage ich, weil sie doch von mir etwas über ihr Geschenk hören möchte, es sind aber nicht viele Bilder drin.

Es seien zarte, behutsame Geschichten, vielleicht doch noch ein wenig zu anspruchsvoll für mich, daran hätte sie nicht gedacht, als sie es kaufte, es hätte ihr einfach so gut gefallen. Wegen der Romantik. Was ist Romantik? sage ich.

Jetzt krault sie mich nicht mehr, weil sie nachdenken muß. Das ist schade. Sie zieht laut die Luft durch die Nase. Also, sagt sie schließlich, wenn ein Mann eine Frau liebt, es ihr aber nicht zu sagen wagt, und auf einem Spaziergang nimmt er ihre Hand und behält sie in der seinen, das ist Romantik.

Ich erschrecke. Romantik ist also etwas, das man nicht tut. Man darf sich nicht berühren. Sonst ist das so was Sündiges wie in dem schrecklichen Buch, wo man vom Betrachten der Bilder ganz heiße Ohren kriegt. Und so etwas mag Leo?

Ich stelle mir vor, wie sie an ihrem freien Tag mit einem Mann, der das ist, was alle stattlich nennen, spazierengeht. Hand in Hand. Bestimmt hat Worms auch einen Stadtwald. Und vielleicht bleiben sie irgendwo stehen und sie krault ihm den Nacken so wie jetzt mir. Das macht mich böse. Ich rücke von ihr ab. Hast du jemanden lieb? frage ich.

Ja, dich. Wenn du nicht solch ein Gesicht machst wie jetzt.

Ich meine, einen Mannfreund. Mit dem du spazierengehst und mit dem du so was machst?

Was meinst du mit: So was machst? Sie nimmt mein Kinn in die Hand und sieht mir direkt in die Augen.

Ich versuche, nicht verlegen zu werden. Na, eben so was. Handhalten. – Richtig peinlich, das auszusprechen.

Nein, sagt Leo, zur Zeit habe sie niemanden, der mit ihr ginge, was aber nicht hieße, daß sie nicht vielleicht jemanden liebhätte. Nur wüßte der es nicht, und das wäre gut so.

Hast du Angst, daß er dich anfaßt, wenn er es weiß?

Leo lacht, daß die Ponifransen nach oben wehen. Davor

hätten Frauen am wenigsten Angst, sagt sie, im Gegenteil. Aber das verstünde ich noch nicht. Ich beschließe, am nächsten Sonntag den Papierriesen im Turneranzug mit der Frau mit Brille spazierengehen zu lassen. Die junge im Abendkleid, die ich vorige Woche aus der ELEGANTEN WELT ausschnitt, wäre wohl besser, aber ich kann sie doch nicht im Abendkleid in den Stadtwald schicken, wo er nur ein Trikot anhat und kurze Hosen. Mal gucken, was dann passiert. Wäre ich an ihrer Stelle, ich würde mich schrecklich fürchten. Obwohl die mit der Brille aussieht, als könnte sie dem Riesen gehörig die Meinung sagen, wenn er nach ihrer Hand greifen will. Das ist bestimmt eine Studienrätin oder so was, die kommt ja auch aus einer Tageszeitung, wo Frauen abgedruckt sind, die irgendwas Wichtiges gesagt oder getan haben.
Sprichst du manchmal mit deiner Mutter über solche Dinge? Nein, sage ich, Mutter sei an Liebhaben und so was nicht interessiert, sie habe ja schon einen Mann. Für Mutter sind andere Dinge wichtiger, zum Beispiel Britsch und Politik.
Sie liebt deinen Vater wohl sehr?
Glaub' schon, sage ich und wundere mich, weshalb ich nicht einfach mit klarem Ja antworte. Jedenfalls, ergänze ich, tut sie immer, was er will.
Und Vater, will sie wissen, liebe er Mutter auch? Was meinst du?
Da muß ich nachdenken. Er muß Mutter doch lieben, weil er ihr Mann ist, warum hätte er sie sonst geheiratet? Natürlich, sage ich, liebt er Mutter, aber er berührt sie nicht, weil er aus feiner Familie ist und sie auch. So was wie küssen tun nur Dienstmädchen und Schwadronöre. Das Wort habe ich von Vater, der seinen ältesten Bruder Onkel Alex so nennt, weil der viele Freundinnen hat und mit denen rum-

knutscht. Als Vater das sagte, hat er dabei ein ganz angeekeltes Gesicht gemacht und, als ich fragte, wie das denn möglich sei, Onkel Alex sei doch auch aus unserer feinen Familie, gesagt, wer lange Ohren mache, bliebe ein Esel sein Leben lang.

Ich meine das ganz ernst, aber Leo findet das schon wieder komisch. Wenn das so wäre, sagt sie, dann wäre unser Staat bald entvölkert. Vorstellungen hätte ich, die stammten noch aus Omas Mottenkiste. Und dabei doch eine solch moderne Mutter. Zumindest eine modern gekleidete, was nicht bedeuten müsse, gleichzeitig aufgeklärt zu sein. Wenn sie selbst nicht aufgeklärt worden sei, dann allerdings dürfe man sich nicht wundern über meine absonderlichen Vorstellungen von der Beziehung zweier Geschlechter zueinander.

Was ist das, Geschlecht?

Dein Vater ist ein Mann und deine Mutter eine Frau. Das ist Geschlecht, sagt Leo. Das weibliche und das männliche Geschlecht. Und dann gibt es auch noch ein sächliches, das seid ihr, die Kinder: *das* Kind, *die* Frau, *der* Mann.

Auf einmal werde ich wütend, weil mir bei all dem schrecklich unbehaglich zumute ist. Mann und Frau: Geschlecht, schlecht... Ich will nichts mehr davon hören, brülle ich und drücke die Handflächen gegen die Ohren, laß mich in Ruhe mit eurem Erwachsenenkram!

Komm, beruhige dich, sagt Leo sanft und versucht, mir die Arme herabzuziehen. Als es ihr endlich gelingt, legt sie den Arm um mich und betrachtet mich mit ganz erschrockenem Gesicht. Du mußt schon als kleines Kind sehr viel Angst gehabt haben, sagt sie und streichelt meine Schulter. Viele, viele Ängste. Und sie haben dich damit allein gelassen...

Am späten Nachmittag gehe ich mit Mutter in die Stadt

Schuhe kaufen. Meine braunen Spangenschuhe sind mir schon wieder zu klein geworden, obgleich sie noch kein Jahr alt sind. Das liegt wohl daran, daß ich damals schwindelte, als ich sagte, sie wären schön weit, weil ich riesige Latschen scheußlich finde und die Zehen spreizte, als die Verkäuferin auf die Schuhkuppe drückte, um zu fühlen, wo mein Fuß aufhört. Keine Spangenschuhe mehr, bitte, Mutter. Ich möchte Pöms wie die Anneliese sie hat.
Deine Füße brauchen einen festen Halt, Dicki. Spangen sind praktischer, in den anderen schlappst du nur herum bei deinem unweiblichen Gang. Und sie passen auch nicht zu deinem karierten Faltenrock. –

Schuhhäuser mag ich. Es riecht ganz dicht nach Leder und Teppich in ihnen und macht neugierig, was in den Schachteln sein wird, die die Verkäuferin anschleppt.
Schuhe für die Kleine?

Dabei sitze ich turmhoch über ihr. Pöms, antworte ich an Mutters Stelle, ganz glatte ohne was dran.
Knopfschuhe, Spangen, sagt Mutter. Vierunddreißig, braun. Das wird wieder eine Willensprobe, ihrer gegen meinen. Es ist schwer, Mutter etwas auszureden, das sie sich in den Kopf gesetzt hat. Dabei bin ich es, die tragen muß, was schließlich bei all dem Hin und Her herauskommt, nicht sie. Wir haben sehr verschiedene Geschmäcker.

Die Verkäuferin kommt mit so vielen Schachteln zurück, daß die oberen ins Rutschen kommen und schon zu Boden fallen, bevor sie den übrigen Stoß abgesetzt hat. Etwas ganz Besonderes habe sie mitgebracht, sagt sie, nicht braun eigentlich, eher schwarz, aber ein ganz entzückendes Modell, gerade erst hereingekommen. Sie wickelt das Entzückende aus dem Papier, schiebt es mir an den Fuß. Schwarzer Lack, Spange und eine Lackschleife obendrauf, die aussieht wie ein in klebriges Brombeergelee gefallener

Schmetterling. Gräßlich. Ich schaue Mutter an in der Hoffnung, sie kopfschütteln zu sehen.

Irrtum.

Reizend, tatsächlich, sagt sie. Was kosten die?

Der Otto in mir kringelt sich. Ich will braune Pöms, protestiere ich, keine blöden Lackdinger.

Aber Dicki, überleg doch mal, wie hübsch die zu deinem gelben Leinenkleid passen, du weißt, deinem guten.

Zieh' ich doch nie an.

Wenn du zu Geburtstagen eingeladen wirst zum Beispiel.

Werde ich aber nicht. Von der Klicke nicht, und auch nicht von denen, die zu ihr halten. Und wenn Margot oder Hannelore Geburtstag haben, brauche ich nichts Besonderes anzuziehen, das tun die auch nicht.

Wie immer, wenn Mutter verlegen wird, zuckt es um ihre Mundwinkel. Was haben Sie denn an braunen Halbschuhen? sagt sie zu der Verkäuferin, die mit einem: ›Schade, solch bezaubernde Schuhchen‹ den Schmetterlingskram wieder einpackt.

Gottseidank, ich hab's geschafft! Pöms, schreie ich hinter ihr her, sicher, daß sie es noch gehört hat.

Von wem du nur diesen Dickkopf hast?

Dumme Frage. Wenn Vater nicht in allem seinen Willen kriegt, brüllt er oder haut los. Als wenn sie das nicht wüßte.

Die Verkäuferin ist ein Engel. Zwei Kartons mit Halbschuhen hat sie mit zurückgebracht, alle übrigen sind Pöms, zum Reinschlüpfen, mit und ohne Verzierung um den Ausschnitt. Die! sage ich sofort, als ich das letzte Paar sehe. Es gefällt mir auf Anhieb und drückt kein bißchen. Vorher, beim Probieren der Spangendinger, habe ich behauptet, daß sie kneifen, das kann ja niemand nachprüfen.

Geh mal ein paar Schritte, sagt Mutter. Ihr gefallen die Pöms überhaupt nicht. Dabei bin ich doch schon neun. Die

Anneliese trägt nur Pöms und gibt mächtig damit an, setzt sich schräg in die Schulbank, schlägt die Beine übereinander und wippt mit dem Fuß, damit alle sehen können, sie trägt Schuhe wie die Erwachsenen.

Hätte ich nicht erwartet, daß es sich so schwer damit laufen läßt. Ziemlich wackelig mache ich ein paar Schritte auf den Spiegel zu, bemühe mich, keinen Schuh zu verlieren, weil der Fuß sich beim Gehen hinten heraushebt. Die Verkäuferin hat Verständnis, vielleicht hat sie selbst Kinder in meinem Alter. Eine halbe Nummer kleiner könnten sie sein, sagt sie, während ich zu meinem Sitz zurückschliddere. Die halbe Nummer kleiner paßt besser. In Pöms gehen muß man üben wie Rollschuhlaufen.

An den Anblick müsse sie sich erst gewöhnen, sagt Mutter, ich in Erwachsenenschuhen mit meinen Storchenbeinen. Die würden ja immer länger, und dazu die knappen Röckchen. Ob ich nicht doch die lackierten mit den Schleifen wolle? Sie würde sie mir zusätzlich kaufen, es könne nun wirklich nicht immer nur alles nach meinem Kopf gehen. Sie ist voll auf dem Rückzug.

Zu was soll ich die tragen? Das ist eigentlich nicht nett von mir, weil es sie wieder daran erinnert, daß gewisse Mütter mich nicht bei Geburtstagsfeiern ihrer Kinder dabeihaben wollen, weil ich die Tochter der Fremden bin. Ich strecke der Verkäuferin meinen Fuß mit dem Pöms hin, damit sie durch das Leder fühlt, ob genug Platz für meine Zehen drin ist.

Da haben wir jetzt eine Neuerung, sagt sie. Das machen wir anders. Komm mal mit! Ich folge ihr in meinen neuen Schuhen zu einem Ding, das Ähnlichkeit mit einer Waage hat, nur daß da, wo die Stange ist, ein Kasten drumherum steht. Ich muß auf das Trittbrett steigen und durch ein kleines, grünes Glasfenster auf meine Füße hinunterschauen.

Da sind aber keine Füße mehr, sondern Knochen. Grüne Fußknochen. Totenfüße.
Was ist das? sage ich.
Bequem, sehr bequem, sagt die Verkäuferin, die mit hineinschaut in den Kasten. Das sind deine eigenen Füße, das ist Rönchen. Praktisch, nicht?
Die spinnt ja. Meine eigenen Füße. Aus Protest spreize ich den rechten kleinen Zeh. Der Skelettfuß macht dasselbe. Nun den Mittelzeh bewegen. Das da unten in dem Kasten macht mit. Es wird mir schrecklich übel. Etwas Furchtbares muß geschehen sein, meine Füße sind bis auf die Knochen abgenagt und grün. Grashüpfergrün.
Hier, trink das! sagt eine Frau mit Perlenkette, als ich wieder zu mir komme und hält mir ein Glas mit Wasser unter die Nase. Ich sitze, umringt von besorgten Gesichtern, in einem Sessel abseits der langen Stuhlreihe. Was ist dir, Kind?
Meine Füße, sage ich, weil mir wieder einfällt, was ich sah, wie ich mich an den Kasten gestellt habe.
Was ist mit deinen Füßen?
Etwas hat meine Füße gefressen, sage ich und versuche, nicht an den Beinen entlang hinunterzuschauen. Es sieht so scheußlich aus. Die Angst macht, daß es in meinen Ohren rauscht.
Aber das ist doch nur Rönchen, sagt die mit der Perlenkette und lacht. – Sitzt er noch da drin? sage ich und deute auf den Kasten mit dem Guckloch. – Wer? – Der Rönchen, sage ich und kneife die Augen zu. Vielleicht ja hat der Rönchen das Ding verlassen und hockt irgendwo in einer Ecke, um mir auch noch die Hände abzubeißen oder die Nase.
Mach die Augen auf, Dicki, sieh mich an, bittet Mutter. Es klingt, als wäre ihr die Sache peinlich. Wir müßten nach Hause, sagt sie, ob ich aufstehen könnte? Natürlich kann ich nicht aufstehen, wie soll ich ohne Füße? Ich versuche, ihr

das klarzumachen. Die um mich herum lachen. Schau doch hin, sagen sie, schau hinunter!

Ich will aber nicht hinschauen. Nie mehr will ich die gräßlichen, abgefressenen Füße sehen. Ich weigere mich. Dann fällt mir ein, daß ich nun meine neuen Pöms nicht tragen kann, jetzt wo die Zehen haltlos drin herumschwimmen. Ich beginne zu heulen, bis mir der Ton von Mutters Stimme auffällt, mit dem sie sagt: Dabei ist sie schon neun, ganz vorwurfsvoll, weil man in der Öffentlichkeit keine Szene macht und damit Aufsehen erregt. Jedenfalls nicht, wenn man später eine Dame werden will. Die, die das nicht lernen, werden nur Frauen und nie was Feines, mit oder ohne Füße. Weil ich nicht möchte, daß die Frauen um mich herum sehen, daß ich weine, die Tränen aber nicht so schnell abstellen kann, blicke ich zu Boden. Und da sind auch meine Füße wieder in den neuen, sanftglänzenden Schuhen. Vorsichtig bewege ich die Zehen, um herauszufinden, ob sie noch irgendwo Halt haben jetzt, wo sie so mager sind. Der Schuh sitzt fest dran. Überhaupt fühlt es sich an, als fehle nichts. Nun weiß ich selbst nicht mehr: War das wirklich so mit den Knochen, oder bin ich eingeschlafen und hab das Ganze nur geträumt? Das Aufstehen geht ganz einfach, tut überhaupt nicht weh. Zum Abschied gibt mir die Frau mit der Perlenkette, die nun hinter der Kasse sitzt – Behält das Kind die Schuhe gleich an? – noch eine Bilderzeitschrift DER POSTILLON mit. Damit du dich von deinem Schrecken erholst.

Auf dem Heimweg versucht Mutter mir zu erklären, wie das mit meinen Füßen war: Kein Tier, Dicki. Rönchen ist ein Mann, ein großer Wissenschaftler. Ein Füsiker. Er ist nun schon zehn Jahre tot. Dann erzählt sie, während wir an verschiedenen Schaufenstern stehenbleiben, wie dieser Mann entdeckt habe, daß es Strahlen gibt, die alles durchsichtig machen. Das sei eine ganz wichtige Erfindung gewesen, weil das den Ärzten helfe, Knochenbrüche zu heilen, ohne raten zu müssen, an welcher Stelle was kaputt ist.

Was sind Strahlen? sage ich.

Du kennst doch Sonnenstrahlen. Wenn sie deine Haut berühren, wird sie warm. Rönchenstrahlen werden von der Haut nicht aufgehalten, sie gehen durch sie hindurch und machen das Knochengerüst sichtbar.

Und wohin geht das Drumrum solange?

Das Drumrum, wie du es nennst, bleibt, wo es ist, du siehst es nur nicht mehr.

Warum sehe ich es nicht mehr?

Weil du statt dessen dein Inneres siehst.

Warum kann man dann das Äußere nicht mehr sehen? Wenn es doch noch da ist?

Mutter sucht nach passenden Erklärungen. Es gäbe manches, das noch da sei, auch wenn man es nicht mehr sähe. Die Sonne zum Beispiel, die bliebe immer am gleichen Fleck, nur wir auf der Erde drehten uns um sie herum, daher sähen wir sie in der Nacht nicht.

Drehen wir uns um unsere Knochen, weil sie doch da sind, ohne daß wir sie sehen können?

Da habe sie wohl ein schlechtes Beispiel gewählt, meint Mutter, es sei eben schwer, mir zu erklären, was Rönchenstrahlen sind, das lernte ich später auf dem Lizeum. Aber daß man sie in Schuhgeschäften benutzt, um festzustellen, ob die Ware paßt, das sei doch etwas kühn. Man wisse ja noch zu wenig davon, es könnte Nebenwirkungen haben und empfindsamen Kindern wie mir in unverantwortlicher Weise einen Schreck einjagen.

Kaufst du mir noch einen Mohrenkopf?

Wir essen gleich zu Abend, Dicki, sagt sie. Das heißt nein.

Sind Träume auch Rönchenstrahlen? Wenn ich einschlafe

und träume, dann bin ich auch nicht mehr da. Aber du kannst mich trotzdem sehen…

Wir sind fast zu Hause. So was Ähnliches, sagt Mutter zerstreut. Ich glaube aber, das sagt sie nur, weil sie selbst nichts Genaues darüber weiß und hofft, daß ich nun Ruhe geben werde.

Ich habe heute meine Knochen gesehen, sage ich beim Abendessen mit kaltem Rossbief und Kalbsbratenaufschnitt, der nach nichts schmeckt. Hast du auch schon mal deine Knochen gesehen?
Kloßbrühe, sagt Vater. Er hält mir seine Faust unter die Nase, preßt die Finger darin so fest zusammen, daß es da, wo sie anfangen, lauter weiße Höcker macht, bevor er sie wieder aufrollt, weil er die Hand zum Weiteressen braucht.
Nicht solche, sagte ich, richtige. Ohne was darüber.

Seitdem Leo mit uns zu Abend ißt, hat Vater meistens gute Laune. Im Krieg, erzählt er, hatte ich einen Kameraden, den Theo. Dem hat eine Granate das Bein zerfetzt, war es nun das linke oder rechte? Egal. Der konnte auch seine eigenen Knochen sehen vom Oberschenkel bis hinunter zum Fuß. Der ganzen Länge nach. Schön säuberlich weiß inmitten all des zermanschten Fleischs.

Vater lacht, weil es ihm Spaß macht, wenn Mutter die Gabel hinlegt. Sie kann so was nicht hören: Viktor, also bitte…
Konnte er denn damit laufen? sage ich.
Brauchte er nicht mehr, sagt Vater. *Rasch tritt der Tod den Menschen an.* Das kenne ich, das sagt er immer am Sonntagmorgen, wenn er in der Zeitung nachschaut, wer alles in der vergangenen Woche gestorben ist. Oder er sagt über dem Samstagabendhuhn, wenn er mir eines der zwei gelben Beine absäbelt: *Jedes legt noch schnell ein Ei, und dann kommt der Tod herbei.*

Ich bin aber nicht gestorben, sage ich, und kaputt ist auch nichts. Das war Rönchen.
Ich habe Dicki ein Paar Schuhe gekauft, beeilt Mutter sich zu erklären. Da gibt es jetzt diese neumodische Einrichtung mit dem Durchleuchten.

Wenn es ums Geldausgeben geht, ist Vaters gute Laune schnell hin. Kaufen, immer nur kaufen, sagt er und schwenkt sein Blutwurstbrot durch die Luft. Als wenn das Geld nicht schon knapp genug wäre und ganze Völker hungerten. Jeder müsse sich heutzutage einschränken bei all der Arbeitslosigkeit ringsum, aber was mache seine Frau? Einkaufen ginge sie, als lebte man mitten im größten Wohlstand, werfe das Geld mit vollen Händen zum Fenster hinaus, also wirklich.

Leo sitzt ganz ruhig da und sieht ihn fast ebenso bewundernd an wie die blöde Frau Scheffler. Es kränkt mich, sie muß doch unterdessen gemerkt haben, daß Vater, wie Josefine sagt, ein Sprüchemacher ist. Und außerdem sollte sie auf Mutters Seite sein, weil das ungerecht ist, was Vater sagt. Kann ich dafür, daß ich wachse und alle Sachen mir immer wieder zu klein werden?
Mutter wirft kein Geld raus! verteidige ich sie, wende mich dabei an Leo. Es gibt Augenblicke, wo es Vater rasend macht, wenn ich widerspreche. Ich glaube, das jetzt ist so einer.

Leo lächelt nur. Es fällt mir ein, daß sie dazu auch nichts sagen darf, weil sie doch bei uns angestellt ist. Hausangestellte dürfen sich nicht in Dinge ihrer Herrschaft einmischen. Die sind Privatsache, auch wenn sie zuhören, wie die sich in die Haare kriegt.

Nach meinem Satz sagt keiner mehr was. Auf einmal wird alles laut, was man sonst gar nicht hört, die Messer, wie sie durch das Brot hindurch die Teller schneiden, das Gluckern, wenn Vater das helle Bier in die Kehle laufen läßt und dabei den Kopf zurückbiegt, daß sein breiter Hals ein ganzes Stück aus dem Kragen kommt, Mutters nervöses Herumspielen mit dem Messerbänkchen, sogar das Hantieren von Josefine in der Küche, die dem Eßzimmer gegenüberliegt, obwohl doch zwei Türen dazwischen sind. Ich versuche Leos Blick zu erwischen, aber sie schaut auf ihren Teller hinunter, als habe Vater sie, nicht Mutter ausgeschimpft. Na, dann nicht. Wenigstens keine Ohrfeigen, weil ja nicht ich das Geld rausgeschmissen habe, sondern Mutter. Und sie rührt Vater nicht an. Er hat sie noch nie angerührt. Sonst bekäme er es aber auch mit mir zu tun. In dem Moment, glaube ich, wäre es mir egal, ob er viel stärker ist als ich, ich würde mich auf ihn stürzen, ohne darüber nachzudenken. Sie hat ja sonst niemanden, der sie beschützt.

Vor dem Schlafengehen frage ich Leo, die mein Kopfkissen für die Nacht zurechtschüttelt, warum sie Mutter denn nicht verteidigt hat. Schuhekaufen ist doch nicht Geldherausschmeißen.

Es steht mir nicht zu, sagt sie. Andererseits habe Vater ja nicht unrecht. Es wären nicht nur die Schuhe, Mutter hätte auch sonst nicht die richtige Einstellung zu Geld, das mache ihm wohl Kummer. Sie sei eine verwöhnte Frau, der man es als Kind zu leicht gemacht habe. Natürlich nicht ihre Schuld, ergänzt Leo schnell, als sie meine zusammengezogenen Augenbrauen sieht, gewiß nicht, nur fühle Vater sich ihr gegenüber dauernd unterlegen, weil sie aus solch reicher Familie stamme, die ihre Töchter in Schweizer Pensionaten erziehen läßt. Da muß er doch irgend etwas haben, was er an ihr aussetzen kann, damit er sich wieder überlegen fühlen darf. Verstehst du das?

Überlegen fühlen, das kenn' ich. Bei unterlegen fällt mir nur die Anneliese ein, wie sie auf dem Schulhof vor mir lag,

weil ich sie dahin geworfen hatte. Vater aber ist bestimmt noch von keinem seiner Chorbrüder besiegt worden. Und von Mutter noch viel weniger, das ist ja lächerlich. Wie kann er sich da ihr gegenüber unterlegen fühlen?
Nein, sagt Leo, so nicht, nicht im offenen Kampf. Anders. Er schämt sich, daß seine Familie nicht ganz so fein ist wie ihre und er kein Französisch spricht.
Wie lange schämt er sich denn da noch? will ich wissen. Weil, wenn ich mich schäme, das immer ziemlich schnell wieder vorbei ist.
So was kann ein ganzes Leben lang dauern, sagt Leo. Menschen haben Gefühle, und manchmal verdrängen sie sie, das ist wie vergessen, nur daß sie nicht wirklich vergessen sind. Die kommen dann später wieder raus. Eigentlich seien das unglückliche Menschen, die mit den Gefühlen, womit sie nicht zurechtkommen, und Vater sei auch solch ein unglücklicher Mensch, der eine Frau bräuchte, die ihn wirklich versteht.
Mutter, sage ich, versteht ihn! – Er versteht sie nicht, aber das braucht er auch nicht, weil er ja ein Mann ist. – Meine Eltern sind glücklich miteinander! Das sage ich sehr laut, daß man es hören könnte, selbst wenn hundert Leute im Zimmer wären. In meinem Inneren flattert etwas, als hätte ich einen Vogel verschluckt, der raus will.
Aber ja doch, alles sei bestens, zerbrich dir nicht den Kopf über Dinge, für die du einfach noch zu jung bist, sagt Leo und streicht mir das widerspenstige Haar aus der Stirn. Ich solle vor dem Einschlafen daran denken, wie gut ich es hätte mit Eltern wie den meinen, die mir alles bieten könnten oder doch fast alles, während Kinder in fremden Ländern und überhaupt überall in der Welt an Hunger und Armut stürben.
Sterben viele?

Mehr, als du denkst, sagt Leo. Es gäbe viel Elend. Das Geld sei ungerecht verteilt, die Reichen bekämen immer noch mehr dazu, die Armen dagegen hätten nicht mal genug für ein Dach über dem Kopf.
Kann niemand was dagegen tun? sage ich schläfrig.
Es gäbe Leute, die versuchten es, sagt Leo. Die hätten auch eine Partei gebildet, zu der sie gehöre, aber das ginge niemanden was an. Und nun schlaf schön. Morgen ist auch noch ein Tag!
Morgen ist heute, sage ich. Dann bin ich eingeschlafen.

Auf einmal ist alles schrecklich, und ich fürchte mich. Mutter läßt mich bei Dannenbaum vor dem großen Ankleidespiegel einen Mantel anprobieren, der mir überhaupt nicht gefällt. Er ist aus braunem Samt, lang bis auf die Erde und viel zu warm. Entzückend, sagt die Verkäuferin, die statt der Nase einen Schnabel hat und mit dem Kopf ruckt wie ein Huhn. Ich will ihn ausziehen, doch ich kriege die Knöpfe nicht auf, dabei wird es mir immer heißer unter dem Stoff. Meine Stirn ist schon ganz naß vor Schweiß. Aber anstatt mir zu helfen, ruft Mutter alle anderen Verkäuferinnen herbei, damit sie mich in dem Mantel bewundern. Sie kommen angerannt wie die Büffelherde in meinem neuen Salgari-Abenteuerroman. Ich sehe nur eine Menge Trampelbeine in einer großen Staubwolke. Sie werden mich niederrennen, wenn es mir nicht gelingt, den Mantel auszuziehen, bevor sie mich erreichen. Ich versuche, meine Finger in die Knopflöcher zu zwingen, um es den Knöpfen leichter zu machen, rauszurutschen, aber das hilft nicht. Ich reiße und zerre an dem Stoff, da gibt er nach, platzt auseinander und ist auf einmal gar kein Mantel mehr, sondern ein Bildertaschentuch, das ausgebreitet auf dem Boden liegt. Im Spiegel vor mir steht der Knochenmann aus der Zeichnung, die in der

Apotheke im Eck hängt, nur hat er keine Sense über der Schulter. Siehst du, sagt Mutter ganz traurig, hättest du den schönen Mantel anbehalten, wärst du jetzt kein Gerippe, so finde ich dich gar nicht mehr schön. Dazu schütteln all die aus der Büffelherde, die hinter mir Aufstellung genommen haben, mißbilligend den Kopf. Ich schäme mich, außerdem friere ich, es ist so kalt ohne Fleisch. O wie häßlich! rufen die aus der Herde, man kauft nicht im Modesalon Rönchen, der ist jüdisch und viel zu teuer, so kannst du dich nicht auf der Straße zeigen.

Dann stehe ich plötzlich auf einer großen Scheibe, die sich dreht. Du bist noch nicht dran, sagt ein Soldat in einer komischen Pluderhose, wie die Männer sie vor vielen, vielen Jahren trugen, und drängt mich zurück. Hörst du die Spieldose nicht? Du kannst erst heraus, wenn alle anderen zurückgekehrt sind. Nimm deine Sense, da! – Der Bauer, der König, die Hofdame und der Geizige mit dem Geldbeutel in der Hand nicken dazu. Ich erkenne sie, es sind Figuren vom Glockenspiel der Residenz, bei der Großvater und Tante Esther wohnen. Ich wage nicht mehr, mich zu bewegen, weil ich meinen Platz nicht verlassen darf, wenn ich noch nach draußen kommen will. Da werden viele Leute im Schloßhof stehen, werden zu mir heraufstarren und mit dem Finger auf mich zeigen. Das kommt davon, werden sie sagen, wenn man immer neue Kleider haben will, wo doch so viel Elend auf der Welt ist.

Auf einmal ist irgend etwas mit der Scheibe, auf der wir stehen und darauf warten, aus dem dunklen Gehäuse nach draußen ans Licht zu kommen. Sie dreht sich schneller und schneller, alles rast vorbei; der König, die Höflinge, der Gelehrte und der Bauer verlieren den Halt und stürzen vom Uhrturm hinab auf das Pflaster im Hof. Ich hake meine Sense am Rand von der Scheibe fest, aber lange kann ich mich so nicht mehr halten, weil ich ja keine Muskeln mehr habe. Dann ist da plötzlich Mutter, die sich lachend zum Fenster hinausbeugt und Geld aus den Händen fallen läßt, lauter große und kleine Scheine, die in die Luft flattern und zu ekelhaften, lackschwarzen Schmetterlingen werden. Sie kreischen wie fette Raben und verdunkeln den ganzen Himmel. Ich habe entsetzliche Angst vor ihnen. Jemand sagt: Die sind so fett, weil sie Menschen fressen mitsamt den Knochen. Schmetterlinge haben mir schon immer Angst gemacht. Ich schreie. Ich bin kein Gerippe mehr, ich bin wieder ich und freßbar für die lackschwarzen Viecher, die sich auf mich stürzen wollen. Danach weiß ich nichts mehr, bis ich erwache und das Morgen heute ist.

5

Noch vierzehn Tage bis Weihnachten. In der Klasse erzählen sie sich gegenseitig, was sie sich alles wünschen. Mich fragen sie nicht, weil sie sagen, ich hätte längst alles, meine Eltern verwöhnten mich so, daß mir zum Wünschen bestimmt nichts mehr einfiele. Die Klicke natürlich; die müssen immer irgendwas zum Hecheln haben. Dabei stimmt das überhaupt nicht. Spielzeug-Pütz hat eine Burg im Schaufenster mit Wimpeln darauf und Rittern auf Pferden, die den Weg hinunterreiten, die würde ich gern haben. Und außerdem zwei neue Felixfilme, das Salgaribuch von der Tigerjagd im Dschungel und ein paar Tiere für meinen Zoo, ich habe sie Mutter schon gezeigt: den buckligen Hirsch, der ein Zebu ist und darum kein Geweih hat, die Orangfrau mit dem Bebi, weil ich den Mann schon habe und der sich einsam fühlt ohne eigene Familie, und das Gürteltier, das kann ich gegen mein Flußpferd kämpfen lassen. Die Wochen bis Weihnachten sind die schönste Zeit, mit Mutter durch die Stadt zu bummeln, da ist es schon dunkel wie in der Nacht, und alle Geschäfte hängen Ketten aus Licht um ihre Häuser und Leuchtsterne die ganze Straße entlang, die sich in den Fenstern der Auslagen spiegeln.

Tannenbäume bis zum Ostwall, sage ich, und alle gleich. Tannen riechen so gut.

Die hier riechen nicht, sagt Mutter, sie sind aus Pappe.

Ich bin nicht einverstanden: Wenn man richtig hinsieht, sind es ganz echte Tannen. Sie schaukeln mit den Ästen und ich kann sie riechen, es ist ein ernster Geruch, fast so wie der in der Kirche. Schau mal, sage ich, als wir vor dem Modegeschäft Blum haltmachen, du hast einen Stern auf der Stirn und ich einen auf dem Kopf, dort, im Rock von der Puppe. Die Lichter spiegeln, sagt Mutter zerstreut, komm weiter. Ich weiß, sie macht sich Sorgen, wo sie für Weihnachten eine Aushilfsköchin herkriegt, weil Josefine keine Gans braten kann, Vater aber auf gebratener Gans besteht. Im Vorjahr hat er zu Josefines Gans Zitterfasan gesagt. Da hatte die Gänsehaut gefehlt, die war nicht knusprig geworden, sondern schlabbrig geblieben. Für diesmal bäte er sich einen fetten Brocken aus: Krachen muß die Haut zwischen den Zähnen – *Singet fröhlich, denn zum Schluß kömmt der wahre Hochgenuß.* Den ganzen Vormittag, sagt Mutter, habe sie nach einer Mamsell herumtelefoniert. Die Therese, die vor zwei Jahren ausgeholfen habe, als Vater zu Weihnachten noch zwei Chorbrüder mit ihren Damen eingeladen hatte, sei über die Festtage bei ihrer Schwester in Remagen, und Frau Bünger habe schon bei den Schreifeldts zugesagt, die gäben wieder eine Weihnachtsparti. Und mit einer, von der man gar nicht weiß, ob sie überhaupt richtig kochen und eine Gans hinkriegen kann, wie Vater sie wünscht, wäre es doch ein zu großes Risiko. Zum zweitenmal vermanschte Haut, was das für Folgen hätte, das sei undenkbar. Dann ist da noch eine Frau Sievers, sagt Mutter, das heißt, sie denkt laut. Soll eine zuverlässige Küchenkraft sein, morgen werde sie anrufen. Ich strenge meinen Kopf an, den Namen kenne ich. Aber woher? Als es mir einfällt, sage ich schnell: Nicht die Sievers. Die Sievers nicht!

Weißt du denn, wer sie ist?

Die war früher Köchin bei Heisterkamps. Die dämliche

Anneliese gibt damit furchtbar an. Jeden Tag hätte sie Gänseleber für sie gekocht und so.
Gänseleber kocht man nicht, sagt Mutter, außerdem kann man die höchstens einmal im Jahr essen, sonst wird man magenkrank. Aber vielleicht ist sie gut?
Die Gänseleber?
Die Frau Sievers. Wir könnten es mal probieren. Wenn sie für Heisterkamps gekocht hat, muß sie schon ihr Handwerk verstehen. Anspruchsvolle Leute wie die!
Ich will aber nicht die Sievers. Die erzählt dann Annelieses Eltern, wie es bei uns aussieht.
Aber Dicki, wir haben uns doch wirklich nicht vor diesen Neureichs zu schämen, sagt Mutter verwundert. Manchmal, in Augenblicken wie jetzt, komme ich mir älter vor als sie. Die Heisterkamps drehen alles um und erzählen nachher ganz falsche Sachen weiter, weil sie dich nicht mögen, sage ich. Das muß sie doch verstehen. Wenn ich mir vorstelle, was dann wieder in der Schule los sein wird, das Triumphgeheul von der Klicke, das Gehänsel – besser gar nicht erst daran denken. Noch besser: Mutter von der Idee abbringen, der Anneliese ihre Köchin in unser Haus zu holen. Die haben sie rausgeschmissen, weil sie geklaut hat, sage ich. Das wirkt. Mutter läßt die Idee fallen und überlegt, ob sie Josefine ein Kochbuch kaufen soll, eines von den ganz ausführlichen mit vielen Bildern, damit sie noch Gänsebraten machen lernt, es sind ja noch vierzehn Tage Zeit bis zur Bescherung. Schaden kann es in keinem Fall, sagt sie, während wir uns bei Bücher-Greven Kochbücher zeigen lassen. Wir entscheiden uns für eines, das ein ganzes Kapitel darüber drin hat, wie man eine Gans brät und die Haut picklig kriegt. Dabei fällt mir ein: Kannst du eigentlich kochen?
Das habe sie im Internat gelernt vor der Hochzeit, lauter

feine Gerichte, sagt Mutter. Aber die mochte dein Vater nicht. Vater will Deftiges, du weißt ja.
Und Deftiges hast du nicht gelernt?
Dafür gäbe es vielleicht eine Extraschule, meint sie, dazu habe sie jedoch keine Zeit gehabt. Weil sie das Haus habe einrichten und mich kriegen müssen.
Und backen? sage ich.
Vater ißt gern gekaufte Plätzchen.

Sicher äße er Pfeffernüsse und Zimtsterne noch lieber, wenn Mutter sie selbst backen würde. Ich finde es aufregend, mir Mutter in der Küche vorzustellen, wie sie uns das Essen macht oder etwas zum Backen in den Ofen schiebt wie die Mütter von Karla, Marlene oder Edith. Die dürfen das, weil sie nicht fein sind. Eigentlich ist es viel hübscher, nicht fein zu sein. Wärmer irgendwie.
Das sei überflüssig, sagt Mutter, weil es zwar ein alter Brauch sei, zu Weihnachten Plätzchen zu backen nach Hausrezept, aber mittlerweile gäbe es längst so ausgezeichnetes Gebäck zu kaufen, daß es auf viel Mühe für nichts herauskäme. Erinnerst du dich an das Selbstgebackene, das uns Frau Hüsch zum vorigen Fest schickte? Das schmeckte doch scheußlich. Richtig ranzig. Altes Fett und zu viel Mehl. Aber was so eine richtige Hausfrau sei, die schwöre nun mal auf Selbstgemachtes. – Bist du keine Hausfrau, Mutter? Keine richtige, meine ich? Mutter lacht. Ich hoffe doch, sagt sie, wie kommst du darauf? Leo sagt, du wärst keine Hausfrau.

Ich denke mir gar nichts dabei, aber Mutter sieht plötzlich ganz verstört aus. Fräulein Leonore sollte sich mehr um das kümmern, wozu sie angestellt sei und weniger um Vater oder sie, sagt sie ganz spitz, auf ihre Meinung können wir verzichten. Was hat sie sonst noch gesagt? Auch etwas über deinen Vater?

Nur, daß er ein schöner Mann wäre und arm dran, weil er so schuften müsse für uns, sage ich. Sonst nichts.

Das letzte Stück Weg gehen wir schweigend, Mutter, weil sie über etwas sehr stark nachdenkt, und ich, weil mir gerade nichts einfällt, was ich sagen könnte. Es ist schwer zu reden, wenn der andere schweigt.

Leo und ich hocken im Kinderzimmer am Boden und schneiden rotweißgestreiften Stoff zurecht. Es ist ein ganz fester Stoff, weil daraus eine Buchhülle für Vater zu Weihnachten werden soll. Die große Schere drückt rote Ringe um meinen Daumen, die bei jedem Schnitt schmerzen.

Wie das regnet, sagt Leo und blickt zum Fenster hinüber.

Ich werfe die Schere hin und stelle mich hinter die Gardine. Der Regen hängt einen dichten grauen Schleier vor das Hinterhaus, der ab und zu zur Seite weht, wenn ihn der Wind bewegt, dann tauchen dahinter ein Stück naßschwarzes Dach und ab und zu ein Stück Schornstein auf.

Auch das Haus in dem bayrischen Ort, wo wir meine Sommerferien verbrachten, machte mir Angst. Es stand auf dem Dorffriedhof nahe der Mauer. Ich fand, es gehörte da nicht hin, weil ein Haus zwischen Gräbern und Blumenkreuzen nichts zu suchen hat.

Wohnt da wer? sagte ich.

Die Toten wohnen da drin, sagte Vater und lachte, als er sah, wie ich versuchte, einen Bogen um das kleime Haus zu machen. *Dem Mutigen gehört die Welt, dem Feigen, was vom Rosse fällt.* Angsthase bleibt Angsthase, und wenn er zwanzig Jahr' Rosinen frißt!

Mir war aber unheimlich zumute, darum verbesserte ich ihn nicht, daß es: Schwein bleibt Schwein heißt und nicht Hase, auf das er wohl wartete, weil er will, daß ich ihn bei vertauschten Sprüchen erwische. Aufmerksamkeit lobenswert, sagt er dann oder auch nur: Brav aufgepaßt.

Ich habe keine Angst! Es war aber nicht wahr; ich fürchtete mich vor dem Haus, schon darum, weil es regnete und seine Mauern dunkel und schorfig waren. An der Seitenwand lehnten zwei Spaten mit etwas Erde dran und ich dachte, daß die Toten die vielleicht brauchen, um sich zur Nacht aus- und, wenn die Glocken Mitternacht läuten, wieder einzugraben.

Zum Abendessen in der Pension zogen sich meine Eltern um. Ich wollte mir beweisen, daß ich kein Feigling bin. Jedenfalls ist Otto keiner, er darf keiner sein, er ist männlich. Der Friedhof war ganz nah bei unserer Pension. Als ich hinkam, sah er noch ein bißchen finsterer aus als am Vormittag. Es regnete immer noch, und auf einem frischen Grab begann die Erde unter den Kränzen abzufließen, ganz lehmig und zäh. Das Haus an der Kirchhofmauer hatte ein Gesicht: ein gelbflackerndes Auge und einen engen, offenen Mund. Es war nicht leicht, zu ihm zu gehen, weil ich solches Herzklopfen hatte. Vater aber sagt: *Tot ist tot und aus ist aus. Kuß und Schluß und Fidibus.* Auf Zehenspitzen schlich ich zu dem Fenster hin und schaute hindurch. Da lehnte eine alte Frau zwischen zwei brennenden Kerzen, die Hände über dem Bauch gefaltet, schräg nach hinten und starrte mich aus halbgeschlossenen Augen gräßlich an, böse und ganz unbeweglich.

Dort wohnen die Toten … Hatte Vater gar nicht Spaß gemacht? Ich wagte mich nicht zu rühren und merkte dabei nicht, daß ich unterdessen klatschnaß wurde. Ab und zu, wenn die Kerzen flackerten, kam ein schreckliches Blinken in die Augen der toten Frau, so als wollte sie, daß ich eintrete. Wie ich dort weg- und zurückgekommen bin, habe ich vergessen. In der Pension waren sie sehr aufgeregt. Mutter sah verstört aus, und Vater erzählte allen Umstehenden, welche Sorgen er sich um mich gemacht habe. Dabei hob er die Hand, als wollte er mir übers Haar streichen. Vorsichtshalber duckte ich mich. Vielleicht hätte er doch nicht gestreichelt, sondern gehauen; wenn schon Schläge, dann lieber seitlich als von oben. Weil wir gleich an den Tisch zum Abendessen gegangen sind, ist nichts weiter passiert. Mutter redete auf mich ein, ganz atemlos: Aber Dicki, wo bist du gewesen hast du dich verirrt hat dich jemand angesprochen was hat er gewollt du siehst ja ganz verwirrt aus. Vater saß aufrecht mit dem Suppenteller von innen nach außen und lächelte die ganze Zeit, aber ich merkte schon, das tat er nur wegen der Leute, die von anderen Tischen her neugierig zu uns herüberschielten. Später, auf dem Zimmer, bekam ich zwei saftige Ohrfeigen und einen Tag Zimmerarrest. –

Es ist gut, wenn es regnet, sage ich zu Leo. Dann kann der gräßliche Schornstein nicht den Himmel schmutzig machen. Hast du noch immer Angst vor ihm?

Er ist so kahl. Es ist ein sehr einsamer Schornstein, glaube ich. Komm, sagt Leo, setz dich wieder her. Mit dem Zuschneiden sind wir fertig. Sag mal, was weißt du eigentlich von Weihnachten?

Ich hocke mich im Schneidersitz neben sie. Da schenken sich die Leute alle was, sage ich, auch die, die sich sonst nicht leiden können.

Ist das alles, was du davon weißt?

Der Baum. Die Kerzen und die Krippe darunter.

Eben, sagt Leo, die Geburt des Christkinds, nicht wahr? Die feiert man zu Weihnachten.

Ich muß nachdenken. Das weiß ich natürlich, weil uns die Schule das beigebracht hat. Aber hier zu Hause spricht man darüber nicht. Mutter sagt, Weihnachten wäre gemacht worden, damit mal ein paar Tage Ruhe in den Familien herrsche und jeder was zum Sichdrauffreuen hätte, und Vater, es

sei das Fest für einen Sonderprofit der Geschäfte, damit die Jahresbilanz einigermaßen hinkomme. Jahr für Jahr hätten wir die Bescherung. – Aus dem Christkind ist später Jesus geworden, sage ich stolz, daß ich das noch weiß.
Was stellst du dir denn unter Jesus vor? will Leo wissen. Dabei ist sie gar nicht katolisch so wie Josefine, die jeden Sonntag zur Kirche geht.

Viel ist es nicht, was ich über Jesus weiß. Nur, daß er am Kreuz hängt, weil er was gepredigt hat, das die damalige Regierung nicht mochte, und daß er einen Mittelscheitel hat. Josefine, sage ich, sagt, er sei der Sohn Gottes. Das kann aber nicht sein, weil Gott gar kein Mensch ist, jedenfalls nicht so einer, der Kinder kriegt. Als ich kleiner war, da war Gott ein alter Mann mit einem langen weißen Bart. Ich weiß noch, wie ich Großvater mal gefragt habe, ob Gott dünn oder dick sei, weil er auf Bildern immer in so viel Tuch gewickelt ist, und wie Großvater ganz ernst geantwortet hat, ich hätte eine falsche Vorstellung von Gott und überhaupt: Man dürfe sich von Gott kein Bildnis machen, ein menschliches schon gar nicht. Seit der Zeit habe ich nicht mehr über Gott nachgedacht.
Und dein Vater? sagt Leo. Wie denkt er über Gott?
Vater sagt, er ist ein Realist, aber er hat nichts dagegen, daß Josefine jeden Sonntag Gott in der Kirche besucht, jedem Tierchen sein Pläsierchen.
Das sei ja ein ganz schönes Durcheinander in meinem Kopf, mein Leo. Kein Wunder bei derart verschiedenen Einflüssen. Darum hätten es auch Guwernanten bei Kindern wie mir schwer; man wüßte nicht, wo man ansetzen solle. Sie soll gar nicht ansetzen, finde ich, sie soll mich nur liebhaben und ab und zu streicheln, das kann ich ihr aber nicht sagen, es ist irgendwie peinlich, etwas sehr zu mögen, das man nicht tut. Ihre Haut riecht so gut, ich möchte mich in

die Wärme ihres Körpers einrollen und an gar nichts mehr denken, alles drumherum vergessen, den Schornstein, die Ohrfeigen, die Schule. Fährst du über Weihnachten nach Hause? frage ich.
Das ließe sich nicht vermeiden. Ihre Familie erwarte sie. Aber gleich nach den Festtagen käme sie zurück. Den Jahreswechsel könnten wir dann gemeinsam feiern. Du magst doch die Überraschungs-Knallbonbons, sagt sie, die mit den kleinen Geschenken drin. Wenn du artig bist, bring ich dir welche mit.
Was schenkst du deiner Familie zu Weihnachten? sage ich und wünschte, sie würde sagen: Nichts. Weil ich nicht will, daß Leo anderen außer mir etwas schenkt. Sollen die sich untereinander beschenken, das reicht doch. Auf die Zeichnung, die ich für Leo gemacht habe, habe ich viel Zeit verwandt, weil ich doch nur daran arbeiten konnte, wenn sie nicht in der Nähe war. Sie ist auch richtig schön geworden. Wir spielend auf einer Wiese mit viel Sonne, und ein großes Herz drumherum. Mutter sagt, ich hätte eine Naturbegabung zum Zeichnen und Malen und hebt alle meine Zeichnungen in einer roten Ledermappe auf, auch die kritzligen, als ich noch klein war.
Nur Kleinigkeiten schenke sie, sagt Leo, dem Vater ein paar Einlegesohlen in seine braunen Schuhe, weil die drunter schon ganz abgetreten seien, und der Mutter einen Salz-und-Pfeffer-Streuer. Den Brüdern brächte sie Marzipanstangen mit, die äßen sie so gern, aber kaufen würde sie die erst am Bahnhof vor der Abfahrt, weil sie sonst trocken würden und krümelig.
Das ist aber wenig, sage ich. Mir wären Marzipanstangen nicht genug. Hast du denn kein Geld?
Ich hätte leider kaum eine Ahnung davon, wie es draußen in der Welt zuginge, weil für mich immer von allem genug

da sei. Das Geld, das ich verdiene, sagt Leo, schicke ich jeden Monat an meine Eltern. Sie bräuchten es nötig. Weil sie immer irgend etwas zu bezahlen hätten: den Hauswirt, Lebensmittel, Kohlen zum Heizen. So ist das mit der Arbeitslosigkeit, sagt sie, sie macht das Leben schwierig.
Versteh ich nicht, sage ich. Warum ist dein Vater nicht froh, daß er nicht zu arbeiten braucht? Meiner sagt immer, wie furchtbar es ist, arbeiten zu müssen, da muß dann Mutter ihn bemitleiden, weil er für uns so schuften muß.
Wenn man nicht arbeitet, hat man kein Geld.
Hat man doch. Mutter hat Geld. Vater bräuchte überhaupt nichts zu tun, sage ich.

Leo lacht ein bißchen, aber ihre Augen bleiben traurig. Das hätte Mutter wohl nicht gern, meint sie, einen Mann, der gar nichts täte, nur Löcher in die Luft starre und Däumchen drehe. Keine Frau möge das und wenn sie noch so viel Geld hätte. Auch solche nicht, die selber arbeiten gingen. Weil eine Frau zu einem Mann aufschauen wolle.
Vater ist riesengroß, Mutter kann immer zu ihm aufschauen, auch wenn er nicht arbeitet, sage ich.
Aufschauen, damit meine sie Respekt haben.
Mutter hat auch viel Respekt vor Vater. Besonders, wenn er brüllt, sage ich. Den hätte sie auch, wenn er nicht arbeitete. Hat deine Mutter keinen Respekt vor deinem Vater?
Das sei etwas anderes, sagt Leo. Ihre Mutter liebe ihren Vater.

Ich ärgere mich. Nicht, weil ihre Mutter ihren Vater liebt, sondern weil sie glaubt, Mutter mache sich nichts aus Vater, nur weil sie zu dem, was er sagt, meist schweigt; sie kennt doch das alles längst auswendig. Dabei fällt mir ein, daß Mutter in letzter Zeit immer stiller geworden ist, Vater dagegen besser gelaunt. Ich hab schon seit drei Wochen keine mehr hinter die Ohren gekriegt, obwohl ich bei Tisch

wieder mal geredet habe und meinen Salat nicht essen wollte.
Meine Mutter liebt Vater auch, sage ich. Und er sie. Er schuftet, weil er ihr damit eine Freude machen will. Außerdem ist Geldhaben gar nicht so wichtig. Wenn dein Vater keines hat, kann er sich ja welches leihen.
So, und von wem bitte? sagt Leo und schüttelt den Kopf. Heute ist sie mit mir gar nicht einverstanden.
Von jemand, der genug davon hat. Von Geld, meine ich. Der kann ihm doch davon abgeben. Und später, wenn dein Vater selbst genug hat, gibt er es zurück.
Sprechen wir nicht mehr davon, sagt Leo. Nicht im Augenblick. Später sollten wir uns mal ein bißchen über soziale Dinge unterhalten, damit du ein Gefühl für deine Mitmenschen entwickelst.
Was ist das, sozial?

Leo setzt sich ans Pult und zieht mich zu sich heran. Sofort schmilzt die Wut, die ich noch im Bauch habe, weil Leo Mutter nichts Schlechtes nachsagen darf. Ich schmiege mich in ihren Arm: Sieh mal, sagt sie, du bist ein sehr temperamentvolles Mädchen. Wenn du dich über etwas ärgerst, zeigst du es gleich, und wenn du dich über etwas freust, ebenso. Wenn dir nun in der Schule eine Klassenkameradin etwas wegnimmt, das dir gehört, was machst du dann?
Kommt darauf an, wer es ist, sage ich. Die meisten würde ich verhauen. Wenn doch etwas mir gehört!
Siehst du, das meine ich. Dann denkst du nur an dich und daß du gekränkt bist.
Klar. Wenn die denkt, ich kann mich nicht verteidigen, hat sie sich gewaltig geirrt, sage ich und fühle den Otto in mir alle Muskeln spannen. Mir kann niemand ungestraft etwas wegnehmen.
Aber vielleicht geht es gar nicht um etwas Großes, sagt Leo

mit dem Arm um meine Schulter, nur etwas Bescheidenes, ein paar Tintenkugeln oder so. Menschen tun Dinge aus den verschiedensten Gründen. Nimm einmal an, das Mädchen würde gern deine Freundin sein, aber du beachtest sie gar nicht. Und weil sie das sehr traurig macht, versucht sie, deine Aufmerksamkeit auf sich zu lenken, indem sie dir die Kugeln stibitzt. Das wäre doch möglich, nicht wahr? Siehst du, man muß nicht immer nur an sich selber denken. Denk auch einmal an andere. Überlege, warum sie etwas tun. Dann wird alles viel leichter und du bräuchtest vor der Schule nicht mehr so viel Angst zu haben.

Ist das sozial? sage ich.

Auf diese Weise wirst du sozial fühlen lernen, sagt Leo, weil es wichtig ist, auch die Schwierigkeiten von anderen, nicht nur die von sich selbst begreifen zu lernen. Sie halten dich isoliert wie unter einer Glasglocke, sagt sie dann noch etwas leiser, eigentlich mehr zu sich selbst.

Obwohl das eigentlich schon wieder eine Art von Gemäkel an meinen Eltern ist, protestiere ich nicht, sondern halte den Mund, um zu überlegen. Warum soll ich nicht auch mit wirklichen Menschen dasselbe machen können wie mit meinen Papierpuppen, sie untersuchen, warum sie etwas tun, sogar dann, wenn sie schon erwachsen sind? Ich kann es ja mal versuchen.

Du hast viel Sozialgefühl für Vater, nicht wahr? sage ich. Leo zieht ihren Arm an sich, meine Schulter kühlt schnell aus, der Ofen ist fast kalt, weil er schon zu alt ist, um mehr als sechs Stunden hintereinander zu brennen. Wie ich auf so was käme? sagt sie unfreundlich, das habe mit sozial überhaupt nichts zu tun. Ihr Gefühl. Ihr Empfinden, nein, ihre Achtung vor Vater.

Womit denn? will ich wissen.

Zeit zum Abendessen, sagt sie. Geh dir die Hände waschen.

Manchmal ist Leo richtig launisch. Es tut mir weh, daß sie plötzlich so anders sein kann, obwohl ich ihr doch nichts getan habe. Ein ganz anderes Wehtun ist dies als das, wenn Vater mich vertrimmt. Ein bißchen wie Bauchweh, aber in der Kehle. Die wird ganz eng, wie zugeschnürt. Wenn Leo mich dann etwas fragt, kriege ich kein Wort heraus, weil ich Angst habe, daß Tränen kommen, wenn ich den Mund aufmache.

Sülze und Kartoffelsalat. Für mich Spiegeleier. Mutter hat einen Brief von Tante Esther aus Süddeutschland bekommen. Na, was schreibt Tante Miesnik? sagt Vater wieder gutgelaunt und häuft sich so viel Kartoffeln auf den Teller, daß eine Schaufel davon auf das frische Tischtuch fällt. Manschig, das Zeug, zu viel Sahne dran, rügt er, fischt die Kartoffeln mit den Fingern auf und wirft sie hinterher.

Mutter ist die Frage peinlich, weil Leo dabeisitzt und man private Dinge nicht in Gegenwart von Hauspersonal bespricht. Nicht hier, nicht jetzt, sagt sie.

Vater blickt Leo an und Leo blickt zurück. Beide lächeln, ganz kurz nur, aber ich habe es gesehen. Was bedeutet das? Ich schaue zu Mutter hin. Sie hat es nicht gesehen, sie nestelt an ihrer Armbanduhr, das Band ist aufgegangen. Weiß nicht warum, aber ich bin froh, daß sie es nicht gesehen hat, ich bin sicher, es hätte ihr auch nicht gefallen. Eine Schwester, sagt Mutter laut, hat ihren Doktor in Filosofie bestanden.
O wie schön, sagt Leo, und Vater: *Wird Naturtrieb dir geknebelt, bald sich auch der Geist vernebelt.* Ist ihr wohl nichts Besseres mehr eingefallen, nachdem sie die Hoffnung auf Heirat endgültig aufgeben mußte. Meschuggenes Frauenzimmer, ich sag's ja.

Das ist gemein von Vater. Er weiß, wie peinlich es Mutter ist, wenn er über ihre Schwester spottet, dazu noch vor

meinem Kinderfräulein. Mutter liebt ihre Schwester und ist stolz darauf, daß Tante Esther so gescheit ist. Ich denke mir, er ist vielleicht ein bißchen neidisch, weil er keinen Doktor in Filosofie gemacht hat, sondern nur einen in Pillen. Und weil Tante Esther eine Frau ist. Frauen dürfen nicht so klug werden wie Männer. Ich probiere den Trick mit dem sozial aus. Leo hat recht: Es ist gar nicht so schwer. Ich möchte ihr über den Teller zulächeln. Aber Leo schaut ganz bewundernd auf Vater, der seinen Kartoffelsalat aufgegessen hat und ihr nun die Geschichte erzählt, wie er als Junge in Oberschlesien den Dorfpolizisten überlistete, der ihn aufschreiben wollte, weil er mit seinem Fahrrad einen alten Bauern angefahren hatte. Ich blicke zu Mutter hinüber. Es kommt mir auf einmal vor, als säße Mutter ganz weit weg von uns allein im Raum, so weit weg, daß niemand sie mehr erreichen kann, auch ich nicht, so gern ich möchte, sehr schmal und allein. Unterdessen erzählt Vater der Leo, daß er im Schulorchester als Junge Flöte gespielt habe. Blockflöte – er macht einen Spitzmund, hält die Hände davor und klimpert mit den Fingern in der Luft –, der Lehrer habe sein Spiel gelobt. Er sei von Natur aus musikalisch. Das ist mir neu.
Hast du das gewußt? sagt Leo zu mir, immer noch das staunende Lächeln auf dem Gesicht, als habe Vater ihr erzählt, er könne sich, wenn er nur wollte, in einen richtigen Löwen verwandeln. – Was? sage ich. – Daß du einen Vater hast, der Flöte spielen kann? – Kloßbrühe, sage ich. In Wahrheit war das einzige Mal, wo ich so was gehört habe, der Tag, an dem Vater rausbekam, daß ich die Schule geschwänzt hatte: Ich werde dir Flötentöne beibringen! Aber ich glaube nicht, daß er das musikalisch gemeint hat, weil er dabei sehr wütend war und gleich loshaute, daß mir der Kopf herumflog. Überhaupt kann ich mir Vater mit Flöte nicht vorstellen. Eher mit Pauke.

Du hast Mutter noch nicht Klavier spielen hören. Mutter spielt wunderschön Klavier. Das ganze Kriegkonzert, sage ich. Grieg, Dicki, sagt Mutter. Es ärgert mich, wie gleichgültig sie das sagt. Ob mit K oder mit G, sie muß doch stolz darauf sein, so was Schweres spielen zu können. Das ist noch viel schöner als Vaters Flötenspiel. Und auf jeden Fall lauter.

Der restliche Abend am Tisch ist gar nicht lustig. Auf einmal weiß keiner mehr, was er sagen soll, und alle sind verlegen. Ich bin richtig froh, als Josefine abräumen kommt und Leo mich ins Kinderzimmer begleitet. Warum bewunderst du immer nur Vater und Mutter nicht? sage ich.

Tue ich gar nicht, sagt sie.

Tust du doch. Warum? beharr ich.

Ich erfahre, daß ich das falsch sähe, Männer hätten es nun mal gern, wenn man ihnen zuhöre und freundlich zu ihnen sei und nicht, wie Mutter und ich, am liebsten bei Vaters lustig verdrehten Sätzen einen Flunsch zögen, nur weil wir sie schon kennen. Außerdem aber wäre Vater nun mal ein bewundernswerter Mann, es sei doch schließlich eine Kunst, als schlichter Bürgersohn, der er ja gottseidank allen äußeren Umständen zum Trotz geblieben sei, an der Seite einer solch lebensunerfahrenen, verwöhnten Frau zu existieren. Nicht nur zu existieren – sich zu behaupten! Leo redet sich richtig in Fahrt. Sag, daß du Mutter auch bewunderst! verlange ich.

Leo kriegt einen roten Kopf und sagt heftig: Kapitalisten kann man nicht bewundern!

Mutter ist evangelisch! sage ich und hasse Leo auf einmal so sehr, daß ich das mit dem Jüdischen überhaupt nicht erwähne. Das geht sie nichts an; es ist unsere Privatsache.

Ich beobachte, wie Leo sich über mein Bett beugt, um die Kissen zu klopfen und die Decke zurückzuschlagen. Ihre Hände zittern. Was willst du eigentlich von mir? sagt sie. Du kannst Mutter nicht leiden, gib es zu!

Sie richtet sich auf und sieht mir direkt in die Augen. Jetzt, wo sie ärgerlich ist, hat sie plötzlich ein ganz fremdes Gesicht. Nur die Frisur ist dieselbe. Manchmal, sagt sie, muß ich deinem Vater schon recht geben: Du hast eine blühende Fantasie!

Jetzt haben wir den schönsten Krach. Ganz kühl sagt mir Leo gute Nacht und geht mit schnellen Schritten aus dem Zimmer. Ich muß daran denken, daß Leo auf einmal nicht mehr meine Freundin ist, und weinen, weil ich mich so verlassen fühle. Aber einlenken werde ich nicht. Zwischen dem Weinen, in den Pausen zum Atemholen, wundere ich mich, wieso plötzlich so viel Häßliches zwischen uns ist, dazu noch kurz vor Weihnachten. Wo Weihnachten doch alle Familien beruhigen und ihnen Frieden bringen soll. Vor dem Einschlafen denke ich noch einmal an Leos anderes Gesicht, das von eben. Es sah aus wie der Schornstein. Ganz verzogen.

Ich hasse die Schultanzstunde, die Ritmikgruppen. Vielleicht hat es damit zu tun, daß die anderen Mädchen der Klasse sich hübscher bewegen als ich mit meinem Seemannsgang und den vielen eckigen Knochen. Aber bestimmt nicht nur. Ich finde es unheimlich blöd, die Arme über dem Kopf zu halten, bis die Turnhosen im Schritt spannen, mich hinter der langen Karla, die den Kreis anführt, einmal nach rechts, einmal nach links zu biegen und mir dabei einzubilden, ich sei eine Ähre im Kornfeld, die der Wind wiegt. Die Karla eine Ähre oder die fette Helga mit ihren Speckschwarten um Bauch und Hüften! Die Schalla sitzt am Klavier und spielt Frühlingsrauschen, so richtig mit Gefühl: Und nun, meine Kinder, sind wir auf einer Wiese und wollen Blumen pflücken. Dazu Knie beugen, schön weich in der Bewegung, rechten Arm senken, da ist eine Blume, seht ihr, eine wunderschöne, sanft aufnehmen, sie dem Strauße in eurer linken Hand hinzufügen – uuuuund wieder aufrichten. – Die Helga ist vornübergefallen, und die lange Karla hat ganz höhnisch gerufen: Fräulein Schalla, da sind keine Blumen mehr, die Helga hat alle plattgedrückt! Ich mag sowieso keine Blumen pflücken, weil sie dann sterben müssen und ich möchte, daß alles weiterlebt, so lange wie möglich. Bücken ist nur, wenn ich etwas fallenlasse und Vater im Zimmer ist: Los, heb das auf! Und weil ich die blöde Ritmik hasse und sowieso schlecht gelaunt bin, trete ich der Ilse hinter mir, als wir Ähren machen, mal ordentlich auf ihren Fuß. Die hält es ja sowieso mit der Anneliese gegen mich. Pech: die Höhs, unsere Turnlehrerin hat es gesehen, noch ehe die Ilse ganz teatralisch zusammenbrach und losheulte. Nach der Stunde bekam ich meinen Schein, in dem stand, daß mir ein Tadel ins Klassenbuch eingetragen worden sei wegen mutwilligen Tretens während des Unterrichts. Den bringst du morgen zurück mit der Unterschrift deines Vaters. Auch das noch.

Zum erstenmal hat mich Vater vor Leo vertrimmt, und gleich richtig, so mit Rückschlag auf die andere Backe. Das ist besonders gemein, weil man davon schwindelig wird und die Tränen kommen, bevor man wieder weiß, wo man ist. Auch Mutter war ganz überrascht, weil man sich doch vor Kinderfräuleins nicht gehenläßt. Ihr erschrockenes VIKTOR! ging unter in seinem Geschrei, was für ein Kind er sich denn da unter größten Opfern aufziehe? Was heißt, ein Kind, ein Esel, eine Eselin, die um sich tritt anstatt zu lernen, womit habe er das verdient? Es ist mir sehr peinlich, daß Leo Zeuge meiner Niederlage war, jetzt, wo sie mein Feind ist.

Später kommt Leo mir ins Kinderzimmer nach und hockt sich neben mich auf die Matte, wo ich mit meinem Zoo Aus-

bruch spiele. Das ist noch immer mein Lieblingsspiel und endet damit, daß alle Tiere ihre Freiheit wiedergewinnen.
Tut mir leid, sagt sie und, weil ich schweige: Das hätte dein Vater nicht tun sollen.
Hat er schon immer gemacht, sage ich und versuche mein Ohr wieder aufzukriegen, auf das er gehauen hat und das nun so komisch stumpf ist. Seitdem du da bist, nicht. Aber sonst fast täglich.
Davon hast du mir nie etwas erzählt.
Anderes, sage ich, tut mehr weh und schaue dabei an die Zimmerdecke.
Komm mal her! Leo greift nach meinen Händen und zieht mich in die Arme. Einfach so. Plötzlich ist mir fürchterlich nach Weinen zumute und gleichzeitig schäme ich mich, ich will doch keine Jammerliese sein, wo bleibt Otto? Schnell reden, irgend etwas sagen, sonst heule ich wirklich los. Vater vertrimmt mich schon, seit ich drei bin, sage ich schniefend, macht doch nichts. Ich vertrimm' andere auch. Die Anneliese zum Beispiel.

Leo nimmt ihre Wange von meiner, erhebt sich und hält mich so, daß sie mir in die Augen blicken kann. Siehst du, sagt sie, das eben ist das Schlimme. Du ahmst ihn nach.
Ich ahme ihn gar nicht nach, sage ich.
Alle Kinder in deinem Alter ahmen nach, was sie bei den Erwachsenen sehen. Und wenn du dann später eigene Kinder hast, wirst du sie auch schlagen oder nichts dabei finden, wenn ihr Vater sie schlägt.
Ich will keine Kinder, sage ich, Kinder sind langweilig. Und außerdem sind Ohrfeigen erlaubt.
Erklär mir das, sagt Leo ohne Lächeln.

Ich gebe mir Mühe, ihr klarzumachen, daß Vater ein Recht darauf habe, mir, wie er es in guter Laune nennt, das Fell zu versohlen, auch wenn ich auf den Backen gar kein

Fell habe. Er ist der Herr im Haus. Männer sind stärker als Frauen und müssen das auch beweisen.
Von wem hast du denn den Unsinn?

Schon will ich sagen, von Mutter, als mir einfällt, daß ich Mutter in Schutz nehmen muß, besonders vor Leo, die was gegen sie hat. Mutter redet keinen Unsinn. Wenn sie sagt, daß Vater mir eine kleben darf, weil er ein Mann ist, dann stimmt das auch.
Ist doch so, sage ich nur.
Ist gar nicht so, sagt Leo. Deine Mutter sollte deinem Vater mal klarmachen, daß man ein Kind nicht schlagen darf. Kein Wunder, daß du aufsässig bist.

Leo regt sich richtig auf. Ich glaube, ich muß sie trösten. Ich winkle die Arme an: Guck mal, was ich für Muskeln habe, sage ich. Toll, nicht? Ich werde jetzt ganz schnell erwachsen und dann bin ich so groß wie Vater und haue ihn Kao, ob du es glaubst oder nicht. – Otto ist in mich zurückgekehrt und hat die Jammerliese verjagt.
Hat er deine Mutter auch schon einmal geschlagen? will Leo wissen.
Nie, sage ich und muß lachen, weil mir etwas Komisches einfällt. Einmal bei Tisch, als Mutter französisch mit mir sprach, damit ich mit der Sprache in Übung bleibe, hat Vater auch auf sie eine fürchterliche Wut bekommen. Da ist er aufgesprungen und hat ein paar Schritte auf sie zu gemacht, und ich dachte schon, jetzt haut er ihr auch eine runter. Aber dann hat er nur die volle Wasserkaraffe vom Tisch genommen und sie über sie ausgeschüttet, und ich habe einen Lachkrampf bekommen, weil es so komisch aussah, wie Vater Mutter begoß. Und dazu die Gesichter! Das hat ihn natürlich auf meine Spur gelenkt. Hinterher habe ich tagelang auf dem linken Ohr nicht richtig hören können. Mutter hatte fassungslos am Tisch gesessen, ihren nassen Kopf

befühlt, wo die ganze Frisur weg war, die ihr die Frau Hopp am Morgen gemacht hatte, und immer wiederholt: So soll ich heute nachmittag zum Britsch gehen – so?
Mutter ist keine Kappi, sage ich.
Keine was?
Das, was du heute nachmittag gesagt hast.
Kapitalistin meinst du? Ach so. Vergiß es. Es war nicht bös gemeint.
Nimmst du es zurück?

Leo gibt mir einen schnellen Kuß auf die Stirn. Aber ja doch. Wir sind Freunde und wollen es auch bleiben, nicht wahr?
Was ist das, Kapitalistin? will ich wissen.
Kapital, sagt Leo, das ist Geld. Viel Geld. Reichtum. Und die, die es haben, sind Kapitalisten.

Ich hätte Leo besser nicht bitten sollen, das Wort zurückzunehmen, das ist doch etwas Gutes, ein Kapitalist. Ich will auch Kapitalist werden, sage ich, und später viel Geld haben. Dann werde ich es aber nicht zum Zahlen nehmen, sondern mir davon nur schöne Dinge kaufen, die mir Spaß machen. Ja, sagt Leo nachdenklich, eben das befürchte sie, wenn ich weiter unter solch ungesunden Einflüssen bliebe. Aber was für ungesunde Einflüsse das sein sollen, sagt sie nicht, trotzdem ich es aus ihr herauszuholen versuche. Es ist gut, daß wir nun wieder Freunde sind. Aber so ganz dasselbe wie vorher ist es nicht mehr, Mutter steht zwischen uns, ich kann bei Leo nicht über sie reden, wie ich über die anderen im Haus reden kann. Das macht es schwierig. Vielleicht, wenn Leo erst die Handtasche sieht, die Mutter ihr zu Weihnachten gekauft hat, Leder ganz ohne Löcher drin und mit Goldverschluß, wird sie ihre Meinung ändern und Mutter wieder mögen.

Wir haben eine Gänseköchin gefunden. Sie heißt Glumm

und ist ein Perle, sagt Mutter, weil sie aus einem Hotel kommt und außerdem gleich morgen zu uns zieht, um mit dem Backen anzufangen. Prima. Ich esse so gern den rohen Teig, lieber eigentlich als die fertigen Plätzchen, das Glatte schmeckt unheimlich nach Verbotenem und flutscht so schön durch den Hals. Gebacken wird es krümelig, da ist das Aufregende daran weg. Es verklebt den Magen, sagt Mutter, deshalb ist es ungesund, den rohen Teig zu essen. Ich will aber gar nicht so gesund sein, weil Ungesundes viel mehr Spaß macht. Gesund sein ist langweilig. Ich glaube, Erwachsene tun heimlich auch Ungesundes wie auf den Bildern im verbotenen Buch, wo die Frauen immer hinfallen und sich gegen die Männer nicht mehr wehren können. Aber das geben sie nicht zu, die Großen.

Die Frau Glumm hat einen geblümten, breiten Busen und furchtbar viel dunkles Haar auf dem Kopf, das sie obendrauf zusammengeknüllt hat und mit Klammern festhält. Sie hat vier Kinder, aber keinen Mann, sagt Josefine, die das sehr schlimm findet, weil Jesus, den sie verehrt, so was nicht erlauben würde. Man kann also Kinder auch ohne Mann kriegen. Das finde ich gut. Schade, daß die Frau Glumm so unfreundlich ist. Ich bin gleich in die Küche hinunter und habe mich ihr vorgestellt, aber sie hat nur genickt, ohne mich anzusehen, und gesagt: Aha. Ich wollte sie fragen, ob sie der Busen beim Kochen nicht stört, weil sie doch die Töpfe gar nicht richtig sehen kann, wenn sie nah am Herd steht. Aber dann habe ich mich nicht getraut. Mit Köchinnen spricht man nicht, wenn man Tochter des Hauses ist. Jüdisch sein ist nicht gut, aber Köchin sein ist noch schlimmer. Es sei eine große Schande, sagt Vater, daß Onkel Alexander seine Köchin geheiratet habe, nun könne er sich nirgendwo mehr sehen lassen, und alles nur, weil sie fürs Bett gut tauge. Das verstehe ich nicht ganz. Ich mag Onkel Alex unheimlich gern, er weiß immer irgendwelche lustigen Geschichten. Aber warum findet er es schön, im Bett bekocht zu werden? Das ist doch umständlich, und alles rutscht auf der weichen Unterlage. Wenn er das nächste Mal auf Besuch zu uns kommt, werde ich ihn fragen.

Leo hilft mir beim Aussuchen der Farben, mit denen ich den Holzkasten bemale, mein Weihnachtsgeschenk für Mutter. Auch den Lack hat sie besorgt, mit dem das Holz bestrichen wird, wenn die Farben getrocknet sind, damit sie später nicht abblättern. Er riecht fremd und streng und setzt sich tief in die Nase hinein, bis alles weg ist, was vergnügt macht. Ich habe rundum Kinder gezeichnet, die tanzen und sich dabei an den Händen halten. Das sieht hübsch aus und bunt wie eine von den Girlanden, die wir durch die Diele spannen, wenn Vater am Rosenmontag ein paar Chorbrüder mit ihren Frauen einlädt zum Karnevalsumtrunk, wie er es nennt.

Das mit den Kindern war ein guter Einfall, lobt Leo mein Werk. Aber weshalb haben die alle so traurige Gesichter? Mit dem ganz dünnen Pinsel ziehe ich dem traurigsten der Kinder die Mundwinkel bis zu den Ohren hoch. Das sieht aber nicht heiterer, nur blöder aus. Wie ein Klaun. Hat der Junge so ausgesehen, bei dem du früher warst? frage ich, du weißt schon, der, der gestorben ist?

Ein bißchen schon, sagt Leo, ganz in Gedanken.

Woran denkst du?

Ich denke daran, sagt sie, daß du so gut Menschen zeichnen kannst. Die werden richtig lebendig. Nur ihr Gesichtsausdruck, der bleibt immer gleich traurig, fast schon resigniert. Und daß das etwas zu bedeuten hat.

Etwas Schlimmes? Ich überlege. Mir ist das mit den unfröhlichen Gesichtern eigentlich gar nicht aufgefallen. Ich zeichne eben so, wie mir zumute ist. Was ist das, resigniert?

Das ist, sagt Leo, wenn man sich schon nicht mehr richtig wehrt gegen Umstände, die unerfreulich sind. Innerlich, verstehst du? Und das ist schlimm. Gewissermaßen.
Da sähe sie mich aber falsch, sage ich, ich wehrte mich immer, und wie. Am liebsten würde ich ihr gleich eine Menge Beispiele aufzählen. Ich habe aber nur das mit der Anneliese im Schulhof, das mit dem Besiegen Vaters kommt erst, wenn ich größer und stärker bin. Gewaltiger Irrtum, sage ich, sogar die aus der Klicke sind jetzt ganz höflich zu mir, weil ich ihnen bewiesen habe, daß ich mir nichts gefallen lasse.
Das sei nur eine äußerliche Haltung, sagt Leo, ein Auflehnen gegen das innerliche Knebeln der jungen Eigenpersönlichkeit. Verstehe ich nicht. Manchmal spricht Leo in Rätseln, und dann kommen auch immer solche Fremdwörter, die sonst niemand sagt. Leo streicht mir über das Haar. Ich sehe sie verwundert an, weil sie mir einen so nachdenklichen Blick gibt, bevor sie mich ganz spontan in die Arme nimmt. Ich bin gar nicht darauf gefaßt und purzle ziemlich ungeschickt gegen sie. Jetzt ist sie plötzlich lustig, fast etwas zu sehr, weil sie doch gerade noch so ernst war. Ich möchte dir eine kleine Freude machen, sagt sie. Ich hab etwas für dich, es ist eigentlich für Weihnachten, aber wo ich doch Weihnachten nicht hier bin... Schnell verläßt sie das Zimmer, ist gleich darauf wieder da mit einem länglichen Kästchen. Hier, für dich, sagt sie.

Neugierig mache ich es auf. Da liegt auf rosa Watte ein Armband. Es ist so schön, daß mir der Atem stockt. Aneinandergereihte kleine Blätter aus Silber, und nach jedem dritten ein hellblaues Plättchen mit aufgemalter Rose. Das ist echtes Silber, sagt Leo, und das Blaue Emalje. Gefällt es dir?

Ich kann nur nicken. So etwas Schönes habe ich noch nie gesehen. Und das Allerschönste dabei: Es ist von Leo.

Machst du es mir um? sage ich und strecke ihr mein Handgelenk hin. Leo läßt den Verschluß über der Hand zuschnappen. Es ist ein bißchen zu weit. Gib es mir mit, sagt sie, ich lasse es zu Hause beim Juwelier kürzen und bringe es dir wieder.

Das kommt natürlich gar nicht in Frage. Ich würde mich eher köpfen lassen als mich von meinem Armband trennen. Wenn du wieder hier bist, sage ich, können wir zusammen zu Feltgens gehen, wo Mutter ihre Uhr her hat. Der macht das bestimmt ganz schnell, und wir können drauf warten.

Und auf einmal geschieht etwas in mir, die Freude überkommt mich, ich werfe meine Arme um Leos Hals und gebe ihr einen richtigen Kuß, weil ich so glücklich bin. Jemand, der ein so wundervolles Geschenk bekommt, muß doch von dem Schenker geliebt werden. Das ist ein ganz tolles Gefühl. Und das Tollste: Ich schäme mich nicht einmal hinterher. Leo lacht und läßt es sich gefallen. Ich glaube, sie ist auch glücklich, weil ich glücklich bin.

Am Spätnachmittag gehe ich wieder in die Küche hinunter, schon, um den Firnisgeruch loszuwerden. Da duftet es bereits wie Weihnachten. Die Frau Glumm steht am Tisch und formt Monde und Sterne aus Teig auf dem Backblech. Es ist warm hier drinnen, weil der Herd an ist. Sie sieht erhitzt aus, ein paar Strähnen aus ihrem Haarwulst haben sich gelöst und hängen ihr in den Nacken. Weil sie beim Kneten herunterschaut, hat sie ein Doppelkinn, das seitlich herausquillt.

Darf ich den Teig probieren? sage ich.

Weiß es deine Mutter? sagt sie.

Was?

Daß du hier bei mir in der Küche bist und den Teig probieren willst?

Mutter, sage ich, hätte nichts dagegen. Warum sollte sie?

Nun, sie habe schon erlebt, wie Mütter Krach geschlagen

hätten, wenn ihre Kinder die Köchin in der Küche beim Kochen und Backen störten. Dafür bezahle man sie nicht, hätte eine mal ganz hochmütig erklärt, daß sie ihre Zeit mit Geplauder vertrödle. Seit der Zeit sei sie vorsichtig.
So eine eingebildete Pute, sage ich. Mutter würde niemals so etwas sagen. Bei uns sagt nur Vater solche Sachen, ergänze ich. Dabei ziehe ich möglichst unauffällig die große Teigschüssel näher zu mir heran, bis ich hineinlangen kann ohne eine lange Kleckerspur.
Mein Vater sei wohl sehr streng?
Es geht, sage ich und stopfe mir eine Portion Teig in den Mund, er kann auch lustig sein.
Dann habe wohl er das Sagen im Haus?
Versteht sich, erkläre ich.

Aber das begreift die Frau Glumm wohl nicht so, weil sie keinen Herrn Glumm zu Hause hat. Nur Kinder. Ich erkundige mich nach ihnen. Ja, vier seien es, sagt sie und zieht einem Stern die fünfte Zacke lang, die beiden Kleinen gingen noch nicht in die Schule, nur die Gertrud in die letzte Volksschulklasse, ja und natürlich der Hermann, der sei ja auch schon zwölf und käme bald in die Lehre bei Schreinermeister Bosselmann. Möbelschreinerei sei ein solides Handwerk, Möbel bräuchte schließlich jeder, weil man in einem leeren Haus nicht wohnen kann. Dann ist Ihre Gertrud so alt wie ich? will ich wissen.
Das könnte wohl hinkommen. Ein hübsches Mädchen sei sie mit hellblonden Haaren, die habe sie von ihrem Vater. Das enttäuscht mich. Ist da doch ein Vater? Und ich dachte schon, es ging ohne.
Wo ist denn der? sage ich, der Vater von Gertrud?
Mal hier, mal dort sei er, sagt sie, während ich weiterfuttere, wie das bei Männern eben so sei. Sie taugten alle nichts.

Später werde ich es auch machen wie Sie, teile ich ihr mit, ich will nicht heiraten. Heiraten ist ziemlich schrecklich.

Ich wundere mich, daß mir das so herausschlüpfen konnte. So weit habe ich eigentlich über das Heiraten nie nachgedacht. Aber jetzt, wo ich es ausgesprochen habe, sehe ich klar. Heiraten heißt gehorchen und immer Angst haben zu müssen, daß man etwas falsch macht und angebrüllt wird. Ich will frei sein, wenn ich erwachsen bin. Freiheit muß etwas sehr Schönes sein; die von der Politik reden viel davon in Mutters Radio, und auch die Trupps, die durch unsere Straßen ziehen verlangen in ihren Liedern Freiheit von irgendwas. Ganz laut.
Da hast du dir ja allerhand vorgenommen, sagt sie, sonst nichts. Die nächsten Monde auf dem Blech werden schief, mindestens sechs. Ich sehe ihr zu, wie sie die Formen zurechtrückt, bevor sie sie in den Ofen schiebt.
Warum sind Sie Weihnachten bei uns? sage ich. Dann sind doch Ihre Kinder ganz allein.
Nein, die seien nicht allein, sondern in einem Heim, wo sie auch Weihnachten verbrächten. Sie dürfte die Kinder vorläufig nicht sehen. Die Fürsorge, sagt sie. Weißt du, was das ist?
Ich schüttele den Kopf.
Also wenn eine Frau Kinder hätte und keinen Mann, und der Vater der Kinder kümmere sich nicht um sie, dann käme der Staat und nehme ihr die Kinder weg. Dann betreue die öffentliche Fürsorge die Kinder, weil die Verhältnisse bei einer Mutter ohne Ehemann nicht geordnet seien. Und das sei Unmoral.

Darüber muß ich noch nachdenken. Vorerst habe ich genug Teig gegessen, etwas zwickt mein Magen. Bei uns wird es Ihnen gefallen, tröste ich sie, weil es traurig für sie sein muß, an Weihnachten ohne ihre Kinder zu sein, Vater sucht auf dem Markt immer den schönsten Baum aus. Viel mehr fällt mir dazu nicht ein. Daß es dann auch ein tolles Essen gibt, wird sie nicht aufregend finden, weil sie es ja selbst macht. Ich verdrücke mich aus der Küche ins obere Stockwerk, weil ich Leo fragen will, wieso der Staat einer Mutter die Kinder wegnehmen kann. Den Staat stelle ich mir wie den alten Hindenburg auf dem Bild im Wohnzimmer vor, obwohl der eigentlich gar nicht aussieht, als könnte er so gemein sein. Jedenfalls ist der Staat ein Mann, weil DER ein männlicher Artikel ist. Eine Frau würde ja auch so was Böses nicht machen.

6

Heute ist der Vierundzwanzigste. Das ist aufregend. Ich klappe die Flügeltür meines Adventskalenders auf, die mit einer großen 24 gezeichnet ist. Alle Dezemberfensterchen sind aufgeknickt und lassen sehen, was dahinter ist, ein Kasperl, ein Apfel oder eine Trompete, lauter so langweiliges Zeug. Ich glaube, ich hätte mich jeden Morgen von neuem geärgert beim Aufklappen des nächsten Fensters, wäre ich nicht auf den Trick gekommen, den ganzen Kalender dicht vor die Lampe zu halten, weil man doch keine Klappe aufmachen darf, die noch nicht dran ist. – Ach Dicki, du immer mit deiner schrecklichen Ungeduld; daß du nie abwarten kannst! – Da schimmerte alles durch, und von da an hatte ich gar keine Eile mehr, das nächste Fenster aufzuklappen, ich wußte ja, was kommen würde. Auch das Krippenbild hinter der 24 kannte ich schon, nur nicht so stark in den Farben. Eigentlich ist so ein Ding was für kleinere Kinder, aber die dicke Frau Simon vom Seidenhaus Cohen & Simon hatte es gut gemeint, und Vater hatte gesagt, es sei ein sehr sinniges Geschenk mit dem Firmennamen ganz groß direkt über dem Stern von Bethlehem.

Draußen vor den Fenstern nieselt es, der Regen färbt die Dächer schwarz. Weihnachten beginnt erst um sechs. Da aber ganz pünktlich. Es fängt an, wenn Vater dazu das Kommando gibt.

Ich vermisse Leo, ich möchte ihr mitteilen, daß die Erwartung des Abends mich schon jetzt ganz kribbelig macht, und sie fragen, ob es ihr ähnlich geht. Gestern abend, als wir im Wohnzimmer saßen, zeigte ich Mutter mein Armband und sagte ihr, es sei mein Weihnachtsgeschenk von Leo, echt Silber und Emalje. Aber statt daß sie sich mit mir freute, zuckte sie nur mit den Schultern und sagte, die Leo neige zu Übertreibungen, das sei doch nun wirklich nicht nötig gewesen. Dabei sah sie Vater an, aber den interessierte das gar nicht.

Mutter mag Leo offenbar auch nicht, dabei haben sich die beiden doch überhaupt nichts getan. Das kann ich nicht begreifen. Vor zwei Wochen hätte sie bestimmt noch gesagt: Das ist aber ein hübsches Geschenk, und sich mit mir darüber gefreut. Und Vater hätte wenigstens mal hergeschaut. Irgendwie ist nichts mehr wie früher, und wenn Mutter mit Vater redet, klingt es fremd, als spräche sie mit seinem Buchhalter. Nach dem Mittagessen werde ich auf mein Zimmer verbannt, das ich bis zur Bescherung nicht verlassen darf. *Verschwinde, Rosalinde …*

Jetzt, wo Leo nicht da ist, könnte ich bis sechs mit meinen Papierpuppen spielen und das ausgelesene Magazin, das ich gestern, mit Tageszeitungen schon neben dem Ofen aufgestapelt, gefunden habe, nach neuen geeigneten Figuren zum Ausschneiden untersuchen. Dann aber gebe ich die Idee auf, weil doch Weihnachten so etwas wie ein heiliger Tag ist und das, was ich meine Papierpuppen tun lasse, dazu überhaupt nicht paßt. Also mache ich Weihnachten im Zoo.

Da kommt der Wärter und sagt allen Tieren, daß heute ein besonderer Tag sei, an dem sie sich etwas wünschen könnten. Jeder darf seinen Lieblingswunsch sagen, der wird ihm erfüllt. Der Elefant möchte einen Luftballon, weil der so wunderbar leicht und bunt ist im Gegensatz zu ihm. Er bekommt einen leuchtend blauen mit weißen Streifen. Der ist eigentlich ein Pfefferminzbonbon, aber so kleine Unterschiede merkt ein Elefant nicht. Er ist richtig glücklich. Die anderen wünschen sich alle ihren Nachbarn im Gehege, weil sie sich auch eine besondere Mahlzeit ausdenken dürfen, auf die sie schon lange Appetit haben. So bekommt der Löwe die Antilope, der Tiger die kleine Gazelle, der Bär das Zebrajunge und der Wolf, der aussieht wie Ajax, der Schäferhund von Heisterkamps, die Robbe. Das tut mir eigentlich leid, ich mag die Seerobbe sehr mit ihrem drolligen Rundkopf. Doch am Igel, der Schildkröte oder dem Gürteltier würde sich der Wolf nur die Zähne ausbeißen, und die braucht er doch, weil er sonst kein richtiger Wolf mehr ist und sich schrecklich schämen muß ohne Gebiß. Nach der Weihnachtsbescherung ist der Zoo viel kleiner geworden, und die Gäste können nicht mehr zu sich nach Hause gehen, weil sie alle gefressen worden sind. Es waren ja auch SIE's; ich habe nur die Tiere mit den weiblichen Artikeln fressen lassen oder ihre Kinder. Die Tiermänner bedanken sich beim Wärter und finden es prima, nun ganz unter sich zu sein. Frauen seien überflüssig, aber sie schmeckten gut.

Draußen beginnen die Glocken zu läuten. Erst die in der Ferne. Danach fällt der Chor der übrigen Glocken ein, auch die nahen von der Dionisiuskirche. Die dröhnt jetzt über alle anderen hinweg, als wollte sie ihre Wichtigkeit betonen, weil sie gleich am Ende unserer Straße liegt. Und da ist auch schon Vaters Stimme auf dem Flur: Na, denn mal los mit der Bescherung, alles antreten, bißchen dalli!

Ich stürme zum Salon, renne fast Mutter um, die aus dem Wohnzimmer kommt: Aber Dicki, du hättest dich umziehen sollen, im Spielanzug feiert man doch nicht Weihnachten, hoffentlich regt Vater sich nicht wieder auf!

Hinter mir treten Josefine und Frau Glumm ins Musikzimmer. Und da sind wir alle stumm, weil das ganz wunderbar aussieht, wenn nur die Kerzen am Baum brennen und sich in den bunten Kugeln spiegeln, und sonst ist alles dunkel, und es riecht ganz feierlich nach Tanne und Kerzenwachs und Pfeffernüssen; so richtig dicht zieht der Geruch durch die Nase in meinen ganzen Körper ein. Ich möchte immer nur so dastehen, bewundern und träumen, daß eine gute Fee das dunkle Haus mitsamt dem Lager und seinem schiefen Schornstein hat verschwinden lassen und ich mich in einem Zauberwald befinde, wo alles geheimnisvoll ist und man nur flüstern darf, damit man die Stille nicht erschreckt, sie ist so zerbrechlich. Josefine kribbelt die Kerzenwärme in der Nase, sie muß niesen. Das erinnert mich an das Wichtigste von Weihnachten, die Geschenke. Aber so sehr ich auch zum Tisch hinüberlinse, erkennen kann ich nichts, das Licht reicht nicht aus. Jetzt wird nicht herumgeschielt, jetzt wird gesunden. Erste Strophe STILLE NACHT. Klar und laut, bitt' ich mir aus! Voran, voran!

Mutter setzt sich ans Klavier, sie braucht keine Noten, das kann sie auswendig. Sti-i-lle Nacht, für Frau Glumm ist ALLES SCHLÄFT zu hoch, sie schrillt es durch das Zimmer, das weckt ja Elefanten auf. Vater läßt abbrechen.
Von vorne: eins, zwei, drei: Stille …, los!

Gut, daß Mutter so musikalisch ist und gleich das Ganze ein paar Töne tiefer ansetzt, damit es sich nicht endlos hinzieht, bis man zu den Geschenken kommt. Bei der zweiten Strophe – es müssen alle drei gesungen werden mit auf den Baum gerichteten Augen – verheddert sich Josefine im Text, und ich habe schon Angst, daß Vater noch mal alles von vorn beginnen läßt. Gottseidank tritt Mutter gleich so aufs Pedal, daß es Vater nicht auffällt. Weil ich aber nicht länger meine Ungeduld zügeln kann und den Kopf immer wieder zum Gabentisch hindrehe, läßt er auch noch OH DU

FRÖHLICHE singen: Chriist ist erschiienen, uns zu versiiehnen: *Dem, der gierig, ohne Muße/folgt die Strafe auf dem Fuße.* Jetzt brüllen wir vier Frauen die restliche Strophe so straff in die Zweige, daß die Kerzenflammen sich schieflegen.

Das mit dem Singen ist eine Unsitte, es meint ja doch keiner, was er da singt, außer vielleicht Josefine, die fromm ist.

Mutter denkt jetzt sicher daran, ob die Haut von der Gans auch rifflig geworden ist, Josefine, die ihr bestes Kleid anhat, rosa mit Puffärmeln, überlegt, wo auf dem Eßtisch, den sie vorhin gedeckt hat, noch was fehlen könnte, die Frau Glumm sieht entsetzlich unbehaglich aus, weil sie als Köchin zwischen uns stehen und singen muß, und ich möchte nun endlich an die Geschenke. Nur bei Vater weiß ich nicht, woran er denkt. Sogar unter dem Weihnachtsbaum scheint es immer so, als sei er sehr eilig und habe eigentlich gar keine Zeit zum Feiern. Endlich geht Mutter zum Schalter und knipst das Oberlicht an; die Feier ist zu Ende. Dabei ist das diesmal wieder ein wunderschöner Baum, ganz gerade gewachsen und die Zweige so dicht, daß man nicht hindurchsehen kann. Ich würde ihn schon gern noch ein bißchen betrachten, aber für mich allein. Höchstens Leo dürfte dabeisein. Die anderen stören, ich spüre ihre Gedanken wie lästige Fliegen um meinen Kopf. Früher hast du besser gespielt, sagt Vater zu Mutter, viel zuviel Pedal.

Der größte Teil des Geschenkaufbaus ist für mich. Da ist mein Kaufladen, frisch gefüllt. Die Schubfächer sind voll mit Zuckererbsen, Schokoladenraspeln, gefüllten Bonbons, Lakritzstangen und Schokoladenplätzchen mit der bunten Streu, die hängen auch als Kringel zwischen dem Lametta am Baum. Mutter hat alles liebevoll eingeordnet, so, als würde ich wirklich damit Kaufmann spielen. Dabei weiß sie doch, daß ich sofort alles aufesse, am schnellsten die Brote und das Obst auf dem Ladentisch, weil die aus Marzipan sind. Das Kaufmannsspiel ist was für Kleinkinder, aber da mochte ich es auch schon nicht, sondern stopfte mir nur alles in den Mund. Beim Weitergucken schiebe ich die Päckchen für Vater und Mutter schnell in die Erwachsenenecke. Die sieht man gleich, weil die Geschenke dort viel langweiliger aussehen. Vorsichtshalber habe ich Etiketten an die Schleifen gemacht und draufgeschrieben, für wen ich es gedacht habe, damit nicht Josefine Mutters Kästchen bekommt oder Frau Glumm die Buchhülle für Vater.

Zwischen zwei neuen Bänden Abenteuer von Salgari und einer Filmrolle FELIX, DER KATER sehe ich sie: die Orangmutter mit ihrem Kind für meinen Zoo. Das ist das Schönste. Bestimmt wird Jupp, der Orangmann, nun genauso glücklich sein wie ich über den Zuwachs in seinem Gehege. Ganz vorsichtig hebe ich die Orangfrau auf meine Handfläche. Die paßt herrlich zu Jupp, sieht ihm so ähnlich, daß ich mir noch überlegen muß, ob ich sie seine Frau werden lasse oder lieber seine Schwester. Dann hat er auch eine Orangnichte.

Es ist noch mehr für mich da, eine Grammofonplatte: die Mühle im Schwarzwald, die ich aber nicht besonders mag, ich hatte mir den Sozialistenmarsch gewünscht, der ist so schön kriegerisch, bei dem kann man sich vorstellen, wie Reitertrupps mit Fahnen vorwärts stürmen, außerdem drei Malbücher und ein bunter Teller mit Äpfeln, Nüssen, Pfefferkuchen. Den haben Josefine und Frau Glumm auch, nur nicht so viel drauf wie ich.

Jetzt würde ich mich furchtbar freuen, besonders über die Orangs. Das geht aber nicht, denn ich fühle, wie sie alle aufmerksam zu mir herüberschauen, sie wollen hören und sehen, wie ich mich freue, ich soll lachen, laut sagen, wie schön ich alles finde und danke sagen. Ich kann aber nicht danke sagen, zu ihnen hinübergehen und sagen, die Platte und die Malbücher finde ich prima, danke, Vater, oder: Danke, Mutter, für die Orangs und daß du daran gedacht hast. Wenn Hannelore sich über ihre Geschenke freut, sagt sie, fliegt sie ihren Eltern einfach um den Hals und gibt ihnen einen Kuß. Bei uns geht so etwas nicht, weil spontan unfein ist und so etwas wie Handgeben blöd.

Meine Freude über die Geschenke ist plötzlich fort. Das ist der Moment, der jedes Jahr wiederkommt, dann, wenn die Erwachsenen ihre Sachen ausgepackt haben und nun darauf warten, wie ich auf meine reagiere. Wenn ich erst weiß, jemand wartet darauf, daß ich etwas tue oder sage, dann kann ich gar nicht, dann ist alles in mir stumm, und die Sache macht mir auf einmal keinen Spaß mehr. Ich hasse Zwänge. Bevor Mutter fragen kann, sage ich: Gefällt dir der Kasten? Da kannst du jetzt deine Schmucksachen hineintun. Er sei wundervoll, versichert Mutter, ich sei zeichnerisch doch außerordentlich begabt und würde später sicher einmal eine namhafte Kunstgewerblerin. Richtig stolz sei sie auf mich. Auch Vater ist mit seiner Buchhülle einverstanden: Doch doch, wirklich hübsch. Kann ich brauchen. Es freut mich, daß er das sagt, weil ich nicht sicher war, daß er damit etwas anfangen kann. Ein Lob von ihm, dazu an Weihnachten, ist noch ein Geschenk mehr. Ich sage, daß ich auch alles prima fände. Josefine wickelt ihre Veilchenseife aus, macht aber den Kasten nicht mehr auf, um daran zu riechen, wie sie es früher tat. Sie kennt den Geruch. Um so mehr freut sie sich über die Strümpfe aus richtiger Seide und den Umschlag, der dabeiliegt und den sie gleich aufreißt, um hineinzuschauen. Danach sieht sie sehr zufrieden aus. Die Frau Glumm hat auch eine Veilchenseife bekommen mit einem Umschlag, und dazu eine Flasche 4711. Ebenso wie Jose-

fine gibt sie Mutter und Vater nacheinander die Hand und sagt danke. Jetzt wird die Stimmung besser, weil der peinliche Teil vom Schenken vorbei ist. Vater freut sich über die helle Aktentasche mit den vielen kleinen Löchern: Echtes Schweinsleder; wenn man bedenkt, wie schwer so etwas heute zu bekommen ist, und unbegrenzt haltbar. Mir gefällt das, was Vater Mutter geschenkt hat, besser. Es ist eine grasgrüne Reisetasche mit weicher Oberfläche, richtig schick. Ist das Krokodilleder? will ich wissen.
Nein, sagt Mutter, solchen Luxus könne sich auch Vater nicht leisten. Außerdem sei Krokodilleder für Koffer ungeeignet wegen der vielen Zacken und Sprünge. Das ist echt Nappa, sagt sie stolz, weich wie ein Handschuh.
Ist ein Nappa grün? sage ich. Die einzigen grünen Tiere in meinem Zoo sind ein Krokodil und zwei Laubfrösche.

Mutter lacht nur, und ich nehme mir vor, mir zu meinem Geburtstag in einigen Monaten einen Nappa zu wünschen, so grün wie Mutters Reisetasche. Den Nappa stelle ich dann zum Elch mit der großen krummen Nase. Der ist immer so allein, weil die anderen Tiere mit ihm nichts Richtiges anzufangen wissen.
Also das war das, sagt Vater, nun zum festlichen Mahle! Eilig verschwinden Josefine und die Glumm wieder in die Küche, und wir gehen ins Eßzimmer, da ist der Tisch ganz toll gedeckt mit Kerzen und Tannenzweigen zwischen dem guten Serwies, das Mutter nur zu großen Feiertagen nimmt. Vater schenkt mir aus der Karaffe, die vom Kerzenlicht funkelt, Rotwein ins Glas. Heute ausnahmsweise, sagt er, aber benimm dich.

Dann kommt der große Augenblick: Josefine, immer noch im guten rosa Kleid, bloß mit Schürze darüber, bringt die Gans und stellt sie neben Vater ab, etwas hastig, weil ihr die Hände zittern von dem Gewicht.

Vater schnuppert, Mutter hält den Atem an. Wir sehen gespannt zu, wie Vater seine Gabel aufnimmt und hineinsticht. Es kräckelt, als bräche Glas; die Haut ist knusprig. Mutter lehnt sich erleichtert im Stuhl zurück. Ich warte. Wenn Vater zufrieden ist, fällt ihm meistens ein Spruch dazu ein. Er prüft mit dem Daumen, ob das Messer zum Schneiden scharf genug ist: *Jedes legt noch schnell ein Ei, und dann kommt der Tod herbei,* sagt er. Ich kenne die Zeichnung, die dazugehört: Lauter am Hals aufgehängtes Geflügel, ganz nackt, schon gerupft. Ich glaube aber, das waren Hühner, keine Gänse, wegen der Größe. Aber vielleicht gibt es auch kleine Gänse. Die müssen ja nicht alle so kolossal sein wie unsere hier. Kolossal ist ein Lieblingswort von Vaters Bruder, dem mit der reichen Frau und dem Schloß.

Innen ist die Gans voller Kastanien und weichverdauten Äpfeln, die sie ganz unzerbissen runtergeschluckt haben muß. Vater nennt das die Füllung und findet sie köstlich, ich ekle mich ein bißchen davor, weil das doch schon einmal gefressen worden ist, wenn man auch noch erkennen kann, was es war, bevor die Gans es schluckte. Ich bekomme ein Stück Keule und eine Portion von dem Mageninhalt. Dazu gibt es Kartoffeln und Preiselbeeren. Mutter nimmt Butter und zieht ihren Teller schnell zurück, als ihr Vater das weiche Zeug dazutun will. Sie mag auch nicht den Pampf.

Na, nimm schon mal einen Schluck, sagt Vater zu mir, *Rotwein ist für alte Knaben*… weiter?

… *eine von den besten Gaben,* sage ich stolz, erstens, weil ich das weiß, und dann vor allem, weil Vater mich endlich als Otto anerkennt, würde er mich sonst alter Knabe nennen? Prost, sage ich und gehorche. Allerdings weiß ich nicht, was die Erwachsenen an dem roten Zeug gut finden. Es schmeckt säuerlich nach Erde und so, wie es in einem Keller riecht und macht den Mund samtig. Wenn ich mit der

Zunge über die Zähne fahre, gleitet sie gar nicht mehr richtig darüber, das ist, als wären sie mit Plüsch überzogen. Aber die Gans schmeckt toll, und Vater, der jetzt bester Laune ist, legt mir noch ein Stück von der Kruste dazu. Ein richtiges Weihnachtsfestessen, Gans mit Tanne, weil man ja Gerüche auch mitißt, die gehen nur durch die Nase statt durch den Mund. Obwohl Leo nicht da ist, um ihm zuzuhören, erzählt Vater, wie er von seiner Mutter, die Polin ist, aber so weit weg wohnt, daß ich sie nie gesehen habe, zu Weihnachten einen kleinen Hund geschenkt bekommen habe, der sein bester Freund geworden sei. Ich fühle mich als seine Vertraute und alter Knabe, der mit ihm Rotwein trinkt, höre andächtig zu und bemühe mich, an den richtigen Stellen zu lachen, um Vater bei Laune zu halten. Mutter dagegen ist sehr still. Sie hat nur ihr Höflichkeitslächeln, was so aussieht, als sei sie ganz Ohr, in Wirklichkeit aber denkt sie an ganz etwas anderes.

Übrigens, sagt sie, als Vater gerade einen großen Brocken Brust im Mund hat und nicht sprechen kann, Esther schreibt, daß sie uns im Februar besuchen kommt, falls alles gutgeht. Falls alles gutgeht, sagt Vater, kommt sie uns hoffentlich nicht besuchen.

Sie war schon über zwei Jahre nicht mehr hier. Sie ist meine Schwester, Viktor.

Das sei ihm nur zu gut bekannt, sagt Vater unwillig. Was sie aber bei uns zu suchen hätte mit ihrer geheuchelten Bescheidenheit und ihrem Filistertum: ›Nimm doch noch von dem Nachtisch!‹ – ›Nein, nein, ich habe schon reichlich, höchstens noch a bissele.‹ – und dann fräße sie alles kahl –, sei ihm Grießsuppe.

Esther braucht mich, sagt Mutter. Sie ist einsam.

Ihre Schuld, sagt Vater kauend. Würde sie sich etwas mehr pflegen und nicht herumlaufen wie das verkörperte

schlechte Gewissen der gesamten Rasse, hätte sie trotz ihrer Kriewatscheligkeit vielleicht noch einen Mann abkriegen können. Dann wäre sie jetzt nicht einsam.
Sie ist es aber nun mal, sagt Mutter und wird nervös, weil sie ihre Schwester sehr mag, Vater aber nicht, und weil er, wie sie ihm vorwirft, immer ungerecht wird, wenn die Rede auf Tante Esther kommt. Jetzt ist auch Vaters gute Laune vorbei. Das merke ich daran, wie er auf seinem Teller herumsäbelt, es klickt bei jedem Schnitt in den Gänsebraten, weil er so auf das Messer drückt, daß es gleich durchgeht bis auf das Porzellan.
Dann fahr doch zu ihr, wenn du solche Sehnsucht nach ihr hast, sagt er, ich hab nichts dagegen.
Er habe sich in letzter Zeit stark verändert, sagt Mutter und blickt ihm gerade in die Augen, so hätte er früher nicht geredet.
Wie, so? sagt Vater, was meine sie mit *so*?
So abfällig. Ich weiß, du hast Esther nie gemocht, und sie weiß es auch, daher kommt sie so selten. Aber früher hast du dich nicht über sie lustig gemacht.
Alte Jungfern sind nun mal komisch, sagt Vater. Das wäre ja noch schöner, wenn man nicht mal mehr einen harmlosen Witz machen dürfe.
Das seien keine Witze, das seien Gemeinheiten, sagt Mutter mit wackeliger Stimme, weil sie schon weiß, daß sie gegen Vater nicht ankommt. Nun ist der Friede endgültig hin.
Ich verbitte mit derartige Anwürfe! Schließlich ist heute Weihnachten, ein Fest, das zumindest für Christen …

Mutter verliert ihre Beherrschung: Ist evangelisch keine christliche Religion? sagt sie heftig und schiebt ihren Teller von sich, sie mag nicht mehr weiteressen. Weil es schade ist um die tolle Gans, nehme ich alles von ihrem Teller auf meinen.

Hat er euch taufen lassen, dein alter Herr, sagt Vater. Dabei lacht er, aber es ist gar kein freundliches Lachen. Schlauer alter Fuchs, immer schön anpassen, nur nicht auffallen: deutscher als die Deutschen, preußischer als die Preußen, christlicher als die Christen. Man kann ja nie wissen...
Mutter ist sehr rot im Gesicht: Du hast es nötig, gerade du!
Was sie damit meine? sagt Vater drohend, die Faust um das Messer.
Er wüßte schon. Bitte nicht vor dem Kind.
Weil ich sie daran erinnern will, daß Weihnachten ist, schlucke ich den Rest Rotwein herunter und fange laut an zu singen: OH DU FRÖHLICHE, OH DU SELIGE...
Prompt kehrt sich Vaters Zorn gegen mich. Willst du eine gelangt kriegen?
An Weihnachten darf man nicht hauen, sage ich. Gibst du mir noch etwas von der Kruste.

Weil Vater sich nicht rührt, nur finster vor sich hinschaut, ratsche ich mit meinem Besteck ein großes Stück Kräckelhaut vom Braten. Selbstbedienung. Ich wundere mich dabei, daß ich gar nicht klar sehen kann, wohin ich schneide. Trotzdem geht's. Mein Kopf ist leicht wie ein Luftballon. Die Kerzen sind schon fast niedergebrannt. Weil ihre Flammen jetzt so nah an den Tannenzweigen auf dem Tisch sind, riecht es nun ganz stark nach Harz und Wachs, gar nicht mehr nach Gans. Zum Nachtisch hat Frau Glumm eine Schaumkrem gemacht. Josefine serviert sie in Gläsern mit langem Stiel. In der Mitte von der Krem zittert eine Makrone. Mutter ist noch nicht bis zur Hälfte durch mit ihrer Portion, da sind Vater und ich schon fertig damit. Auch in der Krem war Wein, nur weißer statt roter. Auf einmal werden Vater und ich lustig.
Flabberpansch, sagt Vater. Weitere Wörter mit F?

Flunsch, sage ich. Finster. Familie.
Fidibus. Fischig. Fidel. Wir lachen.
Fipsig, sage ich, weil mir einfällt, was Vater von Tante Hildes Stimme sagt, die von der Frau seines Bruders: Sie sei fipsig.
Fipsig. Fummelig, Fatal! sagt Vater fröhlich.
Familien-Fater! Ich muß so lachen, daß es mich schüttelt.
Fassungslos, sagt er und deutet mit dem Kinn auf Mutter, die verstört ihren Nachtisch löffelt.
Viktor, hör auf damit, was soll das? Es ist albern.

Vater macht ein Verwundertes-Kind-Gesicht: Wenn ihr nicht seid wie die Kindlein, werdet ihr nicht ins Himmelreich kommen, sagt er.
Fiktor, sage ich noch, da legt Mutter die Serwiette neben ihren Teller und erhebt sich: Ein Skandal, wie ihr euch aufführt am Weihnachtsabend. Ich gehe nach oben.

Vater und ich, Otto, alter Knabe, sehen uns an. Zurück an die Quelle des Hochgefühls und der guten Gaben, sagt Vater, gehen wir auch?
Gehen wir auch, sage ich und will mich erheben, aber da wird mir schwindelig. Ich muß mich an der Tischkante festhalten und warten, bis der Raum wieder stehenbleibt. Auch das Treppensteigen ist schwierig. Das Muster von dem Läufer bleibt nicht still. Immer wenn ich, wie ich es sonst mache, auf die blaue Blume treten will, die am Geländer entlangläuft, ist sie plötzlich woanders.
Dicki, du gehst jetzt am besten gleich schlafen, sagt Mutter, du bist müde.

Mit meinen Geschenken ziehe ich mich auf mein Zimmer zurück. Aufbleiben verspricht langweilig zu werden, weil nur Vater und ich lustig sind, Mutter aber nicht mitmacht. Da ist es schöner, mich ganz unbeobachtet über meine neuen Sachen zu freuen und die Orangfrau mit Kind den anderen Zoobewohnern vorzustellen. Draußen läuten noch immer die Glocken, als ließen sie sich gar nicht wieder abstellen, obwohl Weihnachten doch schon seit Stunden vorbei ist. Aber dann fällt mir ein, daß es in anderen Familien vielleicht noch gar nicht zu Ende ist mit dem Absingen der Lieder und den Geschenken, und sie noch feierlich sind, bis sie schlafen gehen. Und daß das auch schön sein muß, weil man dann merkt, wie anders der Abend ist als all die anderen vorher. So was zu denken, macht ein bißchen traurig. Hoffentlich kommt Leo bald zurück. Dann muß sie mir die Filmrolle einspannen, damit ich ihr das neueste Abenteuer von Felix dem Kater zeigen kann. Ganz allein etwas anschauen macht viel weniger Spaß als zu zweit. Schade, daß Weihnachten immer so schnell vorbei ist.

Die Weihnachtstage ohne Leo sind öde, der Weihnachtsspaziergang mit Vater am fünfundzwanzigsten nicht ein bißchen lustig, weil Vater schon wieder schlechte Laune hat. Wir marschieren den weiten Weg entlang, den zum Forst, wo Vaters Bruder sein Schloß hat. Was klebte ich denn immer bei Fuß? Lauf mal ein bißchen, ein Kind muß sich bewegen, damit das Blut nicht einschläft, los doch!

Es ist ein blödes Gefühl, laufen zu müssen, einfach so. Ich möchte viel lieber langsam gehen und beobachten, wie die Wintervögel aus den Sträuchern aufflattern, wenn wir uns nähern. Ich trabe im Dauerlauf den matschigen Weg entlang, bis die Haferlschuhe völlig verdreckt sind und ich keinen Atem mehr habe. Große sportliche Leistungen hätte ich da nicht gerade erbracht, sagt Vater, als er herankommt, man nähme mich wohl im Turnunterricht nicht hart genug ran? Turnen, erkläre ich ihm, hieße in der Schule Ritmik, da müßten wir Blumen pflücken und wogendes Kornfeld machen. Das wäre simbolisch, aber gesund.

Blödsinn, sagt Vater, die sollen euch lieber Klettern oder ordentlich Sprinten beibringen, die Frauenzimmer dort. Aber dafür fehle ihnen offenbar das Verständnis, alles alte Jungfern ohne Gefühl für das Leben und seine Anforderungen an den Menschen. Keine Ahnung von Kindererziehung heutzutage, da sei es doch anders zugegangen in seiner Jugend. Danach macht er eine Pause. Ich weiß, er erwartet, daß ich jetzt frage, wie anders es bei ihm zu Hause zugegangen sei. Das frage ich aber nicht, weil ich es schon weiß, er hat mir mal erzählt, daß seine Mutter ihm bei jeder Gelegenheit eine geklebt hat, selbst für die harmlosesten Dinge, und manchmal ganz überraschend, damit ein richtiger Mann aus ihm würde, kein Jämmerling. Erziehung wäre bei ihm zu Hause großgeschrieben worden. Heute sei er dankbar dafür.
Gehen wir zum Schloß?
Zu weit, sagt er. Außerdem mache ihm die Schwägerin zu viel Gedöns um Weihnachten, dazu die fipsige Stimme, die fehlte ihm gerade noch. Umkehr marsch marsch!

Den Nachmittag verbringe ich mit Mutter am Wohnzimmerfenster. Weil alle Läden geschlossen sind, wissen die meisten Leute nichts mit sich anzufangen und gehen spazieren. Wir wetten miteinander, wer zuerst entdeckt, ob jemand da unten etwas Neues trägt, das er zum Fest geschenkt bekommen hat. Ich gewinne; Mutter ist nicht recht bei der Sache. Dabei blickt sie direkt auf eine Frau herunter mit einem Wintermantel, der steif ist vor Neuheit und mit einem noch ganz sauberen Pelzkragen oben drauf, so was sieht man doch. Was Vater heute vormittag auf dem Spaziergang gesagt hätte, will sie wissen. Hätte er über sie gesprochen oder sich nach Leo erkundigt?
Nein, warum?

Nur so, sagt sie. Nichts weiter, eben nur so.

Schade, daß sie sich mit meinem Kino technisch nicht auskennt, ich würde jetzt gern den Kater Felix sehen, das ist lustiger als stundenlang aus dem Fenster zu schauen. Ich geh wieder in mein Zimmer, sage ich, den Salgari anfangen.

Mutter rückt die Gardine zurecht. Hol ihn her und setz dich damit zu mir, sagt sie, ich häkle inzwischen an der Seidendecke weiter.

Zum Abendessen gibt es kalte Platte mit einer weiteren Überraschung, der Pastete. Sie sieht aus wie ein Spielzeugbahnhof, langgestreckt mit gerundetem Dach. Wenn man sie anschneidet, ist da ein braunes Viereck mit viel Glibber drumrum. In der Mitte hat es, brummergroß, eine Trüffel, von der Vater sagt, Schweine äßen die besonders gern, und darum seien auch gefräßige Menschen so verrückt nach Gänseleberpastete mit Trüffeln. Die sei im übrigen so sündhaft teuer, daß sich nur betuchte Leute solch einen Luxus leisten können, einmal im Jahr, versteht sich.

Sind wir betucht, Vater?

Wenn ihr so weitermacht mit eurem Geldverschwenden, bestimmt. Dann werden wir alle bald am Hungertuch nagen.

Ich nicht, sage ich. Lieber esse ich gar nichts, als daß ich ein Stück Tuch kaue, das ist unappetitlich.

Die Pastete schmeckt, daß mir ganz andächtig zumute wird, so weich und kugelrund. Danach kriege ich nichts anderes mehr herunter, die Marzipanfrüchte vom Kaufmannsladen hatte ich schon zum Frühstück gegessen und die Schokoladenbonbons vor dem Mittagstisch, weil ich wußte, am ersten Feiertag gibt's Aufgewärmtes vom Vorabend. Vater und Mutter reden nur das Nötigste miteinander, und dabei steht auf der Spitze der Tanne ein Engel mit der Schärpe: FRIEDE DEN MENSCHEN. Aber das klappt wohl nicht immer.

Am zweiten Feiertag ist es noch öder. Weil es schon wieder regnet, können wir nicht hinaus. Vater liest in seinen Büchern, Mutter arbeitet schweigend an ihrer Häkeldecke, und ich male die neuen Hefte voll, aber nicht so, wie auf den Vorlagen. Warum soll ein Dach unbedingt rot sein? Eine Wiese grün? Die Sonne gelb? Es sind langweilige Bilder, aber dadurch, daß ich die Dächer grün, die Wiesen rosa und die Sonne hellila male, sehen sie schon ein bißchen lebendiger aus. Der Salgari ist spannend, aber ich muß zwischendurch dauernd daran denken, was Leo nun wohl macht. Ich stelle mir vor, wie sich alle furchtbar freuen, sie wieder bei sich zu Hause zu haben. Wir haben dich ja so vermißt, sagt ihr Vater, ja wirklich, die Brüder, ohne dich macht alles gar keinen Spaß. Nun bist du endlich hier, die Mutter. Und dann umarmen sie sich alle und küssen sich.
Dicki, sagt Mutter, du hast mich erschreckt. Warum wirfst du denn das Buch in die Ecke?
Ist mir runtergefallen, sage ich und hebe es auf.
Gefällt es dir nicht?
Doch, sage ich. Ich bin nur müde.
Und dabei solch ein schönes Weihnachten für dich, sagt Mutter. Der herrliche Baum. Und was Vater dir alles geschenkt hat. Hast du dich bei ihm bedankt? Laut und deutlich? Wie ich dich kenne, muffelst du gern das Danke in dich hinein, so daß kein Mensch es versteht.
Ja. Ich hätte mich bedankt. Laut und deutlich. Sonst noch was?

Jetzt auch noch eine Moralpredigt, das ist zuviel. Patzige Antworten hat sie gar nicht gern. Ich warte darauf, daß sie hochblickt von ihrer Handarbeit und sich erkundigt, was mit mir los ist. Sie muß doch merken, daß mir scheußlich zumute ist. Vielleicht findet sie den Grund dafür heraus, ich selbst weiß ihn nicht. Aber Mutter schaut nicht auf. Wenn

Frau Glumm frei ist, werde ich sie nächstes Jahr wieder zu Weihnachten einstellen, sagt sie. Die Gans hat sie wunderbar hingekriegt, nicht wahr? Vater war ganz glücklich.

Wenn Vater nur glücklich ist. An was anderes kann sie offenbar nicht denken.

Ich gehe in mein Zimmer zurück und krame meine Papierpuppen aus der Schublade, die fallen sich alle in die Arme und lieben sich ganz furchtbar. Aber da kommt das Mädchen im Nachthemd, das ich aus dem neuen Wäschekatalog herausgeschnitten habe, das ist jetzt der Engel vom Christbaum. Der sagt, er sei der Friedensengel, aber solange sich alle küßten, könnte kein Friede sein. Und darum müsse er sie bestrafen, damit wieder Ruhe herrsche. Bitte nein, tu uns nichts, rufen sie, aber da holt der Engel mit seinem Schwert aus und haut alle Umarmungen erbarmungslos auseinander – meine Schere ist das Schwert. Das ist eine furchtbare Bestrafung, weil die meisten von ihnen nun keine Arme oder Hände mehr haben, die bleiben am Partner kleben. Auch manche Gesichter, wenn sie sich gerade küßten, als der Engel zuschlug. Jetzt haben sie halbierte Köpfe ohne Münder und Nasen, sie tun mir aber nicht leid, ich finde ihre Strafe gerecht.

Gleich nach dem Abendessen, das aus lauter festgewordenen Resten besteht und übriggeblieben schmeckt, gehe ich wieder auf mein Zimmer zurück. Sie hatten sich schon wieder in den Haaren. Es ging um Silvester und Gäste, die zum Feiern von Neujahr zu uns kommen sollen, das war Mutters Idee.

Die letzten Jahre waren wir zum Jahresende immer allein, Viktor. Und nach allem, was nach der Reichstagswahl im Januar noch auf uns zukommen kann, finde ich, also ich meine, wir sollten diesmal ein paar Leute einladen, meinst du nicht?

Vater meinte, nein. Wozu? Die Knallerei und das Prostgejuble fände er albern. Als wenn das kommende Jahr besser würde als das alte. Kalendergläubigkeit, etwas für geistig Minderbemittelte. Auf das Geschnatter deiner Britschfreundinnen kann ich verzichten.
Sie habe an ein paar von Vaters Chorbrüdern mit ihren Damen gedacht, Doktor Heidheimer zum Beispiel, Regierungsrat Jacobs oder Sportdezernent Klöckler, der habe auch eine so interessante Frau in zweiter Ehe.

Vater hatte brummelnd eingewilligt, ich glaube, in Wirklichkeit hat ihm die Vorstellung gefallen, diesen Brüdern mal unser Haus zu zeigen und mit ihnen vergnügt zu sein, er ist nur nicht gewohnt, Mutter nachzugeben, da muß er erst noch so tun, als wäre er nicht einverstanden. Ich finde die Idee mit Gästen zu Silvester prima, endlich ist mal was los und ich habe was von meinem Aufbleibendürfen. Sonst döse ich immer beim Warten darauf, daß die Uhr endlich zwölf schlägt, vor mich hin, und Mutter auch, während Vater uns wieder einmal die FROMME HELENE vorliest. Wegen dem Schnaps, an dem sie eingeht, und weil Trinken zu Silvester gehört. Darf ich dabeisein? fragte ich Mutter.

Mutter wollte wohl gerade sagen, das sei nichts für Kinder, sie öffnete schon den Mund, da sagte Vater ganz überraschend: Warum nicht? Wenn schon, denn schon. Wird sowieso albern genug zugehen. Da könnt ihr mitmachen. – Ihr? sagte Mutter. Du meinst doch nicht Fräulein Leonore? Natürlich meine er Fräulein Leonore. Warum sollte er nicht Fräulein Leonore meinen?
Aber Viktor, das Kindermädchen mit Honorazioren der Stadt und ihren Damen – ein Affrong. Wie sähe das denn aus?
Gut sähe das aus, verdammt gut. Das Auge des Mannes wolle schließlich auch sein Vergnügen haben. Oder glaubte

Mutter etwa, daß ihre Britschkrähen oder die verklemmten Frauenzimmer, die seine Chorbrüder geheiratet hätten, ein erfreulicher Anblick seien?

Auf einmal schien Mutter die Idee mit der Silvestereinladung keinen Spaß mehr zu machen. Wir können es ja auch lassen, sagte sie. Es sei ihr nur mal so durch den Kopf gegangen. Mittlerweile aber hatte Vater daran Gefallen gefunden. Warum denn? sagte er. Blinde Hennen fänden auch mal ein Korn. Und Abwechslung könne nicht schaden, die bringe mal ein bißchen Leben in die Bude.

Aber ohne Dickis Kindermädchen, Viktor.

Mit Fräulein Leonore, und damit basta. Wenn Vater in diesem Ton spricht, heißt das, er ist wo angekommen, wo man ihn nicht weiter reizen darf, sonst passiert was. *Reize nie ein Tier zum Scherz, denn es kann geladen sein.* Auch einer von Vaters Sprüchen. Ich finde, manchmal ist es gut, daß Vater aus nicht ganz so feinen Kreisen stammt wie Mutter. Bei basta war es geblieben, und nun habe ich wieder etwas Neues zum Michdaraufffreuen. Was wird Leo dazu sagen, daß wir mitfeiern dürfen?

Seit gestern ist Leo zurück, aber wir sehen uns kaum. Vormittags die Schule und nachmittags mit Mutter in die Stadt, um mir ein Silvesterkleid zu kaufen, so eines aus Seide, wo der Stoff bei jeder Bewegung kracht und an der Haut hängenbleibt und voll überflüssiger Verzierungen ist. Schleifen an den unmöglichsten Stellen. Der Preis dafür, daß ich mit unseren Gästen aufbleiben darf. Das, für das sich Mutter schließlich entscheidet, ist halblang und knittrig blau, kein richtiges Blau, es sieht zerlaufen aus wie das von meinem Tuschkasten, wenn ich zu viel Wasser nehme, und fühlt sich an, als sei ich in einen Sack eingenäht. Außerdem klemmt es unter den Armen. Aber ein anderes habe ich nicht, sagt die

Verkäuferin bei Dannenbaum, im übrigen sei dieses hier doch reizend.

Keine Sorge, sagt Mutter, als Stammkundin bleibe sie dem Haus treu, gerade jetzt, versteht sich, und die Verkäuferin beeilt sich zu versichern, wie sehr Dannenbaum und Ko solche Kundentreue zu schätzen wissen. Was mein Kleid anbelangt, käme man Mutter gern entgegen. Ein kleiner Nachlaß – kein Problem.

Ich lasse Mutter den großen Karton mit der Aufschrift MODEHAUS tragen, er ist nicht schwer, aber ich scheniere mich. Ist doch möglich, wir rennen in eine aus meiner Klasse, dann geht dort sofort wieder das Gespött los: Modepuppe! Kleideraffe! Was Mutter nur daran findet, mich so albern anzuziehen, Otto ist da manchmal ganz verzweifelt. Aber auf ihn nimmt sie keine Rücksicht. Sie sieht ihn nicht einmal.

Leo, freust du dich auf den Silvesterabend? Hast du mir etwas aus Worms mitgebracht, Leo? Was wirst du morgen abend anhaben, Leo? Ich will, daß du viel schöner bist als die anderen Frauen. Außer Mutter natürlich. Machst du dich schön für mich, ja?

Ich möchte umarmt werden. Das tut Leo sonst immer, wenn ich mit vielen Fragen auf einmal ankomme, dann sagt sie: Wieder ein Karussell im Kopf, das nicht stehenbleiben will, legt die Arme um mich und zieht mich zu sich heran. Diesmal blickt sie an mir vorbei und steckt die Hände in die Taschen ihrer Schürze, die sie umhat, weil sie dabei ist, die Rußflecken rund um das Ofenrohr in meinem Zimmer abzurubbeln.

Weiß nicht, sagt sie, ob das eine gute Idee ist. Was soll ich auf der Gesellschaft deiner Eltern? Da passe ich nicht hin.

Vater sagt, da paßt du wunderbar hin, besser als all die anderen Frauen, die kommen werden.

Hat er das wirklich gesagt?
Ehrenwort. Weil du was für Männeraugen wärst, hat er gesagt. Ich verschweige, daß er nichts von Frauenaugen erwähnt hat, wo doch bestimmt ebenso viele Frauen wie Männer da sein werden. Aber vielleicht sind Frauenaugen anders, der Unterschied muß innen drin sein, äußerlich sehen sie alle gleich aus bis auf die Farbe.

Trotzdem wird Leo nicht richtig froh. Sie wäre auf so etwas nicht vorbereitet, sagt sie, ihr einziges Kleid für den Abend sei schon über zwei Jahre alt und zu einfach für die Gelegenheit. Sie ist nur schwer zu überzeugen, daß es bestimmt nicht so feierlich zugehen wird. Mutter und ich hätten für den morgigen Abend ganz viele Pakete Luftschlangen und Konfetti eingekauft, dazu einige verrückte Masken, Klauns- und Tiergesichter. Ein Löwe sei dabei, ein Esel und ein Uhu. Bei so was Lustigem braucht man sich doch nicht besonders fein zu machen.
Deine Knallbonbonbs habe ich dir mitgebracht, sagt sie.
Die mit den Überraschungen drin?
Wie ich dir versprochen habe.

Sie hat also an mich gedacht, während sie bei ihrer Familie war. Das gibt so ein warmes Gefühl um die Rippen herum. Danke, sage ich nur. Aber Leo kennt mich schon, sie weiß, daß ich es sonst nicht kann, das Dankesagen. Wir lächeln uns an.

Die Chorfrauen haben sich doch alle feingemacht zum Silvesterfeiern. Sie kommen in langen Kleidern mit Glitzerketten und alle mit der gleichen Frisur, weil sie zum Salon Hopp gegangen sind, der der beste in der Stadt ist. Die Frau Hopp hat eine Lieblingsfrisur und die macht sie allen, die zu ihr gehen, sagt Mutter, die immer mit ihr kämpfen muß, um ihre eigene Frisur zu behalten. Beim Hereinkommen tun sie alle furchtbar herzlich und lachen rings um sich, auch wenn gar niemand da ist, der wiederlacht. Die Chorbrüder hinter ihnen zupfen an ihren Schleifen unter dem Kinn und lächeln ein bißchen scheniert. Die drei Paare sind schon im Eßzimmer, als die Schefflers kommen, die natürlich nicht fehlen dürfen. Aber von den Britschfrauen kommt keine, die hat Mutter nicht eingeladen, weil Vater sie nicht mag. An den Fingern zähle ich ab: Drei Chorbrüder und drei Chorschwestern, macht zusammen sechs. Dann die Schefflers, acht. Mit Vater und Mutter und Leo sind wir zwölf.

Ich war schon im Eßzimmer, bevor die Gäste kamen, Josefine hatte gerade den großen Tisch gedeckt und Karten an jeden Teller gestellt; da stand der Name von dem drauf, der dort sitzen sollte, und außerdem waren da kleine Bilder am linken Rand, entweder eine Mütze oder ein Fliegenpilz oder ein Schornsteinfeger, und neben den hohen Gläsern stand an jedem Platz ein kleines, rosa Marzipanschwein mit einem Kleeblatt im Maul.

Ich hatte mir auch etwas Lustiges ausgedacht für den Abend und am Kiosk mit den Scherzartikeln eine grüne Gummiblase gekauft, nur wußte ich noch nicht, für wen. Aber als ich das Schildchen mit dem Laubfrosch und dem Namen Doktor Heidheimer sah, brauchte ich gar nicht mehr zu überlegen. Den kann ich nicht leiden; er ist schrecklich eitel und will immer bewundert werden, wenn er ab und zu mal am Abend zu uns kommt. Zu mir sagt er immer: Na, meine Kleine? So gönnerhaft von oben herab. Ich hab den Gummibeutel aufgeblasen und ihn unter das Sitzkissen von dem Heidheimer seinen Stuhl geschoben. Dem hat man gar nichts angesehen, weil ich die Blase vorher schon ein bißchen flachgedrückt habe, ohne daß die Luft rausging.

Erst stehen wir noch um die Anrichte herum, auf der eine

Menge Aufschnitt liegt und Käsewürfel mit Stochern drin, die haben lustige Figuren am oberen Ende. Ich greife nach einem schwarzen Kater, der einen Buckel macht. Aber der bibbert und wird lang wie eine Raupe mit seinen kurzen, schwarzen Borsten. Schnell lasse ich ihn wieder los.

Als Leo zur Tür hereinkommt, sagt der blöde Heidheimer: Ah! Mutter muß vorstellen und sagt laut: Fräulein Leonore Riedel, unser Kinderfräulein! Meines, sage ich, weil das klingt, als hätten Vater und Mutter Leo, um auch auf sie aufzupassen. Ich finde, Leo sieht toll aus im fußlangen Samtkleid. Eigentlich ist der Samt braun, aber wenn das Licht drauffällt, schimmert er wie Gold, ein Gewand wie von einer Prinzessin. Und weil Leo Ponifransen hat, schaut sie anders aus auf dem Kopf als die Chorfrauen oder die Schefflers, die auch zur Frau Hopp frisieren geht, frecher und lustiger. Der olle Jacobs mit der Glatze rückt an seiner Brille und sagt: Reizend, reizend, und die Chorfrauen sehen ärgerlich zur Seite.
Wenn ich zu Tisch bitten darf? sagt Mutter. Bringen Sie Ihre Teller nur mit her.

Ich setze mich als erste, muß allerdings gleich wieder aufstehen, weil Vater es gesehen hat: Wirst du wohl? Hoch mit dir, aber dalli. Kinder haben zu warten, bis alle Erwachsenen sitzen. Ich stehe hinter meinem Stuhl und behalte den Doktor Heidheimer scharf im Auge, beobachte das Theater, das der um Leo macht, das Vorbeugen, um ihr direkt ins Gesicht zu sehen, die gespitzten Lippen, das alberne Lachen und dazu Augen wie einer, dem der Kragen zu eng wird. Gottseidank macht sich Leo nichts daraus, lächelt nur ein wenig und nickt ja oder nein. Sie sitzen nebeneinander, der Heidheimer und Leo. Zu ihrer Linken hat sie Vater. Ich bin ihnen genau gegenüber. Leos Kavalier setzt sich als letzter, weil er ihr noch den Stuhl zurechtschiebt. Dann macht es prrr, ganz laut, da kriegt der Heidheimer einen roten Kopf, die Chorfrauen sprechen hastig aufeinander ein und die Scheffler kichert. Gerade, wie wieder Ruhe wird, pupt es von neuem, das ist nämlich eine ganz besondere Blase, da geht die Luft nicht gleich heraus, die muß richtig herausgequetscht werden, und das geht am besten, wenn man drauf sitzt. Ich muß mich anstrengen, um nicht loszulachen. Jetzt ist Vater verwirrt, der gerade mit der Frau Klöckler spricht, und sieht aus, als wolle er sich entschuldigen. Es ist auch wirklich schwer, herauszuhören, woher die Knallerei kommt. Noch viermal geht die Blase los, und dabei habe ich nur fünfunddreißig Pfennig für sie bezahlt. Hoffentlich ist sie nicht kaputt, dann kann ich sie für nächstes Jahr wieder nehmen. Unterdessen hat die Scheffler einen Lachanfall, sie hat feuchte Augen und verschluckt sich auch noch, als es zum vierten Mal losgeht. Keiner kommt auf die Idee, daß es sich um einen Jux handelt, so echt klingt das Ding. Nur die Leo blickt mich über ihr Glas hinweg prüfend an. Aber ich tue, als hätte ich damit nichts zu tun, und Mutter sitzt am anderen Ende mit Herrn Klöckler, sie hat den Spaß gar nicht mitgekriegt.

Joefine bringt Suppe mit Eierstich in Schalen und sagt dazu: die Konsommeh. Danach gibt es Seezunge in Weißwein, ziemlich labbrig wegen der vielen Soße und anschließend Schokoladenmus, das ist lauter Schaum mit einer Kirsche obendrauf. Ich trinke mein Glas Weißwein leer und denke, daß Mutter heute gar nicht aussieht, als hätte sie Spaß an der Gesellschaft. Und dabei ist doch Silvester, und man soll lustig sein.

Nach dem Essen gehen wir alle hinauf ins Herrenzimmer. Vater und Herr Jacobs rollen den großen Teppich auf, Mutter dreht die Kurbel vom Grammofon, legt eine englische Platte auf, und dazu tanzen sie. Zuerst macht mir das Zuschauen noch Spaß, aber schließlich wird es langweilig, weil sie einander in den Armen liegen und pausenlos dabei lachen und reden, nach jedem neuen Glas Wein lauter und alberner. Dabei hatte ich mir das so schön gedacht: Die anderen würden feiern, und Leo und ich säßen in einer Ecke und unterhielten uns und hätten unseren eigenen Spaß; alle würden Leo bewundern, und ich wäre stolz, weil Leo doch mein Kinderfräulein ist und alle sehen, was für ein Glück ich habe.

Seit wann haben Sie sie? höre ich die Frau Jacobs Mutter fragen. Seit einem Vierteljahr, sagt Mutter und spielt mit ihrer Perlenkette. Ob sie mit ihr zufrieden sei? So, na ja, dann sei es ja gut. Man munkle da so allerlei, aber auf Gerede dieser Art solle man nichts geben. Sie wissen sicher, wie in der Stadt getratscht wird.

Das wisse sie nicht, sagt Mutter, sie hielte sich prinzipiell von Derartigem fern. Es gäbe Wichtigeres.

Ich finde es schade, daß sie die Frau Jacobs nicht danach fragt, was denn gemunkelt wird. Ich an ihrer Stelle hätte gleich gesagt: So, was wird denn gemunkelt? Vielleicht handelt es sich um etwas sehr Interessantes, wenn Mutter aber nicht fragt, werden wir es nie erfahren.

Leo tanzt die ganze Zeit, hat einen rosa Kopf, weil sie erhitzt ist, und keinen Blick mehr für mich. In den Tanzpausen stehen die Männer zusammen, rauchen Zigarren und machen Witze. Da erzählt immer einer von ihnen den anderen etwas Vertrauliches. Die beugen sich vor, damit sie besser hören können, weil der in der Mitte ganz leise spricht, und nachher lachen sie alle so laut los, daß der Wein in ihren Gläsern schaukelt. Es ist schon fast so fade wie an Sonntagabenden, wenn Schefflers bei uns sind. Und es riecht auch wieder so dicht nach Wein und Zigarrenqualm – Den Champagner heben wir uns für nachher auf –, daß ich

mit meiner engen Nase kaum Luft bekomme. Einmal, als Leo gerade Pause mit dem Tanzen macht, gehe ich zu ihr hinüber: Ziehst du mit mir die Knallbonbons, Leo?
Später. Um zwölf Uhr heute nacht.
Aber da gießen wir doch Blei?
Ja, da gießen wir Blei, sagt sie und ist mit ihren Gedanken ganz woanders.

Im Salon nebenan sitzen die Frau Klöckler, die eine braune Haut hat und aus Kuba ist, und der Herr Jacobs. Sie albern herum. Als ich eintrete, springen sie schnell auf und gehen zu den anderen zurück. Wenigstens ist die Luft hier in Ordnung, es riecht wie gewohnt nach Teppich und Süßholz. Ich hocke mich auf das Fensterbrett und schaue auf die Straße hinunter. Da ist nicht viel los. Ein paar Männer bleiben vor der Kneipe schräg gegenüber stehen und reden aufeinander ein, bevor sie hineingehen. Dann ist es lange still. Es hat ganz sacht zu schneien angefangen, das sieht aus, als fiele die Stille vom Himmel auf das Straßenpflaster und deckte die Steine zu, damit sie leise bleiben unter den Schritten der Menschen. Stirbt jetzt das alte Jahr? Und wo stirbt es? Es ist ein ganz alter Mann mit langem Bart, ich habe es abgebildet gesehen in meinem Auerbachkalender, und das neue ist höchstens zwei Jahre alt, weil es zwar laufen kann, aber noch rundum voller Kinderspeck ist. Wie kann aber ein neues Jahr schon zwei Jahre alt sein? – Es kommen ein paar Jungen, stellen sich unter die Laterne und stecken die Köpfe zusammen. Der eine holt Knallfrösche aus der Hosentasche, ein anderer eine Zündholzschachtel. Ist aber doch noch zu früh zum Anzünden, das darf man erst um Mitternacht, wenn die Glocken läuten, haben die keine Uhr? Es knattert los, die Jungen lassen die Frösche über das Pflaster hüpfen und lachen, als sie Funken sprühen und durch den Schnee zischen. Wenn ich Knallfrösche hätte, würde ich hinuntergehen und mitmachen. Ich habe aber nur Leos Knallbonbons, und die dürfen vor zwölf Uhr nicht gezogen werden, sagt Leo. Also schaue ich noch ein bißchen den Jungen da unten zu, wie sie an etwas herumbasteln, das nicht funkzionieren will. Es soll springen, tut es aber nicht. Die sind dumm, wenn so ein Ding naß wird, geht es nicht mehr, das weiß doch jeder. Schließlich geben sie es auf und gehen weg. Danach bleibt die Straße leer.

Josefine schaut kurz zur Tür herein, in der Hand hat sie ein Tablett mit leeren Gläsern. Ach, hier bist du, sagt sie, ich dachte schon, du wärst schlafen gegangen.
Was tun die nebenan?
Sie bewerfen sich mit Luftschlangen. Geh zu ihnen. Auf dem Schreibtisch stehen Berliner Pfannkuchen, die magst du doch so gern.

Da ist jetzt die Luft so voll Rauch, daß man das Zimmer gar nicht mehr richtig sieht und auch die Leute nicht, weil zwischen ihnen so viel buntes Gewirr von den Papierschlangen ist. Alle sind lustig, reden durcheinander und lachen viel. Es ist aber ein dummes Gefühl, zwischen lauter lustigen Leuten gar nicht fröhlich zu sein, weil ich nicht weiß, worüber ich lachen soll. Außerdem macht mir der Wein den Kopf müde. Ich will zu Leo, jetzt wird sie doch endlich Zeit für mich haben, es ist ja schon bald zwölf. Aber Leo ist nicht da. Auf der Suche nach ihr wühle ich mich durch die bunten Papierbänder zu Mutter durch, auf die Frau Scheffler einredet und dabei dauernd den Träger von ihrem Kleid hochzupft, der ihr über den Arm rutscht, weil das Kleid so riesig ausgeschnitten ist und hinten nichts ist, was ihn hält.
Hast du Leo gesehen? sagte ich zu Mutter.
Ist sie nicht hier? Dann wird sie sich wohl schon zurückgezogen haben, sagt Mutter uninteressiert.
Das würde Leo nicht tun. Nicht, ohne mir Gutenacht zu

sagen! Ich mache mich auf die Suche. In meinem Zimmer ist sie nicht. Im Eßzimmer auch nicht. Es fällt mir ein, daß sie vielleicht Josefine hilft, das Bleigießen in der Küche vorzubereiten. Mit einem angebissenen Berliner in der Hand wandere ich zur Küche. Da sitzen Frau Glumm und Josefine und spielen Rommeh mit ganz zerfledderten Karten.
Suchst du jemanden?
Ich suche Leo, sage ich, Fräulein Leonore. Habt ihr sie gesehen?
Kopfschütteln, Achselzucken. Ich störe sie.

Nebenan ist noch die Schlafkammer für den Apothekerherrn, wenn der Nachtdienst hat. Da drin sind Stimmen, ganz leise, aber so, daß ich nah an die Tür herangehen muß, um zu verstehen, was sie sagen.
Wir sollten nicht mehr länger warten, sagt die Frauenstimme. Was die Männerstimme antwortet, kann ich nicht verstehen. Dann sagt die Frau: Wenn du willst, wenn du wirklich willst. Ganz vorsichtig öffne ich die Tür einen Spalt, weil sie krickt, aber immer erst in der Mitte. Von dem Mann sehe ich nur den Rücken und von der Frau zwei braune Samtarme, die hat sie um seinen Hals gelegt. Die Arme der Frau sind Leos Arme, der Rücken von dem Mann Vaters Rücken. Sie sitzen auf dem Bett und küssen sich. Danach kann ich nichts Richtiges mehr erkennen, weil die Tränen, die mir in die Augen schießen, alles verwischen. Sie haben mich verraten. Es ist so gemein. Ich mache kehrt, renne nach oben. Ich hasse Leo, ich hasse Vater, ich hasse die ganze Welt! Fräulein Leonore hat sich nicht zurückgezogen, sage ich zu Mutter – nie mehr werde ich Leo sagen können –, sie ist im Schlafzimmer vom Apotheker, und Vater küßt sie. Es ist mir egal, daß man nicht petzen soll und auch, daß es die Frau Scheffler mitkriegt. Wichtig ist nur, daß Mutter die beiden da unten aufhören macht, sofort. Es

ist so schrecklich. Sie müssen für das bestraft werden, was sie da tun, auf der Stelle.

Die beiden Frauen starren mich an, als sei ich übergeschnappt. Ich hätte wohl etwas zu viel Wein gekriegt, sagt Mutter und versucht zu lächeln, der wäre mir nicht bekommen.

Wenn du's nicht glaubst, geh doch runter, sage ich.

Die Scheffler lächelt nicht. Halten Sie das für möglich? sagt sie zu Mutter, das wäre doch …

Mutter will antworten, aber es fällt ihr nichts Rechtes dazu ein. Sie sieht ratlos aus, so als hätte ihr jemand Geld aus der Handtasche geklaut und sie wüßte nicht, wie sie es wiederkriegen kann. Die Frau Scheffler ist entschlossener als Mutter, sie streckt ihren fetten Arm aus und packt Mutter beim Handgelenk. Kommen Sie, das wollen wir uns ansehen, sagt sie, das wäre ja wohl die Höhe. Traue keinem Mann. Schon gar nicht dem eigenen.

Ich blicke ihnen nach, wie sie das Zimmer verlassen. Dann renne ich in meines und werfe mich aufs Bett, weil mir so elend ist. Wenn man genug Kummer hat, kann man davon sterben. Frau Brettschneiders Dackel ist gestorben, als sein Frauchen ihn an fremde Leute verkaufte, weil er so haarte. Da legte er sich hin und war tot. Ich möchte auch sterben. Wenn mich dann morgen die Leonore hier findet, richtig tot, wird sie furchtbar weinen und rufen: Meine Schuld, es ist alles meine Schuld! Weil sie Vater geküßt hat wie in dem verbotenen Buch. Auch Mutter wird sehr weinen, und Vater wird sagen, so sei das alles gar nicht gewesen, die Leonore hätte ihm im Apothekerzimmer Böses antun wollen, dabei darf nur er selbst sich berühren und niemand anderes, sie sei schlecht und nun habe sie auch noch sein einziges Kind umgebracht, das er so geliebt habe, auch wenn er es nicht immer so zeigen konnte. Jetzt, wo ich tot bin, bin ich sein Otto, der Sohn, den er sich so gewünscht hatte.

Glocken beginnen zu läuten. Lachen, Geschrei: Prost Neujahr neunzehnhundertdreiunddreißig! Draußen vor dem Fenster jagen die Raketen hoch, die werfen buntes Licht an die Wände und zerplatzen kräckelnd am Himmel. Ich ziehe die Decke ganz über den Kopf, geborgen in einer Höhle, in der mich niemand finden kann, und dann heule ich, bis die Tränen nur noch aus der Nase kommen, weil in den Augen nichts mehr drin ist. Ich schniefe den Rest hoch und versuche mir vorzustellen, was wohl die Klicke sagen würde, wenn sie von meinem Tod erführe. Darüber schlafe ich ein.

7

Ich erwache von einem Geruch nach Zimt und Messing, der meine Nase kitzelt. Als ich die Augen öffne, sind schräge Sonnenstreifen an der Wand gegenüber, die da doch gar nicht sein können, weil mein Fenster erst am Nachmittag Sonne kriegt. Vielleicht träume ich noch. Oder ich bin jetzt tot und im Himmel. Den Geruch jedenfalls mag ich, ich kenne ihn von irgendwoher, aber es fällt mir nicht gleich ein, wo ich ihn schon wahrgenommen habe. Auf jeden Fall ist es ein freundlicher Geruch. Dann kommt ein Stück Erinnerung, wie Vater auf dem Treppenabsatz steht mit dem Arm um Leo – nein, nicht mehr Leo, nie mehr – und zu mir sagt: Entscheide dich, wen du von nun an zur Mutter haben willst! Als es mir einfällt, wird mir ganz schlecht. Was war weiter geschehen? Ich kann mich gar nicht mehr richtig erinnern. Da war ein Bahnhof mit hastenden Menschen gewesen, wo es nach Ruß und Schienen roch und zog. Und Mutter mit verweinten Augen und der grünen Nappatasche, die mit leichten Fingern meine Hand hielt, weil ich die meine in ihre geschoben hatte trotz Berührungsverbots. Aber ich hatte Angst, in all dem Hin und Her verlorenzugehen.

Dann war da die endlose Bahnfahrt. Ich war immer wieder eingeschlafen. Am späten Abend waren wir in irgend etwas Dämmrigem angekommen, und Mutter hatte mich gleich zu Bett gebracht. Zu Sofa eigentlich, denn ich liege auf was Gepolstertem mit einer Stoffrolle unter dem Kopf.

Jetzt weiß ich es wieder: Wir sind zu Großvater gefahren, weil Vater Mutter zu Hause rausgeschmissen hat. Da war von Scheidung die Rede gewesen und davon, daß Vater Fräulein Leonore heiraten wollte. Ich sollte bei ihm bleiben, seine neue Frau würde gut für mich sorgen und mir eine bessere Mutter sein als die meine es mir jemals sein könnte. Entscheide dich, wen du von nun an zur Mutter haben willst! Ich verstand nichts, was wollten sie von mir, ich habe doch eine Mutter? Auf die Leonore aber war ich sehr zornig. Was stand sie da oben auf dem Treppenabsatz an Vater gelehnt und rief dauernd, ich sollte doch zu ihr heraufkommen, wir blieben von jetzt an zusammen, und sie würde auch nicht mehr nach Worms fahren, sondern nur noch für mich da sein. Da wurde sie mir ganz fremd, weil sie mich wie die Hexe im Märchen zu sich locken wollte, wo ich doch schon Eltern hatte. Eltern lassen sich nicht einfach austauschen, es hat auch was mit Blut zu tun. Das hat mir Vater früher einmal erklärt, als ich ihn fragte, was das heißt, wenn ein Vater von seinem Kind sagt: Blut von meinem Blute. Dabei war mir allerdings flau im Magen geworden, weil er so viel von Adern gesprochen hat, in denen es rollt und weitergegeben wird.

Es ist gut, daß wir zu Großvater gefahren sind. Großvater wird Rat wissen und Vater zu uns zurückholen, damit die Familie wieder zusammen ist, er wird die gräßlich falsche Leonore zum Teufel jagen. Bei Großvater gibt es abends Fleischwurst, die mag ich besonders gern. Vor drei Jahren waren wir zuletzt bei ihm zu Besuch gewesen, da war es sehr gemütlich zugegangen, und Mutter und ich hatten uns prima erholt. Als Mutter mit Tante Esther ins Zimmer kommt, habe ich mich schon angezogen.

Aber nicht gewaschen, sagt Mutter, ab ins Badezimmer.
Sie hoffe, ich habe gut geschlafen, sagt Tante Esther, ich sei gestern abend ja wie ein Stein auf das Sofa gefallen. Mutter und ihre Schwester sehen sich nicht sehr ähnlich, aber sie haben genau die gleichen Stimmen, das ist lustig.
Bleiben wir jetzt hier? sage ich zu Mutter.
Vorläufig, sagt sie zögernd und ohne Lächeln.

Ich finde es unheimlich gemein, was Vater Mutter antut! Sie sieht ganz verstört aus und so, als wolle sie gleich schon wieder weinen. Fein finde ich aber, daß ich jetzt nicht zur Schule brauche. Die können da ja auch gut ohne mich auskommen.

Großvater erwartet uns am Frühstückstisch. Er sieht ganz so aus, wie ich ihn in Erinnerung hatte, bloß ein bißchen dicker um Brust und Schultern. In meinem Zoo zu Hause habe ich auch einen Koalabären, der hat Fellbüschel als Ohren und dazwischen eine runde Stirn. Der sieht Großvater ähnlich, weil das dichte weiße Haar an den Seiten absteht wie Koalaohren. Auch um den Mund hat er weißes Haar, das ihn verdeckt, und aufmerksame blaue Augen. Ich mag sein Gesicht unheimlich gern.
Eijeijei, isses groß geworden, das Kind, sagt er zur Begrüßung und zieht mich an sich. Er darf berühren, weil er schon alt ist. Na, du Räuber, immer noch so ungebärdig?
Es ist besser geworden, sagt Mutter an meiner Stelle, nur manchmal noch. Da kriegt sie ihre Launen.

Ich mag es, wie Großvater mit mir spricht und mich gleich zu seinem Komplizen macht. Ich wünschte, er wäre mein Vater. Aber alles kann man nun mal nicht haben im Leben, sagt Josefine, obwohl ich nicht einsehen kann, warum nicht. Ich finde, man muß nur fest genug wollen. Großvater habe ich zu spät kennengelernt, da hatte ich Vater schon.

Während ich mein Frühstücksei köpfe und mir aufmerksam alles im Zimmer betrachte, sprechen sie von der Sache mit Vater und Fräulein Leonore. Ist sie hübsch? will Großvater wissen.
Wer?
Na, die Kleine, diese Leonore.
Aber Papa, sagt Tante Esther, was spielt denn das für eine Rolle?
Eine große, will ich meinen. Das Ganze ist eine Beleidigung für Else. Wäre das Fräulein mies, wär' sie noch größer, die Beleidigung.
Ich weiß nicht weiter, sagt Mutter ratlos, ich weiß einfach nicht weiter. Was soll jetzt geschehen?
Zunächst einmal bleibt ihr bei uns, sagt Tante Esther.
Fein, sage ich, einverstanden.
Bist du sicher, sagt Großvater, daß er nicht mit gewissen politischen Möglichkeiten liebäugelt, so, wie sich die politische Situation jetzt abzeichnet? Viktor, verzeih, wenn ich das sage, hatte schon immer einen Rechtsdrall, du hast es in deiner Verliebtheit nur nicht gemerkt.

Sofort geht Mutter in die Verteidigung. Das stimme nun wirklich nicht, Vater sei weißgott kein Antisemit trotz seiner kleinen Witze über Juden, das käme vom galizischen Einfluß auf die Menschen in Oberschlesien, damit sei er aufgewachsen, das sei harmlos. Hätte er mich sonst geheiratet? sagt sie. In erster Linie, mein Kind, hat Viktor dein Geld geheiratet, wir wollen uns doch nichts vormachen, sagt Großvater. Hätte er dich auch geheiratet, wenn du arm wie eine Kirchenmaus gewesen wärst? Na siehst du. Er köpft sein Ei mit solchem Schwung, daß das Gelbe herausläuft und auf den Teller tropft. Du hast Viktor nie gemocht, sagt Mutter.
Recht hast du, ich hab ihn nie gemocht. Aber eine Schei-

dung kommt nicht in Frage, sagt Großvater. Bisher hat er dich gebraucht. Sollte der Hitler gewinnen, wirst du ihn brauchen, ich seh's kommen.
Aber sie kann doch nicht bei ihm bleiben, unter den Umständen, sagt Tante Esther. Sie hat die gleichen Weichaugen wie Mutter, aber weniger Haar auf dem Kopf und einen entschlossenen Mund.
Natürlich wird sie bei ihm bleiben, entscheidet Großvater zu meiner Erleichterung. Sie ist seine Frau. Das verstehst du nicht, du bist nicht verheiratet. Was bedeutet schon ein Techtelmechtel? Es bedeutet, der Mann ist gesund, Gott segne ihn. Er hat mir eine feine Enkelin beschert. Dabei zwinkert mir Großvater zu und lächelt unter dem weißen Schnurrbart. Das erkennt man daran, daß sich die Enden hochschieben. Mutter, die schon eine ganze Weile Butter auf ihr Brot verteilt, sagt nichts.
Geht das denn? frage ich Großvater. Ich meine, das Zurückkommen? Weil er Mutter doch rausgeschmissen hat.
Aber Dicki, wie kannst du so etwas sagen? Davon kann keine Rede sein. Vater hat nur gemeint, es wäre unter den Umständen gut, wenn ich in der Zwischenzeit mal Großvater und Tante Esther besuchen ginge.
Ja, und dabei hat er die Leonore im Arm gehalten, sage ich.
Also Dicki …

Großvater sagt etwas von Kindern und Narren, daß die es mit der Wahrheit hielten, und Tante Esther sagt, sie fände es einen Skandal, Gott sei's geklagt, wie ihr Schwager mit ihrer Schwester umginge. Und es fehle ihr jedes Verständnis dafür, daß die sich das gefallen ließe.
Was ist, frage ich Großvater, wenn Mutter zurückgeht und Vater will sie gar nicht mehr, weil er die Leonore schöner findet?

Einen gesunden Menschenverstand hat das Kind, sagt Großvater. Sei beruhigt, er wird diese Leonore nicht schöner finden.
Und warum nicht?
Das sei eine Geldfrage. Menschen ließen sich kaufen. Eine betrübliche Wahrheit, so wenig die Betroffenen es wahrhaben wollten.
Wirst du Vater die Leonore abkaufen? sage ich.

Großvater und Tante Esther lachen. Dazu muß ich sie mir erst mal ansehen, sagt er. Was meinst du, ist das ein Geschäft, das sich lohnt?
Ich glaube nicht, sage ich ernsthaft. Sie sieht ganz nett aus, aber sie ist falsch und eine Verräterin.
Dann muß ich es mir noch gründlich überlegen, sagt Großvater. Wo sind die Brötchen? Hast du sie etwa alle aufgegessen? Es hat Hunger gehabt, das Kind, sagt Tante Esther, nach all der Aufregung kein Wunder.
Was werden sie jetzt wohl allein zu Hause machen? sagt Mutter und tut endlich eine Wurstscheibe auf ihr Brot.
Nun, was schon? sagt Großvater, und Mutter sagt empört: Papa!
Manchmal sprechen Erwachsene in Rätseln.

Nach dem Frühstück bleiben wir noch eine Weile um den Tisch sitzen. Ich finde es sehr gemütlich auf dem Stuhl mit dem weichen Lederpolster und betrachte mir die goldgerahmten Gemälde rundum. Die beiden auf den Bildern beim Eingang zum Nebenzimmer erkenne ich wieder. Die Frau auf der rechten Seite ist wunderschön mit großen dunklen Augen, schwarzem Hochsteckhaar und viel nackter Brust. Die Spitze von ihrem Kleid fängt erst da an, wo es unanständig wird. Der Mann links ist nicht so schön, sehr ernst mit einer weißen Hemdbrust und einem Jackenkragen, der bis an die Ohren reicht.

Es sind deine Ururgroßeltern, sagt Tante Esther, gefallen dir die Bilder?
Sie gefallen mir toll, sage ich, besonders die Frau. Die sieht so spanisch aus.
Ich hätte einen scharfen Blick. Maurin sei sie gewesen. Die Mauren in Nordwestafrika seien ein Volk mit einer hohen Kultur. Eines Tages, wenn sie, Tante Esther, tot sei, gehörten die Bilder mir.

Von der nahen Kirche schlägt es elf. Die Glocken haben ganz andere Stimmen als die von der Dionisiuskirche daheim, viel wärmere, kein aufgeregtes Gebimmel, nur ruhige Schläge, die nachhallen.
Was wirst du nun tun, Papa? fragt Mutter. Was sollen wir tun?
Er werde sich was einfallen lassen, sagt Großvater. Zunächst müsse er das Ganze einmal gründlich überdenken, es sei doch sehr überraschend gekommen. So viel Temperament hätte er seinem Schwiegersohn gar nicht zugetraut.
Vater hat viel Temperament, sage ich überzeugt. Ich will hinzufügen, daß mir Doktor Hirschfelder, als ich erst vier war, schon mal das Trommelfell nähen mußte, weil Vater es kaputtgeschlagen hatte, aber dann lasse ich es. Mir fällt ein, daß Mutter mich gebeten hat, Großvater nichts davon zu sagen, daß Vater haut, weil er das bestimmt nicht gern hätte. Dann regt er sich auf, und das sei schlecht für seinen Blutdruck.
Eijeijei, die Kleine, sieh mal an, sagt Großvater und schmunzelt wieder. Das hat sie wohl von ihm geerbt?
Nach Tisch hätte sie zu arbeiten, sagt Tante Esther und erhebt sich, aber bis zum Mittagessen könnten wir ein wenig durch die Stadt bummeln bei der schönen Sonne. Und du, sagt sie zu mir, kannst wieder dem Glockenspiel im Schloß zuschauen, erinnerst du dich noch?

Ich erinnere mich gut, auch, daß ich erst vor kurzem davon geträumt habe, als ich ein Skelett war und mit den anderen Figuren von dem Spiel auf der riesigen Drehscheibe stand. Ein bißchen fürchte ich mich davor, den Tod da oben heraustreten zu sehen mit seiner Sense. Aber ich bin schließlich neun und keine Zitterpappel im Wind, wie Vater sagen würde. Kloßbrühe, sage ich und Mutter beeilt sich, Tante Esther zu erklären, daß dies klar hieße und nicht, daß ich noch Hunger hätte.
Dein Viktor mit seinen gräßlichen Sprüchen, sagt Tante Esther. Daß dir das nicht zuviel wird. Eine Banalität nach der anderen, mir wäre das peinlich.
Laß, Esther, sagt Mutter, ohne böse zu werden, das verstehst du nicht. Viktor ist im Grunde ein kleiner Junge. Es macht ihm Spaß, so herumzualbern und sich ein bißchen wichtig zu tun. Das ist doch harmlos. Na, ich weiß nicht, sagt Tante Esther.

Ich bin ihrer Meinung. Du kannst ihn genausowenig leiden wie er dich, nicht wahr?
Er mag mich wohl nicht besonders?
Weißt du, wie er dich nennt? Tante Miesnik, sage ich und lache.
Und du sagst, er ist kein Antisemit, sagt Großvater zu Mutter, die verlegen auf ihre Hände schaut. Das meint er nicht so, verteidigt sie ihn. Ich sehe aber nicht ein, warum sie das tut. Lügen soll man nicht, und Mutter schon gar nicht.
Doch, das meint er, sage ich, weil das mit dem Schwindeln sonst an mir hängenbleibt, er macht Tante Esther dann auch immer nach, so – Ich ziehe die Schultern hoch und lege den Kopf schief, lache dabei, um zu zeigen, daß ich weiß, wovon ich rede.

Das regt Mutter schrecklich auf: Dicki, jetzt reicht's aber,

was soll denn das? Während Tante Esther triumphierend sagt: Hochkömmling aus kleinsten Verhältnissen, Spekulant und Erbschleicher und nun auch noch Antisemit. Und so einen mußtest du heiraten, Else! Haben Papa und Mama dich nicht genügend gewarnt? Aber nein, du wolltest ihn unbedingt, er war ja so gutaussehend, so charmant – der wußte, warum er dir den Hof machte!
Mutter ist schöner als Vater, sage ich. Was ist ein Schleicher? Großvater, der so gern lächelt, ist ernst geworden. Das ist eigentlich nicht für deine Ohren bestimmt, sagt er. Welches Wort meinst du – Erbschleicher?
Ich nicke. Ist das eine Schlange?
Wie kommst du darauf?
Es klingt so ähnlich wie Blind. Blindschleiche kenne ich. Ist eine Schleiche die Frau von einem Schleicher? Wie sieht eine Erbschleiche aus?
Mutter sagt, ich solle das Wort Erbschleicher so schnell wie möglich vergessen, das hätte Tante Esther nur so im Zorn gesagt, weil ich sie mit meinen Worten gekränkt hätte. Und Vater sei kein Erbschleicher. Entschuldige dich bei Tante Esther, Dicki! sagt sie.
Entschuldige, Tante Esther, weil ich gesagt habe, was Vater gesagt hat. – Siehst du, zu was du das Kind in seiner unbefangenen Offenheit bringst, sagt Tante Esther zu Mutter. Wozu soll es sich entschuldigen? Dafür vielleicht, daß Viktor zu Hause seinen Gefühlen freien Lauf läßt? Es hat doch nur gesagt, was es gehört hat.

Auch Großvater ist aufgestanden und klappt seine Uhr auf, die er an einer Kette vor dem Bauch trägt. Wenn ihr noch einen Bummel durch die Straßen machen wollt, wird es Zeit, sagt er. Das Ruthche will doch das Glockenspiel hören.
Auf dem Weg dahin, sagt Tante Esther zu mir, könnten

wir mal bei Landenberger vorbeischauen, erinnerst du dich noch, das Spielzeuggeschäft an der Ecke vor dem Großherzogendenkmal? Was meinst du?

Der Gedanke begeistert mich. Spielzeug-Pütz zu Hause hat nur noch wenig Tiere, die ich haben möchte, eigentlich nur noch Haustiere. Gänse, Kühe und Schafe. Die passen nicht in meinen Zoo, oder nur als Futter für meine Löwen und Tiger. Wenn sie dann erst mal gefressen sind, sind sie weg und überflüssig. Vielleicht hat der Laden hier ganz neue, aufregende Tierarten, möglicherweise sogar einen Nappa. Jetzt bin ich schon nicht mehr ganz so böse auf Vater, daß er versuchen wollte, jemand anderes zu heiraten, weil wir dadurch jetzt hier bei Großvater sind. Der wird Vater die dumme Idee schon austreiben, daß er mehrere Frauen heiraten will. Nur an die Leonore mag ich nicht denken, das tut weh und alles in mir wird so traurig, weil ich ihr vertraut habe, und sie hat mich verraten.

Es ist ein ganz tolles Gefühl, zwischen fremden Häusern in neuer Umgebung spazierenzugehen. Das heißt, so fremd sind mir die Straßen nicht. Ich erkenne vieles wieder, nur kommt mir das meiste davon kleiner geworden vor.

Die Häuser sind nicht kleiner, du bist größer geworden, sagt Tante Esther und lacht. So verschieben sich die Proportionen.

Was sind Proportionen?

Das sind die Verhältnisse zueinander.

Was ist ein Verhältnis?

Wenn du alle ihre Fragen beantworten willst, werden sie kein Ende finden, sagt Mutter schnell, während Tante Esther lacht und erklärt, Dinge, die man mit den Sinnen, mit Auge, Mund oder Ohren wahrnähme, blieben nie gleich, weil man selbst sich unentwegt ändere.

Warum ändern wir uns?

Das wäre doch schlimm, meint sie, wenn wir uns nicht ändern würden. Dann würde ich ja ewig Kind bleiben. Und du träumst doch sicher davon, möglichst schnell erwachsen zu werden, sagt sie. Tante Esther ist sehr klug.
Woher weißt du das?
Alle Menschen träumen von dem, was sie nicht sind, aber gern sein würden, sagt sie. Und mit dem Drandenken verändern sie die Dinge und sich selbst. Wäre das nicht so, würde das Leben stehenbleiben, und gar nichts mehr würde geschehen, nie mehr. Das wäre doch furchtbar, nicht wahr?
Langweilig, sage ich, weil ich finde, daß es nicht lustig sein kann, wenn nichts um einen herum passiert. Gerade entdecke ich, daß auch die Luft hier anders riecht als unsere daheim, weich und ein bißchen nach traurigen Blumen. Zu Hause riecht sie nach Bahnhof und dem Rauch aus den vielen Schornsteinen. Da stelle ich mir manchmal vor, daß Gott am Abend eine Käseglocke über unsere Stadt stülpt, so eine aus Metall, unter der wir mit der Nacht eingeschlossen sind bis zum Morgen, wo er sie wieder hochhebt, und darum riecht die Luft auf dem Schulweg in der Frühe immer so streng.

Leute in anderen Städten haben auch andere Gesichter. Die, die uns begegnen, lächeln und nicken uns zu. Sie kennen Mutter und mögen sie. Die haben hier bestimmt auch nichts gegen Juden, oder es sind selber welche. Woran erkennt man Juden? frage ich Tante Esther. Sind die Leute da auch Juden?
Wie kommst du denn darauf? sagt sie.
Weil sie uns so freundlich angucken, sage ich. Dabei wissen sie doch, daß wir welche sind, nicht wahr?
Einige von ihnen, sagt Tante Esther. Aber weshalb sollten sie darum weniger freundlich sein? Es gäbe Christen und Juden und noch eine ganze Menge anderer Sorten, das sei

ihre Privatsache und interessiere niemanden. Schau, dort, kennst du den Langen Ludwig wieder?

Wir stehen auf einem weiten Platz. In der Mitte ist eine riesig hohe, gerippte Säule mit ganz oben drauf einem Großherzog. Den kann man aber gar nicht richtig erkennen, weil man gegen die Sonne gucken und den Kopf so weit in den Nacken legen muß, daß man davon schwindelig wird. Ich erinnere mich an ihn, weil es um ihn herum nach Vanillegebäck riecht, das kommt von der Konditorei am Fuß der Baumallee, da habe ich damals mit Mutter Sahnebäsees gegessen, die waren ganz toll. Davor ist die Spielwarenhandlung, von der Tante Esther sprach, da stehen wir jetzt am Schaufenster und betrachten uns die Auslagen. Wollen wir hineingehen? sagt Tante Esther.

Die Verkäuferin meint, wir sollten uns nur umsehen und uns Zeit lassen. Bei Pütz würden die das nie erlauben, da bleibt der Verkäufer daneben stehen und achtet darauf, daß man nichts berührt. Ich blättere alle Malbücher durch, finde auch ein paar so schöne darunter, wie es sie bei uns gar nicht gibt. Die übergebe ich Tante Esther. Aber dann will ich gleich zu den Gipstieren. Den Nappa suchen. Tante Esther hat auch noch nie einen Nappa gesehen. Das ist ja toll, die haben hier ein ganzes Regal nur mit Tieren. Andächtig stehe ich davor. Tante Esther hebt eines in die Höhe, das sieht aus wie mein Buckelrind, hat aber gestreifte Beine und eine krumme Nase:

Ist er das?

Ich glaube nicht, sage ich.

Und dies hier?

Das ist doch ein Bär.

Was hältst du von diesem hier?

Nappas haben keine Hörner, sage ich. Und außerdem sind sie grün. Woher ich das mit der Farbe wisse?

Mutters neue Reisetasche ist aus Nappaleder, sage ich. Und die ist grün. Außerdem hätten Nappas dicke Bäuche, kurze Beine und Rundgesichter. Ich weiß schon ganz genau, wie ein Nappa aussieht. Nur haben die ihn hier leider auch nicht.
Wie es denn mit einem anderen Tier sei? Wahrscheinlich sei der Nappa ausgestorben, das komme bei seltenen Tierarten öfter vor. Ein Flußpferd vielleicht oder ein Lama?
Habe ich schon, sage ich, obwohl ich noch kein Lama habe. Aber das sieht so langweilig aus. Ich entscheide mich für ein Walroß mit langen weißen Stoßzähnen. Und darf ich noch den schwarzen Tiger haben? will ich wissen. Wenn ich den zu meinen gestreiften Tigern tue, werden sie ihn nicht mitspielen lassen, weil er wegen seiner Farbe was Fremdes ist, obwohl er doch sonst genauso aussieht wie sie. Dann wird er sich wehren und böse werden, das wird tolle Kämpfe geben.
Das ist ein Panther, sagt Tante Esther und übergibt Malbücher und Tiere der Verkäuferin, während Mutter sagt: Esther, das sollst du aber nicht.
Macht mir doch Spaß, sagt Tante Esther, Ruth soll halt ein bißchen Freude haben, wenn ihr nun schon einmal hier seid.
Das finde ich auch. Gehen wir jetzt da drüben in die Konditorei? frage ich, weil das die Freude noch erhöht.
Es ist gleich zwölf, du willst doch das Glockenspiel hören, sagt Tante Esther.
Aber danach?

Jetzt mischt sich Mutter ein, die immer nur still vor sich hingeschaut und gar nicht zugehört hat, wovon wir sprachen. Nachher gingen wir stantepede heim zum Mittagessen, sagt sie, da gäbe es vorher kein Kuchennaschen. Tante Esther tröstet, die Konditorei Printz sei auch am Nachmit-

tag offen, da könnte man ja anschließend an einen kleinen Spaziergang –
Esther, du verwöhnst Dicki. Läßt du ihr erst mal ihren Willen, ist sie nicht mehr zu bändigen. Du weißt nicht, wie Kinder sein können.
Nein, vermutlich nicht, sagt Tante Esther und sieht plötzlich ganz traurig aus.

Den alten Schloßhof kenne ich auch wieder. An den Schildwachen vor ihren gestreiften Häuschen vorbei durch das Tor in den Innenhof, der wegen der Mauern ringsum nur ganz wenig Licht bekommt, fast so wenig wie unser Hof zu Hause. Dafür ist er aber viel schöner. In der Wand, die zum Schloß gehört, sind Fenster mit schnörkeligen Gittern und viel weiße und rote Blumen in Kästen. Die roten kenne ich, die hatten wir mal eine Zeitlang auf dem Balkon über der Apotheke, sie sehen schön aus, aber sie stinken. Auf der Seitenmauer ist die riesige Schloßuhr mit krakeligen goldenen Zeigern und blau und goldenem Ziffernblatt; das sei schon sehr alt, sagt Mutter, und dann nennt sie auch den Namen von dem, der es gemacht hat, ich kann ihn mir nicht merken, er ist ja auch schon lange tot, der Uhrmacher. Weil heute so stark die Sonne scheint, schickt sie einen dicken Lichtstrahl direkt auf die Uhr. Das blendet so, daß man die Hand über die Augen legen muß, um überhaupt etwas zu sehen.

Wir stellen uns neben einer Schulklasse auf, der ihre Lehrerin erklärt, wer das Schloß gebaut hat und welche Fürsten es bis heute bewohnen, eine Menge Großherzöge und Landesfürsten und so. Da beginnt das Glockenspiel mit ÜB IMMER TREU UND REDLICHKEIT, es klingt so schön verstimmt, daß mir ganz feierlich zumute wird, aber mitten hinein sagt die Lehrerin, in Potsdam sei eine Kirche, die spiele das gleiche, weil es eine Garnisonskirche sei, und weil

damals – Da starren aber schon alle nach oben, wo sich über dem großen Ziffernblatt ein Türchen geöffnet hat. Die Figuren rucken ein bißchen, als wollten sie nicht vorwärts gezogen werden, sondern lieber da bleiben, wo sie herkommen, aber ich kenne sie gleich wieder, den Mann mit der Art Eisbeutel auf dem Kopf und dem Pelzmantel, den lustigen Jungen, der Flöte spielt und dazu tanzt, die Frau mit dem dicken Bauch und der Zuckertüte auf dem Kopf, den säenden Bauer, den Narren mit Schellenmütze, die Amme mit dem Kind auf dem Arm, die Alten am Stock und dann auch den Tod, der als letzter kommt und auf mich heruntergrinst. Eigentlich wirkte er, als ich das letzte Mal hier war, noch furchtbarer, aber auch jetzt macht er mir Angst und ich muß schlucken, bevor ich einen weiteren Blick auf ihn wage. Warum sehen Tiere, wenn ihr Fleisch ab ist, nur halb so scheußlich aus wie Menschen? Die zeigen auch alle Zähne, aber sie lachen nicht dabei wie wir. Ich finde es gar nicht komisch, tot zu sein und dann so auszusehen wie der da oben mit der Dose in den Knochenfingern.
Das ist ein Stundenglas, sagt Tante Esther, da ist Sand drin, der läuft von oben durch einen Filter nach unten. Dann kippt man es, und der Sand läuft langsam wieder zurück.
Warum? sage ich.
So wie der Sand in dem Glas, so verläuft unsere Zeit, das ist simbolisch, erklärt sie. Aber das verstehst du noch nicht. Und das ist dein Glück. Genieß du nur dein junges Leben.

Nach der Schulklasse, die in Reihen antreten muß, verlassen wir den Schloßhof. Das breite Pflaster davor ist voller Sonne. Der rote Platz, sage ich und freue mich, daß ich ihn wiedererkenne. Es fällt mir ein, wie ich hier von einem runden Stein zum anderen gehüpft bin, weil die so ulkig aneinandergelegt sind und schon sehr alt sein sollen. Tritt man nicht direkt auf die Mitte von so einem Stein, rutscht man leicht ab und knickt mit dem Fuß um.

Tante Esther lacht und meint, so weit seien sie hier noch nicht wie in Berlin. Das verstehe ich nicht. Aber das ist doch der rote Platz, beharre ich, er sieht genau aus wie früher. Nur nicht mehr rot. Stimmt schon, sagt Mutter, Dicki meint die großen Körbe voller Erdbeeren und Kirschen, die Stände mit dem frischen Obst von der Bergstraße. Jetzt im Winter gibt's die nicht, Markt ist nur im Frühjahr. Das roch so gut, sage ich, und du hast mir Kirschenohrringe gekauft. Vor drei Jahren, sagt Mutter und ist mit den Gedanken schon wieder ganz woanders. Drei Jahre können eine lange Zeit sein.

Ich an deiner Stelle... sagt Tante Esther.

Ja ja, sagt Mutter, du an meiner Stelle. Aber du bist nicht an meiner Stelle.

Da sei Gott vor, sagt Tante Esther mit Nachdruck.

Zum Mittagessen kommen wir ganz pünklich. Großvater erwartet uns schon. Kora, Tante Esthers Hund, bellt vorne wie wild, und hinten wedelt er so heftig, daß sein ganzes Hinterteil mitwackelt. Eigentlich ist er eine Sie und eine Boxerhündin, weil sie eine eingedrückte Nase und ein dickes Kinn hat. Ich hab sie gleich gern gemocht und sie mich auch. Unter dem Tisch legt sie sich an meine Füße, das fühlt sich kitzlig an, weil sie mir ihren Atem die Beine heraufbläst. Es gibt gebratene Leber mit viel Zwiebeln und Röstkartoffeln. Zu Hause essen wir auch ab und zu Bratleber, die schmeckt aber ganz anders, fader und zäher, vielleicht auch deswegen, weil die Zwiebeln drauf gekocht anstatt gebraten sind und weißlich auf der Scheibe herumrutschen. Die hier sind dunkelbraun und knusprig, krachen richtig, wenn man auf sie beißt. Das riecht und schmeckt toll, außerdem darf ich mir nachnehmen, so viel ich mag.

Hast du einmal darüber nachgedacht, Papa, wie es weitergehen soll? sagt Mutter.
Ja, das habe er, sagt Großvater und spießt einen ganzen Haufen Zwiebeln auf die Gabel, weil man die auch so, ohne Leber essen kann. Beim Kauen gehen der weiße Kinnbart und das Haar über der Oberlippe auf und ab.
Er sei zu dem Beschluß gekommen, daß die ganze Angelegenheit eine Kinderei sei und wieder in Ordnung gebracht werden müsse. Je eher, desto besser. Das sagt er aber nicht, wie Vater es sagen würde: So wird's gemacht, keine Widerrede!, sondern ganz bedächtig, als überlege er noch während des Redens.
Da sei sie ganz anderer Meinung, sagt Tante Esther, wo nichts sei, da sei nichts, die Ehe sei doch nur noch ein Papier. Es werde wohl schon ein bißchen mehr sein als das, meint Großvater und zwinkert über der Gabel Mutter zu, die verlegen zur Seite blickt. Irrtum, Papa, ereifert sich Tante Esther. Wenn man nun schon einmal dabei sei, die Karten offen auf den Tisch zu legen, dann sollte man auch keine verdeckt lassen.
Das regt Mutter furchtbar auf: Esther, sei bitte still.
Es muß aber zur Sprache kommen.
Auf keinen Fall. Ich hätte mich dir nicht so rückhaltlos anvertrauen dürfen, wenn du jetzt –
Falsche Scham, Else. Wie soll Papa entscheiden, was zu tun ist, wenn er nicht die volle Wahrheit erfährt?

Während sie sich streiten, betrachte ich mir die komischen Griffe der Bestecke, weißbraun und knubbelig, eigentlich praktischer als unsere glatten zu Hause, sie rutschen weniger in der Hand herum.
Die sind aus Hirschgeweih, sagt Großvater.
Das tut mir leid. Hat der Hirsch deshalb sterben müssen? frage ich. In dem Fall gefallen sie mir nicht mehr.

Hirsche werfen ihr Geweih ab, bevor sie ein neues bekommen, erklärt Großvater. Und aus dem Abgeworfenen werden die Besteckgriffe gemacht.
Dann ist es gut, sage ich und beschließe, sie weiterhin schön zu finden.

Wenn Mutter und Tante Esther sich streiten, bleibt Tante Esther meistens Siegerin. Hör zu, Papa, sagt sie, Else hat mir anvertraut, daß Viktor schon seit fast einem Jahr – wie soll ich es sagen? also, daß er die Ehe nicht mehr vollzogen hat. Großvater sieht betroffen aus. Zuerst mal sagt er gar nichts, weil er überlegt. In die Pause hinein frage ich: Was ist das, eine Ehe vollziehen? Wenn man so lebt, daß eine Ehe auch eine Ehe ist, antwortet Tante Esther. Wenn das so ist, denke ich, tut sie Vater unrecht. Meine Eltern haben eine richtige Ehe mit Schimpfen und Ohrfeigen und allem. – Vater hat immer die Ehe vollzogen, verteidige ich ihn, manchmal sogar täglich, wenn er die Wut gekriegt hat.
Sei still, Dicki. Misch dich nicht in Dinge, die du nicht verstehst, sagt Mutter. Sie ist wieder schrecklich nervös, ihre Mundwinkel zucken. Großvater schaut sie lange und ernst an: Stimmt das? sagt er.
Mutter nickt.
Eijeijei, sagt Großvater. Schlimm. Isser impotent?
Papa, bitte! Nicht vor dem Kind.

Schon will ich fragen, was impotent sei, da sagt Mutter plötzlich ganz energisch, im übrigen sei das ihre Privatsache und habe mit der jetzigen Situation nichts zu tun.
Es habe mit der jetzigen Sache so viel oder so wenig zu tun wie das Ei mit der Henne, meint Großvater, irgendwo müsse ein Mann schließlich bleiben, wenn die Frau sich ihm verweigerte.
Aber doch nicht beim Kindermädchen! schreit Tante Esther und Mutter versichert, von verweigern könne keine Rede

sein. Leider von Impotenz auch nicht, womit sie meine: in diesem Fall leider.
Da hast du's! sagt Tante Esther triumphierend zu Großvater, diese Ehe muß gelöst werden, finde ich; wenn das kein Beweis ist, daß Viktor es von Beginn an nur aufs Geld abgesehen hatte!

Die Babette, Großvaters Hausdame mit den freundlichen Augen, räumt den Tisch ab und bringt Obst mit Tellern und Schälchen voll Wasser. Zum Fingerreintauchen, erklärt sie mir, nachdem du dir Birnen geschält hast oder Mandarinen. Damit sie nicht kleben.

Mandarinen mag ich furchtbar gern. Sie riechen wie Parfüm und schmecken süß. Vater bringt nie welche mit heim, wenn er in der Stadt das Nachtischobst einkauft, weil er weiß, ich mag sie so gern, und er mich doch erziehen will: *Enthaltsamkeit ist das Vergnügen an Dingen, welche wir nicht kriegen.* Schreib es dir hinter die Ohren! – Ich nehme mir gleich drei auf den Teller.
Ob Mutter Vater denn nicht möge, in dieser Hinsicht, sie wüßte schon, fragt Großvater.
Nicht vor Dicki, sagt Mutter wieder, aber Tante Esther sagt: Natürliche Dinge kann man vor natürlichen Kindern besprechen. Sie verstehen doch nur, was sie verstehen können. Ihr Vater ist der gleichen Meinung: Mir kommt es vor, Elsche, als wärst du nie richtig erwachsen geworden. Also wie ist es: Klappt es nicht, weil du von ihm nicht kriegst, was du brauchst, ist es das?

Enthaltsamkeit ist das Vergnügen an Dingen, welche wir nicht kriegen, deklamiere ich laut, erstens, weil es mir gerade vorhin eingefallen war und zweitens, weil Mutter auch irgend etwas haben will, was sie nicht kriegt und es doch darauf paßt. Ich habe es mir hinter die Ohren geschrieben, wie Vater es wünschte.

Du kriegst gleich eine gelangt, sagt Mutter wütend zu mir. Ich bekomme den Mund kaum mehr zu. Das hat Mutter noch nie zu mir gesagt. Ich will schon wütend werden, aber dann fällt mir ein, daß sie mir vielleicht nur Vater ersetzen will, solange er nicht da ist.
Zu Großvater gewandt sagt sie, meinetwegen, da sie nun einmal dieses Thema angeschnitten hätten, und nur, um ihre erotische Neugier zu befriedigen: Vater habe wenig Bedürfnisse in dieser Richtung, zumindest habe er ihr bisher diesen Eindruck gemacht, und sie habe sich daran gewöhnt. Es störe sie nicht mehr. Und könnten sie jetzt endlich zum Hauptthema kommen, nämlich, was in der gegenwärtigen Situation zu tun sei? Dabei ist ihre Stimme ganz dünn, so als halte sie beim Sprechen den Atem an, bis kaum mehr Luft da ist: Reden wir endlich Tacheles!
Na gut, sagt Großvater, ich werde Viktor einen Brief schreiben. Wenn ich ihn noch vor halb vier in den Kasten werfe, wird er ihn morgen haben.
Was willst du ihm schreiben, Papa?
Nun, was schon? Ich werde ihm schreiben, daß mir die Sache nicht paßt. Daß er sein Techtelmechtel woanders austragen soll, aber nicht auf Kosten meiner Tochter und eurer Ehe. Daß du nach einer Woche nach Hause zurückkämst und besagtes Kinderfräulein nicht mehr vorzufinden wünschtest. Das werde ich ihm schreiben.

Tante Esther lacht auf. Es klingt, als habe ein Huhn ein Korn in die falsche Kehle gekriegt. Und du glaubst, das genügt, um Viktor dieses Fräulein fortschicken und ihn reumütig zu Else zurückkehren zu lassen? Bei der politischen Entwicklung, die sich abzuzeichnen beginnt, mal abgesehen von allem anderen?
Es wird genügen, sagt Großvater ruhig.
Papa, du bist naiv.

Großvater wendet sich zu mir. Weißt du, Ruthche, zu allem gibt es ein Zauberwort. Wenn du vor eine Tür kommst, und du findest sie geschlossen, mußt du nur das Zauberwort wissen. Dann geht sie auf. Kennst du das Märchen vom Sesam, öffne dich?
Das kenne ich, bestätige ich ihm. Davon hätte ich auch viele Bilder. – Ich bin gespannt, sagt Tante Esther, welches Zauberwort du bei Viktor anwenden willst.
Hippotek, sagt Großvater und trocknet sich die gebadeten Fingerspitzen an der Serwiette ab.

Mutter starrt ihn mit großen Augen an. Du meinst, du willst Viktor die Hippotek kündigen? Das kannst du nicht, Papa. Viktor wäre ruiniert.
Eben, sagt Großvater ganz friedlich.
Er kann das Geld nicht zurückzahlen, jetzt noch nicht, woher soll er es nehmen? Du hast versprochen, damit noch mindestens zehn Jahre zu warten.
Und nun brauch ich's eben, die Zeiten ändern sich, sagt Großvater.

Danach sind alle drei ein paar Augenblicke still und ich überlege, ob sie sich nach Tisch noch etwas hinlegen, dann könnte ich mit Tante Esthers goldener Eidechse mit den funkelnden Glasaugen, die eigentlich ein Briefbeschwerer ist, Drachenkampf spielen. Sie liegt nebenan im weißen Salon und hat im Bauch zwei Löcher. In einem steckt ein Korken. Ich weiß aber nicht, wozu. Vielleicht ist der Drachen ein Männchen und ein Weibchen gleichzeitig? Mal sehen, was geschieht, wenn man den Korken herauszieht.
Viktor, sagt Mutter, wird keinen Ausweg sehen.

Großvater ist viel weniger aufgeregt als sie. Abwarten, sagt er. Ich sehe das einfacher. Dein Viktor wird den Brief lesen und ans nächste Telefon eilen, um mich anzurufen, wollen wir wetten? Wenn ich mich nicht sehr irre, wird er

um ein klärendes Gespräch ersuchen und anschließend seine Frau reumütig in die Arme schließen. Lehr du mich Menschen kennen.
Das ist unmoralisch, sagt Tante Esther und hält den Kopf kein bißchen mehr schief wie Tante Miesnik, sondern ganz gerade auf dem Hals. Mir fällt dazu ein, daß Vater auch einen Spruch mit Moral hat: *Und die Moral von der Geschicht'* – und dann irgendwas mit NICHT, das sich auf Geschicht' reimt, ich hab' vergessen, was. Den zweiten Vers wandelt er oft ab, weil er sonst nicht paßt, worauf er gerade passen soll.
Red keinen Unsinn, sagt Großvater zu Tante Esther. Was könnte moralischer sein als zu versuchen, die Familie zusammenzuhalten? Und was hält die Familie zusammen? Simpatie vielleicht? Ewige Liebe? Geld hält sie zusammen, immer nur Geld. Also kann Geld nichts Unmoralisches sein. Dabei schmunzelt er. Das sehe ich zu gern, dann könnte ich ihn umarmen, aber weil Mutter dabei ist, darf ich das nicht. Aus Simpatie grinse ich mit, aber die beiden Schwestern beachten mich gar nicht. Schließlich sagt Mutter, sie fände Großvaters Vorschlag nicht schlecht, wenn die Sache den Ausgang nähme, den er voraussieht. Sie wäre dafür, daß er den Brief schreibe. Kurz. So kurz wie möglich. Je mehr Schock, desto spontaner die Reaktion, hoffe sie. Danke, Vater, daß du mir hilfst, sagt sie.

Wir erheben uns, Tante Esther schaut auf die Uhr: Ich denke, wir legen uns ein Stündchen hin. Aber was machen wir mit Ruth?
Ich wolle im Salon mit ihrer Eidechse spielen und dem Brieföffner aus Silber, sage ich, den ich auf dem Schreibtisch beim Fenster gesehen habe, der wäre das Schwert, mit dem ich den Drachen töten würde.
Fein, sagt Tante Esther, dann sehen wir uns zum Kaffee. Bis

nachher, Ruth, und sei schön leise, daß du Großvater nicht weckst.

Der Drache sitzt zwischen den Blumen auf der weißen Teppichwiese und starrt mir entgegen mit einem ganz böse glitzernden Blick, der mich abschrecken soll. Denn er ist ein königlicher Drache, dem das alles rund um ihn gehört, und niemand darf in sein Reich eindringen ohne seine persönliche Erlaubnis. Ich tue es aber doch und sage ihm gleich, er könne mir keine Angst machen, und wenn er mich noch so giftig anstarre.
Wer bist du? sagt der Drache. Woher nimmst du den Mut, in mein Reich einzudringen?
Ich bin ein Engel, sage ich, keiner von den ganz großen mit den langen Fließkleidern, die sitzen im Himmel da, wo er am höchsten ist, und niemand kriegt sie zu Gesicht. Ich wohne im Erdhimmel.
Nie gehört, sagt der Drache. Entweder du wohnst auf der Erde oder im Himmel. Beides zusammen gibt's nicht.
Gibt es doch. Ich bin ein Traumengel, weil die Menschen, wenn sie träumen, im Himmel und doch gleichzeitig auf der Erde sein können.
Und wozu hast du das Schwert? will er wissen.
Damit ich das Unrecht vertreibe. Es gibt so viel Unrecht auf der Welt. Du tust auch unrecht, wenn du dich so aufbläst mit deinem riesigen Leib und den Menschen Angst machst.
Warum redest du immer von den Menschen? Ich denke, du bist ein Engel?
Bin ich auch. Aber jemand muß sie doch verteidigen, nicht wahr, wenn sie weinen und keinen Rat wissen. Ich mag Menschen.
Ich nicht, sagt der Drache und faucht böse. Ich fresse sie.

Jungfrauen sind meine Lieblingsspeise, wenn sie noch frisch sind.
Dann muß ich dich töten, sage ich. Oder du suchst dir von jetzt an etwas anderes zum Fressen.
Dich zum Beispiel, sagt der Drache und streckt den Hals vor, da wird mir ganz heiß von seinem Atemdampf. Aber ich springe schnell zur Seite, da sieht er mich nicht mehr, denn Drachen können nur nach vorne sehen, weil ihre Augen im Kopf festgeschraubt sind. Er muß erst den Kopf drehen, und das fällt ihm nicht leicht, weil die Schuppen am Hals dann querstehen und gegeneinanderreiben. Wo bist du? sagt er und wendet seinen Kopf nach da, wo ich stehe. Das knirscht furchtbar.
Ich werde dir nicht schmecken, sage ich mutig, obwohl es ganz scheußlich ist, seinen glitzernden Blick auszuhalten, ich bin aus Luft gemacht, und wenn du auf mich beißt, kriegst du ganz viel Luft ins Maul und in den Bauch. Dann mußt du so lange aufstoßen, bis du mich wieder ausspuckst. Warum versuchst du es nicht mal mit Blumen? Die sind bestimmt gesünder. Es gibt doch genug Pflanzen hier.
Früher mal, sagt der Drache, in der Zeit, als noch die Welt voll Nebel war, da haben sich meine Ahnen von Pflanzen ernährt, von Blumenkohl- und Spinatbäumen, die so gesund sein sollen für unsere Kinder. Das hat mir meine Mutter erzählt.
Und weshalb tust du das heute nicht mehr?
Sieh dich doch um. Wo siehst du denn noch einen echten Spinatbaum? Oder gar saftige Schwarzwurzelsträucher? Wir sind keine Grasfresser, wir sind eine feine, anspruchsvolle Familie. Wir wollen täglich unseren Sonntagsbraten, das steht uns als Drachen zu.
Du kannst aber nicht täglich Sonntagsbraten haben. Weil es Sonntagsbraten nur sonntags gibt, sage ich.

Er denkt nach. Die Jungfrauen werden mir nur einmal in der Woche gekocht, sagt er, dann müssen diese Tage wohl Sonntage sein.
Und hast du noch nie darüber nachgedacht, daß die Leute, die dir die Jungfrauen bringen, sie lieber behalten würden? Zum Selberfressen?
Nein, zum Liebhaben oder auch zum Heiraten. Menschen haben keinen so riesigen Appetit wie du. Willst du mir versprechen, von nun an artig zu sein und keine Menschen mehr zu fressen?
Ich verspreche nie jemandem etwas, sagt der Drache. Das ist mein Prinzip. Wem es nicht paßt, der soll mit mir kämpfen.
Also gut, sage ich, du willst es nicht anders. Komm nur her, ich bin gerüstet.

Da bebt die Erde, weil der Drache sich zu seiner vollen Größe aufrichtet und furchtbare Laute von sich gibt, die klingen, als wenn zwei Lokomotiven in voller Fahrt aufeinanderprallen. Aus seinem weit offenen Maul schießen Flammen. Er läßt seine schwere Panzerbrust nach vorn schnellen. Er will mich erdrücken, indem er sich auf mich wirft, aber da trifft ihn auch schon mein Schwert zwischen die Schuppen. Das piekt ihn, und er faucht wütend. Ein zweiter Angriff, doch ich weiche geschickt aus, und der Drache fällt schwerfällig vornüber.

Jetzt ist er erst richtig wütend. Du kleines Biest, ich werde dich zerquetschen, auspusten, du bist doch nichts andres als ein lausiges Insekt! Schwerfällig trottet er vorwärts. Seine riesigen Pratzen zerstampfen alle Blumen rund um ihn, weil sie breiter sind als ganze Straßenplätze. Dabei höhnt er: Du willst ein Engel sein und hast nicht einmal Flügel? Jedes verdammte Insekt hat mehr Flügel als du. Gleich hab ich dich, dann fresse ich dich, Luft oder nicht.

Gerade als er sich vor mir auf den Hinterbeinen aufrichtet und dazu brüllt, um mir richtig Angst zu machen, trifft ihn mein Schwert direkt ins Herz. Einmal, zweimal, immer wieder steche ich zu. Er blutet grün und spuckt Rauch, der Ofen ist ihm ausgegangen, den hat mein Schwert in Stücke geschlagen. Mit einem gewaltigen Schlag fällt der Drache rückwärts und windet sich heftig. Ich muß aufpassen, von seinem wild peitschenden Schwanz nicht getroffen zu werden. Siehst du, ich habe dich besiegt, sage ich. Das hättest du wohl nicht gedacht, weil du so viel größer und mächtiger warst. Aber das Gute siegt immer in allen Geschichten. Ich lese so gut wie nie, sagt der Drache, aber das kann ich schon kaum mehr verstehen, weil seine Kräfte ihn verlassen. Jetzt mache ich dir den Garaus, sage ich und ziehe den Korken aus seinem Unterbauch. Da quillt schwarzer Rauch heraus und sogar noch ein blaues Flämmchen, das in der Luft tanzt, bevor es verlischt. Danach kommt nur noch weißer Dampf, und dann ist der Drache tot. Ich finde, es war ein guter Kampf, und ich hatte meinem Feind ja schließlich eine Möglichkeit gegeben, ihn zu vermeiden. Das hat er nun von seiner Gefräßigkeit. *Ach, wie köstlich es doch mundet, währenddes der Bauch sich rundet,* würde Vater sagen.

8

Am Nachmittag gehen Tante Esther, Mutter und ich im Herrengarten spazieren. Da gibt es ein Denkmal für ein kleines Prinzeßchen, das wirklich gelebt hat und noch gar nicht lange tot ist.

Das war die Kleine von unserem Großherzog, sagt Tante Esther, sie war bezaubernd, alle haben sie geliebt.

Ich mag aber keine Plätze, wo was begraben liegt. Zu Hause mochte ich lange Zeit nicht mehr im Hof spielen, nachdem Arbeiter dort die Reste vom Flip gefunden hatten.

Nein, Dicki, das ist kein Grab, nur ein Gedenkstein, sagt Mutter zu mir und zu Tante Esther: Ich glaube, Dicki hat eine Nekrofobie; alles, was stirbt, beschäftigt ihre Fantasie und ängstigt sie zugleich.

Kein Wunder, sagt Tante Esther, wie ich Viktor kenne, läßt er seine Schauergeschichten ohne Rücksicht auf ihr Kindergemüt am Kaffeetisch los.

Ein Überbleibsel aus seinen Studententagen, sagt Mutter, mit diesen zugegeben nicht gerade erfreulichen Schilderungen renommiert er nun mal gern.

Wie gehen die Wege entlang, die Alleen sind, und wo die Bäume rechts und links über unseren Köpfen die Äste kreuzen. Da, wo die Sonne durchscheint, macht das ein krakeliges Schattenmuster auf den Kies. Es ist kein Laub an den Zweigen. Sicher ist es hier noch viel schöner, wenn im Frühjahr die Blätter dran sind und ein dichtes Laubdach bilden, unter dem man sich vor zu viel Sonne verstecken kann.

Hier im Garten ist es ganz still ringsum, weil es ein vornehmer Park ist, ein großherzoglicher mit vielen Verbotsschildern, daß man zum Wegwerfen von Papier die Papierkörbe neben den Bänken benutzen soll wegen der Reinhaltung der Gehwege, Hunde an der Leine zu führen hat und auf keinen Fall den Rasen betreten darf. Auch Ballwerfen und Rollerfahren sind verboten. Dabei ist der Rasen eigentlich gar kein richtiger Rasen, sondern nur eine weite graue Fläche mit ganz wenig Grün darin, und die Blumenbeete hinter der Absperrleiste sind zerzauste Blätter, der Rest ist Erdgekrümel. Das Grünste hier sind die Bänke, aber niemand sitzt auf ihnen, dazu ist es zu kalt.

Kora zieht zu den Büschen. Weil Tante Esther die Leine kurz hält, wächst Koras Hals ganz langsam aus dem Bullihalsband mit den Borsten heraus, damit sie mit der Nase einen Strauch erreichen kann, der ihr besonders verlockend duftet. Sie zieht nach rechts, Tante Esther nach links. Weil Kora aber vier Beine hat, mit denen sie bremsen kann und Tante Esther nur zwei, bleibt sie Sieger. Tante Esther macht ein paar taumelnde Schritte seitwärts und Kora ist da, wo sie hinwill und hat wieder einen kurzen Hals.

Wir kommen an einen Rundbau aus Holz mit ein paar Bänken davor. Der Musikpavilljong, sagt Tante Esther. Erinnerst du dich noch, Else, wenn wir im Frühling – Mama, Papa und wir zwei.

Jeden Sonntag, sagt Mutter. Die Frühkonzerte. Mama liebte sie.

Tante Esther lacht. Jetzt kann ich dir's ja sagen: Damals habe ich dich beneidet.

Mutter sieht Tante Esther ganz erstaunt an: Warum denn? Du warst die ältere von uns und durftest schon Spitzenblusen tragen. Mich steckten sie in die unvermeidliche Matrosenbluse, der breite blauweiße Kragen, der Bindeknoten, erinnerst du dich? Außerdem hattest du schon Verehrer, die dich bewunderten. Mich beachtete niemand. Du warst schon immer die hübschere von uns beiden.

Mutter sieht aus, als wüßte sie nicht recht, was sie dazu sagen soll. Dafür bist du die Klügere, sagt sie, du hast den gescheiten Kopf von Mama geerbt und noch einiges dazu. Was sind da schon ein paar Flirts im Backfischalter – ich hab' sie längst vergessen.

Tante Esther zerrt wieder an Kora, die ihre eingedrückte Schnauze fest gegen irgendwas auf dem Boden preßt und Schnüffellaute von sich gibt. Den Reserveleutnant auch? sagt sie. In den warst du sehr verliebt und enttäuscht, daß er nicht um deine Hand anhielt, erinnere dich. Was Besonderes sei der zwar auch nicht gewesen, aber immer noch besser als Viktor, dieser zielstrebige Spekulant.

Fang nicht schon wieder an, sagt Mutter.

Bevor du Viktor heiratetest, haben wir uns nie gestritten, sagt Tante Esther, und es klingt traurig.

Ich glaube, sie ist sehr allein und würde gern wieder wie früher mit ihrer Schwester zusammensein. Darum ist sie auf Vater eifersüchtig. Ich hätte ihr das mit Tante Miesnik nicht sagen sollen, es war mir nur so rausgerutscht. Jetzt stehen wir am Parkausgang und überlegen, wo wir von hier aus hingehen. Weil Sonnabend ist, was hier Samstag heißt, sind viele Leute in den Straßen, die sich die Läden anschauen wollen, wozu sie an den anderen Tagen keine Zeit haben; da sitzen sie in den Häusern und arbeiten. Ich möchte Sahnebäsee, sage ich, bei Printz, du hast es mir versprochen.

Auf dem Weg dorthin kommen wir wieder an Landenberger vorbei, jetzt kann ich mir die Auslage mal in Ruhe

betrachten, weil ich heute morgen gleich hinein wollte; Spielzeugläden sind von innen noch aufregender als von außen. Mutter und Tante Esther bleiben geduldig neben mir stehen und warten ab, bis ich ausgeguckt habe. Da muß ich mich mit den Augen erst zurechtfinden; nichts liegt so, wie ich es von Pütz zu Hause gewohnt bin: Jungenspielzeug rechts, Mädchenspielzeug links, das Kasperltheater in der Mitte. Hier bildet alles ein kunterbuntes Durcheinander, Puppen und Teddis und Gesellschaftsspiele und Indianerausrüstung mit viel tolleren Federhauben als zu Hause, ich kann mich nicht sattsehen. Und dann – ich will schon weitergehen – entdecke ich ihn hinter einem Brett mit Zinnsoldaten: Fridolin, meinen Fridolin, den Vater zum Fenster herauswarf. Mein Kuschelkaninchen. Das heißt, der hier im Fenster ist mehr braun, weil er ein Hase ist und darum größer, aber ganz lieb weich, und seine zurückgelegten Ohren sind rosa auswattiert. Ich liebe ihn auf den ersten Blick. Kaufst du mir noch was, Tante Esther?
Mutter schüttelt vorwurfsvoll den Kopf, aber Tante Esther lacht und sagt: Was möchtest du denn haben?
Den da, sage ich und deute auf Fridolin den Zweiten.
Den Hasen? Aber das ist etwas für Kleinkinder, sagt Tante Esther, damit sie besser einschlafen.
Wirklich, Dicki, sagt Mutter, was soll das?
Bitte! sage ich. Auf einmal ist es mir schrecklich wichtig, Fridolin wiederzubekommen. Vielleicht hätte ich die Leonore gar nicht so gern gewonnen, wenn Vater mir mein Kaninchen nicht abgenommen hätte.
Nein, sagt Mutter bestimmt, deine Tante hat schon zu viel Geld für dich ausgegeben. Und zu ihrer Schwester: Das ist schlimm mit Dicki, immer gleich alles haben müssen, was sie sieht, ich fürchte, ich hab sie zu sehr verwöhnt, sie hat keine Vorstellung von Geld. Später, sagt sie, würde ich mich ein-

mal schwertun, wenn niemand mehr da sei, der alle meine Wünsche erfüllte.

Vor Zorn beginne ich zu weinen, ich, ein großes, neunjähriges Mädchen. Ich finde es so hundsgemein ungerecht. Sie haben mir meinen Fridolin genommen, jawohl, auch Mutter ist daran schuld, weil sie einen Mann geheiratet hat, der den Bettgefährten seiner Tochter einfach zum Fenster hinauswirft. Und dann wollen sie mir keinen neuen besorgen. Ich fühle mich hilflos wie eine hungrige Zweijährige, die zusehen muß, wie der Vater vor ihren Augen ihren Reisbrei aufißt.

Warte hier, sagt Tante Esther zu Mutter, wir sind gleich wieder da, und schiebt mich durch die Tür ins Innere des Ladens.

Als mir die Verkäuferin Fridolin übergibt – sie hat ihn für mich extra mit einem langen Haken aus dem Fenster gefischt –, ist das ein Gefühl wie Weihnachten und Ostern gleichzeitig und noch viel schöner. Mein neuer Fridolin ist seidenweich und riecht wie unsere blauen Sessel im Salon, weil er auch aus Plüsch ist.

Eure Stadt ist die schönste Stadt der Welt, sage ich zu Tante Esther, ich hab' dich lieb und ich werde auch nie mehr lachen, wenn Vater Tante Miesnik sagt.

Richte ihm aus, er sei selber ein Miesnik, sagt sie und lacht, als sie sieht, daß ich Fridolin nur ungern hergebe, um ihn einpacken zu lassen. Die Verkäuferin könnte grob mit ihm umgehen. Zarte Wesen muß man beschützen. Auch die aus Stoff, weil Erwachsene nicht verstehen wollen, daß sie auch eine Seele haben und genauso leiden wie Menschen, wenn man sie schlecht behandelt.

Aber in der Konditorei Printz, wo es so wundervoll nach warmen Waffeln riecht, sagt Mutter zu Tante Esther, als wir schon an dem einbeinigen Tischchen sitzen und bestellt

haben: Ich muß mich für Dicki entschuldigen. So kindisch hat sie sich sonst nie aufgeführt.
Die Aufregung, sagt Tante Esther. Und all das Neue. Das kann man verstehen.

Ich höre ihnen zu, wie sie über mich reden, als säße ich gar nicht neben ihnen. Aber so machen es die Erwachsenen mit uns Kindern: Erst unterhalten sie sich mit uns, stellen Fragen, erklären. Und dann plötzlich tun sie, als wäre man nicht mehr vorhanden oder etwas, das aufhört zu sein, sobald sie wieder in ihre Erwachsenenwelt eintauchen. Sollen sie. Ich sitze vor zwei Schaumhälften Bäsee mit einem Riesenhaufen Sahne dazwischen, die auch ganz anders schmeckt als die bei Bongertz zu Hause um die Ecke. Vielleicht hat das mit der Luft zu tun, Luft hat auch einen Geschmack, und der fällt in die Sahne und macht sie wattig schmecken oder schaumig süß wie diese hier auf meinem Teller.
Hier habe ich schon lange nicht mehr gesessen, sagt Tante Esther und betrachtet die zusammengebundenen Gardinen hinter den Auslagen, die aussehen wie kugelige Wolken mit Rand, die sich gegeneinanderschieben, genaugenommen nicht mehr, seitdem wir beide hier drinnen unsere Mokkaeklärs – weißt du noch, Else?
Eine Ewigkeit her, sagt Mutter. Das muß gewesen sein, als Viktor seinen Reservedienst machte. Gut sah er aus in seiner Leutnantsuniform.
Uniform, Uniform. Du bist wie Papa. Ihr bewundert deutsche Disziplin, Preußentum, Uniformen. Und warum? Weil ihr euch schämt, Juden zu sein. Weil ihr nach außen hin betonen wollt, daß man uns um Gotteswillen nicht verwechseln darf mit denen aus Galizien, *wir* kommen aus dem Spanischen, *wir* sind Angepaßte. Assimilierte. *Wir* lassen uns christlich taufen und heiraten Christen. Hast du

dich nie gefragt, Else, ob du dir da nicht selbst etwas vormachst?
Sie wisse schon, was Tante Esther meine, sagt Mutter einlenkend, aber sie hielte nichts von Minoritäten, die ihre Ohnmacht mit stolzem Separatismus bemänteln. Man lebe nun einmal in diesem Land, genieße seine Vorteile und Rechte, da wäre es doch nur natürlich, daß man sich so weit wie möglich seinen Vorstellungen anpasse.
Wenn du nur nicht darüber vergißt, wer wir sind, sagt Tante Esther. Ich finde, du hast dich in letzter Zeit stark verändert.
Nicht, daß ich wüßte, sagt Mutter und hackt mit der Gabel Gedankenlöcher in die Käsetorte.
Früher, sagt Tante Esther, warst du in Viktor nur verliebt. Heute, verzeih, daß ich das sage, bist du ihm hörig. Oder wie sonst willst du erklären, daß du wieder zu ihm zurückwillst nach allem, was er dir angetan hat?
Das verstände Tante Esther nicht, weil sie nicht verheiratet sei, sagt Mutter. Männer wären eben so, und Frauen seien dazu da, ihnen zu verzeihen. Es seien ja im Grunde große Kinder.

Auch wenn ich das meiste nicht verstanden habe, protestiere ich mit einem ganzen Mund voll Sahne, daß Vater kein Kind ist, nie eines gewesen ist, sondern immer schon ein Vater, solange ich denken kann. Er ist der Erwachsenste von allen Erwachsenen, und was er anordnet, das gilt. Kinder dürfen nicht befehlen, und wenn sie es trotzdem versuchen, hört niemand hin. In geordneten Verhältnissen, hat Vater gesagt, muß es immer zweierlei Menschen geben, die, die befehlen, und die, die gehorchen. Das ist eine natürliche Ordnung, darum hat Gott manche Tiere zu Löwen, andere zu Hasen gemacht und die Schwachen von den Starken fressen lassen, damit die Kräftigsten überleben. Seit ich mit Vaters Hantel übe, bin ich schon viel stärker geworden. Ich will

nicht gefressen werden. Tante Esther ist auch stark, viel stärker als Mutter. Mutter träumt immerzu vor sich hin, da kann ihr so leicht etwas zustoßen.
Ihr könntet doch hierbleiben, sagt Tante Esther jetzt ganz eifrig. Das Haus sei sowieso viel zu groß für sie und Großvater, und für mich fände man hier bestimmt eine gute Schule. Überhaupt sei Hessen eine viel gesündere Umgebung für mich als der Niederrhein mit seiner Industrieluft.
Wie stellst du dir das vor? sagt Mutter in einem Ton, als wolle sie in Wirklichkeit gar nicht wissen, wie Tante Esther es sich vorstellt.
Die Scheidung wird kein Problem darstellen, sagt Tante Esther. Viktor wird abgefunden werden und du bist frei, zu reisen.
Reisen? sagt Mutter.
Nun ja, man müsse abwarten, was da politisch auf einen zukäme. Aber angenommen, Hitler käme an die Macht mit seinem Antisemitismus und die Lage würde schwierig, dann werde man sich wohl überlegen müssen, ob es nicht vernünftiger sei, auszuwandern.

Mutter sieht so entsetzt aus, als habe ihr jemand etwas ganz Gräßliches gesagt. Emigrieren? sagt sie. Wir? Weshalb, um Himmelswillen? Wir gehören hierher, wir sind hier geboren. Ihr habt doch wohl nicht die Absicht – was für eine Idee! Natürlich, Juden hören immer die Flöhe husten. Unsere anererbte Histerie. Ich fühle mich als Deutsche, Esther, und ich gehöre an die Seite meines Mannes, sieh das doch ein!

Ich nicke heftig, weil ich finde, da hat sie recht. Egal, was ist, Vater und Mutter gehören zusammen. Ich will keine Scheidung, wir brauchen Vater. Großvater ist lieb, aber er kann keine Ordnung halten und mag nicht befehlen und auch nicht so lange Sonntagsspaziergänge mit mir machen wie Vater. Wir müssen Vater auf jeden Fall behalten. Schade, daß zwischen Mutter und Tante Esther so eine Spannung entstanden ist, daß nun beide in ihre Kaffeetassen schauen und nicht wissen, was sie weiter reden sollen. Ich finde es wundervoll, den warmen, süßen Backgeruch zu atmen und durch das Fenster die Leute vorbeigehen zu sehen, wie sie mit hochgezogenen Schultern, die Hände in den Taschen vergraben, mit schnellen Schritten zu irgend jemand eilen, der auf sie wartet, jedenfalls stelle ich mir das so vor, weil ich so gemütlich im Warmen bin und sie da draußen kalte Nasen und Füße kriegen.

Mutter und Tante Esther sitzen und denken noch eine Weile, bevor wir aufbrechen. Papa wird schon warten, sagt Tante Esther, du weißt, Sabbath.

Haltet ihr den noch ein? will Mutter wissen.

Ich würde ja, sagt Tante Esther, aber Papa ist neuerdings dagegen. Er findet es deplaziert gegenüber den Kreisen, in denen er verkehrt, du kennst ja seinen Umgang – Großgrundbesitzer und preußischer Adel, darauf ist er stolz, als wäre es sein persönliches Verdienst und nicht in erster Linie seine unabhängige Finanzlage, die die Herren anzieht. – Sie lacht, nur gerade so ein bißchen. Wenn ich mich nicht um ihn kümmerte, sagt sie, hätten sie ihn schon ausgenommen wie eine Weihnachtsgans, er ist zu gutmütig.

Aber von Geschäften versteht er doch eine Menge, sagt Mutter, während wir mit schnellen Schritten zur Liebigstraße eilen, da kann ihm so leicht keiner etwas vormachen. – Schon wieder sind sie verschiedener Meinung. Weshalb streiten sie sich die ganze Zeit? Dabei haben sie sich doch immer so gemocht.

Unser Haus in der Liebigstraße ist ein Eckhaus und riesengroß mit breiten, geschwungenen Treppenstufen aus einem ganz vornehmen Stein, der aus Griechenland kommt,

und mit dem die alten Griechen ihre Tempel gebaut haben. Das weiträumige Treppenhaus riecht geheimnisvoll nach alten Wänden und Staub, und ein bißchen was von Blumen ist auch dabei. Es macht mich jedesmal aufgeregt, wenn wir durch das Portal treten. Das ist der große Eingang, der kleine liegt eine halbe Treppe höher. Hochparterre heißt das, sagt Tante Esther. Kora stürzt gleich herein, als Tante Esther die Tür aufschließt. Es ist ganz genau sechs, die Pendeluhr in der Vorhalle schlägt sechsmal Bong, zittrig und verstimmt. Nach jedem Bong bleibt ein Echo in der Luft, ganz lang. Ich mag die Uhr unheimlich gern, als spräche sie, aber man muß sehr genau hinhören, um zu verstehen, was sie sagt. Es ist irgend etwas sehr Altmodisches aus der Zeit, als ich noch nicht auf der Welt war.
Da seid ihr ja, sagt Großvater und versucht Koras stürmischer Zunge auszuweichen, die sein Gesicht ablecken will.
Wir gehen uns nur die Hände waschen, und dann können wir gleich essen, Papa, sagt Tante Esther, obwohl wir doch gerade erst Kuchen gegessen haben.
Alten Herren bekommt es besser, wenn sie früh zu Abend essen, erklärt Mutter, die mich umziehen will, weil ich schon den ganzen Tag in dem Kleid herumgelaufen bin. Das ist nicht Ess-Teetisch, sagt sie, feine Leute ziehen sich zum Abendessen immer um.
Warum tun wir das dann zu Hause nicht? sage ich.
Zu Hause brauche man nicht die Kleider zu wechseln, dafür sei man eben zu Hause, das täte man nur, wenn man ausginge oder irgendwo zu Gast sei.

Im Eßzimmer erwartet uns Tante Esther. Sie hat sich umgezogen und jetzt ein blaues Kleid an mit Bubikragen. Darin sieht sie aus wie der Max in Max und Moritz, nur weniger dick. Sie versteht nun mal mehr von Wissenschaft als von Garderobe, entschuldigt Mutter sie vor Vater, wenn

er sagt, Tante Miesnik liefe in Sachen herum, die aussähen, als stammten sie aus einer Altkleidersammlung. – Sie hat zwei Messingleuchter mit Kerzen in der Hand, die stellt sie vor sich auf den Tisch.
Auf einmal wieder? sagt Großvater erstaunt. Du willst Schabbes halten? Sie fände, sagt Tante Esther und blickt dabei Mutter an, wir sollten über allem nie vergessen, wo wir herkämen, und alte Bräuche nicht vernachlässigen. Hier, Else, ich hab dir deinen Schiffongschal mitgebracht. Großvater reicht sie ein schwarzes Käppchen: Ich fand es in deiner Schreibtischschublade, sagt sie, ganz hinten.

Gespannt beobachte ich, wie sie die beiden Kerzen anzündet, während Mutter den Schal über ihr Haar tut und Großvater zögernd das Käppchen aufsetzt. Mutter erhebt sich, geht zum Schalter und macht das Licht aus. Das ist aufregend. Auf einmal ist das ganze Zimmer in Halbdunkel getaucht, nur das Tischtuch glänzt weiß, und die Flammen von den Kerzen spiegeln sich in den Tellern und Gläsern. Auf meinem Wasserglas beginnen eine Menge Farben zu tanzen, ich kann nicht wegsehen. Tante Esther hebt die Hände über die Kerzen, das spüre ich, weil die Flammen sich biegen und mein Glas noch stärker leuchtet als vorher, und dann sagt sie etwas auf, das klingt wie ein feierliches Gedicht, aber ich kann kein Wort verstehen, es ist in einer ganz seltsamen Sprache. Großvater und Mutter halten den Kopf gesenkt.

Ich stelle mir vor, daß ich in einem Zelt vor einem offenen Feuer sitze, ihr gegenüber sitzt Ayea, die große Zauberin, von der die Leute sagen, sie kann Wunder vollbringen und sogar Tote wieder lebendig machen. Was hältst du da auf dem Arm? sagt sie. – Es ist ein Tier, sage ich, ein Kaninchen, aber es ist tot, weil es aus dem Fenster fiel. Mach es wieder heil, bitte. Es ist mein bester Spielkamerad gewesen und ließ sich von mir streicheln. – Die große Zauberin Ayea schaut hin und sagt: Es ist aber sehr tot. – Bitte, versuch es. – Da streckt Ayea die Hände über dem Feuer aus und murmelt Beschwörungsformeln, daß sich das Gras flachlegt und die Tiere ringsum im Wald den Atem anhalten. Sie klingen fremd und sehr geheimnisvoll und wie von weit her …

Greif doch zu, Dicki, träumst du?

Vor meiner Nase ist Tante Esthers Hand, die mir ein Stück Brot reicht.

Nimm es, Ruth, das gehört zum Sabbath, wir alle essen es.

Gibt es dann kein Abendessen mehr?

Tante Esther löscht die Kerzen und macht das Oberlicht an. Großvater stopft sein Käppchen in die Jackentasche. Werden schon dafür sorgen, daß du uns nicht verhungerst, sagt er und schmunzelt unter dem Bart. Ich glaube, das Tischgebet von Tante Esther eben hat ihn scheniert, weil sie das schon lange nicht mehr gemacht haben und damit aus der Übung gekommen sind.

Es gibt Nudelauflauf, warm und mit Rosinen drin. Er schmeckt weich, buttrig und ganz anders als die Sachen, die bei uns zu Hause auf den Tisch kommen. Vater wünscht solide Kost. So etwas Wonniges wie Nudelauflauf würde er schlabbrigen Weiberfraß nennen und bestimmt verachten. Es ist wirklich schade, daß Vater nur einen männlichen Geschmack hat.

Wie es denn mit der Schule geht? will Großvater wissen. Bei ihm darf man während des Essens sprechen, obwohl er doch vornehmer ist als Vater, weil er zu Mutters Familie gehört.

Soso lala, antwortet Mutter für mich, mit Zahlen tut sie sich schwer, dafür hat sie in Rechtschreibung und in Zeichnen Einser.

Nun, das sei lobenswert, da würde sich wohl das eine ge-

gen das andere aufheben. Künstlernaturen hätten wir bisher keine in der Familie. Vielleicht wäre ich eine.
Ich mag aber die Schule nicht, sage ich, und weil man hier bei Tisch reden darf, versuche ich's gleich mit vollem Mund.
Das sei betrüblich. Lernen müsse nun einmal jeder junge Mensch, damit er später im Leben zu etwas tauge und sich durchsetzen könne.
Wie durchsetzen? sage ich.
Arbeiten. Geldverdienen.
Hast du gearbeitet und Geld verdient?
Eijeijei, sagt Großvater, Fragen stellst du. Gewiß habe ich gearbeitet, Naseweis. Viel Geld hätte es aber zu seiner Zeit nicht gebraucht, Privatdozenten könnten von dem nicht leben, was sie mit Vorträgen und ein paar Veröffentlichungen verdienen.
Du mußt aber doch viel Geld haben. Vater sagt, du seiest so reich, daß du sogar Menschen kaufen kannst, Zeugen, Beamte und so. Was machst du mit denen, wenn du sie gekauft hast? Da wird es still um den Tisch. In die Pause hinein sagt Tante Esther: Dieser Mensch ist unerträglich! Aber Großvater schmunzelt wieder und sagt: Ich lasse sie wieder laufen, aber sag's niemandem weiter, sonst verkauft mir niemand mehr einen Beamten.
Wovon hast du sie bezahlt, wenn du gar nicht so viel Geld verdient hast? Unser Geld, sagt Großvater mit Betonung auf UNSER, ist Erbvermögen, Ruthche. Dein Ur-urgroßvater hat es verdient. Er hieß Nataniel und war ein wunderbarer Mann, der uns allen ein Vorbild sein sollte.
Das macht mich neugierig. Erzählst du mir von ihm?
Nach Tisch! sagt Tante Esther. Laß Papa erst einmal in Ruhe essen.

Und dann sprechen sie untereinander, und es wird langweilig, weil ich davon nichts verstehe. Um Politik geht es und um irgendwelche Überschreibungen von Papieren auf Herrn Endrikat, weil der doch Nichtjude ist und die dann wieder umschreibt, alles proforma, nur zur Sicherheit. Es sei ja abzusehen gewesen, daß mit der Niederlage der Nazipartei bei den Reichstagswahlen am sechsten November noch nichts entschieden war, nicht wirklich, auch wenn viele das bereits geglaubt hätten. Aber nun zeichne sich deutlich die Katastrophe ab, man müsse gewisse Sicherheitsvorkehrungen treffen, um drohende Verluste aufzufangen. Auf jeden Fall würde es einen schlimmen Börsensturz geben, sollten Hitler und seine Partei die Regierung übernehmen.

Mutter ist mit den Gedanken schon wieder bei Vater. Was meinst du, Papa, ob er deinen Brief heute schon hat? Wie wird er darauf reagieren?
Nun, wie wird er schon reagieren? sagt Großvater, vernünftig wird er reagieren. Praktischen Verstand hat er ja. Er wird das einzig Denkbare tun, mit der kleinen Schickse Schluß machen und euch zurückrufen.
Meinst du, er wird sich melden?
Er wird, er wird, und du wirst sehen, er wird ganz schnell wieder zur Vernunft kommen, laß mich nur mit ihm reden. Mutter schaut Großvater dankbar an und sieht getröstet aus. Ich bin fast ein bißchen neidisch auf sie; sie hat einen Vater, der sie tröstet, wenn sie Kummer hat. Das macht, weil Großvater nicht so männlich ist wie Vater. Nichtmännliche Männer sind einfacher zu verstehen.

Nach dem Abendessen sitzen wir noch ein paar Stunden im großen Wohnzimmer beisammen. Da sind nur die Leselampen an, und die Männer und Frauen auf den Ahnenporträts in den Goldrahmen sehen ganz lebendig aus, weil sie von unten her angeleuchtet sind. Hier ist es sehr still, die Fenster und der Erker mit den vielen hohen Zimmerpflanzen gehen zur Rückseite hinaus, da ist keine Straße, sondern

nur Wiese mit Bäumen. Mutter und Tante Esther rauchen Zigaretten, Opa Pfeife, auf die er stolz ist und die er Meerschaumpfeife nennt, obwohl weder etwas vom Meer noch von Schaum daran ist.
Erzählst du mir von Nataniel? sage ich und rücke mit meinem Sessel nahe an seinen heran.
Kora schnorchelt in letzter Zeit so, sagt Tante Esther, ob sie Astma hat?
Sie sei ja wohl auch nicht mehr ganz jung, meint Mutter.
Zehn, sagt Tante Esther.
Dann sei schnorcheln normal, Bullis und Boxer hätten das nun mal so an sich, sagt Mutter. Erinnere dich an unseren Mobbel, da war es die letzten Jahre doch schlimm, wie er schnorchelte.
Vielleicht ist es wirklich das Alter, sagt Tante Esther und schaut betrübt auf Kora, die mit dem Kopf auf den Vorderpfoten vor sich hin schnarcht. Ich glaube aber, daß Kora einfach nur eine verstopfte Nase hat, weil bei ihr die Nasenlöcher nach oben statt nach unten gehen. Da kann ja nichts raus.
Sind wir mehr anders als andere, weil wir *reich* oder weil wir *Juden* sind, Großvater? will ich wissen.
Wir seien nicht anders als andere, wer denn so etwas behauptet habe?
Die Kinder in der Schule. Sie sagen, weil Mutter eine Jüdin ist, wäre sie anders. Eben jüdisch.
In was für eine Schule laßt ihr Ruthche denn gehen? sagt Großvater zu Mutter, und dann zu mir: Wir sind nicht anders als andere hier, Kind. Wir nicht, jedenfalls nicht, weil wir Juden sind. Wir sind Deutsche und Bürger dieses Landes wie alle anderen. Es gibt aber Juden, die von den Leuten hier verschieden sind, das ist schon wahr. Sie kommen aus östlichen Ländern, sprechen eine andere Sprache und

tragen andere Kleidung, weil sie sehr religiös sind und alles genau befolgen, was ihre Religion ihnen vorschreibt. Mit denen haben wir nichts zu tun. Wir sind Deutsche, wiederholt er mit Nachdruck. Und wenn sie dir etwas anderes einreden wollen, dann setz dich zur Wehr.

Wenn Großvater sehr ernst ist, kann er grimmig aussehen, das macht die lange Narbe quer über seine linke Wange da, wo ihn ein Chorbruder gehauen hat, weil Großvater auch zu einer schlagenden Verbindung gehört.

Sind wir reich, Großvater? sage ich. An etwas muß es doch liegen, daß sie mich in der Schule anders als die anderen behandeln und die von der Klicke mich nicht zu ihren Geburtstagen einladen.

Die Wanduhr im Vorraum bongt achtmal, und jedes Bong zittert noch lange hinterher. So klangen die Saiten von Mutters Laute im Musikschrank, wenn ich sie zupfte. Das war ganz früher, da lernte ich gerade erst sprechen.

Es gibt Reichere als uns, Kind, sagt Großvater. Weißt du, nur reich sein, das ist gar nichts. Geld kann auch ein Idiot machen, wenn er Glück hat. Man muß etwas Richtiges damit anzufangen wissen.

Ist das schwer?

Sehr schwer. Die meisten Menschen denken, wenn sie erst einmal Geld haben, dann werden sie glücklich sein. Weißt du, was reich sein wirklich ist? Wenn man Freunde hat, dann ist man reich. Nur Geld horten macht aber keine Freunde, sondern Kummer und Sorgen. Weil man immerzu überlegen muß, was man damit machen kann und wie man es mit in den Himmel nehmen soll, wenn man stirbt, weil das letzte Hemd keine Taschen hat. Wirklich reich sein heißt geben können, Ruthche, abgeben an andere, die zu wenig haben, die Not lindern helfen, Gutes tun mit dem, was man durch Gottes Hilfe hat, verstehst du?

Aber wenn du alles wieder herschenkst, hast du doch nichts mehr, wofür du dankbar sein kannst?
Großvater lacht. Wer sagt, daß ich alles verschenke? Ein kleiner Teil davon genügt, um froh und zufrieden zu machen, alles Übrige bleibt mir natürlich.
Wenn die Steuer es nicht wegfrißt, sagt Tante Esther.
Ich wüßte schon, was ich machte, wenn ich viel Geld hätte, sage ich. Ganz viele schöne Sachen würde ich mir kaufen.
Und wenn du sie hast, was dann? sagt Großvater.
Dann würde ich noch mehr kaufen.
Und dann?
Noch mehr.
Und wo würdest du sie unterbringen, all die vielen Sachen? Siehst du, da fangen die Sorgen schon an. Du hast keinen Platz für sie und damit auch keine Freude mehr daran. Zum Schluß möchtest du sie nur noch loswerden, da sind sie nichts als unnötiger Ballast. So ist das Leben, Ruthche. Man wünscht und wünscht, und wenn man hat, was man sich wünscht, dann will man's schon nicht mehr, da weiß man nichts mehr damit anzufangen, mit dem ganzen Geld.
Ich überlege. Vater wüßte schon was damit anzufangen, sage ich, weil ich daran denken muß, wie schwer er arbeitet, um es zu verdienen, das hören wir täglich von ihm. Aber wegschenken würde er nichts davon.
Wem sagst du das? sagt Tante Esther bissig.
Erzähl mal von deinem Großvater. Der war nicht reich, nicht wahr?
Stimmt, sagt Großvater und klopft die Pfeife auf der Keramikschale aus, um die lauter kleine Chinesen hocken und sich grinsend über den Rand beugen, als gäbe es da etwas Wundervolles zu sehen und nicht nur graue Asche: Die Fa-

milie meines Vaters kam aus ganz bescheidenen Verhältnissen. Sein Vater, der Nathaniel, war als ältester Sohn von zehn Kindern in Frankfurt geboren. Eine Pastetenbäckerei hatten sie mit einer Kuchenabteilung, einen ganz kleinen Betrieb. Sie waren so arm, daß der Vater die Kinder nicht zur Schule schicken konnte, was den Eltern viel Kummer machte. Gottseidank war die Mutter Nathaniels eine geistig sehr begabte und für die damalige Zeit hochgebildete Frau. In allen wichtigen Fächern hat sie ihre Kinder selbst unterrichtet und sie jeden Samstag über das Erlernte abgehört. Wenn sie zufrieden war, bekamen sie ein Stück Kuchen als Belohnung. Ja ja, sehr harte Zeiten seien das damals gewesen, wie wir sie uns in unserem heutigen Wohlstand gar nicht mehr vorstellen können. Nathaniel wäre oft in aller Frühe vom Vater zusammen mit Simon, seinem Bruder, zu Fuß nach Offenbach geschickt worden, um dort einen Sack Mehl zu kaufen wegen des günstigeren Preises, beim Rückweg hätten sich die Brüder, damals so alt wie ich, zehn und neun, mit dem Tragen abgewechselt. Nathaniel sei sehr feinfühlig gewesen. Es habe ihn gequält, zusehen zu müssen, wie die Gesellen in der Backstube, richtige Rabauken, die Eltern schikanierten und sich über sie lustig machten. Als er dreizehn war, beschloß er, heimlich Pastetenbäckerei zu erlernen, um die Eltern zu entlasten. Er fand auch in dem Bäcker Knecht einen Lehrmeister, der bereit war, ihn als Lehrjungen anzunehmen, unter der Bedingung aber, daß er um vier Uhr morgens zu kommen und vor sechs wieder zu gehen hätte. –

Mitten in der Nacht? sage ich. Warum denn das?

Der Bäcker hätte Angst gehabt, seine ganze Kundschaft zu verlieren, wenn herausgekommen wäre, daß er einen Judenjungen beschäftigt, erklärt Großvater. Es gab viel Antisemitismus seinerzeit.

Seinerzeit wie heute, sagt Tante Esther. Daran hat sich nichts geändert, machen wir uns nichts vor.
Weiter! sage ich.
Dann wurde eines Tages der eine der Gesellen krank und Nathaniel übernahm zum großen Erstaunen der Eltern das Geschäft. Du kannst dir denken, wie sie sich gefreut haben. – Er macht eine Pause, als müsse er nachdenken, was weiter geschah. – Ja richtig, Joel Halle, sagt er.
Wer war das?
Nathaniel, erzählt Großvater, sei aber mit dem Backen nicht zufrieden gewesen, er habe weiterkommen wollen, weil er ein waches Gehirn hatte. So habe er heimlich Bücher gelesen und sich kaufmännische Kenntnisse angeeignet, die damals sehr gefragt waren. Irgendwann habe er den Warenhändler Joel Halle kennengelernt, der von dem aufgeweckten jungen Mann so begeistert gewesen sei, daß er ihn als Buchhalter in seiner Warenhandlung mit fünfundzwanzig Gulden per Semester eingestellt habe. Bei ihm blieb Nathaniel einige Zeit, genaugenommen bis zum Jahr siebzehnhundertzweiundneunzig, als die preußische Armee zur Bekämpfung der französischen Republik durch Frankfurt kam.
Und dann? sage ich. Das ist ja spannend wie ein Salgaribuch.
Ja, weißt du, sagt Großvater, die Armeen damals mußt du dir nicht vorstellen wie die heute mit ihren Panzern und modernen Waffen. Die marschierten noch in ihren bunten Uniformen von einem Ort zum anderen und zogen in ihrem Gefolge einen Schwarm von Händlern und Marketendern hinter sich her, die die Soldaten mit allem versorgten, was sie brauchten. Also bei dieser preußischen Armee, da waren auch ein Herr Pfeiffer und seine Söhne, die sich General-Lieferanten für die Bedürfnisse der Armee nannten und aus einem Dorf in Württemberg stammten. Es waren biedere, ehrliche Geschäftsleute, die zwar etwas Rechnen und

Schreiben konnten, kaufmännisch aber ziemlich ahnungslos waren. Dabei konnten sie sich vor Aufträgen kaum retten. In Frankfurt machte die Armee eine längere Rastpause. Der Troß lagerte am Mainufer, als Nathaniel zur Mittagsstunde dort vorbeikam. Ezechiel Pfeiffer fragte ihn, ob er sich in Frankfurt auskenne, er und seine Söhne suchten einen tüchtigen Disponenten.

Was ist das, ein Disponent? frage ich.

Disponent, sagt Großvater, das ist einer, der die Geschäfte führen kann. Es ist ein sehr wichtiger Posten. Nun, da hat Nathaniel nicht lange gezögert, er schlug ein und wurde der Geschäftsführer von Pfeiffers – mit ausgezeichnetem Erfolg. Außerdem machte ihm das Wanderleben Freude, er hatte bis dahin noch so wenig von der Welt gesehen.

Mußte er auch mit in den Krieg und kämpfen? sage ich.

Nein, kämpfen taten nur die Soldaten. Es habe aber nicht mehr lange gedauert, dann sei der unrühmliche, preußische Feldzug beendet gewesen, an dem jedoch die Geschäftsleute ausgezeichnet verdient hätten. Die Familie Pfeiffer sei nach Weikersheim in Württemberg zurückgekehrt, und Nathaniel habe sich mit einem ansehnlichen Vermögen in Frankfurt niedergelassen.

Kriegsgewinnler, sagt Mutter. Ich kann nicht verstehen, Papa, was du daran großartig findest.

Großvater dreht ärgerlich den Kopf: Komm mir nicht mit diesen modischen Ausdrücken, Else, hat Nathaniel etwa Waffen verkauft? Hat er mit Kanonenschrott gehandelt? Mit Lebensmitteln und ähnlich Notwendigem hat er die Armee versorgt. Soldaten sind auch Kunden, was ist anrüchig an ehrlichem Kaufmannsgeist? Du weißt nicht, was es heißt, sich unter solchen Umständen, wie sie Nathaniel vorfand, zu bewähren und nach oben durchzukämpfen.

Du ja wohl auch nicht, Papa, sagt Mutter, lächelt aber da-

bei. Was nicht bedeutet, daß ich es mir nicht vorstellen kann, sagt Großvater, noch ärgerlich, daß Mutter seine Begeisterung für unseren Vorfahr nicht teilt. Ich kann ihn verstehen. Nathaniel gefällt mir. Noch toller fände ich es zwar, wäre Nathaniel mit den Soldaten ins Feld gezogen, richtig mit geschwungenem Säbel kämpfen und so. Aber sicher hat er das auch gewollt, nur haben die ihn nicht gelassen, weil er doch Jude war, da durfte er bei den Preußen nicht mitmachen. So muß es gewesen sein. In seinem Herzen hat Nathaniel das Geld verachtet und davon geträumt, ein richtiger Held zu werden.
Und wie ging es weiter? will ich wissen.
Der Rest, sagt Großvater, ist bald erzählt. Mit dem Geld habe Nathaniel sich in Frankfurt ein Haus gebaut und eine Eisenhandlung gegründet. Das sei damals gar nicht einfach gewesen, weil nach den bestehenden Gesetzen ein Jude nur mit altem, nicht mit neuem Eisen handeln durfte. Aber Nathaniel war so tüchtig, daß seine Eisenhandlung unter seiner Leitung bald eine Ausdehnung erlangte wie keine andere in Süddeutschland. Mittlerweile habe er sich eine schöne, tüchtige Frau genommen, die ihm drei Söhne schenkte. Der Älteste war mein Vater, sagt er.

Das mit der Frau gefällt mir nicht so gut, weil ein Held eigentlich nicht verheiratet sein sollte. Aber dann wäre er ja nicht mein Vorfahr geworden und das wäre schade. Ich möchte so gern auf jemanden in meiner Familie richtig stolz sein können, auch wenn die blöden Preußen ihn nicht haben mitkämpfen lassen, wo er doch so tüchtig war. Er hätte bestimmt alle Feinde für sie besiegt. Dann hätten sie gestaunt und sich geschämt, weil sie ihn beinahe nicht hätten mitmachen lassen.
Er war der bescheidenste und gütigste Mensch, den du dir vorstellen kannst, berichtet Großvater. Als er achtzehnhun-

dertsechsundzwanzig das Geschäft seinen Söhnen übergab, war er zwar noch in voller geistiger Frische, doch fühlte er, daß er bald sterben würde. Da sagte er: Ich habe genug getan für mein irdisches Dasein, ich will von nun an nur noch sorgen für mein Jenseits, und widmete sich ausschließlich wohltätigen Werken. Am dreißigsten Juli des gleichen Jahres sei er gestorben. Mit vierundfünfzig Jahren. Und die Stadt Frankfurt habe ihm eine Reihe wichtiger Stiftungen zu verdanken.
Was ist das, eine Stiftung?
Das ist eine große Geldspende zu irgendeinem bestimmten Zweck, zum Beispiel zum Erbauen einer Schule oder eines Altersheims, einer Künstlergalerie oder eines Krankenhauses, wo Leute ohne Geld gepflegt werden, sagt Großvater. Mein Vater hat die Stiftungen in Frankfurt dann fortgesetzt und erweitert und damit armen und minderbegüterten Menschen viel Freude gemacht. Siehst du, Ruthche, schließt er, Reichtum ist die Verpflichtung, auch andere Menschen daran teilhaben zu lassen und nie zu vergessen, wie wechselhaft das Leben spielen und wie schnell man seinen Besitz wieder verlieren kann. Mit dem Ezechiel Pfeiffer übrigens – du erinnerst dich, der Mann mit seinen Söhnen im Troß der preußischen Armee, er hatte Nathaniel zu seinem Teilhaber gemacht – blieb er sein Leben lang innig befreundet, holte später seine zwei Enkel nach Frankfurt, weil sie in Weikersheim keine Entwicklungsmöglichkeiten hatten und finanzierte ihnen eine gründliche Ausbildung.
Warum?
Weil die beiden Freunde waren. Und was ist denn Freundschaft, wenn nicht einer für den anderen in schwierigen Lebenslagen da ist, nicht wahr?

Ich könnte Großvater stundenlang zuhören. Bei ihm ist alles so einfach und gut. Auch sein Lachen ist ein gutes

Lachen, nicht so eines, das sich über etwas lustig macht und eigentlich ein böses Lachen ist. Zu Hause lacht niemand so. Ganz kurz fällt mir Leonore ein, aber dann ist es auch schon wieder fort. Ich hatte ihre Art zu lachen und fröhlich zu sein gemocht, aber nun weiß ich, sie hat nur so getan, weil sie wollte, daß ich Mutter verlasse und zu ihr komme, wenn Vater sie heiratet.

Man muß sehr vorsichtig sein mit Erwachsenen. Manchmal tun sie, als hätten sie uns lieb, aber in Wahrheit wollen sie nur irgend etwas von uns, und wenn sie erreicht haben, was sie wollen, ist gar keine Liebe mehr übrig. Bei Großvater und Tante Esther ist das anders, zu ihnen habe ich Vertrauen. Weil sie gut sind, brauchen sie sich nicht zu verstellen. Hoffentlich stirbt Großvater noch nicht so bald, weil er jetzt doch alt ist. Nathaniel war vierundfünfzig, das ist enorm alt.

Wie alt bist du, Großvater?

Laß mich nachdenken, sagt er. Es ist schon so lange her, seit ich geboren wurde. Er murmelt leise Zahlen vor sich hin, zählt sie an den Fingern ab. Oije, sagt er, so viele Jahre! Und wie schnell sie vergangen sind.

Wie viele? sage ich.

Achtundfünfzig.

Ich erschrecke. Wenn Nathaniel mit vierundfünfzig starb, ist Großvater ja schon überfällig. Man muß nicht unbedingt Krankheiten haben, um zu sterben, sagt Josefine. Manche Leute legen sich einfach hin und sind tot. Besonders alte.

Versprich mir, daß du mir Bescheid sagst, bevor du stirbst! sage ich.

Mutter erhebt sich: Komm, Dicki, du bist müde, Zeit fürs Bett, sag schön Gute Nacht.

Sie begleitet mich die Treppe hinauf zu meinem Zimmer, das ein Gästezimmer ist, um nachzusehen, daß ich alles

habe, und mir den Schlafanzug zurechtzulegen. Auf das Tischchen neben der Kautsch hat Tante Esther mir eine Apfelsine aus Schokolade hingestellt. Als ich das orangschene Papier abmache, fällt sie in lauter Abschnitte auseinander. Tüpisch Esther, sagt Mutter, hätte sie Kinder, würde sie sie bis zur Unerträglichkeit verwöhnen.
Kann man keine Kinder bekommen, wenn man keinen Mann hat? sage ich, weil ich finde, daß sich Tante Esther welche anschaffen sollte, sie wäre bestimmt eine wunderbare Mutter.
Mutter zögert ein bißchen. Man kann schon, sagt sie. Aber man darf nicht, weißt du. Die Leute finden das unmoralisch, weil Kinder ja auch einen Vater brauchen.
Können wir nicht für immer hierbleiben, Mutter? Mir gefällt es so gut bei Großvater. Vater könnte nachkommen, im Haus ist Platz genug.
Und die Apotheke, Dicki? sagt Mutter. Vater hat doch seinen Beruf, du weißt ja, wie hart er arbeiten muß, um uns…
Ja ja, ich weiß, sage ich, es war ja auch nur so eine Idee. Warum betonen das alle so sehr? Nathaniel hat bestimmt nicht andauernd davon geredet, daß er schuften muß, und dabei hat er schon als Kind in der Früh ganze Mehlsäcke von einer Stadt zur anderen schleppen müssen.

Mutter wünscht mir gute Nacht. Ob ich auch bequem liege? Ob ich noch etwas bräuchte? Sicher würde ich fest schlafen nach all den neuen Eindrücken heute, dann bis morgen zum Frühstück und das lila Wollkleid anziehen, das mit der gestickten Blume, Babette hat es heute mittag für dich gebügelt und zurechtgelegt, und wasch dich gut, auch hinter den Ohren, Zahnpasta von unten ausdrücken, Haare bürsten, Nägel säubern… Träum was Schönes, Dicki.

Als sie fort ist, hole ich Fridolin aus der Tüte, die hatte

ich ganz hinten in den Schrank getan. Mit ihm im Arm krieche ich unter die mollige Schlafdecke. Ein bißchen sperrig ist er, als ich mich in ihn einkuscheln will, das macht das runde Bein; das von meinem alten Fridolin war leer, weil die Naht aufgegangen war und darum ganz weich. Da war die Füllung raus. Er riecht auch noch etwas neu, wir müssen uns wohl erst aneinander gewöhnen. Mutter hat das Licht schon ausgemacht; mit Fridolins weichem Bauch gegen mein Gesicht schlafe ich ein.

Ich laufe durch einen riesengroßen Park. Er hat keinen Anfang und kein Ende. Ich sehe nur blühende Kastanienbäume und Blumenwiesen und ab und zu einen Bach unter Brücken, die sich hoch und rund von einem Ufer zum anderen schwingen. Es sind auch Leute da, die haben bunte Kleider an, aber keine Gesichter, die sind flach, als seien sie aus gerolltem Teig. Einer in einer Schildwachenuniform hält mich an: Wen suchst du?
Meine Eltern, sage ich.
Hast du sie denn verloren? Wie heißen sie?
Vater, sage ich. Und Mutter.
Das reiche nicht aus, sagt die Schildwache. Gehörte ich vielleicht zu den Kindern, die bei den Fundbüros abgeliefert würden, weil ihre Eltern sie nicht mehr haben wollten und sie aussetzten?
Nein nein, sage ich. Mein Vater muß hier irgendwo in der Nähe sein.
Und deine Mutter?
Ich weiß es nicht.
Sag lieber gleich, du hast keine Eltern. Eltern, das sind zwei, einer allein gilt nicht, du gehörst ins Fundbüro.

Da laufe ich fort. Ich laufe und laufe, um Mutter zu suchen, die doch nicht plötzlich weg sein kann, das gibt es

nicht, sage ich laut. Sie war doch eben noch da. Aber dann schimmert etwas in der Ferne, und als ich näherkomme, ist es ein großer Spiegel. Der Spiegel ist der von der Anprobekabine bei Dannenbaum, und da ist auch die Verkäuferin, die immer so liebenswürdig tut, damit wir was kaufen und nicht nur in den Sachen herumwühlen.
Daß du alleine hergefunden hast, sagt sie lobend zu mir. Dann wollen wir mal gleich. Eine ganz neue, große Kollekzion habe ich anzubieten, sagt sie. Bestimmt würde ich darunter etwas Passendes finden. Ich soll Mütter anprobieren. Die Frau kommt mit einem Armvoll Sachen zurück, die sehen aus wie Trainingsanzüge, so wie die, die wir beim Turnen tragen.
Das sind Turnanzüge, sage ich.
Aber nein. Das sind Mütter. Paß mal auf, so. Dann streift sie den Stoff über, da wird sie eine ganz andere Frau und bei jedem Anzug, in den sie hineinschlüpft, verwandelt sie sich, ich sehe lauter Frauen, junge und ältere, hübsche und häßliche, und nach jeder Verwandlung sagt die Stimme: Wie wär's mit dieser? Ist sie nicht reizend? Ganz neu hereingekommen und so preiswert. – Einmal glaube ich auch die Leonore zu erkennen an den Ponifransen.
Ich will keine neue Mutter, schreie ich, ich hab schon eine, die will ich behalten.

Da ist die Verkäuferin wieder sie selbst. Ich sei ein ungezogenes Kind, meint sie, andere Kinder wären selig, wenn ihnen solche Auswahl geboten würde, und ewig reiche ihre Zeit nicht aus. Entscheide dich, welche du von nun an zur Mutter haben möchtest, dann bekommst du auch einen Preisnachlaß, was glaubst du, wie sich dein Vater darüber freut.

Weil ich weiter nein sage, packt sie alle Mütter über den Arm und läuft hinaus. Da stehe ich plötzlich in der Mitte einer riesigen Kugel, von der ich weiß, daß ich in ihr zu Hause bin, wie in einem runden, warmen Ei. Es knistert, und dann fallen die Wände auseinander, ein Stück Rundwand nach dem anderen. Das ist keine Kugel, jetzt weiß ich es, es ist die Orangsche aus Schokolade, jemand hat das Papier weggezogen, da fallen alle Stücke lose nach außen und ich stehe im Freien, wo gar nichts mehr ist außer Kälte. Ich bin so winzig, aber das Nichts wächst und wächst, in ihm ist kein Halt. Ich schreie und sitze aufrecht auf meiner Kautsch. Alle Decken liegen auf dem Boden, auch der neue Fridolin. Die Decken ziehe ich hoch, Fridolin muß aber unten bleiben. Er ist nicht *mein* Fridolin, *mein* Fridolin hätte mich nicht so etwas Schreckliches träumen lassen, ich mag sein rundes Bein nicht, das kaputte war viel schöner, man konnte das Ganze hineindrücken ohne davon Druckschmerzen zu kriegen. Die Bonguhr im Korridor schlägt zweimal, als ich wieder einschlafe mit der Decke über dem Kopf.

9

Der habe dem jungen Fräulein wohl geschmeckt, sagt Babette, das Babettche, wie Großvater es nennt, lachend zu mir, als ich mich vor dem Frühstück bei ihr erkundige, ob es heute wieder Nudelauflauf gebe. Babette ist fast so alt wie Großvater, immer fröhlich und ein Faktotum, wie Tante Esther sagt.
Ich weiß, was ein Zimmermädchen macht oder eine Köchin.
Aber was macht ein Faktotum?
Ein bißchen von allem, sagt Tante Esther.
Sind wir auch Faktotums?
Faktotum, sagt sie, sei die nettere Bezeichnung für Hausmädchen, weil Dienstboten kein schönes Wort sei und das Babettche ja schon mit dreizehn ins Haus gekommen wäre aus dem Heim für Waisenkinder, das Großvater gestiftet habe. Darum trüge auch das Viertel, in dem das Heim steht, Großvaters Namen. Auch Babettes Mutter habe schon in unserer Familie gedient, und es sei Sitte, daß man sich um die Kinder kümmere, wenn die Mutter stirbt.
Babette hat schon deine Mutter und mich auf den Armen geschaukelt, sie gehört mit zur Familie.

Ich denke an zu Hause und wie anders das bei uns ist. Josefine ist nun schon seit einigen Jahren bei uns, aber davor waren viele andere, die immer bald wieder gingen. Ich glaube, sie fürchteten sich vor Vater, wenn er so brüllte. Mutter sagt, es ist ein Glück, daß Josefine nicht so empfindlich ist oder auch nur klug, weil sie, wenn sie uns verläßt, in der jetzigen Zeit keine Arbeit mehr findet. Und dann muß sie verhungern.

Wenn Babette alt ist und nicht mehr arbeiten kann, will ich wissen, muß sie dann auch verhungern? Weil sie dann doch niemanden hat, der sie ernährt?

Wo denkst du hin? sagt Tante Esther. Für Babette ist gut gesorgt, Großvater hat ihr für später, wenn sie alt ist, eine kleine eigene Wohnung überschrieben und natürlich eine gute Pension.

Mir fällt unser Ferienhotel in Bayern ein, das war auch eine Pension. Können wir da mal hinkommen und wohnen?

Wohin?

In Babettchens Pension, sage ich und stelle mir vor, wie sie mir jeden Tag Nudelauflauf machen wird. Mit ganz viel Rosinen drin.

Eine Pension, wie Großvater sie für Babette setze, sei nichts zum Wohnen, sondern eine Rente, ein Monatsbetrag für treue Dienste, der sie bis zu ihrem Lebensende sicherstellen würde. Das, sagt sie, sei die Sitte in meiner mütterlichen Familie seit Generationen. Es gefällt mir sehr, da muß man nicht zu Festtagen herumrennen, um eine besondere Köchin für eine Gans oder den Osterhasenrücken zu suchen, und sicher kriegt auch Babette nicht nur Veilchenseife und ein Paar Strümpfe zu Weihnachten geschenkt, wo sie doch mit zur Familie gehört.

Es riecht so gut nach Süddeutschland am Frühstückstisch. Das kommt von den Würsten. Gelbwurst und Fleischwurst sind eine süddeutsche Spezialität, sagt Mutter, die sich davon öfter etwas von Tante Esther schicken läßt. Woran es liegt, daß sie zu Hause nicht so toll schmecken wie hier bei Großvater, habe ich noch nicht entdecken können. Vielleicht, weil sie mit ihrem sanften Geschmack einfach hierhergehören. Auf Vaters Tisch wirken sie neben seiner Zervelatwurst mit den scheußlichen Pfefferkörnern und der geräucherten Salami ganz blaß. Labbriges Zeug, sagt Vater zur Gelbwurst, da fehlt doch Saft und Kraft. Kost für zahnlose Greise.

Was habt ihr für heute vor? fragt Großvater. Die Sonne vom Fenster malt Kringel auf seinen rechten Arm.

Ich dachte, sagt Mutter, ich rufe nachher Sabine an und mache heute nachmittag mit Dicki einen Besuch im Ulmenhaus.

Das sei recht, lobt Großvater, da würde sich seine Schwester gewiß sehr freuen. Sie neige in letzter Zeit ein wenig zum Schwarzsehen, ich würde sie gewiß aufmuntern, sie und ihre drei Töchter.

Ich versuche mich zu erinnern, was mir von meinem letzten Besuch im Ulmenhaus vor über drei Jahren noch im Gedächtnis geblieben ist. Viel ist es nicht. Ein dunkles Haus, in dem es nach Staub und warmem Bügeleisen roch, drei hochgewachsene, ernste Frauen mit kehligen Stimmen, eine sehr alte Dame und ein Konzertflügel, an dem ich vorspielen mußte, was ich in meinen frühen Klavierstunden gelernt hatte. Ein Papagei war da in einem Käfig hin und her gehüpft und hatte sprechen sollen, aber er hatte es nicht getan. Wahrscheinlich war es ihm zu dunkel in den Räumen und zu still.

Kommst du mit? fragt Mutter Tante Esther.

Das ginge leider nicht, heute nachmittag müsse sie arbeiten, sagt sie, es läge eine Unmenge vor, die sie wegen unseres überraschenden Besuchs aufgeschoben habe. Geht ihr nur allein, ohne mich.

Na, und du, Ruthche? sagt Großvater. Schöne Sonne

draußen. Wollen wir vier heute vormittag ein bißchen in den Wald hinausfahren?
Au ja, sage ich gleich, und Tante Esther sagt zu Kora, die gerade eine Fleischwurstscheibe hinuntergurgelt: Ei Kora, mei Mobbelche, wollen mer in den Wald heut mosche? Da kann sich mei Korache mal so richtisch austobe. Wenn Tante Esther mit ihrem Hund spricht, tut sie das in Hessisch, weil Kora hier geboren ist, oder vielleicht weil Kora nie hinhört, wenn Tante Esther Hochdeutsch mit ihr redet. Kora flattert mit einem Ohr und will mehr Wurst. Ich glaube nicht, daß sie sehr an Austoben interessiert ist. Aber Tante Esther ist für beide glücklich, sie kommt sicher nicht viel aus dem Haus, wenn sie so schwer zu arbeiten hat.

Als wir uns nach dem Frühstück in der Vorhalle wiedertreffen, sieht Großvater todschick aus mit einem braunen Pelzkragen auf seinem Mantel, dem steifen Hut und dem Spazierstock mit dem Fuchskopf-Griff, der aus Elefantenzahn geschnitzt ist, ich bin richtig stolz auf ihn. Er sagt auch nicht wie Vater: Fertig, Abfahrt!, bevor wir aus der Tür treten, statt dessen sorgt er sich, ob wir auch alle warm genug angezogen sind und Tante Esther ihre Handschuhe hat, weil sie so vergeßlich ist. Von den Zimmern aus sieht die Sonne warm aus, sagt er. Aber das täuscht, es ist Januar.

Bis zur Waldstraßenbahn sind es zehn Minuten zu laufen. Wir gehen die Allee entlang, ganz an ihrem Ende ist die Straße, auf der die Haltestelle ist.
So ein richtiger Sonntag, sagt Tante Esther froh. Auf den Straßen ist es ganz ruhig, nur die Köchinnen in den vornehmen Wohnhäusern, wo Treppen vor den Eingängen sind, klappern in den Küchen mit Tellern, weil sie schon beim Vorbereiten des Mittagessens sind und singen laut dazu. Die Fenster stehen offen, da riecht es überall wundervoll. Wet-

ten, daß ich riechen kann, was es bei denen gibt? sage ich. Also das hier ist Sauerbraten mit Rotkohl, und das –

Kora trottet von Baum zu Baum und beschnüffelt mißmutig seine Wurzeln.

Dicki ist ein Nasenkind, sagt Mutter.

Sinnlich wird sie werden, sagt Großvater, das hat sie von mir.

Die Haltestelle der Straßenbahn ist voller Sonne. Wir gehen darauf zu. Da wird es plötzlich laut hinter uns. Erst klingt es wie eine Maschine, die auf und ab stampft, ganz gleichmäßig. Dann wird es lauter und lauter, und dann zieht eine Gruppe Ess-A-Leute an uns vorbei mit Stiefeln, die im Takt auf das Pflaster knallen. Sie tragen eine große rote Fahne mit einem schwarzen Rad in der Mitte auf weißem Kreis und singen aus vollem Hals. Es ist aber nichts von Judenblut in ihrem Lied, das von Messern spritzt, sondern etwas von schöner Heimat, die es zu bewahren gilt, und von dem Glück, ein Deutscher zu sein. Wir bleiben am Straßenrand stehen und schauen zu. Einer von den Ess-A's guckt uns beim Vorbeimarschieren an und nickt Großvater einen Gruß zu. Großvater nickt zurück. Zum Hutziehen hat er keine Zeit mehr, weil der andere schon vorbei ist.

Ja, ist es denn die Möglichkeit? sagt Mutter, ein Ess-A-Mann grüßt dich?

Warum soll er nicht? sagt Großvater, es ist der junge Mechenheimer von Chemie Mechenheimer, ich kannte seinen Vater.

Unter der Fahne marschieren und einen Juden grüßen! sagt Mutter, immer noch fassungslos.

Großvater findet das nichts Besonderes. Er ist eben gut erzogen, der Junge, sagt er.

Ich an deiner Stelle, sagt Tante Esther, hätte nicht zurückgegrüßt, Papa. Du solltest mehr Stolz haben.

Stolz, papperlapapp. Was hat er mit getan, der Junge? Nichts

hat er mir getan, und ich ihm auch nichts. Warum sollen wir uns da nicht grüßen, wenn wir uns auf der Straße begegnen?
Auf der Straße begegnen, ja, aber unter welchen Umständen. Wirklich, Papa. Überall randalieren sie, die Nationalsozialisten, schlagen Fenster ein, schmieren antijüdische Parolen an Türen und Mauern, veranstalten Hetzdemonstrationen gegen die semitische Bevölkerung im Lande, und du sprichst davon, als handle es sich um ein paar übermütige Jugendliche und nicht um eine Organisation, die auf unsere Vernichtung aus ist.
Du wirst es nicht schaffen, Esther, Papa das klarzumachen, sagt Mutter, er ist nun mal extrem unpolitisch. Wie oft hat Mutter das zur Verzweiflung getrieben, erinnere dich.
Unsinn, sagt Großvater, ich bin ein Deutscher so wie mein Vater und Großvater Deutsche waren. Das allein zählt für mich. Noch ist dieser Gewittergoi, der Hitler, nicht gewählt. Wartet doch erst einmal ab.

Der Ess-A-Zug ist vorüber, in der Ferne stampfen sie davon in ihren braunen Hemden.
Es kommen schlimme Zeiten, Herr Kommerzienrat, sagt ein Herr hinter uns. Großvater wendet sich um, zieht den Hut, begrüßt den anderen. Sie reden eine Weile miteinander, während wir wartend beim Haltestellenpfahl stehen und Kora im Kreis herum schnuppert, bevor sie sich entschließt, zu pinkeln. Dabei muß sie gar nicht, sie tut es wohl nur aus Langeweile. Dann kommt die Bahn. Auch Bahnen klingen anders hier als bei uns zu Hause. Da schellen sie anhaltend und schrill, hier bimmeln sie ganz hoch, das ist viel freundlicher. Großvater steigt hinter uns ein, und wir tuckern mit der Bahn bis zum Waldhaus, das ist ein Rundell aus Baumstämmen. Die Bänke darin bestehen aus Rundbal-

ken, an denen noch die Rinde dran ist. Das duftet ganz herrlich nach frischem Holz. Alles schon richtig Wald hier.

Die Waldwege sind zugefroren, aber es geht sich auf ihnen doch weicher als auf dem Straßenpflaster in der Stadt. Auch wenn die Bäume jetzt ohne Laub sind, kann man nicht durch sie hindurchsehen, weil sie so dicht nebeneinanderstehen. Zwischen ihnen unten ist Dickicht. Tante Esther sagt, das seien Himbeer- und Brombeersträucher, und wenn ich einmal im Frühsommer zu ihnen käme, könnten wir Beeren pflücken gehen. Hier gäbe es auch viele Walderdbeeren, die seien zwar kleiner als die gezüchteten, aber ihr Geschmack sei unvergleichlich besser. Hintereinander stapfen wir die Waldpfade entlang, da muß man achtgeben, daß man nicht über hartgefrorene Baumwurzeln stolpert. Als wir auf einer Höhe anlangen, von der aus man weit über das ganze Land sieht, bleibt Großvater stehen, atmet tief ein und wieder aus und sagt: Herrlich hier. Und die reine Luft.

Gut, sage ich und Tante Esther: Ja, wirklich herrlich. Nur Mutter sagt nichts, sie hat die falschen Schuhe an, und die dünnen Absätze machen, daß sie mit ihnen nicht den richtigen Halt findet, weil so viele große und kleine Steine herumliegen.

Wir machen uns wieder auf den Weg. Manchmal raschelt es heftig im trockenen Gezweig, dann sehe ich gerade noch, wie ein Vogel unter den Sträuchern verschwindet. Ich habe gar nicht gewußt, daß Vögel sich so viel auf dem Boden aufhalten, bisher hatte ich sie mir nur am Himmel oder auf Bäumen vorstellen können, höchstens mal auf einem Dach. Schaut euch das Ruthche an, was es für Farbe bekommen hat, sagt Großvater, wie gut ihm die frische Luft tut, dem armen Stadtkind.

Das muß ich nun doch richtigstellen. Jeden Sonntag gehe ich mit Vater in den Stadtwald spazieren, sage ich. Da kriege

ich sehr viel Luft und Vater auch. Ich verschweige, daß der Stadtwald nicht zu vergleichen ist mit dem mächtigen Wald hier, daß er kahler ist und dunkler. Großvater und Tante Esther sollen wissen, daß Vater viel für meine Gesundheit tut. Recht so, sagt Großvater, du mußt viel in die frische Luft, damit du mir gesund bleibst.
Du mit deinem Gesundheitsfimmel, Papa, sagt Tante Esther, die mit ihren kurzen Beinen viel energischere Schritte macht als Mutter. Hättest du seinerzeit nicht die fixe Idee von der Blutsauffrischung gehabt, hättest du heute einen anderen Schwiegersohn und vielleicht schon ein halbes Dutzend Enkel.
Hab' ich vielleicht nicht recht gehabt? verteidigt sich Großvater. Vier Generationen Vettern heiraten, das grenzt schon an Inzucht. Da mußte einmal ein richtiger Außenseiter rein.
Ich kenn deine Ausflüchte, Papa, sagt Tante Esther. Als wenn es dir um Inzucht gegangen wäre. Den Goi hast du haben wollen zum Schwiegersohn, den großen, den stattlichen, den blonden, weil du dich schämst, Jude zu sein, gib's nur zu.
Eijeijei, wie sie mich hernimmt, die Esther, sagt Großvater zu mir, aber so ist sie schon immer gewesen: ein aufsässiges Kind, mit einem scharfen Verstand aber, Gott sei's gedankt. –
Mutter ist auch sehr klug, sage ich und bleibe stehen, um auf sie zu warten.
Gewiß, gewiß, Ruthche, sagt Großvater schnell, ich hab zwei kluge, gute Töchter und eine besonders kluge Enkelin. Dabei schmunzelt er übers ganze Gesicht, daß der Bart auf der Oberlippe richtig quer läuft von einem Ohr zum andern, aber natürlich nicht ganz bis hin.

Ich weiß, er mag mich auch furchtbar gern, und das

macht mich glücklich, so richtig von innen heraus. Am liebsten würde ich immer hierbleiben und gar nicht mehr zurückgehen. Aber ich muß ja wieder in die Schule, es wäre furchtbar, wenn ich allein zurückmüßte und Mutter hierbliebe, weil Vater jetzt die Leonore im Haus hat.

Während des Weitergehens erklärt mir Großvater alles, was hier wächst und wie es aussieht, wenn der Winter vorbei ist und der Frühling kommt. Er frägt mich auch ab, um zu sehen, ob ich es begriffen habe, aber nicht streng, wie Vater zu Hause es tun würde, sondern wir spielen Frage und Antwort. Wer die Antwort auf eine Frage des anderen nicht weiß, muß zur Strafe sagen: Ich bin ein Esel. Dreimal. Das ist lustig, weil Großvater oftmals etwas vergessen hat, und dann muß er sagen, er ist ein Esel. Als wir schon über zwei Stunden gelaufen sind, steht am Ende des Waldwegs plötzlich wieder das Blockhäuschen mit den Balkensitzen, und gleich dahinter ist die Straße mit der Haltestelle für die Straßenbahn zur Stadt. Mutter läßt sich ganz erschöpft auf die Bank fallen. Auch Tante Esther setzt sich. Großvater und ich bleiben stehen, bis einige Minuten später die Klingelbahn kommt und uns in die Stadt zurückfährt.

Früher warst du die schnellere von uns, Else, sagt Tante Esther.

Aber nicht in solchen Schuhen, sagt Mutter. Sie sei ja nicht zu Waldspaziergängen hergekommen, sonst hätte sie andere Kleidung mitgebracht. Mutter macht noch immer einen abwesenden Eindruck, sie ist ganz zerstreut und antwortet mit ja, wenn sie nein sagen soll und umgekehrt. Später, während des Mittagessens, sagt sie plötzlich: Das mit der Hippotek war kein guter Einfall von dir, Papa. Ich kenne Viktor. Wenn er sich erpreßt fühlt, reagiert er mit Trotz.

Ob sie ihrem alten Vater kein diplomatisches Geschick zutraue? Natürlich habe er die Möglichkeit einer Kündi-

gung nur durchschimmern lassen, im übrigen freundschaftlich geschrieben. An seinen Chorgeist appelliert, seine Moral.
Ich fürchte, sagt Tante Esther und gießt weiße Soße über die Schwarzwurzeln auf ihrem Teller, bis die gar nicht mehr zu sehen sind, der Zeitpunkt, an dem du Viktor mit Geld zur Vernunft bringen konntest, ist schon überschritten. Man spricht von einem Bündnis der beiden Kanzlerkandidaten von Papen und Hitler. Schafft es der Nazi, das Kanzleramt zu übernehmen, werden jüdische Gelder bald weniger wert sein als Inflationswährung, falls sie nicht im Ausland angelegt sind.
Gewinnt er die Kandidatur, der Untam, sagt Großvater, wird er schnell zahm werden, ihr werdet sehen. Dann hat er alle Hände voll zu tun, die Gegensätze innerhalb der Koalition auf einen Nenner zu bringen. Aufreiben wird er sich dabei. Bisher sind noch alle daran gescheitert. Wir dürfen nicht zu schwarz sehen.
Viktor, sagt Mutter, mag schon etwas pingelig sein, was Geld anbelangt und es auch zu schätzen wissen, aber ein Spekulant ist er nicht, so einer, der nur um des Geldes willen menschlich Verrat begehen würde. Es war eine Liebesheirat gewesen.
Eine gut gepolsterte, sagt Großvater und Tante Esther: Daß du ihn geliebt hast, bestreitet ja auch niemand, Elsche.

Mutter wird ganz aufgeregt. Ich verlange ja nicht von euch, daß ihr das begreifen könnt, sagt sie. Ein Außenstehender kann so etwas nicht beurteilen. Aber erwarten könnte sie doch wenigstens von ihrer Familie, daß sie ihr nicht in den Rücken falle, indem sie ihren Mann verächtlich mache.
Immerhin, sagt Tante Esther, hat er dir die Tür gewiesen.
Nein nein, das stimme nicht, grundfalsch sei das und le-

diglich die Abneigung Esthers gegen Viktor, die ihr diese Version eingebe. Ich habe es euch doch schon erzählt, freiwillig sind wir fort, Dicki und ich, nachdem sich die Dinge mit dem Kinderfräulein zuspitzten, spontan, von einer Stunde zur anderen. Fragt Dicki. Ich habe die Nerven verloren.
Stimmt, sage ich und schwinge meine Gabel durch die Luft, damit mich auch alle hören, als die Leonore von der Treppe herunterrief, sie wollte meine Mutter sein, sind wir ganz schnell fort.
Und dein Vater, wo war der? sagt Tante Esther.

Ich stecke den Bissen Kalbfleisch in den Mund, weil der sonst auf das weiße Tischtuch Tropfen macht. Der war daneben, sage ich zwischen Kauen, die Leonore hat den Arm um seinen Hals gehabt und mit seinem Ohr gespielt, da hat er ein gekitzeltes Gesicht gemacht. Aber gesagt hat er nichts. Kein Wort.
Ich muß Mutter doch helfen. Außerdem stimmt's.

Großvater tupft sich mit der Serviette Soße vom Bart. Na ja, sagt er und wiegt den Kopf, na ja, so ein Maidele kann einem Mann schon ganz schön... Als er Mutters Gesicht sieht, verstummt er. Es hätte Schlimmeres geschehen können, Elsche, sagt er. Ist er ein vernünftiger Mann, dein Viktor, wird er dich zurückholen, du wirst sehen.

Das ärgert Tante Esther. Sie kann Vater nun mal nicht leiden, schon gar nicht, seit ich ihr sagte, daß er sie zu Hause Tante Miesnik nennt. Ist er ein vernünftiger Mann, spricht sie Großvater nach, wird er sich die Sache gründlich überlegen. Gewinnen die Nazis, ist Else in Zukunft doch nur eine Belastung für ihn, habt ihr mal daran gedacht? Ich habe Viktor schon immer für einen Opportunisten gehalten.

Mutter wird vor Zorn ganz rot im Gesicht. Was weißt du denn schon von Viktor, sagt sie sehr laut, weil sie Vater ver-

teidigen muß, immerhin bist du schon mehrere Male wochenlang bei ihm zu Gast gewesen.
Bei euch, verbessert Tante Esther.
Bei uns. Eben. Hat er es je an Rücksicht auf dich fehlen lassen?
Erspar mir die Antwort darauf, sagt Tante Esther, du bist ein gescheiter Mensch, Elsche, aber wenn es zu Viktor kommt, bist du blind. Man kann sagen, was man will, immer hast du für alles, was er tut, eine Entschuldigung.
Er ist schließlich mein Mann.
Gott sei's geklagt, sagt Tante Esther.
Das paßt Großvater nicht: Esther, jetzt gehst du zu weit, sagt er, deine Schwester versteht von solchen Dingen mehr als du. Es steht geschrieben, die Frau soll ihrem Mann durch die Zeiten hindurch treu zur Seite stehen, bei Christen wie bei Juden gilt das gleiche Gesetz. Und nun hört auf, euch zu zanken. Soll uns nichts Schlimmeres geschehen!
Ich kann nicht begreifen – Tante Esther möchte das letzte Wort haben –, wie Elsche sich von dem Mann derart abhängig machen kann.
Mutter springt von ihrem Platz hoch. Seid still, seid doch endlich still! sagt sie ganz heftig und kriegt gläserne Augen, weil sie mit den Tränen kämpft. Damit stößt sie den Stuhl zurück und läuft auf ihr Zimmer, ich gleich hinterher, weil sonst niemand da ist, der sie tröstet. Wenn die Leonore mich trösten wollte, hat sie mich in die Arme genommen. Das war wundervoll, und in der Wärme ihres Körpers habe ich immer ganz schnell meinen Kummer vergessen. Aber Mutter ist feine Familie, und feine Familienmitglieder sind unberührbar. Darum stehe ich jetzt etwas hilflos neben ihr im Zimmer und weiß nicht, wohin mit den Armen. Es tut mir weh, Mutter weinen zu sehen, auch wenn sie nicht richtig weint, sondern nur mit den Augen blinkert und die Lippen

zusammenpreßt, wie es echte Damen tun. Losheulen dürfen nur Dienstmädchen, die gehen dazu extra ins Kino.
Nicht traurig sein, sage ich, Tante Esther meint es nicht so. Weißt du, ich glaube, sie ist eifersüchtig auf dich, weil du einen Mann hast und sie keinen, und weil sie dich nicht mehr ganz für sich hat wie früher. Ich glaube, Tante Esther möchte, daß ihr wieder Kinder seid wie damals, als ihr noch zusammenlebtet, und das geht nicht und darum sagt sie solche Sachen.
Ja, sagt Mutter, da hast du wohl recht. Von wem du nur so viel Menschenkenntnis geerbt hast?
Von Großvater, sage ich und finde es prima, daß ich von ihm etwas geerbt habe. Wo er doch Nathaniels Enkel ist.
Das bezweifle sie, sagt Mutter und lächelt nun schon wieder, etwas schief zwar, weil nach dem Weinen die Augen beißen, mit Großvaters Menschenkenntnis, da sei es nicht weit her. Er habe ein zu gutes Herz und fiele dadurch leicht auf jeden herein, der ihm schöntäte.
Ist man dumm, wenn man ein gutes Herz hat? sage ich.
Man könne schon klug sein mit einem guten Herzen, sagt sie, doch die Gewieften, die wüßten immer, wo's langgeht, aber sie wären gefühlsarm.
Was ist das, gewieft?
Das ist, wenn jemand gerissen, ausgekocht ist, sagt Mutter. In deiner Tiersammlung hast du doch sicher auch eines, das du für sehr klug hältst?
Mein Elefant, sage ich. Er vergißt nie etwas.
Und dabei ist er ein gutmütiges Tier, das keinem anderen etwas tun würde, ohne daß ein Anlaß dazu besteht. Dein Elefant hat ein gutes Herz, nicht wahr? Und trotzdem ist er sehr klug. Aber nimm jetzt mal den Fuchs. Der ist nicht nur klug, er ist schlau. Gerissen.
Gewieft, sage ich.

Siehst du, sagt Mutter, das ist der Unterschied. Der Fuchs ist ein Räuber. Er beobachtet ganz genau, wie sich die anderen Tiere in seiner Umgebung verhalten, und erst, wenn er sicher sein kann, daß niemand ihn bei seinen Plänen stört, packt er zu und holt sich die Gans.
Das ist Menschenkenntnis? sage ich und bin schon nicht mehr ganz so sicher, ob die etwas so Gutes ist, daß es sich lohnt, sie von Großvater geerbt zu haben.
Nein, sagt Mutter, nun schon wieder froher, das ist gewieft, Fräulein Neugier. Und jetzt geh dich umziehen, wir wollen doch zum Ulmenhaus.
Aber nicht das lila Kleid! Bitte!
Doch, das lila mit der Blume. Was hast du nur dagegen?
Es ist affig.
Es ist nicht affig, sagt Mutter, wenn du dich in ihm natürlich bewegst und keinen Flunsch ziehst wie manchmal bei den Schefflers. Ach já, noch etwas, Dicki: Du weißt, Tante Bienchen ist die Senjorin unserer Familie. Sie ist die Älteste und wird von uns allen verehrt. Wenn sie dir also zur Begrüßung die Hand entgegenhebt, mußt du sie küssen.
Tante Bienchen? sage ich entsetzt.
Die Hand, Dicki. Ich weiß, es ist ungewohnt für dich, aber es gehört sich nun mal so. Es ist ganz einfach: Du machst einen Knicks, hältst ihre Fingerspitzen und berührst die Finger ganz leicht mit dem Mund, nur ein Hauch, verstehst du? Press' um Himmelswillen nicht dein ganzes Gesicht in ihre Hand und schmatz sie ab!
Ich mag aber nicht, protestiere ist, das ist doch eklig, so eine Schrumpelhand!

Es gibt Sachen, da versteht Mutter keinen Spaß. Du wirst Tante Bienchen begrüßen, wie es sich gehört, und mir keine Schande machen. Immerhin bist du neun und nicht vier! Mach dich hübsch, ich warte hier auf dich.

Das Ulmenhaus liegt in der Ulmenallee. Sie beginnt hinter dem Rundbau der evangelischen Kirche und hat kein Ende. Das heißt, sie hat schon eines, aber das sieht man nicht, weil die Straße auf einem Hügel liegt und abwärts geht. Wenn ein Auto an uns vorbeifährt, verschwindet es plötzlich, als wäre es in eine Grube gefallen. Ich finde es natürlich, daß hinter uns die Kirchenglocken läuten. In meiner Erinnerung gehören die Allee und die Glockenklänge zusammen, es muß wohl auch ein Sonntag gewesen sein, an dem wir damals die Tanten besuchten. Die Straße ist ganz leer, und unsere Schritte hallen laut und hart auf dem Pflaster. Da ist das Haus, ich erkenne es gleich wieder an dem Lanzengitter mit den rostigen Spitzen und der Treppe zum Eingang mit der Glastür, durch die man aber nicht hindurchsehen kann, weil auf der Scheibe zwei halbnackte Frauen drauf sind, die an einem Teich Blumenkränze winden.

Mutter läutet, und dann kommt mit schnellen Schritten eine der drei Schwestern zur Tür. Sie ist viel größer als Mutter, trägt das dunkle Haar am Hinterkopf zusammengesteckt und hat riesige braune Augen mit wenig Gesicht drumherum. Else! sagt sie und Mutter gleichzeitig: Anna! Dann lachen beide, und Anna sagt: Es wurde aber auch Zeit, kommt herein. Den Flur erkenne ich am Geruch wieder, es ist aber nicht Staub mit Bügeleisen, sondern Staub mit Vanille. Das weiß ich, seitdem Josefine mir jeden Sonntag zum Nachtisch Vanillepudding mit Himbeersoße macht, weil ich den so gern esse. Jetzt bin ich schon nicht mehr so unruhig; Häuser mit Vanillegeruch sind mir simpatisch.

Die Anna führt uns ins Wohnzimmer, da ist unheimlich viel Platz drin, unser Herrenzimmer würde bestimmt zweimal reinpassen. Hier riecht es nach sehr alten Büchern, solchen, wo das Papier schon ganz gelb geworden ist, und ein bißchen süß von dem Leder, in das sie eingebunden sind.

Die ganzen Wände sind voll von ihnen, da sieht man überhaupt keine Tapete mehr, und alles Licht bleibt an den Gardinen hängen. Um den Konzertflügel im Hintergrund ist es so düster, daß ich ihn gar nicht gesehen hätte, würde ich mich nicht an ihn erinnern. Nach dem Kaffeetrinken werde ich zu ihm hinübergehen; mal sehen, ob auf ihm noch die schöne Decke mit den gestickten Kranichen und den Seidenfransen liegt, sie fällt mir plötzlich wieder ein und auch, daß ich nach unserem letzten Besuch hier noch oft von den Kranichen geträumt hatte, wie sie um mein Bett herumstanden und mich beschützten.

Die beiden Schwestern von Anna begrüßen uns. Es fällt mir gleich auf, daß alle drei die gleichen Stimmen haben, kehligtiefe, weiche Stimmen, zärtlich und ein bißchen traurig. Sie passen gut in dieses Zimmer.
Du kannst dich wohl nicht mehr an uns erinnern, Ruth? sagt Julia mit der Hand auf meiner Schulter. Sie ist die älteste der Schwestern, hat eine lange Nase und talgige Haut und ist irgendwas Biblisches in einem Haus, das Bücher an die Leute von der Straße verleiht. Ihre Augen sind wie die von Anna. Mandelförmig, nennt sie Tante Esther, eine Mischung von Spanien und Orient, sagt sie, tüpisch für die Frauen unserer Familie. Und da ist noch Soffi. Sie ist die Jüngste. Jetzt, wo ich sie wiedersehe, fällt mir ein, daß ich sie am liebsten mochte, weil sie die fröhlichste der drei ist, viel lacht und wunderbar Klavier spielt: Da schau dir an, wie groß unser Ruthche geworden ist, sagt sie, ißt du noch so gerne Käsetorte? Als ich hörte, du würdest uns heute besuchen, hab ich dir schnell eine gebacken, sie ist noch warm.
Hast du sie selbst gebacken? sage ich, weil man bei uns zu Hause die Kuchen immer nur kauft. Daß Damen manchmal auch selber backen, finde ich prima.

Wo ist denn der Papagei? will ich wissen, weil ich den Käfig nirgendwo sehe.
Jakobche sei tot, ja leider, Papageien kriegten manchmal rätselhafte Krankheiten, irgendwas mit der Schilddrüse. Julia habe gemeint, ohne den Vogel sei es angenehmer im Haus, sagt sie und blickt ihrer Schwester nach, wie sie mit Mutter zur Sofaecke geht, darum hätten sie keinen neuen gekauft. Julia hätte das Gekrächze gestört, sie habe es mit den Nerven. Was meine Klavierkünste machten? Spielte ich ihnen nachher etwas vor?

Ich will gerade nein sagen, weil ich Vorspielen hasse, da geht die Tür auf und Tante Bienchen kommt herein. Sie ist furchtbar alt, ganz schwarz angezogen und hat einen Ballon von knallweißem Haar auf dem Kopf. Ich bekomme ein Ziehen im Bauch, weil ich daran denken muß, was mir Mutter eingeschärft hat, Knicks und Handkuß. Gebe ich ihr nur die Hand und mache eine Ottoverbeugung, wäre Mutter sehr traurig, weil sie doch mit mir bei ihrer Familie einen guten Eindruck machen möchte. In der, hat sie mir erklärt, sind Frauen wichtiger als Männer, im Judentum wäre das so. So was wie einen Handkuß würde Vater fiese Matentchen nennen. Tante Bienchen hat kleine, flinke Augen und ein Ding, das sie ans Ohr hält, weil sie nicht mehr gut hört.

Zuerst begrüßt sie Mutter freundlich, aber ein bißchen, als hätte Mutter einen ansteckenden Schnupfen und dürfe ihr nicht zu nahe kommen. Willkommen im Ulmenhaus, Else, sagt sie. Warst ja schon lange nicht mehr bei uns. Dann wendet sie sich mir zu. Das also ist Bernhards Enkelin, sagt sie laut und hält mir ihre Hand vors Gesicht. Alle sehen sie mir zu, wie ich mir die Nase auf dem knochigen Handrücken stoße, weil ich sonst ihre Fingerspitzen mit dem Mund nicht erreichen kann. Es sieht bestimmt entsetzlich ungeschickt aus, und ich schäme mich sehr.

Heißt Großvater Bernhard? sage ich mit rotem Kopf und reibe mir die Nasenspitze.
Was sagt sie? fragt Tante Bienchen laut die anderen.
Ob dein Bruder Bernhard heißt, schreit Anna.
Ein Kind, das nicht weiß, wie sein Großvater heißt? sagt Tante Bienchen und betrachtet mich wie einen bunten Stein von der Straße. Ich mag sie nicht, sie hat überhaupt nichts von einem Bienchen. Bienen sind rund und freundlich und summen, und ihre Kleinen sind drollig. Zum vorigen Geburtstag hat mir Vater das Buch von der Biene Maja geschenkt, die ist ein richtiges Bienchen, fröhlich und voller Abenteuerlust.

Alle zusammen gehen wir in den angrenzenden Raum. Da ist die Kaffeetafel gedeckt mit viel Porzellan und Silber und der goldgelben Käsetorte in der Mitte auf einer bunten Platte mit Stiel. Ich komme zwischen Anna und Soffi. Uns gegenüber sitzen Mutter, Julia und Tante Bienchen wie auf Ehrenplätzen, das macht alles noch ungemütlicher. Kaum sitzt Soffi, springt sie schon wieder hoch, während Anna Mutter und Tante Bienchen Kaffee eingießt, der so heiß ist, daß ihr beim Einschenken der Dampf ins Gesicht fährt, da wendet sie den Kopf seitlich und blinkert mit den Augen. Für Ruthche haben wir doch heiße Schokolade, sagt Soffi und eilt in die Küche. Ich greife mir eine von den Mohn- und Streuselschnitten von der Silberplatte vor mir, weil es so schwer ist, die Torte vor Augen zu haben und niemanden, der sie aufschneidet, bis Soffi aus der Küche zurück ist. Hinter Mutters Kopf hängt auch solch ein Ahnengemälde, wie Tante Esther sie hat, im schweren Goldrahmen. Der Mann darin mit seinem steifen Brusthemd sieht aus wie ein trauriger Hund, solche mit langen Hängeohren und den Mundwinkeln ganz tief unten. Wegen der Lider sind seine Augen halb zu, er muß sehr müde gewesen sein, als ihn der Maler gemalt hat, ich würde mich so bestimmt nie malen lassen, aber vielleicht hatte er sonst keine Zeit dazu und hat auch hart arbeiten müssen wie Nathaniel.

Soffi kommt mit der heißen Schokolade zurück und schenkt mir ein. Da, nimm dir Sahne, Ruthche, sagt sie, frisch geschlagen.

Es ist zwar ein Segen, wie gut wir bisher durch die Zeiten gekommen sind, sagt Julia, aber manchmal schäme ich mich. So viel Hunger und Elend da draußen, nun schon sechs Millionen Arbeitslose. Wo soll das noch hinführen?

Es beginnt sich abzuzeichnen, wohin es führt, sagt Mutter, Esther, ihr wißt, sie ist die geborene Schwarzseherin, spielt bereits mit der Idee, nach Palästina auszuwandern.

Eine extrem-Mistin sei Esther, sagt Anna, so was solle man nicht ernst nehmen, ganz abgesehen davon, daß sie dafür erst einmal fünfhundert Pfund Einwanderergebühr bereithalten müsse. Sonst ließen die Engländer sie gar nicht hinein.

Ich halte dieses ganze Gerede, daß schwere Zeiten auf uns zukommen, für histerisches Geschwätz, sagt Soffi. Angstmacherei. Wie oft hat es schon geheißen, wir hätten mit antisemitischen Pogromen zu rechnen, und nachher hat sich alles sehr schnell wieder beruhigt.

Aber sie sind doch schon da, die Pogrome! sagt Mutter, ich weiß nicht, wie es hier bei euch ist. Bei uns schmieren sie antijüdische Parolen an Türen und Fenster, malen Davidsterne vor die Auslagen jüdischer Geschäfte und singen haßerfüllte Lieder gegen uns.

Einzelne, sagt Soffi erregt, ein paar Schlägerbanden, die am Nächstbesten ihr Mütchen kühlen wollen. Wem können die schon wirklich gefährlich werden?

Du bist kurzsichtig wie immer, Soffi, rügt Julia, eine terro-

ristische Minderheit ist jederzeit mächtiger als eine friedliche Mehrheit, unsere Geschichte beweist es.
Was ihr nur alle habt, sagt Soffi und ist nun kein bißchen mehr fröhlich. Deutschland ist schließlich ein Land mit einer hohen Kultur und Zivilisation. Erwartet ihr, daß hier das gleiche geschieht wie in Rußland oder Polen? Das ist doch lachhaft, ihr seht zu schwarz.
Du gehst nicht mit der Zeit, Soffi, sagt Anna.

Mir fällt etwas ein über Mitderzeitgehen: *Eins zwei drei im Sauseschritt/eilt die Zeit, wir eilen mit!* sage ich, weil ich auch mal etwas sagen möchte, damit sie merken, ich bin da.
Was sagt das Kind? schreit Tante Bienchen. Was war das?
Nichts, brüllt Mutter zurück, weil Tante Bienchen das Hörding an der Schnur um den Hals gebunden hat, anstatt es ins Ohr zu tun, nur einer von Viktors Sprüchen, Dicki kann sie auswendig.
Nicht unbedingt die beste Lektüre für heranwachsende Kinder, findet Julia. Wilhelm Busch sei bei Licht besehen ein schwerer Neurotiker mit abartigen Zügen und offensichtlich sadistischen Neigungen. Die könnten ein Kindergemüt schwer stören. Das zeige sich allerdings erst später in der Pubertät.

Mutter zuckt die Schultern, sie kaut noch immer an ihrem ersten Stück Torte, wo sie doch sonst so gern Süßes ißt. Viktor mag den Busch nun mal besonders gern, sagt sie.

Tante Bienchen, die sich gerade das Hörding ins Ohr fummelt, hat Vaters Namen mitgekriegt. Was denn nun mit Viktor sei? will sie wissen. Schließlich habe ihr Bruder seinerzeit diese Ehe befürwortet und gefördert. Sie selbst habe Viktor ja nur einmal anläßlich der Hochzeit gesehen. Ein stattlicher junger Mensch, sagt sie, und so ein gewinnendes Lächeln. Also, berichte.

Jetzt muß Mutter zum zweiten Mal den ganzen Kram erzählen, es ist ihr peinlich, besonders die Stelle, wo sie sagen muß, daß Vater die Leonore geküßt hat. Dabei ist das ja das Wichtigste und der Grund, weshalb wir nun hier sind und nicht zu Hause. Sie tut mir schrecklich leid, und ich möchte den Tanten sagen, daß sie sie in Ruhe lassen, weil das Darüberreden Mutter nur noch unglücklicher macht, und es hat doch auch gar keinen Zweck.

Also berichtet Mutter, und ich bröckle Mohnkuchen vor mich hin, erstens, weil ich traurig und zweitens, weil ich nach drei Stück Käsetorte und einem Stück Streusel eigentlich völlig satt bin.

Ach, das sei ja schrecklich, bedauern sie Mutter, wo man doch gehofft habe, daß gerade dieser Ehe, nicht wahr, bei solchen Voraussetzungen, keine Stiftung des Ehebunds im üblichen Sinne, eine wirkliche Liebesheirat, nun ja, da denke man doch …

Raben sitzen da um mich am Tisch, pechschwarze Raben wie die um den Schornstein vom Lagerhaus, sie hacken nach uns. Ich habe plötzlich schreckliche Angst, möchte mir die Ohren zuhalten, um nicht hören zu müssen, wie sie etwas kaputtmachen, ohne das wir doch nicht leben können, Mutter nicht und ich nicht. Sie sagen Viktor und Else, als wenn es sich um zwei verschiedene Leute handelt, dabei sind es meine Eltern, das gehört doch zusammen, mein Vater, meine Mutter.

Hat eben doch etwas für sich, das Sistem der Familienheirat, sagt Julia. Da könnte so etwas gar nicht geschehen, eine Angelegenheit, die die Familien untereinander ohne Aufhebens regeln würden. Ich sag's ja immer: Gefühle sind keine Basis für eine Lebensgemeinschaft, eine Ehe braucht eine solide, verläßliche Grundlage. Ihre Vogelaugen rollen von einem zum anderen, ohne daß sie den Kopf bewegt.

Und dabei hätte Else den Walter heiraten können, sagt

Anna. Ein so flotter Junggeselle und Millionär. Wenn man bedenkt... Die beste Partie weit und breit, der einzige Sohn von Onkel Siegmund. Und verliebt war er in unser Elsche... Kra, kra, kra.
Er hat mich ja gar nicht gefragt, sagt Mutter schüchtern, eine verirrte Prinzessin zwischen lauter raubgierigen schwarzen Vögeln, die ihr die Augen aushacken werden, wenn sie nicht achtgibt.
Hätte er, hätte er aber bestimmt, sagt Soffi. Jetzt weiß ich, warum ihre Stimmen rauh klingen, es ist das Krächzen der Raben, das ihre wahre Natur verrät.
Wäre nicht gutgegangen, schreit der alte Leitvogel. Fünf Generationen Vetternheiraten sind zuviel. Schaut euch die meschuggenen Kinder von Miriam an. Gerade genug Degeneration in der Familie.
Und was hat sie davon, daß sie den Goi geheiratet hat? krächzt der Annavogel. Eine Menge Zores und eine Scheidung.
Nein, brülle ich atemlos vor Angst, keine Scheidung, es ist alles überhaupt nicht so Vater und Mutter lieben sich und gehen nie aueinander nie, hört ihr, ihr seid ja nur neidisch weil ihr keine Männer und keine Kinder habt ihr seid gemein ich hasse euch! Es ist mir egal, ob man bei Tisch heult oder nicht, es ist mir egal, was sie von mir denken, nur in Ruhe lassen sollen sie uns und unsere Familie! Der Rest vom Mohnkuchen schmeckt nach Salz, weil Tränen drauftropfen.
Dicki, was hast du? sagt Mutter. Es war wohl alles ein bißchen viel für das Kind, sagt Julia. Vor allem das Hin und Her, sagt Anna, und Tante Bienchen: Das Kind wäre besser zu Hause geblieben. – Aber wenigstens ist es mir gelungen, sie abzulenken von dem scheußlichen Gerede.

Anna will von Mutter wissen, ob sie noch Seidenhäkeleien mache und wo sie das Garn dazu herkriege, bei Ruppert in der Riedeselstraße hätten sie zwar noch Seidengarne, aber zu sündhaft teuren Preisen, und Anna sagt, erschwinglich sei ja heute schon so gut wie gar nichts mehr, man müsse froh sein, sein tägliches Brot zu haben, seidenhäkeln sei ein Luxus.

Langsam verwandeln sich Mutters Kusinen wieder in Menschen. Warum fühle ich mich unter Leuten einsamer, als wenn ich allein bin? Dabei müßte das doch umgekehrt sein.

Die Soffi ist aufgestanden und nimmt mich bei der Hand. Komm, sagt sie, ich bring' dir was zum Anschauen.
Spielst du dann Klavier?
Möchtest du das gern?

Ich nicke. Aus der Kommode in der Ecke holt sie zwei schwere Albums mit eingeklebten Fotografien. Sie riechen staubig, haben rutschige Deckblätter mit Bändchen dran zum Zubinden und müssen schon ziemlich alt sein. Die Bilder sind braun, aber manche davon auch gelb oder so blaß, daß man gar nichts mehr darauf erkennen kann.
Schau her, sagt Soffi in meinem Rücken, das sind wir drei mit unseren Eltern, und das dort sind die Eltern mit mir.

Auf dem ersten Bild ist ein offener Wagen mit vielen Pferden davor. Darin sitzt neben einem Mann mit einem komischen steifen Hut eine in furchtbar viel weißen Stoff gewickelte Frau mit aufgespanntem weißen Schirm, obwohl es auf dem Bild gar nicht regnet. Beide lächeln dumm den Mann an, der die Aufnahme macht. Auf dem Sitz gegenüber hocken drei Kinder in Matrosenanzügen mit Bändern an den runden Hüten. Alle drei haben sie lange Nasen, ängstliche Augen und verkniffene Lippen, als hätten sie Angst, vom Fotografen gefressen zu werden. Ja, die Kinder sind wir, sagt Soffi noch einmal.

Ist aber Quatsch, natürlich sind sie das nicht, die Tanten hier sind verbittert und alt, ich kann mir nicht vorstellen, daß Julia, Anna und Soffi überhaupt mal jung gewesen sind, Kinder bestimmt nicht, eher so ein Zwischending zwischen Jungerwachsen und Ganzerwachsen, erwachsen jedenfalls immer.

Das war unsere Kalesche, sagt Soffi. Kaleschen waren etwas sehr Feines, weißt du. Vierspännig sind wir gefahren. Manchmal war auch dein Großvater mit von der Partie.

Und der Kutscher hieß Lämmche, weißt du noch, Soffi? ruft Julia von der Sofaecke her, in die sich alle verzogen haben, und Tante Bienchen nickt erfreut.

Auf dem zweiten Bild sitzt die Frau, die Tante Bienchen gewesen sein soll, mit einem großen Hut und dem gleichen alten Mann wie auf dem anderen Foto in einem Korb, der mit Seilen an einer riesigen Kugel befestigt ist, und eines von den Matrosenblusenkindern turnt am rechten Seil. Um sie herum ist nur Himmel, aufgeplusterte kleine Wolken wie Wattebäusche in viel Helle.

Das ist ein Fesselballon, sagt Soffi, weißt du, was ein Fesselballon ist? Damit kann man stundenlang durch die Luft fliegen, ganz hoch über Städte und Dörfer hinweg bis in ein anderes Land.

Und ihr? Wo fliegt ihr hin? sage ich.

Soffi lacht. Nirgendwohin. Das ist kein echter Ballon, der ist aus Pappe, den nimmt der Fotograf als Kulisse. Dahinter ist ein Treppchen, da steigt man hinauf, und nachher sieht es aus wie echt.

Das finde ich schrecklich blöde. Warum müssen Erwachsene Sachen tun, die doch gar nicht stimmen? Warum lassen sie sich nicht ganz natürlich fotografieren, zum Beispiel beim Zanken über dem Frühstück oder in der Badewanne?

Spiel etwas, sage ich zu Soffi.

Blätterst du mir die Seiten um?

Zusammen gehen wir zum Flügel, Soffi klappt den Deckel über den Tasten hoch. An das Filzdeckchen erinnere ich mich noch, das hat gestickte Stiefmütterchen auf blauem Grund und riecht stark nach Klavier und Eingeschlossensein. Ich nehme es auf, lege es achtsam zur Seite, damit es nicht knüllt und streichle es heimlich, als niemand hinschaut. Das erste Vertraute in diesem Haus, wo der Papagei nicht mehr da ist. Ich hätte Lust, mir den Ärmel hochzustreifen und es mir um den Arm zu wickeln, eine Berührung mit meiner Haut, weil ich es doch wiedererkenne. Aber sie würden mich auslachen, und Mutter würde sich für mich schämen. Dinge, die mit Berührungen zusammenhängen, muß man heimlich tun, so wie das Streicheln meines Plümoüberzugs. Das tue ich, seit ich nicht mehr Daumen lutsche, weil mir das Vater streng untersagt hat. Es verbilde den Oberkiefer und mache vorstehende Zähne. Nur eines können sie mir nicht abgewöhnen: das Wippen. Als sie mich einmal dabei erwischten, wie ich mit der Oberhälfte meines Körpers schaukelte, immer vor und zurück, sagte Mutter, ich hätte eine nervöse Störung und müßte zum Arzt. Aber Vater sagte, nervöse Störung, Quatsch, ein alter Rabbiner kommt in deiner Tochter heraus, der den Talmud mauschelt. Ich wippe aber bloß, weil das so herrlich angenehm ist und innerlich leicht macht, als flöge man.

Sophie beginnt zu spielen. Schumanns Kinderszenen. Ich bleibe neben ihr stehen. Sophie – sag nicht immer Soffi, Dicki, Sophie mit ph und Betonung auf dem i – spielt wunderschön, schöner noch als Mutter. Sie hat mal eine richtige Konzertpianistin werden wollen, aber dann hat das Geld nicht dazu gereicht, sie auszubilden, weil Tante Bienchen mit ihren drei Töchtern ganz arm geworden ist, als ihr Mann starb. Einmal hat Mutter sich mit Vater bei Tisch dar-

über unterhalten, was für ein Schock der Tod von dem Bienchenmann gewesen war für alle Hinterbliebenen. Weil er nämlich das ganze Vermögen verpulvert habe, da sei nichts geblieben außer Schulden und einem fünfjährigen Sohn, der war von seiner Haushälterin, mit der habe er was gehabt, eben den Sohn. Da wären die vier Frauen fast ins Armenhaus gekommen, wenn nicht Großvater gewesen wäre, der sich um sie gekümmert hätte und ihnen monatlich eine größere Summe auf ihr Konto überweist. Vater hatte das lustig gefunden: Vetternehen oder nicht, so erbgeschädigt schien der Bienchenmann keineswegs gewesen zu sein. Ein ganz gerissenes Bürschchen, der gewußt habe, wo's langging und den Saft aus der sauren Zitrone gepreßt hätte, als noch genug drin war.
Aus welcher Zitrone? hatte ich wissen wollen. Und warum ist man klug, wenn man Zitronen auspreßt?
Das käme auf die Zitrone an, hatte Vater gesagt. Bei den meisten lohne sich das Auspressen nicht, die seien nur sauer und sonst nichts. Aber wenn man Glück hätte – er hatte gelacht, aber Mutter meinte, sie fände das nicht komisch, sondern reichlich geschmacklos. Da hatte sie wohl nicht mehr die Zitrone gemeint, denn die schmeckt doch sauer.

Ich mag die Schumannmusik sehr. Ich sehe dabei immer Baumgipfel in der Sonne, so, als wenn man einen Waldweg entlanggeht und nach oben schaut, dahin, wo sich die Blätter von den Bäumen rechts und links der Straße zart berühren und zwischen ihren Armen das Sonnenlicht in Streifen durchlassen. Ganz helle, sanfte Farben, eigentlich nur buntes Licht, weil die Blätter durchsichtig sind und ihre Unterseiten leuchten. Oder eine Wiese an einem Hügel voller blauem Rittersporn und Hummeln, die schläfrig darübersummen. Auch Kinder sehe ich manchmal, sie tragen Kleidung wie die auf den Zeichnungen von Ludwig Richter in unserem Lesebuch und sind gar nicht gemein, sondern freundlich und tanzen oder purzeln durch's Gras. Vor lauter Träumen vergesse ich umzublättern. Aber das macht Soffi schon selbst, ganz geschickt, daß man gar nicht hört, wie sie ihr Spiel mit einer Hand unterbricht. Die anderen hören erst zu, aber dann beginnen sie wieder mit reden, weil sie Mutter lange nicht gesehen und einander viel zu erzählen haben.

Spiel noch was! bitte ich Soffi, als sie geendet hat.

Was möchtest du gern hören?

Die Gondellieder.

Du magst Mendelssohn, nicht wahr?

Ich finde, sage ich, seine Musik sieht aus wie unsere Ahnengemälde, weißt du, die von Tante Esther. Die Frau darauf, Karoline, meine Urgroßmutter, hat die Musik in ihren Augen. Ich meine, wenn ich sie lange ansehe, kann ich sie hören. Verstehst du?

Ja, das verstehe sie gut, sagt Soffi. Ich hätte einen ausgeprägten Instinkt. Das kränkt mich, ich weiß zwar nicht, was das ist, aber es ist ein häßliches Wort. Alles, was stinkt, ist häßlich. Besser, ich sage nichts mehr, ich werde doch nur mißverstanden, sogar von Soffi, die ich lieber mag als die anderen.

So wie sie möchte ich einmal spielen können, mit ihrem Spiel verzaubert sie den ganzen Raum. Ich sehe Paläste aus der Tapete wachsen, die von lustigen Tieren bewohnt werden, Eichhörnchen, Wieseln und Pumas, die ich mir wie Füchse vorstelle, nur mit runden Gesichtern wegen des Namens. Wir wollen eine Kahnfahrt machen, nehmen uns ein Boot und schaukeln auf den Wellen wie Felix, der Kater, in meinem neuen Film.

Dicki, sagt Mutter scharf von drüben her, und ich erschrecke. Ich hatte schon wieder so ein bißchen vor und rückwärts geschaukelt, zu der Musik ist das zu verlockend, ich habe das nun mal in mir, es tut mir gut, warum lassen sie mich nicht? Ich fühle, wie ich einen roten Kopf kriege, weil Julia und Anna zu mir herschauen, neugierig, ob man mir ansieht, daß ich etwas Ungehöriges getan habe. Tante Bienchen ist mittlerweile nach oben in ihre Zimmer gegangen.

Ich setze mich zurück auf meinen Stuhl und blättere wieder die Bücher mit den Fotografien durch. Sie sind uninteressant, all diese vergelbten Leute. Nicht eine von denen würde ich für mein Papierpuppenspiel herausschneiden. Sie sind klein und unscharf und stehen immer so dumm da, lachen bestimmt nur, weil der Mann, der die Aufnahmen gemacht hat, es ihnen befohlen hat. Ich bin unheimlich froh, als ich Mutter sagen höre, es sei ein wunderschöner Nachmittag gewesen, nur leider viel zu kurz, denn nun müßten wir gehen, gewiß warte man zu Hause schon auf uns. Damit steht sie auf und die anderen auch.

Elsche, jetzt reg dich net zu sehr auf, sieh zu, daß du gesund bleibst, die Gesundheit ist das Wichtigste!

Wenn ich du wär, Elsche, dann würd' ich Viktor die kalte Schulter zeigen. Du kriegst noch allemal einen andern.

Ich würd' erst einmal sehen, was Viktor zu all dem zu sagen hat, meint Soffi. Zieh keine vorschnellen Schlüsse, Elsche, und laß uns wissen, was weiter geschieht. Versprochen?

Versprochen. Es war schön bei euch.

Dann umarmen sie sich, das sieht komisch aus, weil sie Abstand halten, nur die Hälse vorstrecken und ganz nah mit den Köpfen aneinander vorbeisehen, einmal rechts und einmal links. Das muß ich mir für meine Papierpuppen merken. Weil Mutter das so will, mache ich einen Knicks und gebe

jeder die Hand. Soffi hat noch eine Tafel Schokolade für mich. Zu dritt stehen sie auf der Treppe vor dem Hauseingang und winken uns nach, als wir zur Gartenpforte mit den rostigen Eisenspeeren gehen.
War es sehr langweilig für dich, Dicki? sagt Mutter.
Es geht. Die Soffi mag ich ganz gern.
Die anderen nicht?
Sie riechen nach Mottenpulver.
Es sind aber herzensgute Menschen, alle drei, sagt Mutter, nur einsam sind sie, und dabei so begabt und intelligent.
Komisch eigentlich, sage ich, während wir die Straße überqueren, hier ist alles umgekehrt wie zu Hause.
Was meinst du? sagt sie.
Zu Hause, sage ich, da haben sie was gegen dich, weil du jüdisch bist. Und hier haben sie was gegen dich, weil du einen Mann hast, der kein Jude ist.
Aber Dicki, sie haben doch nichts gegen mich, die vom Ulmenhaus.
Doch, beharre ich, du hast das nur nicht so gemerkt, Mutter. Wenn du statt Vater diesen Walter, deinen Vetter, geheiratet hättest, von dem sie alle so schwärmen, dann wärst du für sie heute bestimmt die Beste.
Mutter lacht: Aber ich hätte nicht meine hochbegabte Tochter, sondern vielleicht ein kleines, dummes Scheusal, hast du nicht gehört, was Tante Bienchen sagte?
Stimmt das denn?
Was?
Daß Kinder von Eltern, die Vetter und Kusine sind, generiert werden?
Degeneriert, meinst du. Es kommt vor.
Was ist degeneriert?
Weißt du, da ist das Blut dann zu dünn und nicht mehr kräftig genug, um den Kampf mit dem Leben aufzunehmen.

Solche Menschen sind körperlich oder geistig schwach und krank und kommen in Anstalten.
Du bist aber doch nicht krank, und deine Eltern waren Vetter und Kusine. Und deine Großeltern auch, sage ich.
Es muß nicht immer zutreffen, Dicki. Trotzdem, sei froh, daß du einen solch starken, gesunden Vater hast, was die anderen auch sagen mögen.

Hast du von Viktor gehört? fragt Mutter Großvater, kaum daß wir in der Tür sind. Nein, er habe nichts gehört. Würde wohl noch kommen. Haben sie dir den Kopf vollgeredet, die Frauen? sagt er. Laß dich nicht irre machen. Sabine wird alt. Und die Mädchen werden auch immer schrulliger. Das macht die Zurückgezogenheit. Sie sollten mehr unter Menschen gehen.
Dazu ist's jetzt zu spät, sagt Tante Esther.
Er hätte anrufen können, Viktor, sagt Mutter. Wenn es ihm wichtig genug wäre. Sie sieht ganz verstört aus.

Tante Esther schenkt uns Tee ein, den trinken Großvater und sie immer zum Abendessen. Ich finde das eine gute Sitte, er wärmt alles im Innern, bis der Bauch mollig wird, als hätte er einen Pelzmantel an. Zu Hause gibt es nur Wasser zum Aufschnitt. Vielleicht läßt sie ihn nicht, sagt sie.
Wer wen nicht? Großvater ist gerade dabei, seine Uhr an der Kette mit den Schlägen der nahen Kirchturmuhr zu vergleichen, die mit dem schönen Klang, sie klingt gemütlich, gar nicht feierlich.
Das Kinderfräulein den Viktor, sagt Tante Esther. Wäre doch denkbar.
Wär's nicht, sage ich, weil das dumm ist, was sie sagt. Als wenn Vater sich von einem Frauenzimmer, wie er uns alle nennt, etwas verbieten ließe. Überhaupt kann ich mir die Leonore mit Vater nicht vorstellen. Wenn die ihm davon er-

zählt, was ihre Politik ist, an die sie glaubt, das mit den Rechten für alle, und daß Geld gar nicht reich, sondern ärmer macht, wenn man es nicht mit dem ganzen Volk teilt, wird ihm dazu vielleicht gar kein passender Spruch einfallen, und dann wird er wütend und die Leonore kriegt Angst, weil sie ihn so noch nie gesehen hat, sie hat damit nicht die Übung wie wir. Eigentlich wäre es so überhaupt das Beste: Sie kriegt Angst und läuft davon, und wir können wieder zurück.
Nein? sagt Tante Esther zu mir. Warum denn nicht, Fräulein Naseweis?
Wenn Vater telefonieren will, telefoniert er, sage ich. Ich bin zwar sicher, das Richtige gesagt zu haben, aber es macht Mutter noch mutloser. Vielleicht ist das Telefon kaputt, tröste ich sie.

Großvater will von mir wissen, wie es im Ulmenhaus gewesen sei. Bestimmt hätten mich die Tanten ordentlich mit Kuchen und kleinen Geschenken verwöhnt. Bis auf seine Schwester seien ja alle sehr kinderlieb. Gemopst hätte ich mich schon, sage ich, weil ich die dicken Fotobände hätte betrachten müssen, und darin seien nur vergelbte Leute gewesen.
Vergilbte, sagt Tante Esther und lacht.
Nein nein, sagt Großvater lebhaft, vergelbte, Ruthche hat völlig recht. Die genaue Beobachtungsgabe von Kindern. Ihr differenziertes Beobachtungsvermögen. Sie gehen mit der Sprache noch nicht so schludrig um wie später die Erwachsenen. Ja, weißt du, sagt er zu mir, diese Leute in den Alben, für dich sind sie blaß und sagen dir nichts. Aber für die Tanten, da sind sie so etwas wie ein Stück eingefangenes Leben und jedesmal, wenn die Soffi, die Anna oder die Julia sich die Fotos betrachten, werden die bunt und lebendig. Das ist, weil die Vorstellung sie ins Leben zurückholt. Da-

mals waren die Mädchen glücklich. Und das wollte die Soffi dir zeigen, du solltest daran teilhaben.
Warum? sage ich.
Weil sie dich liebhat, sagt Großvater. Alle dort haben dich lieb, so wie wir auch. Du bist doch unser Jüngstes.

Das Stück Käsebrot, das ich gerade herunterschlucken will, bleibt mir auf der Zunge, weil sich der Weg hinunter versperrt durch etwas, das mir den Hals zusammenpreßt. Das hat noch niemand zu mir gesagt, mich kann man doch gar nicht liebhaben, ich bin frech, ich habe Mückenbeine und eine blühende Fantasie. Dazu bin ich faul und gefräßig und verstockt und schwächlich und und und, immer mehr Worte fallen mir ein, ich habe sie doch hundertmal zu hören bekommen, kenne sie in- und auswendig, es war von Anfang an ausgemacht, daß ich kein Kind zum Liebhaben bin. Sollte das vielleicht hier noch nicht bekannt sein? Sie sehen mich so wenig, Mutters Verwandte. Möglich, daß sie mich für ein braves, gutes Mädchen halten, das man liebhaben kann, weil sie das Ottoscheusal in mir noch nicht entdeckt haben, das Ameisen zertrampelt und Puppen schlachtet, das wippt und mit seinen Ausschneidepuppen verbotene Spiele spielt. Jedenfalls ist es ein komisch weiches Gefühl tief innen, und sogar Otto mag es und protestiert nicht. Jetzt tut es mir leid, daß ich Tante Bienchen und ihre Töchter in Raben verwandelt habe, auch wenn sie es nicht gemerkt haben. Wenn sie mich liebhaben, will ich sie auch liebhaben und nur furchtbar Nettes von ihnen denken.

Zufrieden gehe ich schlafen und brauche Fridolin den Zweiten heute gar nicht, weil ich Großvaters Stimme noch im Ohr habe, wie er sagt: Alle haben dich lieb. Auf dem Nachttisch neben meiner Kautsch steht wieder ein Schokoladenpäckchen, wie immer von Tante Esther. Auch sie hat mich lieb.

Ich träume: Vater kommt nach Hause und sagt: Ich will euch eine Freude machen, wir gehen zum Essen aus! Da freuen wir uns sehr. Mutter zieht ihr bestes Ausgehkleid an und sagt: Siehst du, was du für einen guten Vater hast! Aber anstatt in ein schönes Restaurant führt Vater uns in eine gewöhnliche Kneipe. Darin stinkt es nach Bier, und an den schmutzigen Tischen sitzen betrunkene Männer, die laut grölen, als sie Mutter und mich sehen. Vater lacht und grölt mit. Ich schäme mich furchtbar. Wir setzen uns an einen Tisch, da ist eine große Pfütze von vergossenem Bier auf der Holzplatte. Vater, der mir riesig vorkommt, reicht uns eine Rolle Klopapier und sagt: Die Speisekarte, sucht euch was aus! Mutter nickt gehorsam mit dem Kopf und findet alles in Ordnung, das, was da draufstünde, nähme sie und ich auch.

Vater brüllt nach Bedienung. Sie kommt und ich erkenne an den Ponifransen die Leonore. Gehorsam schreibt sie auf: Dreimal fetter Hammel mit Soße, und Vater lacht und haut ihr aufs Hinterteil wie der Maler Klecksel vom Wilhelm Busch die Schoppenwirtin.

Ich möchte Mutter sagen, laß uns hier fortgehen, das ist doch schrecklich, siehst du das denn nicht? Aber sie rutscht nur auf der harten Holzbank ein bißchen herum, weil man darauf gar nicht richtig sitzen kann und schaut Vater dankbar und bewundernd an. Der Hammel kommt, und wir müssen das fette Zeug mit der Hand aus dem Papier essen. Köstlich, schmatzt Vater, die graue Soße läuft ihm über das Kinn und tropft auf sein Hemd.

Auf einmal wird der Tisch an unserer Seite ganz hoch und es sitzen Leute daran, die auf uns herunterschauen, sehr streng. Ich erkenne Großvater in der Mitte und an seiner Seite Tante Bienchen, Tante Esther und Soffi, Anna und Julia. Tante Esther sagt: Da seht ihr selbst. Sie ist blind, blind. Meine Schwester ist blind.

Ein fo pa, sagt Tante Bienchen, aber die Kinder werden normal.

Ihre drei Töchter rücken zusammen, weil noch ein Mann hinzukommt, der sich neben sie setzt. Er trägt einen Frack mit einem sehr hohen Kragen. Das ist ja entsetzlich, sagt er, Hammel ißt man nicht mit den Händen.

Er paßt überhaupt nicht in unsere feine Familie, sagt die Julia, und außerdem ist er ein Ess-A.

Ich will protestieren, daß Vater gar kein Ess-A-Mann sein kann, weil Mutter doch Jüdin ist und Ess-A's keine Juden mögen, da sehe ich, daß Vater, der inzwischen noch gewachsen ist und breitbeinig mit gekreuzten Armen dasitzt, so ein braunes Hemd anhat wie die von der Nazipartei. Du mußt dich scheiden lassen, ruft Tante Esther, und die anderen nicken: Scheidung! Scheidung!

Großvater sagt nichts. Er blickt Vater an, der soll zu dem allen etwas sagen. Aber Vater lacht nur und will noch eine Portion Hammel. Wir alle mit unserem feinen Getue hätten ja keine Ahnung von gutem Essen. Von nichts hätten wir eine Ahnung, bis es zu spät sei.

Das arme Kind, sagt die Soffi. Mit so einem Vater.

Er muß weg, sagt die Julia, je schneller, desto besser. Mit einem Ruck dreht sie den Kopf zu dem Mann hin, der jetzt neben Soffi sitzt: Walter, der muß Elsche heiraten!

Mutter ruft von unten herauf: Aber der ist doch längst verheiratet und hat sieben Kinder!

Da geht die Tür auf und sieben kleine Gestalten kommen hintereinander herein. Die erste trägt den Kopf unter dem Arm. Die zweite hat Arme, die reichen bis zu den Knien. Die dritte hat nur ein Auge mitten auf der Stirn. Die vierte hat keine Unterschenkel, da sitzen die Füße da, wo die Oberschenkel aufhören. Fünf hat einen Kopf wie eine zerdrückte Birne, sechs starrt mit weit heraushängender Zunge vor sich hin und sieben ist so winzig, daß sie auf die Spitze meines kleinen Fingers ginge.

Jetzt spricht Großvater. Sind das deine Kinder? fragt er den Walter.

Sie wären zwar ein bißchen generiert, sagt der, weil in seiner Familie alle Väter ihre Mütter und die Mütter ihre Söhne geheiratet hätten. Aber das mache nichts. Wenn er Mutter heirate, bekäme er ja eine normale Tochter, nämlich mich. Außerdem sei er unendlich reich und könnte uns alles kaufen, was wir wünschten.

Da erheben sich alle und blicken auf mich, und Großvater sagt: Du mußt jetzt entscheiden: Willst du den da zum Vater? Ich schaue erst zu Mutter hin, die mit eingezogenen Wangen dasitzt wie immer, wenn sie nicht weiß, was sie tun soll, und dann zu Vater. Aber der sieht jetzt gar nicht mehr mächtig aus, sondern klein und unbedeutend. Auch die Uniform trägt er nicht mehr, sondern seine alte, gewürfelte Sportjacke. Der Walter dagegen steht gewichtig hinter dem Tisch. Sein Gesicht kann ich nicht richtig erkennen, aber er hält in der Faust ein Päckchen Schokolade, das ist für mich, damit ich seine Tochter werde.

Was für ein schöner Vater das ist! sagt Tante Esther.

Und aus so feiner Familie, sagt Anna.

Der Schwarm aller Frauen in unserer Stadt, sagt Julia.

Ein Erztrottel, brüllt Tante Bienchen. Andere hat unsere Familie nie hervorgebracht!

Die sieben Walterkinder haben sich untergefaßt und tanzen im Kreis. *Fällt er in den Graben, fressen ihn die Raben*, singen sie dazu. Rette sich, wer kann!

Hoch oben unter der Decke steht ein Fenster offen. Auf einmal kann ich fliegen, ich schieße auf es zu und zwänge mich durch die kleine Öffnung hindurch ins Freie. Der mächtige Krach, den das macht, weil mir dabei einer meiner

Flügel abbricht, weckt mich auf. Im Traum habe ich die Fliegenpilzuhr, die Vater mir zum Geburtstag schenkte, vom Nachttisch geschlagen. Gottseidank geht sie noch. Sie rasselt bloß innen ein bißchen, als ich sie vom Boden aufnehme.

10

Fünf Tage sind wir nun schon bei Großvater in seinem Haus, und ich habe gar keine Angst mehr vor morgen, von dem Leo sagt, daß es das sowieso nicht gibt, weil man nie weiß, ob man wieder aufwacht, wenn man schlafen gegangen ist. Jetzt habe ich doch wieder Leo gedacht, dabei will ich sie nur noch Leonore nennen, auch in Gedanken, das tut weniger weh und ich will ihr damit zeigen, daß mir ihr Verrat an unserer Freundschaft nichts ausmacht, überhaupt nichts. Erwachsenen darf man nicht trauen, sie verlangen von Kindern, daß sie immer ganz aufrichtig sind, sonst kriegen sie Haue. Aber sie selbst machen viele Versprechungen, die sie dann nicht halten, das nennen sie zwingende Umstände.

In den letzten Tagen sind wir viel spazierengegangen, weil hier so gute Luft ist. Großvater sagt, die brauche ich, damit meine Lungen den Staub von der Industrie zu Hause losbekommen, am ersten Tag hätte ich mit ganz belegter Stimme gesprochen. Auch zur Konditorei Printz gehen wir jeden Vormittag, die hat Mohrenköpfe, die mit Sahne gefüllt sind; die bei Bongartz zu Hause haben Vanillekremfüllung, sie schmecken pampfiger, und anschließend immer wieder zum Glockenspiel in den Schloßhof. Jetzt schreckt mich der Tod mit seiner Sense über der Schulter gar nicht mehr, weil ich unterdessen richtig hingucke, nicht mehr nur mal ganz schnell, und da kann ich deutlich sehen, daß er doch nur eine Puppe ist, weil er immer die gleichen Bewegungen macht, sich ruckartig zum Hof hin umdreht, wenn er in der Mitte über der großen Uhr angekommen ist und hinuntergrinst zu uns. Jetzt grinse ich sogar zurück, das freut ihn, er lacht mich an, bevor er abdreht und ein bißchen wackelig im Tor auf der linken Seite wieder verschwindet. Gleichzeitig hört auch die Glockenmusik auf, und das Spiel ist zu Ende. Es gibt hier eigentlich immer etwas zum Darauffreuen, auf den Vormittag, auf das Mittagessen und anschließend daran die Mittagsruhe, wenn die Großen schlafen gehen und ich auf dem weichen Teppich nebenan mit dem Drachen spielen darf. Der denkt sich immer neue Schliche aus, wie er mich in eine Falle locken und besiegen kann, aber am Ende verliert er doch, weil ich ein so mächtiges Schwert habe. Auf dem steht JERUSALEM. Auch auf dem Schreibtisch, zu dem es gehört, steht JERUSALEM. Ich habe Tante Esther gefragt, da hat sie gesagt, in Jerusalem sei sie schon gewesen, das sei eine wunderschöne, alte Stadt in Palästina, einem Land am anderen Ende der Welt, wo auch Christus geboren wäre, was die Juden nicht feierten, sie aber schon, weil man sie evangelisch gemacht hätte. Aus diesem alten Land hat sie den Schreibtisch mitgebracht und mein Schwert, das eigentlich ein Brieföffner ist. Ich kann mir gar nicht vorstellen, wie sie den Schreibtisch bis hierher geschleppt hat, wo er doch so mächtig ist und viele Kanten hat. Wenn Tante Esther nicht davon spricht, daß wir Vater verlassen sollen, mag ich sie sehr gern, sie weiß so viel. Sie hat mir auch beigebracht, daß man eine Zahnbürste nicht einfach wieder in das Glas stellt, nachdem man sie benutzt hat, sondern Wasser in das Glas tut und sie darin so lange herumschlägt, bis der ganze Schaum raus ist. Ich wünschte nur, sie würde nicht so schlecht von Vater reden, da kriege ich manchmal Angst, Mutter würde auf sie hören und sich mit mir von Vater trennen. Wenn ich daran denke, wird alles um mich herum leer, so, als wäre gar keine Luft mehr da zum Atmen. Es ist nun mal schwer, mit Vater verheiratet zu sein, aber Mutter will keinen anderen, das soll Tante Esther endlich einsehen, und daß wir Vater behalten wollen, auch wenn er zwischendurch die Leonore heiratet. Die kann er ja dann ab und zu in Worms besuchen gehen. Aber Mutter muß seine Hauptfrau bleiben und ich seine Tochter, auch wenn er haut, wir haben doch keinen anderen.

Nach dem Abendtee, so nennt Tante Esther das Abendessen, liest mir Großvater manchmal aus einem Buch mit jüdischen Geschichten vor, die mag ich unheimlich gern. Da sind die Leute immer ganz arm und müssen für sich leben, weil die übrigen Bewohner der Stadt oder des Dorfes sich für besser halten als sie und sie nicht an ihrem Leben teilhaben lassen. Den Juden aber macht das nicht viel aus, weil sie das schon gewöhnt sind. Sie tun sich zusammen wie eine ganz große Familie und haben sich untereinander alle lieb, auch wenn sie sich oft beschimpfen und ärgern. Ich habe lachen müssen, wie Großvater mir vorlas, wie sie untereinander sprechen, ganz lustige Sätze.

Sind alle Juden so witzig? wollte ich wissen.

Großvater blieb ernst. Witzig sei das eigentlich gar nicht, ob ich wüßte, was Witz im Grunde sei? Witze seien ungeweinte Tränen. Ein Mensch, der witzig spräche, wäre ein sehr trauriger Mensch. Das Witzemachen wäre seine Art der Verteidigung gegen seine Umwelt, die ihm sehr weh getan habe, und er habe große Angst, daß ihm weiter weh getan würde. Darum mache er die Leute um sich herum lachen, denn lachende Menschen sind weniger gefährlich als ernste.

So was Ähnliches hatte mir schon die Josefine gesagt, als

wir über Zirkusklauns sprachen. Wenn das aber nicht witzig ist, sage ich, was ist es dann?
Weisheit, sagt Großvater. Siehst du, da grübeln die Menschen über den Sinn des Lebens nach, warum alles so sein muß, wie es ist, und es Reiche und Arme, Glückliche und Unglückliche, Hübsche und Häßliche gibt, sie klären und klären, und die meisten geben irgendwann auf und versauern wie Äpfel am Baum, die nicht genug Sonne bekommen haben. Aber dann gibt es auch einige, die nicht aufgeben und weiterdenken, bis sie an einen Punkt gelangen, wo sie erkennen, wie viele Sorgen und Gedanken eigentlich ganz überflüssig sind und daß es mit ein bißchen Gottvertrauen genausogut oder sogar besser geht. Das macht sie lächeln, ein bißchen schwermütig zwar, weil sie wissen, daß man dem Schicksal nicht befehlen kann, aber auch mitfühlend, denn sie erkennen, wie eng alle Menschen durch ihre guten und schlechten Eigenschaften miteinander verbunden sind. Das ist eine Erkenntnis, die weise macht.
Sind alle Juden weise?
Oi je, sagt Großvater, solch eine Vorstellung, das sei ja nicht auszuhalten. Nein, sie seien genau wie andere Menschen, und es gäbe unglaubliche Schafsköpfe unter ihnen. Für die Weisheit hätten sie den Rabbi.
Was ist ein Rabbi?
Ein Rabbiner, wie es richtig heiße, sei ein Gottesgelehrter und religiöser Vorstand seiner Gemeinde. Zu ihm kämen alle, die Rat suchten. Dann kläre er, was soviel heißt wie: Er dächte nach, bis er die Antwort wüßte, und dann sage er dem Ratsuchenden, was er zu tun hätte.
Dauert es lange, bis er die Antwort weiß?
Das käme auf den Rabbi an, bei manchen gehe es schneller, bei manchen langsamer. Der schnellste aller Rabbis sei der von einem Dorf in Rußland mit unaussprechlichem Namen

gewesen. Der sei jeden Morgen in aller Frühe auf der Dorfstraße entlanggelaufen und habe gerufen: Ich hab' a Antwort, ich hab' a Antwort, wer hat a Frage?

Aber es gibt auch Abende, an denen Großvater mir von der Familie erzählt, vor allem auch von den Frauen, wie klug die alle gewesen seien, und wie ihre Männer sie geachtet und sich nach ihnen gerichtet hätten. Dabei fällt mir ein, daß auch Mutter mir schon einmal davon erzählt hatte, aber Vater hatte sie unterbrochen und gesagt: Lauter Schlappschwänze, und so was bewunderst du wohl auch noch?

Ist seine Frau schon lange tot? wollte ich wissen.

Deine Großmutter? Sie starb, Gott hab sie selig, kurz nach der Heirat deiner Eltern. Sie war eine wunderbare Frau, weißt du, viel klüger als ich und sehr fromm.

Tante Esther hatte lachend unterbrochen: Ganz schön an der Kandare hat sie dich gehabt, Papa. Wenn sie nicht gewesen wäre –

Wir haben alle unsere schwachen Seiten, Estherchen, was willst du? Ihr habt eine herzensgute Mama gehabt, oder vielleicht nicht?

Da hatten Mutter und Tante Esther eifrig genickt. Fünfundvierzig Jahre alt sei sie geworden, hatte Großvater erzählt. Das Herz. Immer sei es das Herz bei den Frauen in unserer Familie, das irgendwann nicht mehr mitmache.

Heute sagt Mutter beim Frühstück: Ich rufe nachher Viktor an.

Tu das nicht, sagt Tante Esther und wedelt mit den Fingern durch die Luft, weil ihr Ei noch zu heiß zum Anfassen war, einem Mann soll man nicht nachlaufen, wo bleibt dein Stolz? Stolz hin und her, sagt Mutter, er muß doch zu einer Entscheidung kommen, man könne Dinge wie eine Ehe nicht einfach so in der Luft hängen lassen.

Dann sei es vernünftiger, einen Brief zu schreiben, sagt Tante Esther. Einen guten, entschiedenen Brief, der Viktor klarmache, daß sie zutiefst gekränkt und nicht so leicht wieder zu versöhnen sei –
Briefe seien kompromittierend, sagt Mutter. Da stünde dann leicht etwas auf dem Papier, das man in solcher Form gar nicht gemeint habe, und mache alles nur noch schlimmer.
Was kann denn da schon noch schlimmer werden? fragt Tante Esther und hält das Frühstücksei zum Köpfen mit der Serwiette fest, weil es so schnell nicht abkühlt. Du bist nur feige, Elsche, gib's zu.

Großvater fragt mich heute ungewöhnlich viel, weil er doch morgens noch nicht ganz ausgeschlafen hat und meistens still dabeisitzt und seinen Kaffee trinkt. Wie ich geschlafen hätte? Ob ich die Stadt hübscher fände als die zu Hause? Und ob ich die Schule vermisse? Ich will antworten, aber da fragt Tante Esther: Findest du nicht, Papa, schreiben ist gescheiter als anrufen? Und billiger außerdem? Was soll Elsche tun?
Nicht schreiben, sagt Großvater. Ist das alles, was von der Hirnwurst übrig ist?
Aber wenn sie anruft –
Auch nicht anrufen, sagt er und streicht sich Erdbeergelee aufs Brot.
Mutter sieht ihn dankbar an. Du meinst, am besten gar nichts? Vielleicht ist das wirklich das Vernünftigste. Er könnte sich ja heute abend noch melden, nach dem Dienst.
Kaum, sagt Großvater kauend.
Weshalb nicht? sagen Mutter und: Wieso nicht? Tante Esther gleichzeitig.
Weil Viktor geschrieben hat, sagt Großvater nach dem Runterschlucken.

Das sagst du jetzt erst? ruft Mutter und macht große Augen. Tante Esther schweigt verblüfft.
Habt ihr mich denn gefragt? sagt Großvater. Na also. – Ich sehe ihm an, es macht ihm Spaß, die beiden ein bißchen zappeln zu lassen. Jetzt bin ich auch ganz aufgeregt, Geduld ist nie meine starke Seite gewesen: Was schreibt Vater? will ich wissen, sag doch, bitte!
Eijeijei, ist sie neugierig, die Kleine! sagt Großvater und schmunzelt in seinen Bart.
Lies vor, sagt Tante Esther. Wo hast du ihn?
Wen?
Den Brief.
Ja, wo habe ich ihn? Großvater tastet von innen und von außen seine Jacke ab, kann ihn nicht finden: Ich werde ihn in meinem Zimmer liegenlassen haben.
Was schreibt Viktor? sagt Mutter und wirkt plötzlich ganz ruhig.
Nicht viel, meint Großvater. Aber ein großer Schreiber vor dem Herrn ist er ja wohl nie gewesen.

Tante Esther legt so heftig ihr Besteck auf den Teller, daß es klirrt: Laß dir doch nicht die Würmer einzeln aus der Nase ziehen, Papa! sagt sie heftig.

Warum spricht Tante Esther jetzt vom Tod? In der Apotheke zu Hause, über dem Ecktisch mit den zerlesenen Zeitschriften, hängt eine Zeichnung vom Tod als Spielmann. In großen Schuhen wandert er über einen Hügel und bläst Flöte, da kommen zwischen seinen Rippen eklige Würmer hervorgekrochen, auch welche aus den Nasenlöchern, so daß man gar nicht mehr richtig erkennen kann, welches Würmer sind und was Flöte. Das Bild hat mich sehr gegraust, als ich noch kleiner war, aber heimlich bin ich doch immer wieder zu ihm hingeschlichen, wenn die Apotheke geschlossen hatte, und habe es angeschaut. Ich will nicht,

daß Tante Esther Großvater mit dem Tod vergleicht, auch wenn er schon sehr alt ist und bald sterben muß.
Was er geschrieben hat? Nun, was glaubt ihr? Er wird sich doch nicht unglücklich machen, mein Schwiegersohn. Daß es sich um ein Mißverständnis handelt, schreibt er. Daß du, Elsche, ihm keine Gelegenheit zur Erklärung gegeben hättest, sondern im ersten Zorn deine Tochter genommen und mit ihr zu uns gefahren wärst. Schreibt er. Und daß er hofft, du seiest unterdessen zur Vernunft gekommen und kehrtest umgehend mit Ruth nach Hause zurück.
Kein Wort davon, daß es ihm leid tut? sagt Tante Esther.
Davon habe ich nichts gelesen.
Tüpisch für ihn, sagt sie kopfschüttelnd. Fordern und befehlen, das ist alles, was er kann. Hör zu, Elsche, wenn ich du wäre, würde ich ihn erst einmal zappeln lassen und dann…

Mutter hört nicht zu. Sie sitzt da und macht ein Gesicht wie bei Dannenbaum, wenn sie sich ein besonders schönes Kleid kauft und sich dabei vorstellt, wie sie darin ihren Britschfreundinnen und den Schefflers gefallen wird.
Er hätte vermutlich anders reagiert, wäre das nicht mit der Hippotek, sagt Tante Esther zu Großvater. Damit hatte er wohl nicht gerechnet.

Großvater läßt sich Zeit zum Antworten, weil er gerade die neben ihm sitzende Kora mit einem Wurstzipfel füttert und lacht, als ihr Maul mit lautem Bapp zuschlägt und sie beim Runterschlucken vor Gier gurgelt. Eijeijei, Estherche, sagt er, ein gescheites Kind bist du, aber mich kennst du noch immer nicht. Wie werde ich mit Geld drohen, wenn die Zeiten so unsicher sind wie jetzt? Und ist das überhaupt ein Mittel, einen Menschen zur Vernunft zu bringen?
Ja, was hast du Viktor denn geschrieben?
Was werd' ich ihm geschrieben haben. Daß die beiden jetzt

hier sind, hab ich geschrieben. Daß Elsche sehr traurig ist, hab ich geschrieben. Und daß ein Mann seine Liebesgeschichten so diskret halten soll, daß sie nicht mit der Ehe kollidieren, hab ich geschrieben. Daß Frau und Kind ins Haus gehören.

Und die Hippotek?

Wo werd' ich! Bei solch einer Bagatelle. Du siehst ja, er ist wieder zur Vernunft gekommen.

Wenn wir den Mittagszug nehmen, sagt Mutter glücklich, sind wir noch vor sechs Uhr zu Hause. Ich werde Viktor telegrafieren – nein, besser, wir überraschen ihn –

Mit ihr! sagt Tante Esther bissig. Was ist, wenn ihr nach Hause kommt und findet Viktor in trauter Gemeinsamkeit mit seiner Schickse?

Was dann sei, wisse sie zwar noch nicht, sagt Mutter und ist auf einmal wieder ganz zuversichtlich, sicher sei aber doch, daß Vater uns zurückhaben wolle, und das sei ausschlaggebend und außerdem gar nicht selbstverständlich, wie Tante Esther ja wohl nur zu genau wüßte. Nachher müsse sie noch kurz in die Stadt, um meine Schuhe von der Reparatur zu holen und bei Guttmann einen Kringel Fleischwurst, die äße Viktor gern, wenn er scharfen Senf dazu nähme. – Er hat einen ausgeprägt männlichen Geschmack, sagt sie ganz stolz. Hoffnungslos, sagt Tante Esther und tupft ihren Mund mit der Serwiette ab. Den Ring für die Serwiette, der neben ihrem Teller liegt, kenne ich, den habe ich ihr mal zu ihrem Geburtstag geschickt. Er ist aus hellem Holz und rundum mit Blumen bemalt. Ich finde es nett von ihr, daß sie ihn benutzt, wo sie doch welche aus echtem Silber hat. Meiner sieht allerdings auch schöner aus als die glatten Metalldinger, sicher mag sie ihn darum lieber.

Du gehst vielleicht schon einmal packen, sagt Mutter zu

mir. Auf einmal hat sie es sehr eilig. Es macht mich traurig. Natürlich ist es gut, Vater wiederzubekommen, aber hier ist so viel Fröhlichkeit und Sonne und Wald, und alle Menschen sind nett zueinander – ich würde sehr gern noch bei Großvater bleiben, vor allem, wenn ich an die Würmer denke, die ihn vielleicht fressen werden, während ich weit weg von ihm bin, weil er doch schon so alt ist.
Ich möchte mit in die Stadt, sage ich zu Mutter, packen kann ich doch später.
Tante Esther steht vom Tisch auf: Ich sage Babette Bescheid, daß wir heute eine Stunde früher essen, sagt sie. Sie sieht gar nicht glücklich aus, daß wir unseren Vater wiederhaben.
Na, dann wär ja alles klar, sagt Großvater. Hinter soviel weißem Haar im Gesicht kann ich nicht erkennen, ob er zufrieden ist oder doch ein bißchen traurig, daß wir nun wieder abfahren müssen. Es wäre schön, wenn er traurig wäre, weil ich es auch bin, wo wir doch nicht wissen, ob wir uns noch einmal wiedersehen werden, er und ich.

Eigentlich ist die Stadt gar keine richtige Stadt, sage ich zu Mutter, als wir auf dem Weg zur Metzgerei Guttmann sind, richtige Städte haben keine Bäume und Gärten in der Mitte, nur eng aneinandergedrängte Häuser und furchtbar viel Fahrzeuge.
So wie unsere zu Hause sähen nicht alle Städte aus, sagt Mutter. Das Enggedrängte käme davon, daß wir in einer Stadt mit bedeutender Industrie wohnten, da wüchse sie und dehnte sich aus, bis nicht mehr genug Platz für Bäume und Blumen sei oder für schöne Vorgärten an den Wohnhäusern. Dafür würde sie immer reicher, die Stadt, und wichtiger.
Ist diese Stadt hier arm? will ich wissen.

Das nicht gerade. Aber sie sei eine Residenzstadt. Städte, in denen Fürsten regieren oder regiert hätten, seien vom höfischen Leben mitgeprägt, da traue sich niemand, schöne alte Bäume abzuholzen oder Häuser abzureißen, die schon seit Jahrhunderten da stehen, um etwas Modernes hinzusetzen. Das, weshalb man alles so ließe, wie es ist, nenne man Tradition, darauf seien alle Einwohner stolz.

Und dann bleibt sie plötzlich wie angewurzelt stehen. Drüben auf der anderen Straßenseite, bei der Metzgerei Guttmann, ist mit weißer Farbe quer über die Scheibe gemalt: Deutsche, kauft nicht bei Juden! Und darunter ist wieder der Stern. Aber die Leute bilden keinen Auflauf davor, wie sie es damals bei Dannenbaum taten. Sie werfen nur im Vorübereilen einen kurzen Blick darauf und gehen weiter.
Haben die denn auch hier etwas gegen Juden? sage ich.
Komm schon, sagt Mutter und zieht mich vorwärts, bis wir um die Ecke sind. Das ist jetzt überall in Deutschland so. Es sind aber nur Gruppen, die, die sich Braune nennen. Das sind Fanatiker.
Der am Sonntag mit der Fahne an uns vorüberzog, hat Großvater gegrüßt, erinnerst du dich? sage ich. Und der war doch auch ein Brauner.
Mutter hat andere Sorgen. Ein Pech, das mit Guttmann, sagt sie, die beste Fleischwurst am Ort, die von Mosbach wird Vater zu labbrig sein, was sonst könnten wir ihm mitbringen? Hammelfleisch, schlage ich vor.
Das sei kein Geschenk, sagt sie, nichts, das sich hübsch verpacken ließe, Hammel gäbe es außerdem überall, und es müsse doch etwas sein, das er zu Hause nicht bekäme, so wie hessischen Käsekuchen. Der sei etwas Besonderes. Leider möge den Vater nicht wegen der süßen Rosinen darin.

Ich finde bei mir, es ist gar nicht nötig, Vater was mitzubringen. Vielleicht gibt er es dann der Leonore, und Mut-

ter muß zuschauen, wie die ihr Mitbringsel für Vater aufißt. Vater, sage ich zu Mutter, wird sich ganz toll freuen, daß wir wiederkommen. Da braucht er sonst nichts. Fleischwurst äße er aber doch gerne, gerade die kräftige von Guttmann, weil da Knoblauch drin sei, sagt Mutter.
Ich überlege: Großvater ist doch Deutscher, nicht wahr?
Natürlich.
Und trotzdem Jude, ja?
Das eine habe mit dem anderen nichts zu tun, sagt sie. Die meisten Leute hierzulande seien Deutsche und trotzdem Christen. Warum?
Weil Großvater die Wurst kaufen und sie uns nachschicken kann, sage ich. Da stand, daß Deutsche nicht bei Juden kaufen sollen. Aber sie lassen Großvater doch sicher herein, wenn er sagt, daß er selber Jude ist, nicht wahr? Gehen wir noch einmal zur Konditorei Printz? Bitte!
Wenn man dich so sieht, sollte man nicht glauben, wie verfressen du bist, sagt Mutter und lacht.

Zwischen Marmortischchen und Stühlen mit hoher Lehne nehme ich Abschied von Mohrenköpfen und Sahnebäsees, die so schön nach Verwöhntwerden schmecken, Abschied auch von dem einzigartigen Duft der Konditorei und der Bedienerin in der rosa Schürze, die immer mich nach meinen Wünschen fragt und nicht Mutter wie die bei Bongartz zu Hause, die tut, als wäre ich noch ein Kleinkind.
Ich würde gern hierbleiben, sage ich.

Das scheint Mutter nicht begreifen zu können. Ob ich mich denn nicht freute, wieder nach Hause zu kommen? Zu Vater?

Jetzt wo sie es sagt, weil es ihr ernst ist mit der Abreise, bin ich gar nicht mehr sicher.
Ich glaube nicht, daß ich mich freue, sage ich.

Mutter zahlt, und wir stehen auf. Ganz heimlich streiche ich mit der Hand über die Tischplatte, weil doch so eine Trennung weh tut und ich dem Tisch nicht sagen möchte, daß ich traurig bin, ihn verlassen zu müssen. Abschied auch von der Auslage bei Spielwaren-Landenberger. Da sind noch die gleichen Dinge ausgestellt wie in den vergangenen Tagen. Ein Affe mit einem Fellkleid ohne Beine, den man über die Hand stülpt, um ihn in die Hände klatschen und mit dem Kopf wackeln zu machen, sitzt zwischen den beiden Krusepuppen mit den einfältigen Gesichtern. Da sind die Eisenbahnschienen mit dem Tunnel und daneben die offene Schachtel, wo der Zug drin ist und alle Anhänger, weil man die einzeln kaufen muß. Vor dem aufgestellten Bilderbuch mit den Palmen zum Herausklappen haben sie die Menagerie aufgebaut ohne den Nappa, weil sie den nicht haben und auch ohne Haustiere, die stehen um das Mädchen, das aus einer Schüssel Futter streut beim Zaun vom Gutshof. In der Scheibe spiegelt sich die riesig lange Denkmalsäule mit dem Großherzog oben drauf.
Komm jetzt, Dicki, wir müssen noch packen, sagt Mutter.

Es gibt so vieles, von dem ich Abschied nehmen muß: der Steingeruch des Hauses in der Liebigstraße, die verstimmte Gonguhr in der Vorhalle, die Kirchenglocke nah beim Haus und vor allem die Drachenechse mit den Smaragdsteinen als Augen und das Jerusalemschwert. Ob ich sie nicht mitnehmen dürfe, den Drachen wenigstens, habe ich Tante Esther gefragt, aber sie hat nein gesagt. So leid es ihr täte, der Briefbeschwerer sei ein Geschenk von einem ihr sehr lieben Menschen, ich hätte sowieso den Korken aus dem Bauch von der Eidechse gezogen, ob ich wohl noch wüßte, wo ich ihn hingetan hätte? Sicher ist sie böse, daß ich aus dem männlichen Drachen einen weiblichen gemacht habe. Aber ich traue mich nicht, ihr zu sagen, daß ich den Korken weggeschmissen habe, weil der immer im Weg war, wenn der Drache mit seinem glatten Bauch auf mich zurutschte.

Das Packen geht schnell, wir hatten nicht viel Sachen mitgenommen. Tante Esther hilft mir, die Kleider ordentlich zusammenzulegen, bevor sie in den Koffer kommen. Freust du dich, wieder nach Hause zu fahren? sagt sie.

Ich wäre lieber hiergeblieben, sage ich.

Da hört sie auf zu kramen und sieht mich schrecklich traurig an. Ach Ruth, sagt sie, ich wollte, ich könnte euch helfen.

Womit? sage ich, weil doch eigentlich wir es sind, die ihr helfen müßten, ohne Mann, und die einzige Schwester so weit weg. Aber sie antwortet nicht. Hier, unter deine Strümpfe habe ich noch etwas Schokolade getan, iß aber nicht alle auf einmal, sonst kriegst du Bauchschmerzen und kannst in der Nacht nicht schlafen!

Sie bringen uns beide zum Zug, der steht schon wartend da und schnauft. Gerade will ich einsteigen, da packt mich Großvater, drückt mich fest an sich und gibt mir einen Kuß auf die Backe: Bleib mir gesund, Ruthche, und vergiß deinen alten Großvater nicht ganz!

Ich versuche zum zweiten Mal die hohen Stufen vom Waggon hochzuklettern, aber jetzt ist es noch schwerer als das erste Mal, weil die blöden Eisenbretter durch die Tränen hindurch so schwer zu erkennen sind. Dabei wollte ich doch nicht heulen, es sind nur Mütter und Dienstmädchenfrauen, die auf Bahnhöfen beim Abschied weinen, weil sie sentimental sind, hat Vater gesagt, da muß Otto wieder her. Mutter und ich stehen am geöffneten Fenster hoch über Großvater und Tante Esther, schauen auf sie hinunter und sind schrecklich verlegen, keinem von uns fällt noch irgend etwas ein, es ist ja schon alles gesagt, nur der Zug fährt immer noch nicht.

Und schreib mal, wie alles verlaufen ist, sagt Großvater.
Du weißt, Elsche, du hast jederzeit bei uns – falls du siehst, es wird nichts mehr mit Viktor, sagt Tante Esther.
Ja ja, sagt Mutter, ich danke euch.
Verlegen sehen sie sich an. Warum fährt denn der blöde Zug nicht?
Also schreib, sagt Tante Esther nun schon zum vierten Male.
Du auch. Komm uns bald besuchen. Platz genug ist im Haus, sagt Mutter. Mal sehen, sagt Tante Esther, nicht begeistert.
Gib Kora nicht zu viel Süßes, sie wird zu fett.
Vergiß nicht, Alice zu grüßen, wenn du sie siehst.
Wen? Ach so, deine Studienfreundin. Mach' ich.
Und schreib!
Ja, du auch.
Jetzt schweigen alle drei. Schließlich sagt Tante Esther: Also dann gehen wir jetzt wohl, und nimmt Großvater beim Arm. In dem Moment kommt der Uniformierte mit der roten Scheibe, hält sie hoch und pfeift schrill durch ein Trillerpfeifchen, so wie der Dieter in der Schule eines hat. Endlich gibt es einen Ruck, und wir fahren. Großvater und Tante Esther werden kleiner und kleiner. Sie winken, und Mutter winkt zurück, bis sie sich nicht mehr sehen können. Da sind wir längst aus der Bahnhofshalle heraus und zwischen freien Feldern, auf denen schwarze Wintervögel nach Nahrung picken. Mutter läßt sich in das Polster neben einen Mann mit Brille fallen, der eine Reisekarte vor sich ausgebreitet hat. Tante Esther hat mir für dich noch zwei Abenteuerhefte mitgegeben, sagt sie, damit du während der Fahrt etwas zu lesen hast. Tante Miesnik ist gar keine Tante Miesnik, sage ich, weil ich Abenteuer aus dieser Heftserie furchtbar gern lese.

Bestimmt nicht, sagt Mutter und vertieft sich in ihr Modeheft.

Ich habe einen Fensterplatz, da habe ich eine Menge Licht zum Lesen, wenn draußen nicht gerade eine hohe Wand oder ein Tunnel vorbeirennen. Dann geht bei uns eine Deckenlampe an, und ich kann mein Gesicht in der Scheibe sehen. Eine Weile lang macht es Spaß, auf den Bahnhöfen, in die wir einfahren, die Leute zu beobachten, wie sie wartend dastehen und suchend von einem Waggon zum anderen schauen oder aufgeregt durcheinanderlaufen, wenn sie den erkennen, auf den sie gewartet haben. Aber schließlich werden meine Augen müde davon, weil es immer dasselbe ist, und ich beginne mit Tante Esthers zweitem Abenteuerheft. Das ist fast noch schöner als der erste, weil der Held Marco ein gefürchteter Bandit ist, der in den Bergen lebt und Reisende überfällt, ihnen ihr Geld abnimmt und manchmal auch ihr Leben. Aber alles Geld, das er erbeutet, verteilt er an Arme und Kranke, die ihm furchtbar dankbar dafür sind und ihn lieben, weil sich sonst niemand um sie kümmert. Ich finde Marco wunderbar, so wie er möchte ich auch später werden. Aber weil ich nicht Otto bin, werden sie mich nicht lassen, fürchte ich. Hoffentlich stirbt Marco nicht am Ende. In einem Buch, das man liest, nachgucken, wie die Geschichte ausgeht, tut man nicht, sagt Mutter. Es sei auch dumm, weil man sich damit die Spannung auf die Fortsetzung der Geschichte kaputtmache. Ich schaue zu Mutter hinüber, aber die liest jetzt eifrig in einem Buch mit gestreiftem Umschlag. Da blättere ich ganz schnell mal bis zur letzten Seite; auf dem Schlußbild lacht der Marco richtig zufrieden, na Gottseidank, sie haben ihn nicht gekriegt, das freut mich unheimlich.

Ich bin fast schon durch mit dem Heft, da sagt Mutter: Komm, Dicki, zieh den Mantel an, wir sind gleich da.

Das gibt mir einen Schreck. Nun geht alles wieder los, es wird kein Fröhlichsein mehr geben, und in der Schule erwarten mich die Klicke und eine Lehrerin, die keine Judenkinder mag. Großvaters Haus ist weit, weit weg, so weit wie der Mond. Der Mann, der mir gegenübersaß, hilft Mutter mit der grünen Reisetasche, die hat von Mutters Kleidern einen runden Bauch bekommen und leistet Widerstand, als der Mann sie für Mutter aus dem Gepäcknetz heben will. Erst beim zweiten Anlauf klappt es, da hält der Zug mit einem Ruck und tiefem Ausatmen in der Bahnhofshalle, die eigentlich eine Züge-Haltestelle ist, aber so heißt, weil unter dem Dach alle Geräusche nachhallen. Hier ist es kälter als bei Großvater, und die Luft riecht nach Eisen und Teer und beißt in der Nase. Es ist eine furchtbar ernste Luft; da unten, wo wir herkommen, war sie viel heiterer. Hoffentlich ist Josefine zu Hause, sagt Mutter, wegen dem Abendessen.
Ich glaube, die Leonore kann auch kochen, sage ich, aber darauf bekomme ich keine Antwort.

Es ist nicht weit vom Bahnhof bis zu unserer Wohnung. Aber wegen der schweren Tasche nehmen wir eine von den Taxen, die vor dem Bahnhof stehen.
Nun sind wir wieder zu Hause, sagt Mutter, freust du dich?

Ich gebe keine Antwort, weil sie sich bestimmt ärgert, wenn ich nein sage. Kann man mehrere Zuhäuser haben? will ich wissen.
Warum? sagt sie. Hier hast du dein Elternhaus, deine Schule, deine Klassenkameradinnen, nicht wahr?
Ich nicke. Zuhausesein ist nichts sehr Schönes. Dein Elternhaus ist bei Großvater auf der Liebigstraße, da, wo wir jetzt herkommen, sage ich, dort bist du doch auch zur Schule gegangen, weshalb sagst du, daß du bei Vater zu Hause bist?

Sieh mal, Dicki, meint Mutter, das ist so: Als Kind, da hat man sein Zuhause dort, wo die Eltern sind. Aber wenn man dann groß ist und heiratet, dann wird für die Frau die Wohnung des Mannes das neue Zuhause, verstehst du?
Die Leonore, sage ich, hat jetzt bei uns auch ein neues Zuhause, weil sie groß ist und sich mit Vater zusammengetan hat. Wie viele Frauen gehen in ein Zuhause?

Wir sind angekommen. Mutter schellt an der Tür, weil sie jetzt richtig aufgeregt ist und den Schlüssel nicht finden kann. Ich glaube, während wir weg waren, ist die Haustür geschrumpft, es muß überhaupt etwas mit dem Haus geschehen sein, es sieht schmutziggrau und eng aus, als habe die mächtige Pranke von einem Riesendrachen es zusammengedrückt. Ich möchte auf der Stelle umkehren und zurückfahren. Es kann nicht stimmen, daß Elternhaus und Zuhausesein dasselbe sind.

Josefine öffnet und freut sich mächtig, uns zu sehen. Das habe sie nicht erwartet oder doch, nein, sie habe es sogar sehr erwartet, hätte sie das gewußt, hätte sie uns einen Begrüßungskuchen gebacken und sich die Haare machen lassen, sicher würde sich auch der gnädige Herr sehr freuen, er sei ausgegangen, würde aber gewiß zum Abend wiederkommen, lieber Gott, nur kalter Aufschnitt sei noch da zum Abendessen, solle sie noch schnell in die Stadt und ein paar Kottletts holen?
Nein, sagt Mutter, Hunger hätten wir keinen, nur ein bißchen abgespannt seien wir von der Reise und würden uns gern erst mal frisch machen. Ich glaube, sie ist enttäuscht, daß Vater nicht da ist. Der ist sicher mit der Leonore fort, vielleicht im Kino. Ich nehme mir vor, der Leonore zu sagen, daß sie mich nie mehr streicheln darf. Überhaupt soll mich von nun an nie mehr jemand anfassen dürfen, weil das hilflos macht, und nachher haben sie es gar nicht ernst ge-

meint. Dann tut es weh, und wenn es ernst gemeint ist, fast noch mehr. Auch wenn es gleichzeitig furchtbar schön ist. Nur meine Papierpuppen, die dürfen noch. Die müssen sogar.

Ich betrete mein Zimmer und möchte am liebsten gleich wieder umkehren. Die Gardinen sind zurückgezogen. Im Halbdunkel sehe ich vor dem linken Fenster ein schattiges Ungeheuer hocken, als habe es hier auf mich gewartet, bereit, mich anzuspringen. Nach dem ersten Schock überwinde ich mich und mache ein paar Schritte ins Zimmer hinein. Das Ungeheuer ist mein Schulpult im Gegenlicht. Durch das Fenster hinter ihm erkenne ich das dunkelgraue Lagerhaus mit dem Schornstein. Aus der Ecke starrt die alte Wickelkommode aus den Löchern, wo die Holzstöpsel von der oberen Schublade drin waren, die abgebrochen sind. Warum hat eigentlich mein Bett diese hohen Eisengitter oben und unten? Vorher war mir das gar nicht so aufgefallen. Nun, nach den schönen Tagen auf der Kautsch, bedrückt es mich unheimlich. Es riecht auch noch ein bißchen nach Leonore, da fällt mir wieder ein, wie sie mich in die Arme genommen oder mir den Nacken gestreichelt hat, dabei hat sie gar nicht mich gemeint, sondern Vater. Und eiskalt ist es hier drin; in der Klappe vom alten Rußofen ist bloß noch kalte Asche. Ich friere und fürchte mich. Hastig mache ich Licht und ziehe die Vorhänge zu. Es wird aber nicht gemütlicher.

Ich laufe in Mutters Schlafzimmer hinüber, aber darin ist es auch sehr kalt und fremd. Mutter scheint es nicht zu spüren, sie sieht ganz froh aus, während sie ihre Kleider in den Schrank hängt. Ich möchte ihr sagen, laß mich heute nacht hier bei dir, in deinem Bett, ich fürchte mich, aber dann fällt mir ein, daß wir ja wieder daheim sind und wir uns vielleicht aus Versehen im Bett berühren könnten. Außerdem bin ich ja auch schon neun, kein Bebi mehr.

Ich werde Josefine Bescheid geben, daß sie die Öfen heizt, sagt Mutter. Bis heute abend werden die Zimmer mollig warm sein.
Gar keine Blumen hast du hier drin, sage ich.
Wie kommst du darauf? sagt Mutter.
In Großvaters Haus sind überall Blumen auf allen Fensterbänken, und wenn die Sonne scheint, leuchtet sie durch die Blätter hindurch.
Pflanzen, sagt Mutter. Zimmerpflanzen, keine Blumen.
Sind Blumen keine Pflanzen?
Zimmerpflanzen sind grün, sagt Mutter, grüne Blätter. Blumen blühen.
Die Kaktusse im Erker haben auch geblüht, sage ich, einer weiß, der andere rot.
Ja, ja, sagt Mutter zerstreut, und dann sieht sie mich an mit ihrem hilflosen Blick, der immer macht, daß ich sie beschützen möchte: Sag mal, Dicki, ist dir in deinem Zimmer irgend etwas aufgefallen, ich meine, könnte jemand in der Zwischenzeit darin geschlafen haben?
Ich weiß gleich, sie meint die Leonore. Nein, sage ich, bei mir nicht, und hier sicher auch nicht. Hast du schon bei Vater drüben nachgesehen?
Vergiß es, sagt sie, als täte es ihr leid, daß sie mich gefragt hat.

Ich helfe Mutter beim Auspacken, und dann gehen wir ins Herrenzimmer, in dem es furchtbar nach kaltem Zigarrenrauch riecht, und wissen gar nicht, was wir jetzt eigentlich tun sollen außer auf Vater warten. Wenn ich Mutter etwas frage, antwortet sie zerstreut, weil sie ganz zappelig ist, ich glaube, sie merkt gar nicht mehr, daß ich noch da bin. Was mache ich, wenn Vater nicht mehr zurückkommt? Vielleicht ist er mit der Leonore nach Worms gezogen? Ich muß Josefine fragen. –

Aber Kind, sagt die, was für ein Unsinn. Dein Kinderfräulein ist fort, schon den Tag, nachdem ihr abgereist seid, aber dein Vater doch nicht. Der hat hier auf euch gewartet, was sonst?
Glaubst du, er freut sich, daß wir zurück sind?
Natürlich freut er sich.
Warum glaubst du das?
Weil es sich so gehöre, daß ein Ehemann sich freut, wenn seine Ehefrau und sein Kind von einer Reise zurückkehren. In einem anständigen Leben täten die Menschen, was sich gehöre. Die, die das nicht täten, die vergäße man besser. Dein Vater ist ein anständiger Mensch und ein Herr, sagt sie überzeugt. Er tut immer, was sich gehört.

Ich gehe zu Mutter zurück, um ihr zu sagen, die Leonore wäre weg, weil sie das bestimmt freut, als unten die Haustür aufgeschlossen wird. Das ist Vater, sagt Mutter atemlos. Auch ich bin aufgeregt, stelle mir vor, was in den nächsten Minuten geschehen, wie Vater eintreten und die Arme ausbreiten wird, irrsinnig glücklich, daß er uns wiederhat, wo doch die Leonore von ihm fort ist. Wir hören die Treppe knarren, und dann steht Vater wirklich im Zimmer, schaut uns an, sagt: Aha, da seid ihr ja, dann können wir gleich essen, und hält uns die Türe auf, damit wir an ihm vorbei ins Eßzimmer hinuntergehen. Eigentlich hatte ich ein paar Begrüßungsworte sagen wollen, etwa: Fein, daß du mein Vater geblieben bist oder so, ganz im kameradschaftlichen Ottoton, wie er es mag, aber dazu ist gar keine Gelegenheit, und auch Mutter fällt nichts ein. Wir setzen uns zu Tisch, als wären wir gar nicht weg gewesen, Josefine bringt den Brotkorb und die Aufschnittplatte, die Butterdose und das Bier. Sie jedenfalls freut sich, daß wir wieder da sind. Ob ich vielleicht noch ein paar Spiegeleier wolle? Die seien schnell gemacht.

Keine Extrawurst, sagt Vater, obwohl es sich nicht um Wurst, sondern um Eier handelt, bei der heutigen Lebensmittelknappheit würden sich viele Kinder alle zehn Finger nach solch köstlichem Aufschnitt wie diesem hier lecken. Ich finde ihn gar nicht köstlich, fettige Blutwurst und Bratenscheiben ohne Rosa in der Mitte, weil sie schon mindestens zwei Tage alt sind. Die blöde Jagdwurst mit den versteckten Pfefferkörnern mag ich sowieso nicht. Schöne Grüße von Papa und Esther, sagt Mutter versuchsweise, weil sie doch so gern sprechen möchte, obwohl sie weiß, daß Vater keine Tischgespräche mag.
So so, ja, sagt Vater. Der Alte und Tante Miesnik.
Tante Esther ist kein Miesnik, sage ich, sie ist sehr nett, du kennst sie nicht richtig.
Na, da scheint sich wohl einiges getan zu haben da unten, was meine Tochter schon nach wenigen Tagen dazu ermuntert, ihre ordentliche Erziehung zugunsten eines vorlauten Tons zu verleugnen, sagt Vater mit ärgerlich vorgeschobener Unterlippe.
Sofort müht sich Mutter um Besänftigung. Für Dicki waren es ein paar harmonische Tage, sagt sie, ich glaube, sie haben ihr Freude gemacht.
Kein Wunder, sagt Vater, reist in der Weltgeschichte herum, meine Tochter, statt in die Schule zu gehen.
Das geht Mutter zu weit: Hier haben wir nicht bleiben können, und du weißt, weshalb, Viktor, sagt sie und versucht, ihm in die Augen zu sehen, was ihr nicht gelingt, weil er immer woanders hinblickt.
Ob sie beim Heimkommen gesehen hätte, was da irgendwelche Flegel an die Außenwand vom Hinterhaus geschmiert hätten? fragt er statt dessen.
O mein Gott, sagt Mutter erschrocken, an unser Haus auch? Das wird ja immer schlimmer! Sie sieht aus, als möchte sie

sich dafür bei ihm entschuldigen, es muß also wieder etwas mit dem Stern und den Juden zu tun haben.
Wir haben es sofort entfernt, nachdem wir es entdeckten, sagt Vater.
Auf einmal legt Mutter Messer und Gabel auf ihren Teller und setzt sich gerade auf. Viktor, sagt sie, wäre es dir unter den gegebenen Umständen – du weißt, was ich meine – lieber gewesen, ich wäre nicht mehr zurückgekommen? Bitte sei ehrlich!
Vater knurrt was von dummes Zeug, und wie sie auf solch eine blöde Idee käme. Auf einmal ist er verlegen. Das ist ganz selten bei ihm.
Ich habe viel nachgedacht, sagt Mutter. Vielleicht wärst du ohne mich in Zukunft besser dran.
Jetzt mag auch Vater plötzlich nicht mehr weiteressen. Also *das* hätte die Familie bezweckt, Mutter aufzuhetzen gegen ihn? Natürlich, er hätte es sich denken können. Von Miesnik habe er ja auch nichts anderes erwartet, die mit ihrer altjüngferlichen Verbitterung. Aber du! brüllt er Mutter an, hast du wirklich angenommen, ich sei ein solches Charakterschwein, meine jüdische Frau in diesen Zeiten im Stich zu lassen, kennst du mich nicht besser? Solch ein derartiger Mangel an Vertrauen erschüttere ihn, das müsse er schon sagen.

Ich finde es anständig von Vater, daß er zu Mutter hält und es ihr auch sagt. Aber muß er dabei so schreien? Er kann es ihr doch auch ruhig sagen.
Wie kommst du nur darauf, Viktor, sagt sie, daß Papa oder Esther mich gegen dich aufgehetzt haben sollen?
Bestimmt hätte die Mischpoche auf sie eingeredet, ihr alle möglichen Vorhaltungen gemacht, während sie ihn hier zu Hause quälender Ungewißheit ausgesetzt habe. Nun kein weiteres Wort davon. Schluß mit dem Tema, erledigt, basta, ein für allemal.

Warum bist du wütend, Vater? sage ich.

Ach so, ich soll ihn ja bei Tisch nicht anreden. Aber nun ist es schon mal geschehen. Er habe durch unsere Schuld gelitten, sagt Vater: *Quäle nie ein Tier zum Scherz, denn es kann geladen sein*, trink deine Milch aus.

Die Milch schmeckt fade, aber Befehl ist Befehl.

Wo ist die Leonore hin, Vater?

Keine Ahnung. Zurück nach Worms, nehme ich an.

Und sie kommt nicht mehr her?

Vater macht eine verneinende Kopfbewegung, die aussieht, als verscheuche er eine lästige Fliege, die ihm vor der Nase tanzt.

Du siehst sie nicht mehr wieder?

Was soll die Fragerei? Er zieht die Augenbrauen zusammen, seine rechte Hand schließt sich neben dem Teller zur Faust, deutliche Warnzeichen. Noch vor einer Woche hätten sie mich sofort schweigen lassen. Aber ich sehe nicht ein, weshalb man bei Großvater am Tisch reden und Fragen stellen darf und bei Vater nicht. Großvater ist auch feine Familie, sehr feine sogar.

Wirst du sie dann auch nicht mehr küssen? sage ich.

Dicki, bitte! sagt Mutter erschrocken.

Zu spät. Jetzt ist auch Vaters andere Hand eine Faust. Er wendet mir sein gerötetes Gesicht zu, macht enge Augen und spannt die Schultern. Ganz langsam sagt er: Du willst wohl ein paar hinter die Löffel, wie?

Nein, sage ich, nun doch erschrocken, weil der Druck im Unterleib wieder da ist, der immer kommt, wenn Vater Schläge ankündigt.

Viktor! sagt Mutter. Auch das gehört dazu.

Aber da hat Vater schon die Serwiette beiseite gelegt und sich erhoben.

Ich bin wieder zu Hause.